HELEN PARKER

ANDREA IZQUIERDO

HELEN PARKER

El dragón dorado

CROSS BOOKS

CROSSBOOKS, 2020
infoinfantilyjuvenil@planeta.es
www.planetadelibrosjuvenil.com
www.planetadelibros.com

Editado por Editorial Planeta, S. A.

Avda. Diagonal, 662-664, 08034 Barcelona
Primera edición: octubre de 2020
ISBN: 978-84-08-23306-0
Depósito legal: B. 13.185-2020
Impreso en España - *Printed in Spain*

El papel utilizado para la impresión de este libro está calificado como papel ecológico y procede de bosques gestionados de manera sostenible.

1

La mujer sin rastro (1998)

La luna llena intentaba competir con la luz que irradiaba Manhattan. Y, como siempre, salía perdiendo. Los carteles, las farolas y los locales que a aquellas horas de la noche todavía quedaban abiertos mantenían viva la ciudad. Las ventanas de los edificios se iban apagando conforme el reloj se acercaba a las tres de la madrugada, pero, de alguna manera, Nueva York siempre seguía despierta, incluso bajo el frío helador de diciembre.

Sin embargo, por aquel lugar no pasaba nadie. Solo algún ruido lejano interrumpía la tranquilidad. Los coches parecían dormir y la calzada estaba desierta. Nadie habría dicho que aquel silencio fuese posible en una calle tan transitada durante el día.

Una figura humana, delgada y pequeña, giró con rapidez por una esquina, cruzó la calle sin mirar y caminó por la acera, pegada a la verja que separaba los coches del parque. El movimiento de las hojas era el único testigo de su paso. Llevaba una capa negra y morada que le cubría hasta los tobillos, de donde asomaban unos puntiagudos zapatos que no hacían ningún ruido. Sus pisadas no dejaban huella. Las hojas secas se movían para, inmediatamente después, recolocarse en su sitio como si estuvieran ensayando un baile sordo a sus pies.

La figura avanzaba con un aire de nerviosismo y seguridad al mismo tiempo. Daba la impresión de que conocía a la perfección a qué lugar se dirigía, pero algo le impedía seguir adelante sin volverse cada pocos segundos, como si los tuviera calculados.

Continuó andando en línea recta, dejando atrás por lo menos diez calles, hasta que un aleteo sobre su cabeza la paralizó.

Se quedó quieta, como si el miedo, más que el frío, la hubiera petrificado. Como si ya fuese demasiado tarde.

No se atrevió a mirar hacia arriba hasta pasados unos instantes, y su alivio se hizo evidente cuando se percató de que tan solo se trataba de unas cotorras agitándose en una rama a varios metros sobre su cabeza. Tomó aire, miró atrás dos veces y prosiguió, aumentando la velocidad.

Aquella persona sabía que alguien la estaba persiguiendo, pero no podía averiguar si le había conseguido dar esquinazo o si su enemigo aparecería junto a ella en cualquier momento, para robarle, cortarle el cuello y dejarla muerta ahí mismo. Apretó el puño en el interior de su capa, asegurándose de nuevo de que lo que llevaba con ella estaba en su sitio.

Bajo la capucha, arrugó la nariz para ver mejor. No quedaba mucho para llegar a su destino. Ya podía ver la puerta que tendría que atravesar en breve. Apenas quedaban unos metros y parecía haber conseguido burlar a su enemigo.

Se relajó al sentir que estaba sola. Allí no había nadie más que ella. Y la Piedra Lunar.

Su misión no era muy complicada, aunque era consciente de que un fallo le podía costar la vida.

Dejándose llevar por la emoción, apretó el paso en cuanto llegó al lugar pactado. Sabía lo que tenía que hacer, el punto exacto en el que tenía que abandonar la Piedra Lunar para siempre. Había aprendido los conjuros desde pequeña, así que no necesitaba repasarlos. Había visitado ese lugar decenas de veces en su pasado, por lo que tampoco perdería tiempo titubeando. En unos segundos, la Piedra Lunar yacería en su sitio y toda la comunidad mágica estaría a salvo.

Cuando terminó su misión, se paró en seco para respirar profundamente un par de veces, consciente de toda la tensión que había estado acumulando en su espalda.

Lo había conseguido. La Piedra Lunar estaba a salvo.

Un ligero tintineo la volvió a poner en guardia. De pronto, el aire se volvió más pesado y supo que la habían encontrado.

Se volvió de forma brusca, esperando toparse con su enemigo de frente, pero justo cuando se dio la vuelta este le atacó por la espalda. No recibió un golpe, ni siquiera la rozó. Le bastó con hacer notar su presencia para que los peores temores de la maga se confirmaran.

Sabía que ningún hechizo podría herirla de gravedad en aquellos momentos, aunque no era eso lo que le preocupaba. Su enemigo no quería quitarle la vida, sino arrebatarle la memoria para conocer lo que había sucedido hacía escasos segundos.

Querían la Piedra Lunar. Pero lo que no sabían es que estaba dispuesta a protegerla con su vida.

Con un movimiento ágil de su capa, se transportó a escasos metros de ahí para huir. No tenía tiempo para pensar en si la habían descubierto, si todo el plan se había echado a perder por su culpa. Era demasiado tarde.

Y en ese mismo instante fue cuando se dio cuenta de que no viviría para saberlo.

Entonces, la mujer sin rastro supo lo que tenía que hacer.

No le quedaba otra opción. Cuando aceptó aquella misión, encargada en mitad de un campo de batalla, había sido consciente de que lo que estaba a punto de suceder podría llegar a ocurrir. Y, aun así, aceptó, prometiendo que solo llegaría a ese extremo si resultaba estrictamente necesario.

Vació la mente, intentando visualizar el mapa de Nueva York. Transportarse a cualquier otro punto de la ciudad no la salvaría de morir, pero por lo menos le daría la oportunidad de hacerlo tal y como se había pactado. Con un movimiento grácil, el negro y el morado de su capa se volvieron borrosos y aquel lugar quedó tan solitario como hacía apenas cinco minutos.

De pronto, el frío de la noche neoyorkina le volvió a azotar en la cara, haciéndola sentir más viva que nunca, explotando aquellos últimos segundos de humanidad que le quedaban. Dedicó unos instantes a todas las personas de las que se había despedido hacía menos de una hora en Niágara. Era lo único que podía hacer en lo alto de aquel edificio al que se había trasladado hasta que volvió a sentir esa maldita presencia a su alrededor. Cerca.

No tenía mucho tiempo.

Dio unos pasos hacia el lugar donde la azotea se encontraba con el vacío, como si lo que estaba a punto de hacer fuese otro truco de magia más. Pero aquello no tenía nada que ver con la magia. Y, sin embargo, lo abarcaba todo.

«Lo humano salva a lo mágico.»

Esa frase que había escuchado y leído en numerosas ocasiones, y que tanto había rechazado, al final se había vuelto una realidad. Quizá no se equivocaban tanto. La única manera de mantener con vida a la comunidad mágica dependía exclusivamente de un gesto humano.

Y no había nada más humano que morir.

2

Luna nueva en Manhattan (2016)

Helen Parker consultó la hora dos veces. La primera no fue consciente de que lo había hecho, así que volvió a iluminar la pantalla de su móvil por segunda vez para asegurarse de que no se le hacía tarde.

Con un suspiro, se sentó en el borde de la cama para hacerse sus habituales trenzas, que le caían sobre el pecho, una por cada lado. No le gustaba salirse de su aspecto habitual: trenzas, vaqueros negros y una camiseta blanca con algún estampado sencillo. Sin embargo, con el calor que la había despertado esa mañana, tuvo que cambiar los vaqueros por otro tejido más ligero.

En los últimos días apenas había salido de casa. Para muchos de sus compañeros de clase, las vacaciones de verano significaban grandes viajes alrededor de todo el planeta. Pero para ella la cosa no cambiaba mucho. Pasaba la mayoría de las tardes ayudando en The Chinese Moon, el restaurante chino de sus padres. Lo bueno de trabajar allí era que nunca pasaba calor, porque tenían el aire acondicionado funcionando a tope durante todo el día. Lo malo, que apenas le quedaba tiempo para salir a dar una vuelta. Aunque aquel problema no era el fin del mundo para Helen, porque, en realidad, no tenía demasiados amigos. Su mejor compañía era el dibujo. Podía pasar horas y horas delante de un papel en blanco, imaginando cientos de mundos distintos que podía empezar a crear con tan solo unos trazos.

Por eso, cuando llegó el 4 de julio, a Helen se le hizo tan raro tener que regresar al instituto que se sentía un poco nerviosa. Desde finales de junio, cuando terminaron las clases y los exámenes, no lo había vuelto a pisar, excepto para recoger sus notas.

—¡Helen! ¿Has cogido la cámara de fotos? —La voz de su madre se oyó desde arriba.

—¡Noooo! —respondió Helen, levantando la voz.

Le habría dado una explicación más elaborada, pero desde el sótano apenas se podía entender mucho más que un monosílabo.

Aun así, la madre de Helen abrió la puerta y bajó la escalera para seguir hablando con ella.

—¿Por qué? Hoy es un día muy especial, seguro que más adelante te alegrarás de habértela llevado porque... —insistió, aunque su voz se quedó en el aire al ver lo bien recogida que estaba la habitación de su hija.

Cualquier día que bajara al sótano, fuera la hora que fuese, su cuarto estaba siempre patas arriba, como si alguien acabara de entrar a robar algo que no conseguía localizar y hubiese rebuscado por todos los escondites posibles. Su madre la conocía lo suficientemente bien como para saber que si había hecho eso era porque estaba nerviosa o había algo que la preocupaba.

Cuando Helen nació y decidieron mudarse a aquel sitio, sus padres ya sabían que ella debería tener su habitación en el sótano, pues en la planta que daba a la calle estaba el restaurante familiar y en la de arriba apenas había sitio para la cama de matrimonio y un cuarto de baño. A nadie le gusta que su hija se críe viviendo en un sótano. Suele ser frío en invierno y caluroso en verano. Por ese motivo, los padres de Helen no eran muy exigentes con el orden de su habitación, aunque eso no implicaba que de vez en cuando tuviera que ordenarla.

—Mamá, ya nadie utiliza las cámaras de fotos, con el móvil ya basta, ¿no? —le contestó Helen. Su madre no le respondió. Seguía con la mente enterrada bajo una serie de pensamientos que no la dejaban ver más allá.

El 4 de julio es uno de los días más esperados por los estadounidenses, aunque también uno de los más temidos, sobre todo para quienes se dedican a la hostelería. Si ya de por sí al restaurante de los Parker siempre iba mucha gente, aquella noche se llenaría a rebosar, y Helen no estaría en casa para echar una mano.

—¿Mamá? —la llamó Helen, sacándola esta vez de su ensimismamiento.

—Vale, vale, lo que tú quieras —respondió ella, terminando de bajar los dos escalones que conectaban con el sótano.

Su casa, aunque no era muy grande, estaba perfectamente diseñada para poder vivir los tres, sin demasiados lujos. Mantener a una familia en el centro de Nueva York resultaba cada vez más complicado, por eso se esforzaban entre todos para sacar adelante The Chinese Moon y, sobre todo, mostrarse agradecidos con lo que tenían.

Puede que Helen no hubiera disfrutado de un gran salón en el que compartir momentos con sus padres y su hermano, pero había tenido siempre la enorme independencia que le otorgaba el sótano. De todas las habitaciones, aquella era la más grande, ya que ocupaba toda la planta baja de la casa. Una ventana daba a un patio interior, por donde se colaba más luz de la que alguien podría imaginar al pensar en un sótano en Chinatown. Los suelos eran de madera y estaban cubiertos de una moqueta perfectamente cuidada. Justo debajo de la ventana, Helen tenía una enorme mesa donde pasaba las tardes estudiando, dibujando o diseñando algún juego para el ordenador. Cuando era pequeña, ahí estaba la cama de su hermano mayor, pero cuando este se fue a la universidad y Helen ya tenía cada vez más deberes y exámenes, enseguida fue sustituida por una mesa de estudio.

En el otro lado, pegada a la pared, estaba su cama, un poco más grande que la típica cama individual. La colcha, prácticamente enterrada bajo una manta de peluches, tenía una ilustración del espacio y los planetas del sistema solar. También había una estantería a rebosar de figuritas, cómics, novelas gráficas y mangas, y justo a los pies de la escalera se encontraba su armario. No necesitaba mucho más para vivir, y ella adoraba ese espacio. Tenía un baño enano con una ducha en la que apenas podía moverse, pero no le importaba, ya que era solo para ella.

Las paredes estaban cubiertas de los personajes de sus historias favoritas, pósteres que ella misma había hecho imprimiéndolos en la copistería que había a la vuelta de la esquina o dibujándolos cuando no encontraba una imagen que le convencía.

En la mesilla de noche tenía tres marcos con fotos. En una de ellas aparecía una Helen de no más de cinco años en Orlando con su madre, su padre, su abuela y su hermano. En la otra, con una edad similar, salía ella sola comiendo su plato favorito del restaurante de su familia: sopa de pollo y maíz. El tercer marco estaba vacío.

Por extraño que pareciera, no le molestaba mucho el ruido del restaurante, que estaba justo sobre su techo. En realidad, durante las horas de más bullicio Helen se dedicaba a ayudar a su familia con los clientes, por lo que no tenía tiempo de darse cuenta de si le fastidiaba el ruido o no. Además, si algún día tenía que estudiar, simplemente se ponía los cascos y se dejaba llevar por las bandas sonoras de sus películas de fantasía favoritas.

—Bueno, es hora de irme —dijo Helen, mirando de nuevo su móvil. Eran las siete menos veinticinco. Si salía ahora, estaría a menos diez en el instituto, con tiempo de sobra para montar en el bus que los llevaría al Empire State Building. Se le hacía raro tener que ir al instituto por la tarde; sin embargo, aquel era un día especial.

—Genial, cariño, pásalo muy bien, ¡ya me contarás qué tal la experiencia!

Por el tono con el que habló, su madre parecía mucho más emocionada que ella. Pero, en el fondo, a Helen también le hacía muchísima ilusión ir, aunque quizá no lo mostrara porque estaba un poco cansada. No solo era 4 de julio e iba a ver los famosos fuegos artificiales de Manhattan, sino que además lo iba a hacer desde uno de los lugares más emblemáticos de la ciudad.

Unos pocos alumnos de su instituto habían sido seleccionados, junto a otros del resto de barrios de Nueva York, para disfrutarlos desde lo alto del Empire State Building. A pesar de que Helen se había criado en la ciudad, nunca había tenido la oportunidad de subir a aquel edificio. Sabía que era algo que podía hacer cuando quisiera porque vivía ahí, y quizá por eso nunca encontraba el momento de comprar entradas para el observatorio.

Helen le dio un beso a su madre y subió con ella al restaurante, tras apagar la luz de su habitación. Salieron juntas al pasillo que daba a la cocina y a los baños. A la habitación de Helen se accedía directamente desde una puerta en ese mismo pasillo marcada con la palabra PRIVADO en letras amarillas y protegida por una llave que todos llevaban siempre encima. Jamás un cliente había entrado por equivocación en el sótano, aunque no era algo que quisieran que sucediera, y por eso aquella puerta permanecía siempre bloqueada.

—Nos vemos luego, despídete de papá de mi parte —dijo Helen, esquivando las mesas con elegancia. Repetía ese recorrido tantas veces al día que podría hacerlo con los ojos vendados sin chocarse con nada.

Todavía no era la hora de cenar, pero el restaurante ya estaba medio lleno. La buena reputación que había conseguido en las redes sociales y su situación en una de las calles más transitadas de la zona turística de Chinatown hacían de The Chinese Moon un lugar que, como la ciudad, nunca descansaba.

Helen salió por la puerta, haciendo sonar la campanilla con aquel tintineo al que ya se había habituado después de tantos años, y el calor del verano la azotó de golpe. Esperaba que a esa hora ya hubieran bajado las temperaturas, pero se equivocaba. Soltó aire y se puso en marcha, colocándose un casco en cada oreja, lista para desconectar durante quince minutos.

En el fondo, Helen se moría de ganas de subir al observatorio del Empire State Building. Sacar buenas notas y tener un buen comportamiento en el colegio por fin tenía sus ventajas. Y es que ser asiática y obtener buenos resultados académicos siempre le agobiaba mucho, porque todo el mundo suponía que, por el simple hecho de ser china, tenía que ser un as en asignaturas de ciencias y cálculo. Y, por supuesto, no era así.

Aunque había algo más. Para ella, era evidente que el hecho de ser medio china hacía que algunos de sus compañeros la señalaran. Además, a menudo prefería estar sola y dedicarse a dibujar. Se había acostumbrado a sobrar cuando les mandaban ponerse por parejas para hacer trabajos, a pasar los recreos sola y a quedarse en casa estudiando los viernes por la tarde. Helen no se llevaba mal con nadie, pero no tenía un grupo de amigos con los que sobrevivir a los momentos más duros y disfrutar en los más divertidos del instituto. Había gente con la que hablaba, sí, pero eran más amigos de su novio que de ella. De hecho, si Evan no estuviera en su vida jamás le habrían dirigido la palabra. Aunque a ella le daba igual: mientras tuviera su material de dibujo, no había nada más que necesitase.

Por eso apenas había hecho amigos en esos años. Sin embargo, Helen consideraba el instituto un mero trámite, un lugar por el que pasar sin llamar la atención ni buscarse problemas, así que le daba bastante igual la actitud de algunos de sus compañeros.

Aquel día apenas conocía a las personas con las que iba al Empire State. Solo una era de su mismo curso, Selena. Habían sido muy amigas tiempo atrás, pero en los últimos dos años se habían distanciado porque Selena se sentaba siempre con el grupo de los populares. A pesar de que las cosas entre ellas habían cambiado, las veces que habían hablado siempre se mostraba simpática.

La música de los Black Eyed Peas sonó en sus cascos durante todo el recorrido al colegio y Helen se dejó llevar por el ritmo, dando pasos marcando los tiempos. Enseguida vio el autobús que los llevaría al centro a ella y a cuatro alumnos más de su instituto. No era muy grande, un microbús de siete plazas. Conforme se fue acercando, distinguió a su profesora de Historia, que charlaba animadamente con la de Educación Física.

—Ay, Helen, qué bien que hayas llegado tan puntual —suspiró esta última al percatarse de que su alumna ya estaba ahí.

Helen no pudo esconder la sonrisa pícara que se formó

en sus labios. Incluso ellas, con las que nunca tenía clase a primera hora, sabían que siempre apuraba para llegar a clase.

—Sube, sube —la instó la profesora de Historia—, solo falta... eh...

—Charlie —concretó la otra—. Ha entrado un segundo al baño. Si quieres ir, Helen, el momento es ahora, luego no sé si tendréis tiempo —le recordó.

Pero Helen subió directamente al autobús.

En el interior solo estaba Selena. Se sentó a su lado al ver que había un asiento libre.

—¿Cómo estás, Helen? ¿Qué tal han ido estos días de vacaciones? —la saludó.

Helen se preguntó si Selena le daría conversación durante todo el viaje, porque se había preparado una lista de reproducción que le daría mucha pena tener que aplazar para otro momento.

—Bien, nerviosa —respondió mientras se ponía el cinturón.

La verdad es que no había hecho mucho más que ayudar a sus padres en el restaurante. Apenas llevaban una semana sin clases y todavía estaba intentando adaptarse a la rutina de no tener que estudiar ni madrugar, que era lo que peor llevaba.

A Selena se le iluminaron los ojos.

—¿A ti también te dan miedo las alturas?

Cuando Helen iba a responder, su voz fue ahogada por la de su profesora de Historia hablando por el megáfono del microbús.

—Vale, ya estamos los cinco —anunció mientras Charlie subía la escalera y se sentaba en la primera fila—. Ahora voy repasar las indicaciones que os di el otro día para que no tengamos ningún problema, ya que una vez lleguemos probablemente va a ser todo un caos.

La profesora se recolocó las gafas y repitió de nuevo las directrices, haciendo especial énfasis en que si se perdían la llamasen inmediatamente por teléfono, que intentaran no separarse y que fuesen amables con los alumnos del resto de institutos que habría allí.

Justo antes de que arrancara el bus, la profesora fue uno a uno repartiendo los pases. Helen se lo colgó del cuello, colocándoselo bien por detrás para que no le raspara, y pasó el resto del viaje intentando animar a Selena, que no paraba de actualizar la aplicación del tiempo en Manhattan. Si había algo que le aterrorizaba más que las alturas era que una tormenta les pillara ahí arriba. Helen había estado siguiendo las predicciones meteorológicas en los últimos días y habían anunciado lluvias en toda la costa Este, pero no quiso recordárselo a Selena para no empeorar la situación.

Por ahora, el cielo estaba oscuro, aunque parecía aguantar. Esperaba que la tormenta no comenzase hasta que ya hubieran bajado del Empire State Building.

El tráfico estaba imposible y tardaron casi media hora más en llegar en comparación con el recorrido normal, pero iban con tiempo de sobra. El autobús tuvo que parar a dos calles de distancia porque iban a llegar más rápido a pie, así que todos bajaron y caminaron hasta el edificio.

Helen se había acostumbrado a ver su ciudad como lo más normal del mundo. Los rascacielos se habían convertido en su día a día, a pesar de que no saliera mucho de su barrio, y muy pocas cosas la impresionaban.

Intentó imaginar cómo sería entrar en aquel edificio por primera vez. Había algo en su color grisáceo, interrumpido por centenares de cristaleras azules, y en su perfecta simetría que hacía del Empire State Building un rascacielos aburrido y moderno a la vez. Por su apariencia, parecía como si hubiese crecido desde el suelo y se hubiera ido estirando, dejando atrás partes de su estructura y terminando en su punto más estrecho. La enorme antena que lo coronaba le daba un aspecto muy especial. Por la noche, la zona superior se iluminaba, cada día con unos colores diferentes. Helen pensó que en un rato estaría observando la ciudad desde ahí arriba y se emocionó.

Después de unos minutos de espera intentando consolar a Selena, que estuvo a punto de echarse atrás, pasaron la seguridad del edificio y entraron en los ascensores que los llevarían hasta el observatorio. Helen nunca había estado allí y miraba a su alrededor, intentando empaparse de cada detalle para contárselo a sus padres en cuanto llegara a casa.

Estar en el interior del edificio era como haber sido invitada a una fiesta de gala a la que ella había acudido con pantalones vaqueros rotos y una camiseta de tirantes que de tanto lavarla había empezado a desteñirse. Le llamó la atención el griterío que había en su interior. Alrededor de cien alumnos de su edad de diferentes institutos de la ciudad se encontraban allí con sus profesores, igual o más emocionados que ella por disfrutar de un 4 de julio inolvidable.

Media hora más tarde, todavía con los oídos doloridos por la velocidad del ascensor para subir hasta el observatorio, Helen salió al exterior en la planta 102. Una brisa mucho menos cálida que la que había en la calle jugó con los mechones que se escapaban de sus trenzas.

Lo primero que vio fue el cielo, donde el naranja del atardecer se intentaba hacer un hueco en el oscuro horizonte. Las nubes amenazaban con descargar lluvia en cualquier momento.

Después, sintió el ruido como si fuera una vibración en su cuerpo. Desde ahí arriba todo se percibía de forma diferente: era como si las ambulancias que escuchaba en la distancia estuvieran pasando a su lado, pero al mismo tiempo las estuviera oyendo a kilómetros de distancia.

Y, por último, se fijó en los rascacielos. El observatorio ya estaba lleno de alumnos, pero Helen consiguió encontrar un hueco para asomarse y verlos con tranquilidad. Mirara donde mirase había edificios, calles, coches y luces. Desde arriba, la ciudad parecía un juguete que uno pudiera dirigir a su antojo. Le fascinó la sensación de controlarlo todo y, al mismo tiempo, de ser una mera observadora de lo que ocurría a cientos de metros a sus pies.

Helen oyó a Selena chillar a su espalda y aquello la hizo volver al mundo real.

—¿Es tan horrible como imaginabas? —le preguntó, sin saber muy bien qué decir para distraerla.

A pesar de tener terror a las alturas, Selena había subido hasta el mirador porque no quería dejar pasar aquella oportunidad, y eso era algo que Helen admiraba de ella.

—Más o menos —respondió con un hilo de voz—. Me impresiona mucho el hecho de ver los rascacielos por arriba, ¿sabes? En plan ver las azoteas, los helipuertos y todo eso...

Helen se volvió de nuevo hacia el abismo, intentando retener esa imagen para siempre en su memoria. A su alrededor todo eran empujones y emoción. Decidió caminar por el observatorio, pivotando alrededor de la gran antena del edificio, para tener una vista de la ciudad desde cualquier ángulo posible. Conforme pasaban los minutos, las luces de las oficinas que todavía seguían ocupadas se hacían más visibles, creando miles de pequeños mundos en miniatura.

Helen cerró los ojos y dejó que el viento siguiera jugando con su pelo. Había ido a muchas excursiones con el instituto, pero ninguna se parecía a aquella. Sobre todo, porque era en verano y no tenía que estar pensando en los exámenes. Si se mantenía así, quieta, en completa oscuridad, sentía que podía evadirse de todo, hasta tal punto que, a esa altura, se imaginaba fundiéndose con las oscuras nubes que amenazaban tormenta, como si fuera un avión que las atravesaba.

Acababa de cumplir dieciocho años. Tenía el futuro por delante. Se imaginó en la universidad, dibujando todo tipo de criaturas mágicas en los márgenes de los libros. O, mejor, trabajando como ilustradora de novelas de fantasía. Se le avecinaban tantas cosas que no sabía si tener miedo o estar emocionada. Se dejó llevar por esa sensación de *flow*, una plenitud inesperada que le habría gustado retener para siempre.

Y de repente, a lo lejos, como si la llamaran desde otra dimensión, escuchó su nombre y abrió los ojos. Se volvió y vio a Selena haciéndole señas para que fuera con ella, la profesora de Educación Física y el resto de alumnos de su instituto. Los fuegos artificiales estaban a punto de empezar.

Helen caminó hacia ella y, en ese instante, se oyó un ruido ensordecedor.

«¡Ya han empezado!», fue lo primero que pensó. Pero la cara de terror de su amiga le hizo darse cuenta de que aquel ruido no había sido un fuego artificial. Helen levantó la cabeza justo cuando las primeras gotas comenzaron a caer.

El pánico cundió en el observatorio en cuestión de segundos. Todos los alumnos sacaron sus paraguas, otros se fueron a refugiar sin éxito bajo algún saliente, pegados a la estructura del edificio. Charlie había traído un paraguas y les propuso compartirlo, así que los tres esperaron, pacientes, a que los fuegos artificiales empezaran de una vez.

Selena temblaba a su lado con cada trueno y se encogía con cada relámpago. En un impulso, Helen le dio la mano y vio que la tenía congelada.

En ese momento, el espectáculo pirotécnico comenzó al lado del río Hudson. Unos gritos de asombro compitieron con los primeros cohetes para ver cuál se oía más alto. Al principio, subían tímidos, pero enseguida empezaron a salir disparados en todas las direcciones, su vuelo calculado al milímetro para que nada saliera mal. Las luces de color azul, blanco y rojo se lanzaban hacia el cielo como si lo estuvieran desafiando. Aunque hubiera caído la mayor tormenta del siglo no se habrían cancelado, porque el 4 de julio era el día más importante para la nación.

A los cinco minutos el espectáculo cambió, pasando a esbozar formas en el aire que el viento se empeñaba en desdibujar. Un trueno hizo que Selena diese un bote y alguien gritara a su espalda del susto. Helen le dio un apretón en la mano para intentar tranquilizarla, pero de pronto sintió que todo a su alrededor se movía a cámara lenta.

En cuestión de un segundo, con un ruido realmente ensordecedor y una luz que la obligó a cerrar los ojos y taparse la cara con las manos como acto reflejo, un rayo cayó de lleno en la antena del Empire State Building.

El edificio se sacudió y Helen, en aquel estado de confusión, habría asegurado que el suelo llegó a moverse. Se oyeron gritos histéricos. Algunos paraguas salieron volando y, a pesar de que el ruido se fue tan rápido como había llegado, todo a su alrededor era un caos. Con los oídos todavía doloridos y el reflejo de la luz en la retina, Helen intentó ponerse de pie, tras volver en sí. Todo parecía ocurrir de forma drástica, pero su mente se empeñaba en mostrárselo despacio, como si no fuera capaz de asimilarlo de golpe. Las piernas le fallaron y se golpeó con las rodillas en el suelo, justo para evitar que sucediera lo mismo con su cabeza.

Alguien gritaba su nombre, y otra persona le tiraba con urgencia del brazo para que se levantara. O quizá fuera la misma.

Helen parpadeó a cámara lenta, intentando no perder el conocimiento. Su mente era como una nebulosa de luces, ruidos y confusión. Parecía sumida en una sensación de irrealidad. En los últimos segundos habían pasado demasiadas cosas de las que no estaba segura, pero había una de la que no tenía ninguna duda. Un tremendo rayo había impactado en el famoso rascacielos de Nueva York con decenas de jóvenes al aire libre en su observatorio.

3

El zumbido

Aquella noche, al llegar a casa, Helen se fue directa a la cama. No durmió bien. Se pasó toda la noche intentando recordar el singular sonido que había hecho el rayo al impactar en el edificio. Pero, por más que lo quería evocar, lo único que oía era un zumbido constante. En todas las series que había visto, los personajes, cuando sobrevivían a una explosión o a algún ruido fuerte, siempre presentaban ese síntoma. Sin embargo, Helen no pensó que pudiera ser real hasta que lo vivió en persona. Notaba los oídos taponados, como si se le hubieran llenado de cera. A su alrededor, todo parecía irreal. Incluso la mesa de su habitación, donde estaría en aquel momento dibujando si no fuera por su malestar, parecía emitir un extraño zumbido.

La familia de Helen sabía que, precisamente, ese era el síntoma de que su hija estaba enferma. Por eso no la habían molestado al llegar a casa. No les había llegado la noticia de lo que había sucedido, por lo que no hicieron más preguntas. En el fondo, Helen se sintió mal. Habría preferido contarles todo, pero no se encontraba bien y no quería revivirlo. Aquel sonido se había clavado en su memoria y, a pesar de ello, era incapaz de traerlo de vuelta.

Envuelta en sus cavilaciones, se quedó dormida. Durante la noche, se fue despertando continuamente hasta que su móvil marcó las siete de la mañana. Decidió levantarse, fue al baño y regresó de nuevo a la cama, pensando en la mala suerte que tenía siempre cuando madrugaba justo el día que podía dormir hasta tarde. Y, sin quererlo, se sumergió en un profundo sueño. Las imágenes cambiaban rápido, por lo que enseguida supo que estaba soñando. Como si fuera otra persona, Helen se vio a sí misma sentada frente a su mesa, donde tantas horas había estudiado y dibujado, y sacando un papel en sucio. Esa Helen no tenía ganas de dibujar nada en particular, simplemente quería dejar que su mente tomara las riendas...

Con un lápiz, comenzó a trazar líneas que se cortaban perpendicularmente. Marcó la parte inferior de un rectángulo y empezó a dibujar cuadraditos en su interior. El rectángulo fue perdiendo la forma y se convirtió en algo que Helen enseguida pudo reconocer: el Empire State Building. La chica cambió de material y pasó el dibujo a tinta. Sus trazos eran cada vez más agresivos, más rápidos. Como si los hiciera sin pensar. Cada vez que surcaba el papel, sentía que entraba en una especie de trance del que no quería salir. Siempre que dibujaba algo que la apasionaba le pasaba lo mismo: se metía en su propia burbuja, de la que podía no salir en horas.

Pero aquella vez era diferente. Una extraña fuerza la empujaba a seguir adelante. Como si su mano fuese un segundo por delante de su mente y decidiera por ella. Terminó de dibujar el edificio, nerviosa, casi clavando el rotulador negro sobre la hoja. Se puso de pie para observar su creación. Torció la cabeza. Había algo que no le terminaba de convencer. Empezó a rebuscar entre sus materiales y, de un golpe, tiró un vasito de agua teñido de amarillo. Otra de las cosas que tendría que haber recogido y que, como siempre, le había jugado una mala pasada. Helen maldijo en voz alta, levantando rápidamente el vaso para que no se derramara más, pero ya era demasiado tarde. Creando un camino sinuoso, como si fuese un rayo a punto de caer sobre su próximo objetivo, la línea amarilla se dirigía hacia la antena del Empire State Building.

Después, la escena cambió. Helen ya no tenía dos trenzas. Llevaba el pelo suelto y no tendría más de cinco años. Mientras su familia comía a la mesa, ella pasaba el tiempo rodeada de rotuladores de todas las tonalidades. Su abuela le había regalado un maletín lleno de materiales de dibujo y estaba intentando pintar un camaleón con los colores del arcoíris. Cuando ya había terminado y solo le quedaba el morado, se equivocó y utilizó el rosa, estropeando el dibujo en el que tanto se había volcado. La niña se echó a llorar, llamando la atención de su padre, que acudió enseguida para ver qué pasaba.

De pronto, todo se volvió borroso otra vez. El rosa se fusionó con el morado, creando un torbellino púrpura. Helen se vio a sí misma un par de años atrás. Estaba en la antigua habitación de Selena, antes de que su familia y ella se mudaran a las afueras de la ciudad. La Helen de dieciséis años no lo sabía, pero aquella sería la última vez que Selena la invitaría a su casa. A partir de ahí, cambiaría todo.

—¿Por qué no aceptas? Es guapo, simpático, todo el mundo lo adora... ¡lo tiene todo!

Selena deslizaba el dedo por la pantalla del móvil de Helen. El perfil de Evan Huang estaba tan cuidado que parecía hecho por un fotógrafo profesional. Todas sus fotos tenían un filtro azul claro que aportaba tranquilidad.

—No lo sé, nunca he tenido novio —respondía una Helen que ahora sí que llevaba trenzas.

A esa edad, la mayoría de la gente de su clase ya se había

enrollado con alguien. En ocasiones, las parejitas parecían sacadas directamente de los clichés de una película romántica. La pareja perfecta que formaban los delegados de clase, los que estaban todo el día cortando y volviendo, los que solo se liaban en las fiestas... A veces, Helen se sentía un bicho raro por no ser como ellos, pero nunca había sentido esa necesidad de estar con alguien como alguna de sus amigas sí que había manifestado. Se preguntaba si sería porque todavía le faltaba un poco para madurar o si sucedía todo lo contrario, que era más madura para su edad que sus compañeros.

—¿Y qué pasa? Siempre hay una primera vez, ¿no?

La expresión «primera vez» se empezó a repetir en el aire, como el zumbido, que seguía allí incluso en su sueño y cada vez subía más y más de volumen...

Helen Parker se levantó de un sobresalto. En cuanto recuperó el aliento, se sentó sobre el borde de la cama y miró la hora. Eran las once de la mañana. Bostezó, pensando en si habría recuperado todo el sueño que había perdido a base de despertarse y dormirse durante la noche. Se tocó el pelo y se deshizo las trenzas. Se había metido tan cansada en la cama que no se las había deshecho. Recordó todo lo que había soñado aquella noche y, de pronto, la imagen del dibujo cruzó su mente. Como si se tratara de una película de fantasía en la que ella fuese la protagonista, Helen se puso de pie, caminó hacia la mesa y relajó los hombros al ver que estaba vacía. No había ni rastro del dibujo de su sueño, ni tampoco ningún vaso con restos de agua teñida de amarillo.

Recordó otros dos sueños más que había tenido. Uno, de cuando era una niña que pintaba con los colores del arcoíris... y el otro, cuando Selena y ella eran inseparables. Con el tiempo se fueron distanciando, pero ahora su mente la había traído de vuelta, probablemente influida por su encuentro el 4 de julio.

Volvió a consultar la hora del reloj, aunque su pantalla ya

estaba encendida. Le acababan de entrar varios mensajes de un grupo de Telegram de sus amigos. Los leyó primero desde la pantalla de notificaciones y después los abrió.

Anne: Helen!!!!! Qué ha pasado?

Tommy: ????

Louis: Eso, estás bien, no? Me ha contado mi madre que os llevasteis un susto anoche.

Anne: :(

Samantha: Selena ha subido un *story* esta mañana diciendo que necesitaba desconectar de todo y que iba a desaparecer durante unos días de Instagram porque no se encontraba bien.

Tommy: Alguien me puede explicar de qué estáis hablando??

Samantha: Que anoche les cayó un rayo en el Empire State a los que se fueron a ver los fuegos artificiales desde ahí, tanto a la madre de Louis como a la otra profesora, Selena y otros más.

Tommy: ¿Qué?

Samantha: Y a Helen, claro.

Evan: Hola! Helen está bien, he hablado esta mañana con sus padres. Todavía no

se ha despertado, pero les he dicho que
me avisen en cuanto sepan algo.

Samantha: Ok, Evan, gracias!

Anne: ¿Y si vamos a verla luego? Joder, menudo susto.

Tommy: Si le ha caído un rayo encima, igual no está para muchas visitas... digo yo.

Anne: Yo quiero ir, si a sus padres no les importa, claro.

Evan: Vamos a esperar a que se despierte.

Helen tuvo que leer dos veces la conversación antes de responder que estaba bien.

Helen: Hola, chicos, gracias por preocuparos, no me pasa nada. De verdad :) Fue solo un susto, pero estoy perfectamente. No hace falta que vengáis.

Anne: Helen!!!!! Jope, déjanos ir a verte que me he preocupado, en serio.

Samantha: Yo también, sobre todo después de ver los *stories* de Selena.

Evan: ¿No podemos pasar un ratito aunque sea a darte un abrazo?

Las palabras de Evan no le sentaron bien, sobre todo porque sabía que el chico las había escogido con un solo propósito: que al decirlo por el grupo, abiertamente, Helen no pudiera negarse porque quedaría raro.

Helen: Vale, está bien. Pero después de comer, porfa.

Anne: Vale!!! Te llevaré algo de postre.

Tommy: Resumen, porfa.

Samantha: No hay tantos mensajes, Tommy.

La conversación se quedó ahí. Helen bloqueó el móvil, aunque su pantalla enseguida volvió a iluminarse. Evan le estaba mandando mensajes por privado, diciéndole que se pasaría antes a verla. Ella se sintió tentada de responder en ese mismo momento, pero decidió esperar. Al final, después de mucho insistir, lo convenció para que llegara a la misma hora que los demás.

Caminó hacia el pequeño baño que había en su habitación, se dio una ducha rápida y se vistió con la ropa de siempre. Sus padres bajaron a verla y enseguida llegaron Evan, Anne, Louis y Samantha.

—¿Y Tommy? —preguntó Helen, al ver que faltaba el sexto integrante del grupo de amigos de su novio.

—Tarde, como siempre —respondió Samantha, encogiéndose de hombros—. He visto en Instagram que todavía no ha salido de casa.

—¿Cómo te encuentras? —le dijo Evan a Helen, dándole un beso en los labios.

La chica no se sentía cómoda con ese gesto delante de todos sus amigos. Se lo había dicho a Evan varias veces, pero nunca le hacía caso.

Evan Huang, su novio desde hacía dos años, tenía muchas virtudes. Era una persona atenta, cariñosa y dispuesta a hacer lo que fuera por Helen y su familia. El típico chico que caía bien a todo el mundo y al que su abuela adoraba. De hecho, en muchas ocasiones se había ofrecido sin que nadie se lo pidiera a ayudar en The Chinese Moon cuando eran épocas de mucho trabajo. Sus padres estaban encantados con él, sobre todo porque también era de ascendencia china, como la familia materna de Helen, y todo el mundo decía que era adorable. Pero había cosas de Evan que la sacaban de sus casillas. Y esa era una de ellas.

—Muy bien, de verdad. No me pasó nada. Os estáis preocupando sin razón.

—De eso nada —la interrumpió Anne—. ¿Sabes que ha salido en las noticias? Y que Selena está súper rara. No la veía así desde que se tuvo que hacer dos veces una prueba de embarazo porque la primera fue un falso positivo y la segunda...

—Mi madre igual, pero es por el susto —la cortó Louis—. Ya se le pasará, aunque ahora mismo está como en *shock* y prefiere que la dejen sola.

Helen entendió exactamente a qué se refería su amigo. De hecho, eso es lo que preferiría estar haciendo ahora mismo: tener tiempo para ella, para descansar y recuperar la mala noche de sueño que había pasado. Estar con el móvil, jugar a Animal Crossing en su vieja consola, que, milagrosamente, todavía funcionaba... y poco más. Pero no había podido quitarse de encima a sus amigos. Sobre todo a Evan. De hecho, una hora más tarde, cuando todavía no había llegado Tommy, los cuatro se marcharon. Solo Evan se quedó en la habitación con Helen.

—A mí me puedes decir la verdad. Lo sabes, ¿no? —insistió.

—Sí, lo sé. Que estoy bien, en serio. Necesito estar sola, nada más.

Su novio parecía no entender que, aunque le gustaba estar con él, también necesitaba su espacio, y ahora, después de una noche agitada, quería descansar y no tener a nadie al lado. Simplemente necesitaba estar a solas con ella misma.

—Yo creo que deberías ir al médico, porque esto te puede crear algún tipo de secuela. Lo hablaba antes con Anne. Aunque no te duela nada, ni siquiera la cabeza, es posible que en unos días...

La mente de Helen despegó y comenzó a viajar a kilómetros de allí. No tenía ganas de seguir escuchando a Evan. El verano acababa de comenzar pero ella estaba muy lejos de relajarse. Todavía no había decidido qué iba a hacer en septiembre, y ya se le habían pasado un montón de plazos de matrícula por el simple hecho de que no sabía tomar una decisión.

Con tan solo dieciocho años, le resultaba difícil saber qué la haría feliz con cuarenta. Sus padres querían que estudiase, como había hecho su hermano Jack, ya fuera lejos de Nueva York o en la ciudad, si se lo podían permitir. Sin embargo, ella no lo tenía del todo claro. Lo único que le habría gustado hacer era pilotar aviones, algo con lo que soñaba de pequeña, pero sus padres le decían siempre que eso no podía ser.

Y los días se convirtieron en semanas y en meses, y Helen seguía sin decidir qué quería estudiar, por lo que no le quedaban muchas opciones. Había sido admitida en la carrera de Dirección de Empresas en la Universidad de Chicago, unos estudios de lo más convencional, una carrera muy práctica, eso sí. De todas las asignaturas que había cursado en el instituto, la de Economía se le daba muy bien y le gustaba. Pero lo que no sabía era si quería dedicarse a ello toda su vida. Helen suspiró sin querer, y fue en ese instante cuando Evan se dio cuenta de que no lo estaba escuchando.

—¿Ves como te pasa algo?

Helen se mordió el labio, intentando contar hasta diez antes de hablar, pero se quedó en el tres.

—Evan. En serio, es que no sé cómo deciros que quiero estar sola —le espetó—. Te has dejado llevar por el alarmismo de Anne.

—No, tú no quieres estar sola —la corrigió su novio—. Lo que quieres es evitar que hablemos de la conversación de siempre.

Con un movimiento instintivo, Helen miró hacia la puerta de su habitación, junto a la escalera, para asegurarse de que estaba cerrada.

—¿No te das cuenta? Este tema te da pánico —le dijo él.

—¿Y qué si me da?

Helen sabía lo que quería decir Evan. A ella le gustaba vivir en su mundo, hecho de magia, de criaturas surgidas de su imaginación, de dibujos a los que dedicaba horas y más horas, y prefería eso a irse de fiesta y ver salir el sol después de una noche con los amigos.

Evan se frotó la cara con la palma de la mano.

—Es que tienes que salir de tu burbuja, Helen. Ya no tenemos quince años. Tienes que madurar. La gente no va por ahí pintando cosas y viendo dibujos animados raros, hay que salir, divertirse, vivir nuevas emociones... Es nuestro último verano antes de la uni. No pasarse el día encerrada en este... este...

Levantó las manos, señalando al techo.

—Vete de aquí, por favor. No te lo voy a repetir dos veces —contestó ella, molesta.

El tono de Helen asustó a Evan.

—Helen, no te pongas así, porfa. Que no lo decía a malas, de verdad.

—Ya me has oído —insistió.

Estaba cansada de escuchar siempre lo mismo. Que si era un poco rara, que si era la friki del curso, que si era china, que si... Harta, sí, eso estaba. Y quería que la dejaran en paz un rato, Evan incluido.

Este recogió sus cosas en silencio, metiéndose las llaves en un bolsillo del pantalón y el móvil en el otro.

—Perdona, no quería decir eso. Sé que es importante para...

—Ya, pero lo has dicho. Y si lo has dicho abiertamente es porque lo has pensado muchas veces —le respondió Helen.

Evan abrió la boca para rechistar, pero se dio cuenta de que ya era demasiado tarde y abandonó la habitación. Se despidió con un susurro y le prometió llamarla por la noche. Lo hizo varias veces, pero Helen dejó su móvil en modo avión. No quería escuchar nada ni a nadie. Ya tenía suficiente con el zumbido.

4

Los patos rosas de Central Park

Alexa dejó que su vista se perdiera entre los rascacielos de Manhattan. La sala de reuniones, situada en lo más alto, tenía la mejor panorámica del *skyline* de Nueva York. Desde la Estatua de la Libertad no se veía Central Park, pero había estado tantas veces en aquel parque que conocía cada esquina de memoria. Los turistas más madrugadores ya regresaban en los ferris de vuelta a la ciudad después de haber visitado la isla donde estaba la estatua, listos para continuar su recorrido. Alexa pensó en lo estresante que tenía que ser querer conocer Nueva York en unos pocos días. Ella todavía descubría nuevos lugares después de toda una vida cambiando de barrio y de instituto... Aunque, por lo menos, aquellos turistas habrían vivido en primera persona los fuegos artificiales de la noche anterior, que era algo que solo pasaba una vez al año.

A sus espaldas, el bullicio continuaba, y los adultos hablaban cada vez más alto, pero ella hacía tiempo que había desconectado su mente de la conversación. No le apetecía seguir discutiendo sobre si lo que había pasado era una casualidad, una broma pesada o algo más... Al parecer, al resto de personas sí.

El vocerío siguió durante varios minutos y no se interrumpió hasta que la directora abrió la puerta y la cerró con un golpe nada amable. Nunca la había visto entrar así a una reunión. Aunque lo cierto era que en los últimos años no se habían juntado muchas veces.

—Por favor, sentémonos y solucionemos este tema cuanto antes —exclamó en un tono brusco.

Todos le hicieron caso al momento, quizá porque estaban esperando conocer la opinión de la directora o simplemente porque tenían demasiada curiosidad por si había una versión oficial de lo que había ocurrido. Alexa se alejó de la ventana y se sentó con el resto de sus compañeros en una esquina de la enorme mesa. No sabía muy bien qué pintaba allí. Todo el mundo a su alrededor le sacaba, por lo menos, quince años. De las personas que se habían reunido, ella era la más joven.

Su mente se fue a la última vez que se habían reunido para tratar un tema importante y no pudo recordarla. Había pasado demasiado tiempo y ella todavía estaba estudiando.

Vista desde fuera, aquella reunión parecía más bien un reencuentro entre amigos que una comunidad de magos. Ninguno de ellos, excepto John Cullimore y Fiona Fortuna, vestía con capa. El resto, al igual que Alexa, se había pasado a ropa normal y corriente: vaqueros, camisetas y zapatillas de deporte, a excepción de aquellos que tenían que irse después a trabajar a la oficina y llevaban ya puesto el traje.

—¿Tenemos alguna novedad...? —empezó a preguntar alguien.

La directora levantó la mano pidiendo silencio. Aunque ya no tenía ninguna escuela que dirigir, Fiona Fortuna continuaba siendo la figura superior a la que todos acudían en caso de emergencia. Como en aquel preciso momento. Desprendía un aura de tranquilidad, demasiada para la situación que podría estar ocurriendo a varios kilómetros de donde se encontraban.

Que la Estatua de la Libertad fuera su lugar de reunión habitual podía parecer un sueño hecho realidad. Y en parte lo era. Estar en lo alto de la corona te regalaba unas vistas únicas de la ciudad, y encima ellos lo podían hacer sin pedir permiso ni pagar un solo dólar. Pero también tenía muchos inconvenientes para Alexa, más allá de lidiar con la masificación turística: el más importante, lo lejos que estaba de Manhattan cuando iba con prisa. Si tan solo les permitieran viajar de una manera que no fuera la convencional...

—Por favor, que alguien me ponga al día de lo que está sucediendo. Con vídeos, fotos... Lo que tengáis.

La serena voz de la directora sacó a Alexa de sus pensamientos, aunque había uno que no podía quitarse de la cabeza: la foto de unos patos rosas nadando en el lago más grande de Central Park. Esa imagen se había clavado en su retina desde que se la habían mostrado nada más despertarse.

—A ver, el *hashtag* #PatosRosas es *trending topic*, y también Central Park, o sea que no es difícil encontrar toda la información. Mira...

Alexa no necesitó reconocer esa voz para saber quién se había ofrecido voluntario para ayudar a la directora.

—Anita, por favor, proyecta algunos de los vídeos que más difusión están teniendo. —La mujer obedeció al instante y una pantalla apareció de la nada en el centro de la mesa de la sala de reuniones. Se podía ver sin problema por cualquier lado por el que la mirases—. Este lleva tres millones y medio de visualizaciones en... dos horas —prosiguió John Cullimore, señalando un vídeo grabado en vertical por unos jóvenes en uniforme escolar que se reían persiguiendo patos rosas.

Fiona Fortuna movió los ojos con rapidez, analizando cada detalle del vídeo. Una vez terminó, volvió a reproducirse en bucle, y hasta la tercera vez no pidió a John y Anita que pasaran al siguiente. Durante diez minutos el único sonido que inundó la sala fueron las voces de los incrédulos registradas por los vídeos. A Alexa no le sorprendía su reacción: no todos los días se encuentra uno con una invasión de patos de color rosa en Central Park.

—¿Hay alguna foto destacable? —preguntó la directora.

Alexa pudo ver cómo se formaba una arruga de preocupación en su frente. El resto de personas de la mesa, que antes comentaban el suceso con expresión de curiosidad, también tenían ahora una cara muy distinta. La duda se había apoderado de ellos.

—No —respondió John—. Bueno, a no ser que nadie haya visto algún detalle que se me haya pasado por alto sin querer... —Se volvió hacia el resto de sus compañeros, esperando a ver si alguien quería aportar algo más.

Todos negaron con la cabeza, deslizando la vista de la proyección a la directora y, de nuevo, a la proyección. Uno de los fluorescentes sobre sus cabezas parpadeó y una mujer tatuada y con el pelo rapado por un lado la arregló al instante con un pequeño gesto de su mano derecha.

—Gracias, Anita —dijo la directora—. Vale... Entonces lo único que ha sucedido es que ha aparecido una bandada de patos rosas, nada más. No atacan, no hacen nada raro... ¿es así?

Un murmullo generalizado respondió a su pregunta de forma afirmativa. La directora se quedó sin saber qué decir y su mirada se cruzó con la de Alexa.

—Alexa, ¿tú qué opinas? Eres nuestra experta en redes sociales y la más joven de todos nosotros, seguro que has visto algo que hemos pasado por alto.

Ella sonrió de forma tímida. La directora siempre había sido muy agradable con ella, pero le imponía mucho respeto.

Y el hecho de no saber qué hacía allí le preocupaba todavía más hasta que escuchó sus palabras. La habían llamado porque querían una opinión, nada más. Podía estar tranquila. No se había metido en ningún problema.

—Bueno... —empezó a hablar, sintiendo las miradas de los demás clavadas en ella—. La verdad es que la noticia se ha expandido tanto porque la gente está haciendo memes con las fotos de los patos, no mucho más... No sé, no creo que lo vean como una amenaza. Lo que más se comenta es que quizá sea una broma, que alguien los ha teñido de rosa durante la noche... Quizá una gamberrada, una apuesta. También he visto algún tuit que echaba la culpa al feminismo... En fin.

Limna y Anita pusieron los ojos en blanco. Había tontos en todas partes, y Twitter a veces era una mina de oro de la estupidez.

La directora asintió, sin añadir nada. En la mesa, alguien más apoyó la idea de Alexa.

—Yo también creo que se trata de algún tipo de broma. No sé, no veo ninguna amenaza en que los patos hayan cambiado de color, siempre y cuando no lancen llamaradas o arranquen los ojos a los turistas.

Se oyó un murmullo burlón en toda la sala. La directora sonrió al escuchar las palabras de su compañero; sin embargo, la arruga de preocupación seguía alojada en su frente.

—De acuerdo entonces —concluyó John Cullimore—. ¿Alguna otra opinión? ¿Lo dejamos estar, pues?

—Yo creo que sí —sentenció la mujer que había arreglado la bombilla con un movimiento. Varias personas movieron la cabeza en sentido afirmativo al escuchar sus palabras.

—Si queréis, puedo preguntar a unos amigos que trabajan en Central Park. Aunque no creo que sepan nada. —Alexa se volvió para mirar a Limna. Cuando uno entraba en la misma sala que ella era imposible despegar la vista de su increíble pelo azul. Lo tenía rizado, pero de una forma muy diferente al de Alexa. El de Limna era largo, con preciosos tirabuzones que se enredaban entre sí, mientras que el de Alexa era un auténtico caos. Si se lo peinaba, se erizaba todavía más, así que normalmente optaba por llevarlo recogido en dos moños, uno a cada lado de la cabeza.

La directora miró a Limna y luego a John, quien no le había quitado el ojo de encima durante toda la reunión.

—Aun así, me gustaría que alguien siguiese pendiente de este tema y me enviara actualizaciones, ya sea porque al final no ha pasado nada más o porque han aparecido nuevas... cosas.

—Sin problema —respondió John—. Yo me encargo. Quien quiera ayudar, que venga después a mi despacho.

Un par de personas se unieron enseguida a la causa. Anita susurró algo a Limna y las dos intercambiaron una sonrisa.

Alguien bostezó y Alexa miró el reloj. Si quería llegar a su hora al trabajo tendría que salir, como muy tarde, en diez minutos. El madrugón de hoy se le había hecho más difícil de lo normal, no solo porque se había acostado tarde por el trabajo, sino porque el suceso de los patos rosas de Central Park la había sacado de la cama antes de tiempo.

—Vale, lo dejamos así —concluyó la directora, como si le hubiera leído la mente—. Eso sí, cualquier cosa nueva que aparezca, me lo decís a mí o se lo comentáis a John. Lo que queráis.

Todos los allí reunidos respondieron afirmativamente y la sesión se dio por terminada. El ruido de las sillas al arrastrarse por el suelo invadió la sala y la gente fue abandonándola en grupos de dos o tres personas, comentando las fotos de los patos. La directora fue de las primeras en salir, seguida por John. Alexa se quedó unos segundos más allí, mirando la silueta de su ciudad.

—¿Quieres que te lleve al centro?

La pregunta la pilló por sorpresa y Alexa dio un bote. Billy, el equivalente al conserje del edificio, también se había quedado observando los rascacielos. La miraba con la típica sonrisa de quien nunca haría nada malo a nadie. Como siempre, llevaba una gorra azul y sus zapatillas favoritas, bastante desgastadas por el uso diario.

—Ah, Billy —balbuceó ella—. No te preocupes, como ya hemos terminado me dará tiempo a llegar bien.

Él insistió.

—¿Segura? No me cuesta nada, hoy empiezo un poco más tarde. Ya sabes, con todo este jaleo...

Alexa lo pensó dos veces. La verdad es que no le vendría mal algo de conversación por el camino o se quedaría dormida en el ferri turístico que la llevaría de vuelta al sur de Manhattan. No sería la primera vez que le sucedía. Y si la acompañaba Billy no tendría que ir en transporte público, por lo que cambió enseguida de opinión.

—Genial, Billy, dame un segundo para que recoja mis cosas...

Este asintió con la cabeza, recolocándose su pajarita morada. Alexa fue hacia los despachos para buscar su bolso. Hoy le tocaría, como siempre, abrir el restaurante, pero además tendría que limpiar todo lo que quedó pendiente después del jaleo que habían tenido durante la noche anterior. En el fondo, odiaba tanto el 4 de julio como los días normales. El restaurante de comida rápida mexicana se llenaba como nunca y tenían tantos pedidos que los camareros y los cocineros terminaban demasiado cansados como para salir a celebrar nada. Por eso habían decidido irse a casa en cuanto cerraron y recoger a la mañana siguiente. Y ya llevaban así varios días.

Alexa estaba acostumbrada a ese horario. El problema era que no había contado con aquel inesperado madrugón para reunirse en la Estatua de la Libertad, después de tanto tiempo sin pisarla.

La joven salió de la sala de reuniones, la que tenía las mejores vistas de toda la estatua, y caminó por los pasillos que había recorrido cientos de veces en los últimos años. Pero, por primera vez en mucho tiempo, pudo ver algo diferente.

A pesar de que las cajas se seguían amontonando en cualquier lugar, la mayoría de las salas estaban en desuso y el edificio se encontraba, en general, bastante descuidado, había algo nuevo entre esas paredes. Esperanza. Alexa la pudo ver en la cara de todas las personas con las que se cruzó hasta volver a encontrarse con Billy en la puerta de la sala de reuniones.

—¡Lista! —exclamó, haciéndole un gesto con la cabeza.

Billy y ella bajaron hasta los pies de la estatua en cuestión de segundos y emprendieron su camino al centro de la ciudad en el *Neptunius*. Intentó evitar tocar el tema del día, pero le resultó imposible. Los dos tenían una relación especial, más allá de ser la persona más joven y la más vieja del edificio. Así como Billy no tragaba a John, con Alexa desde siempre se había llevado muy bien.

—Bueno, Billy, ¿tú qué opinas de todo esto? ¿Cómo lo ves?

El hombre, que no llegaría a medir más de un metro sesenta, se encogió de hombros.

—¿Quieres que te diga lo que creo que es o lo que quiero que sea?

Alexa le respondió con una sonrisa de curiosidad.

—¿Ambas?

Billy se rio. Sus arrugas delataban que ya se acercaba a los sesenta años, pero su espíritu seguía siendo tan joven como el de Alexa.

—Lo cierto es que... —Hizo una pausa, como si le costara admitir lo que estaba a punto de compartir—. Ojalá fuese real. Lo de los patos, digo. Ojalá fuese algo más que una gamberrada o algún tipo de protesta política.

Ella torció la cabeza, sin terminar de entender lo que quería decir.

—¿Real?

—Ahá. Imagínate la estatua como la conociste cuando llegaste. Eras pequeña, aunque estoy seguro de que puedes acordarte.

Entonces Alexa entendió perfectamente qué era a lo que se refería. Cuando se unió a la comunidad de magos, la Estatua de la Libertad no tenía nada que ver con lo que era ahora. Los pasillos estaban llenos de gente y, sobre todo, estaban llenos de magia. Cada día llegaba gente de todas partes del mundo para conocer más cosas sobre ellos. Aprendían los unos de los otros. A pesar de la oscuridad que todavía los rodeaba, ya que nadie conseguía olvidar la Batalla de Niágara, siempre conseguían encontrar algunos momentos de felicidad. Sin embargo, poco a poco, todo fue cambiando. Cada vez recibían menos visitas, muchos ya no volvían y los que quedaban allí solo eran los más nostálgicos de lo que la comunidad llegó a ser en su día.

—¿Crees que los patos rosas podrían ser la primera señal... después de tanto tiempo? —preguntó ella. De repente, en su cabeza empezaron a encajar un montón de detalles.

Billy asintió.

—Aunque tampoco quiero hacerme ilusiones. Han pasado muchos años... Pero ojalá lo fuera, Alexa. Yo, desde luego, no voy a perder de vista a esos patos...

La velocidad del *Neptunius* se fue reduciendo y frenó en el puerto, a poco más de veinte minutos andando de Los Tacos Locos. Alexa miró su reloj analógico. Con su piel oscura, la correa beis que le había puesto resaltaba todavía más.

—Bueno, yo te dejo aquí. ¡Mucho ánimo con el día!

Alexa fue a darle las gracias a Billy por el viaje y la compañía, pero en cuanto se volvió para mirarlo el ferri ya había desaparecido.

5

Spam

—En serio, ¿qué mosca te ha picado hoy?

Helen suspiró, perdiendo la paciencia. Ya no sabía cómo decirle a su novio que no le pasaba absolutamente nada, que solo se encontraba muy cansada.

La noche anterior había ignorado sus llamadas, poniendo el móvil en modo avión. Por la mañana, solo lo había cogido un par de veces para concretar el lugar y la hora en la que se iban a ver aquel día, aunque, en realidad, siempre era el mismo.

—Evan... —empezó, pero decidió no volver a perder el tiempo.

—Es que..., no sé, te noto rara. ¡Si no has hecho nada desde que terminaron las clases! ¿Cómo puedes tener tanto sueño y estar siempre cansada? ¡Estás de vacaciones! Otros tenemos que trabajar...

Ella miró a su alrededor, esperando que nadie les hubiese escuchado. Llevaba ya un rato queriendo marcharse a su casa para tumbarse en la cama y no hacer nada más que descansar y dibujar, pero los miércoles era el único día de la semana que podía quedar con Evan, así que decidió quedarse con él en el parque un rato más.

—No lo sé, simplemente... tengo sueño. Tengo mucho sueño. Y ya sabes que ayudo en el restaurante, por eso...

—¡Bah! Seguro que te habrás quedado hasta las tantas leyendo o con el móvil... —le empezó a regañar, como hacía siempre.

—Evan, déjalo, ¿quieres? Vamos a hablar de otro tema.

Pero el chico no le hizo caso, y siguió explicándole por qué tenía que intentar dejar el móvil antes de las doce de la noche para poder dormir todos los días, como mínimo, ocho horas.

—Seguro que pasas las horas hablando con otros chicos y por eso no te puedes dormir...

Helen arqueó una ceja. No era la primera vez que Evan dejaba caer algo así, pero no podía evitar reaccionar de la misma manera cada vez que escuchaba semejante tontería.

—Mira, si te vas a poner así, me voy a mi casa. Paso de terminar gritándonos como el otro día. Si no confías en mí...

—No, amor, de verdad, era una forma de hablar —recapacitó él enseguida, intentando que ella no se enfadara.

Helen dejó que su silencio demostrara su enfado y sacó el móvil de su bolsillo. Abrió Twitter, miró si tenía alguna mención y antes de bloquearlo Evan la volvió a increpar.

—¿Ves? Ahora mismo estás conmigo y ya lo has vuelto a coger. Tienes que dejarlo, Helen, estás demasiado enganchada.

Esta vez no pudo controlar su rabia y se puso de pie, enfadada.

—Mira, la verdad es que hoy mejor que te hubieras quedado en tu casa. Si vamos a vernos para que estés así, prefiero estar hablando por mensajes, como hacemos durante el resto de la semana, y ya está.

Helen se arrepintió de haber sido tan dura en cuanto terminó la frase, pero ya era demasiado tarde. Pensó en Jin, su mejor amiga de internet, y en todas las veces que le había dicho que lo mejor sería que cortara aquella relación. Demasiado controlador, demasiado celoso, le decía... Sin embargo, había algo que le impedía hacerlo. Por muy idiota que pudiera ser a veces, la vida con Evan era mucho más sencilla, y en el fondo se querían. Poca gente como él entendía lo que era ser hija de una inmigrante china que se había casado con un estadounidense en un país diverso pero, todavía, extremadamente racista. A pesar de que a veces fuera un poco plasta y de que no parara de insistirle en ir más allá en su relación. A pesar de que a veces Helen se sintiera agobiada, tanto que en más de una ocasión había tratado de cortar con él... aunque siempre acababan volviendo.

—Oye, no te enfades —imploró él, suavizando el tono e invitándola con la mano a que volviera a sentarse.

Helen se sujetó el pelo que se le escapaba de las trenzas detrás de las orejas.

—No sé... Creo que me voy a marchar ya a casa. Dormiré y seguro que mañana me encontraré mejor.

—Al final va a ser verdad que te ha afectado la cabeza ese puto rayo...

No lo dijo a malas, pero aquel comentario hizo que Helen echara a andar en dirección a su casa.

—Ya hablaremos, Evan —fue su única despedida.

El chico ni siquiera se molestó en levantarse e ir detrás de ella, se limitó a encogerse de hombros y a sacar su móvil. Helen era una chica con mucho carácter y no era la primera vez que se ponía así, por lo que Evan estaba seguro de que se le pasaría y todo volvería a ser como siempre. Lo cierto es que prefería que se fuera, porque pasaba de aguantarla con tan mala leche.

En el fondo, Evan pensaba igual que la madre de Helen. Desde que había caído el rayo en el Empire State Building, ella estaba muy rara. Se encontraba continuamente mareada y apenas comía, porque todo lo que ingería le sentaba mal y le daban ganas de vomitarlo. No quería hablar con nadie, estuvo todo el martes encerrada en el sótano y había sido todo un reto convencerla para sacarla de casa. Por un momento, Evan deseó que no lo hubiera hecho, porque se había escapado del trabajo para verla solo media hora y, encima, con mala cara.

El chico no esperó para ver si volvía. Ni siquiera miró en la dirección en la que Helen se había marchado. Simplemente aguardó unos minutos sentado en el banco y después se levantó, sin mirar atrás, en dirección a su casa, que no estaba muy lejos de allí.

Por su parte, Helen estaba a punto de llegar a su casa. El parque donde solía quedar con Evan todos los miércoles se encontraba muy cerca del centro de Chinatown, por lo que no tardaba más de cinco minutos a pie. Por el camino sentía que le ardían las orejas, y no solo por el sol que hacía aquella tarde, sino por la rabia.

Había pasado poco más de una semana desde el incidente del Empire State Building. A pesar de que ningún estudiante había resultado herido, a Helen le había impactado mucho el ruido del rayo, y se sintió aliviada cuando, al hablar con Selena al día siguiente, vio que no era la única. La mala pasada que habían vivido ahí arriba la había dejado aturdida, y supuso que tardaría varios días hasta volver a encontrarse bien otra vez. Todavía sentía los oídos taponados.

En su casa, su padre le habían quitado importancia al asunto, pero Helen no podía parar de pensar en el estruendo, la luz cegadora y el pánico que sintió, pensando que algo horrible estaba sucediendo. Al final no pudo disfrutar de los fuegos artificiales tranquila y pasó los treinta minutos que quedaban en el interior del Empire State. Por las noches aún oía a Selena en sueños, sin parar de llorar, perdiéndose el espectáculo y esperando a poder irse a su casa y olvidar aquel susto.

Cuando Helen llegó a su calle y entró por la puerta de The Chinese Moon, su madre la vio dirigirse directamente a la puerta que conectaba con el sótano. En ese momento no estaba muy atareada, pero prefirió dejarla pasar sin hacerle preguntas, saludándola con la mano desde la otra esquina del restaurante.

Su madre se había empeñado en llevarla al médico, pero Helen se negaba rotundamente, insistía en que no le pasaba nada. Necesitaba tiempo para pensar en su futuro, en Evan, en el rayo... Por eso, cuando se dejó caer en la cama, aterrizando sobre sus peluches, sintió que la calma invadía su cuerpo. Ya no estaba enfadada con ella misma por haber salido de casa cuando tendría que haberse quedado cómodamente en su habitación, descansando.

Helen pensó en olvidarse del móvil durante lo que quedaba de tarde y dedicarse a no hacer nada, pero justo en ese instante sonó una notificación. Si hubiera sido de un mensaje normal y corriente no lo habría consultado. Lo más probable habría sido que se tratara de Evan diciéndole cualquier tontería, y después de lo de aquella tarde no estaba para bromas. Sin embargo, era el sonido de un nuevo correo electrónico.

Cuando le llegaba un e-mail siempre era algo importante. Ella nunca dejaba su dirección en ningún sitio, por lo que cuando recibía uno era porque tenía una notificación de su instituto, habían subido una nueva entrada en su web de cómics favorita o la avisaban de una actualización de algún pedido que había hecho online. Aunque lo cierto es que a Helen le extrañó, ya que el instituto estaba cerrado, su web favorita publicaba artículos normalmente los fines de semana y no había comprado nada recientemente por internet. Estiró la mano, tanteando sobre la mesilla de noche hasta que sus dedos reconocieron el frío tacto de la pantalla. Lo cogió y miró la notificación. Tal y como sospechaba, se trataba de un correo de un emisor desconocido. ¿Por qué no le había llegado directamente a la carpeta de *spam*?

Helen abrió el mensaje para leerlo completo, ya que el asunto de por sí era bastante curioso. Sus ojos recorrieron las líneas con rapidez.

Estimada Srta. Helen Parker:

No nos vamos a andar con formalidades innecesarias para darte esta noticia. ¡Bienvenida a la comunidad mágica de Nueva York!

Puede que recientemente hayas experimentado cambios en ti y en tu alrededor, y que hayan sucedido cosas que no puedas explicar con palabras. Seguro que al leer esto te viene algo a la mente, ¿verdad? Sí, lo sabemos, no te preocupes. Por eso, queremos invitarte oficialmente a formar parte de la Escuela de Magia Elmoon.

Somos conscientes de que esto es mucha información de golpe, así que te dejamos aquí los datos de la primera reunión que vamos a hacer con los futuros estudiantes de Elmoon. En este encuentro os explicaremos todo lo que queráis saber sobre vuestros poderes, la Escuela y la comunidad mágica de Nueva York.

–¿Cuándo? El viernes 15 de julio de 2016 a las 13 h. Es decir, en dos días.

–¿Dónde? Pasaremos a buscarte. No te preocupes por eso :)

–¿Qué tengo que llevar? Nada, con llevarte a ti misma es suficiente.

–¿Es una broma? No, no lo es. Ven a la reunión y te lo explicaremos todo con más calma, este correo electrónico es un simple trámite para evitar el *shock* inicial.

Si eres tan amable, confirma tu asistencia respondiendo que sí en voz alta. Con eso es suficiente.

¡Por favor, no faltes!

¡Te esperamos!

JOHN CULLIMORE
Subdirector de la Escuela de Magia Elmoon
Estatua de la Libertad, Nueva York, NY
10.004 USA

Al final de todo había una especie de logo de un loro con varios símbolos a su alrededor.

Helen leyó dos veces más el correo que acababa de recibir. De todos los e-mails que le habían enviado en los últimos meses, aquel se llevaba el premio a la publicidad más original. Desde luego, los departamentos de marketing de las empresas neoyorkinas eran cada vez más extraños, y llegaba un momento en que parecían quedarse sin ideas y sin saber qué hacer con tal de atraer a la gente a sus eventos para presentar una nueva gama de productos o inaugurar un establecimiento. Su creatividad no conocía límites. ¿Una escuela de magia en Nueva York? ¿Qué sería lo siguiente, una escuela de vudú en el mismísimo centro de Manhattan?

Bueno, en realidad, seguro que ya existiría algo así. Porque si había un lugar en el planeta en el que se pudiera encontrar cualquier cosa, ese era Nueva York.

Helen deseó que fuera verdad eso de la magia y tener

poderes, porque en ese momento los utilizaría para poder dormir treinta horas seguidas, como mínimo, sin que nadie la molestara. Su cuerpo le pedía a gritos que dejase el móvil y cerrara los ojos, como si no hubiera descansado en varios días.

Helen se rio de nuevo con lo de «este correo electrónico es un simple trámite para evitar el *shock* inicial» y mandó el mensaje directamente a la bandeja de *spam*. En otro momento habría sacado una captura de pantalla y lo habría comentado con Jin, pero estaba demasiado cansada. Le pesaban los ojos y sentía que estaba a punto de quedarse dormida.

Sus últimos pensamientos antes de caer rendida fueron sobre su reciente conversación con Evan. Lanzó una mirada rápida al marco vacío sobre su mesilla de noche y justo entonces el sueño se apoderó de ella.

6

Navidad en julio

—Agua con limón, un 18, un 25 y dos 39.

Helen leyó la comanda en voz alta a su padre mientras la dejaba sobre la encimera de la ventanilla que conectaba la sala del restaurante con la cocina. Había tanto barullo que temió que no le hubiera escuchado, pero él siempre estaba en todo.

—Oído —respondió él, colocándola junto a otras dos que todavía estaban pendientes. Tenía los guantes mojados y una de las esquinas se emborronó. Helen no se preocupó: su padre tenía tan buena memoria que ni siquiera necesitaba leer lo que su hija había escrito en la comanda. Solo la guardaba por si acaso.

Aquel día el restaurante estaba demasiado lleno para ser un jueves por la mañana, pero los turistas tenían horarios de comida muy dispares, por lo que nunca sabían cuándo iban a necesitar la ayuda de Helen. Aquel jueves, en cuanto la joven se despertó y vio que el restaurante estaba lleno se ofreció a ayudar, como hacía casi todos los fines de semana.

Su padre ya se había recogido el pelo hacia atrás con la cinta que se ponía en cuanto empezaba el verano y hacía calor, y había cambiado los pantalones gruesos por unos mucho más finos.

—¿Cómo va? —le preguntó a su hija mientras preparaba un recipiente de mimbre relleno de ocho piezas de *dim sum* vegetal con forma de corazón.

Helen se encogió de hombros, aunque su padre no lo pudo ver porque estaba demasiado concentrado dando forma a los saquitos.

—Bien, no hay fila, pero hay mucha rotación, no para de entrar gente —lo informó ella, echando un vistazo al restaurante. Vio que su madre le hacía un gesto con la cabeza y salió disparada hacia allí.

—Perfecto, cariño, gracias. —Las palabras de su padre se fueron perdiendo entre el griterío de los hambrientos turistas.

Helen se acercó hacia donde se encontraba su madre, lista para seguir ayudándola a atender las mesas. Colaborar en el negocio familiar no era el mejor plan para pasar su último verano antes de ingresar en la universidad, pero sabía que tenía que hacerlo, y nunca rechistaba.

La vida no había sido fácil para ninguno de sus familiares. Helen admiraba y agradecía enormemente el esfuerzo que habían hecho para que ella pudiera salir adelante. Sobre todo su madre. Mientras recogía los platos, vasos y palillos de una mesa vacía donde habían comido ocho turistas alemanes, pensó en todo lo que su madre había vivido hasta tener cierta estabilidad económica en Nueva York. Mei se había mudado a Manhattan varios años atrás desde una ciudad cercana a Pekín, donde había vivido toda su vida. Lo hizo junto a su madre, Xia, la abuela de Helen, y allí había trabajado en más de quince restaurantes diferentes hasta que decidió abrir el suyo propio. Aunque todo ello no lo habría conseguido sin la ayuda de su marido.

Cuando se conocieron, él se acababa de graduar en Cocina, especializándose en gastronomía asiática en la universidad. Estaba trabajando como ayudante de chef en uno de los restaurantes chinos más famosos de la ciudad. En ese mismo lugar entró a trabajar Mei como camarera, y allí fue donde surgió el amor. Dos años más tarde habían alquilado el lugar en el que llevaban viviendo casi veinte: The Chinese Moon. Dedicaron la planta que daba a la calle al negocio y dejaron la superior y el sótano para su propia vivienda, conscientes de que estaban sacrificando muchas cosas para poder sacar adelante su propio restaurante. En el local había nueve mesas, de las cuales la mayoría eran para parejas. Podría parecer una cifra modesta, pero es que, en comparación con la competencia, The Chinese Moon era un lugar relativamente pequeño. Aquello nunca les importó a ninguno de los dos, ya que el modelo de negocio que buscaban era precisamente ese: un restaurante que pudieran gestionar entre ambos, con alguna ayuda extra. Al principio contaron con la ayuda de la abuela de Helen, pero en cuanto su hermano Jack cumplió los catorce, ella decidió mudarse y abrir su propia tienda de *souvenirs* a dos calles de allí.

Afortunadamente, la experiencia como cocinero del padre de Helen, David Parker, y el conocimiento del sector de Mei hicieron que el negocio despegara en cuestión de meses. Mei se dedicaba también a llevar al día todas las gestiones contables y económicas del negocio, por lo que entre los dos hacían un buen equipo. Al poco contrataron como ayudante de cocina a Kat, una estudiante de prácticas que unos meses más tarde se quedó como fija y que ayudaba a su padre todos los días de una a cuatro y de siete a cierre.

Por las redes sociales se viralizó uno de sus platos más famosos, unos *dumplings* con forma de corazón, y lo que empezó como una broma entre ellos dos terminó siendo el plato más solicitado en The Chinese Moon. Cada semana, cientos de turistas fotografiaban aquellos corazones rellenos de lo que los clientes pedían, lo subían a las redes y atraían a cada vez más personas. Los blogs de viajes casi siempre incluían este plato entre sus esenciales a la hora de viajar a Nueva York y lo definían como una parada obligatoria en Chinatown. Además, David y Mei habían sido entrevistados varias veces para la televisión. Gracias a eso, salieron adelante sin problemas. Años después pudieron comprar el local completo. El motivo por el que The Chinese Moon triunfaba no residía solo en la originalidad de sus famosos *dim sum* con forma de corazón, sino en la historia de amor y superación que había detrás.

David había tenido un montón de oportunidades para estudiar y labrarse una carrera en el mundo de la gastronomía, pero la madre de Helen no pudo permitirse ir a la universidad. Ser una inmigrante china era algo que implicaba trabas en su día a día. Todo lo que Mei sabía lo había aprendido a base de trabajar en restaurantes que no quería volver a pisar en la vida, pese a que había necesitado hacerlo durante un tiempo para poder vivir dignamente. Había tenido experiencias buenas, sí, pero la mayoría habían sido negativas. Mei siempre decía que había visto de todo. Las cucarachas y las ratas callejeras resultaban algo bonito si lo comparaba con la de cosas que se había llegado a encontrar en el fondo de algún frigorífico.

Dos calles más allá vivía la abuela de Helen, Xia. Trabajaba en un pequeño local de no más de diez metros cuadrados en el que se vendían todo tipo de figuras de animales reales y mitológicos chinos. Vivía en la trastienda y su única compañía eran los libros que había traído desde China, pertenecientes a su difunto marido. Antes de que Jack se independizara con tres compañeros más de la universidad en California, siempre se quedaba a dormir con ella en la vivienda de la parte de atrás de la tienda. Prácticamente vivía allí: guardaba toda su ropa y estudiaba siempre en la habitación de su abuela. Jack Parker insistía en que lo hacía por gusto, porque le encantaba estar ahí y sentir que dormía custodiado por gatos de la suerte, dragones plateados y figuras gigantes de carpas koi. Pero en el fondo toda la familia sabía la verdad: no quería hacer sentir culpables a sus padres por no haberse podido permitir, cuando Helen ya era una adolescente, una casa más grande con una habitación separada para él.

Las siguientes horas fueron mucho más tranquilas. Las nubes habían tapado el sol abrasador, dando un respiro a los turistas, y Helen aprovechó unos minutos libres para mirar las noticias. Cuando era pequeña, en las pantallas de televisión proyectaban en bucle un vídeo con imágenes grabadas en diferentes ciudades de China. Sin embargo, con el tiempo, los comensales pedían cada vez más que pusieran las noticias, por lo que, desde que se abría el restaurante, en cada uno los dos televisores que había se veía un canal de veinticuatro horas diferente. Helen observó, aburrida, cómo hablaban de un atraco con un arma falsa que había sucedido a pocas calles de allí y, después, de un incidente con un turista escocés. Pero lo que realmente llamó su atención fue lo que vio a continuación.

El volumen del televisor estaba apagado, aunque por el titular y las imágenes que aparecían en él quedaba muy claro lo que había sucedido. De la noche a la mañana, el famoso árbol de Navidad del Rockefeller Center, protagonista en miles de películas familiares, había aparecido perfectamente decorado en su lugar habitual durante la época navideña. Al parecer, la noticia llevaba todo el día siendo *trending topic* y a las siete de la tarde ya no era ninguna novedad, pero Helen no se había enterado hasta entonces.

—¿Has visto? —le señaló a su madre, que justo pasaba por delante de ella cargando una bandeja vacía.

Mei se volvió para mirar la pantalla y no pudo evitar soltar una carcajada.

—¡Qué fuerte! Ay, es como si fuera Navidad en julio. La verdad, me encantaría ir a verlo. ¿Por qué lo habrán puesto?

A Helen no le dio tiempo a responderle, porque ya se había marchado en dirección a la cocina. Según la noticia, aunque la aparición inesperada del árbol había sido un misterio durante toda la mañana, ya se había esclarecido todo y resulta que se trataba, simplemente, del rodaje de una película.

Helen se puso en marcha de nuevo e intentó no volver a pensar en ello durante lo que quedaba de tarde, pero no podía quitarse de la cabeza la imagen del árbol en pleno verano. Además, no terminaba de creerse eso de que fuera para un rodaje. En Nueva York se grababan cientos de películas al mes, y cuando querían hacer algo a lo grande normalmente lo añadían por ordenador o grababan en otra ciudad, en un plató... Durante la última hora de trabajo se equivocó un par de veces con las mesas y su madre le llamó la atención. Al final, por puro agotamiento, consiguió distraerse con otra cosa y no volver a pensar en ello hasta que cayó rendida en la cama de su habitación, después de ducharse.

Helen estaba dispuesta a asumir que teñir a los pobres patos de Central Park de rosa había sido una gamberrada de muy mal gusto, pero le costaba pensar que lo del árbol de Navidad de más de veinte metros de altura fuera solo para grabar unas escenas de una película. No tenía tiempo ni ganas de darle vueltas a todo ello en su cabeza, todavía estaba demasiado cansada, aunque no pudo evitar recordar el correo que había recibido el día anterior. Ya no se acordaba de cuándo era aquella extraña «reunión», pues ni loca tenía pensado ir, así que decidió esforzarse en no pensar más en ello.

Se desperezó, estirando las piernas. Cogió el móvil, dispuesta a enviarle un mensaje a Evan, pero en el último momento, al ver que él no le había dicho nada en todo el día, cambió de idea. Lo puso en modo avión, abrió el primer cajón de la mesilla de noche y lo dejó ahí para no tocarlo hasta la mañana siguiente.

7

La mujer de los trece dedos

Cuando Helen se despertó la mañana del viernes, sintió que podrían ser tanto las ocho en punto como el mediodía. Había dormido fatal, y eso que el día anterior había terminado reventada de ayudar en el restaurante. Se puso de mal humor al recordar por qué. A pesar de que había dejado el móvil en el cajón con la idea de no volver a tocarlo hasta la mañana siguiente, como no podía conciliar el sueño lo sacó. Cotilleó los últimos *me gusta* que había dado Evan en Twitter y al ver que uno era reciente decidió hablarle. Enseguida se dio cuenta de que había sido una mala decisión. Los dos estuvieron discutiendo hasta altas horas de la madrugada, echándose en cara cosas que hacía meses que habían sucedido. Al final, a Evan le pudo el cansancio y se fue a dormir, pero Helen todavía se quedó una hora más en su habitación, en silencio, con la luz del amanecer entrando poco a poco entre las rendijas de la persiana. Aprovechó para ducharse, ya que no tenía nada mejor que hacer, y al final consiguió dormirse más o menos sobre las siete y media.

Lo primero que hizo fue volver a mirar el móvil. Esta vez no lo hizo para comprobar si Evan le había escrito de nuevo, sino para consultar la hora. Se quedó a cuadros cuando vio que marcaba las 12.46. Se puso en pie de un salto, se vistió y subió al restaurante. Echó un vistazo a la sala y le extrañó que hubiera tan poca gente para ser viernes. Su madre le lanzó una mirada de preocupación desde el otro lado, mientras servía la especialidad de la casa a unas turistas japonesas, y después fue directa hacia ella.

—¿Cómo te encuentras, cariño? Estaba a punto de bajar a despertarte, no sabía si te pasaba algo.

A Helen le sorprendió que su madre le hablara en inglés. Seguramente sería porque atendía las mesas en ese idioma y no le había dado tiempo a cambiar. Entre ellas siempre utilizaban el chino para comunicarse. Mei le había hablado en su propia lengua desde pequeña para que Helen tuviera dos idiomas maternos, y, aunque la joven no lo sabía escribir del todo bien, sabía hablarlo sin problema.

—No te preocupes, estoy perfectamente —mintió Helen, intentando reprimir un bostezo—. Me costó mucho dormirme, nada más.

—Vaya, pues aprovecha para descansar lo que puedas, hoy estamos bastante tranquilos.

Helen asintió, aunque tenía otros planes.

—En realidad voy a ver a la abuela —le informó mientras se dirigía hacia la puerta del restaurante—. Nos vemos en un rato, si quieres algo llámame.

Su madre asintió, volviendo al trabajo, y Helen abandonó The Chinese Moon.

Tener a su abuela tan cerca era genial, porque podía ir a visitarla en cualquier momento. A pesar de que sentía que nunca podría estar a la altura de su hermano Jack, a quien su abuela parecía preferir, Helen la quería mucho. Cuando era pequeña, siempre le pedía que le contara historias de la China, algo que le encantaba. Y cada vez que la abuela recibía nuevos modelos de figuritas para vender en su tienda, le regalaba una a su nieta. En los últimos años ya no lo hacía tanto, pero, aun así, las seguía guardando todas en la estantería del sótano.

Helen dobló la esquina y oyó gritos. Una familia europea, probablemente francesa, le echaba la bronca a su hija porque se le había caído al suelo el helado recién comprado. Miró cómo se derretía en el suelo mientras la chica lloriqueaba por no haberse podido hacer una foto para Instagram tras haber pagado doce dólares por una bola de helado en un cucurucho con forma de pez. No era la primera vez que veía una escena similar, así que a Helen no le sorprendió. Siguió caminando, cruzó un par de calles y enseguida atisbó el cartel de ChinaCat 2000. Hacía años que no se había cambiado, aunque su abuela lo mantenía tan reluciente como el primer día, y llamaba la atención en toda la calle a pesar de ser tan solo un pequeño comercio rodeado de restaurantes.

Helen se detuvo en la puerta y le llamó la atención que estuviera cerrada. Su abuela la solía dejar medio abierta, para que corriera el aire.

—¿Abuela? ¿Estás ahí? —le preguntó en chino.

Llamó dos veces en el cristal, con cuidado, y esperó a que la mujer apareciera, pero nadie respondió. Helen dio un par de pasos hasta ponerse frente al escaparate. Intentó encontrar a su abuela entre cientos de figuras de dragones, gatos, peces y otras criaturas, sin éxito.

—Qué raro... —musitó, volviendo a la puerta.

Entonces vio el cartel que su abuela había puesto en la ventana, pegado por fuera. «Vuelvo en 15 minutos», rezaba tanto en inglés como en chino. No había duda de que era su letra. Helen volvió a recorrer con la mirada el interior de la tienda por si acaso, ya que las luces estaban encendidas. Después, se encogió de hombros y emprendió el camino de vuelta a su casa. Le extrañaba que su abuela hubiera salido a esas horas... Quizá estuviera en el baño y por eso había cerrado la tienda.

Helen decidió regresar a The Chinese Moon, convencida de que sería eso. De todas formas, se lo comentaría a su madre para que lo supiera. Volvió a pasar por delante de la famosa tienda de helados. Aunque la familia ya no seguía ahí, la bola de helado se había ido derritiendo poco a poco, creando un camino de purpurina morada desde la acera hasta la carretera. Helen lo esquivó con un salto, sin poder evitar una sonrisa en sus labios. A ella también le había pasado eso en muchas ocasiones, pero no podía negar que la situación era graciosa.

Anduvo los últimos metros hasta llegar al restaurante familiar y entró. La campanilla anunció su llegada, pero allí no había nadie para recibirla. La sala del restaurante se encontraba vacía. Ni siquiera su madre estaba por ahí, recogiendo mesas o preparándolas para los siguientes clientes. Las turistas japonesas se habían ido. La televisión seguía dando las noticias y, por primera vez en mucho tiempo, al estar el restaurante sin clientes, pudo apreciar muchos sonidos de los que nunca se había percatado. Las voces de los presentadores del telediario, los coches pasando por la calle, los ladridos del perro de la vecina de enfrente, que siempre se quedaba solo en la terraza... Y un extraño burbujeo que provenía del interior del restaurante.

Helen buscó el origen del ruido con la mirada y caminó hacia la cocina en busca de su padre o de Kat.

—¿Papá? —preguntó mientras abría la puerta.

Nadie le respondió, pero el burbujeo era cada vez más alto. Enseguida descubrió de dónde salía. Alguien se había dejado encendido el fuego y el aceite se estaba quemando en uno de los *woks*. Un humo blanco cada vez más espeso subía hacia arriba. La campana extractora estaba apagada, por lo que este campaba a sus anchas, nublando los focos que iluminaban la cocina.

—¿Hola? ¿Quién se ha dejado esto encendido?

Helen apagó el fuego y retiró el *wok* para evitar que siguiera quemándose el aceite. Le extrañó que ahí no hubiera nadie y que, de haberse marchado su familia, hubiesen dejado todo apagado, excepto el fuego, y la puerta del restaurante abierta.

Al ver que no le respondía nadie, abandonó la cocina para volver a la sala. ¿Habría pasado algo? ¿Tenía que ver con el hecho de que su abuela tampoco estuviera en casa? Frunció el ceño, sin entender nada de lo que sucedía. Apenas habían pasado diez minutos desde que se había marchado a ver a su abuela, y ahora...

Miró su móvil, pero no había recibido ningún mensaje de nadie. Estaba a punto de subir al piso de arriba, preocupada, para ver si sus padres estaban ahí, cuando se dio cuenta de que ya no estaba sola. Una mujer se había sentado a una de las mesas que daban a la calle, dándole la espalda.

Tenía el pelo largo, oscuro y liso, exactamente igual que el de Helen y su madre. Pero la joven sabía que no se trataba de su madre, sino de una clienta que había entrado y había tomado asiento.

Helen se quedó a cuadros, sin saber muy bien cómo reaccionar. ¿Seguía buscando a sus padres? ¿O la atendía como si no pasara nada? Decidió decantarse por la segunda opción. Si su madre se enteraba de que había dejado una mesa sin atender, probablemente le echaría la bronca. Ahora estaba ella al mando del restaurante hasta que sus padres volvieran a aparecer, así que...

—Buenas tardes, ¿qué desea tomar?

La mujer se volvió hacia ella. Tenía un tono de piel extraño y sus ojos eran de un amarillo verdoso. Le recordaron a los de un reptil; eran tan raros que no se sabía dónde terminaba el iris y comenzaba la pupila.

—Echaré un vistazo al menú, gracias.

Helen asintió. No pudo evitar morderse las uñas, aunque en cuanto fue consciente de ello dejó de hacerlo.

—¿Querrá tomar algo para beber mientras tanto?

—Mmm... —La mujer se lo pensó durante más tiempo de lo normal—. No. No, solo el menú, gracias.

—De acuerdo —respondió Helen. Volvió al cabo de unos segundos y se lo dio.

La mujer extendió la mano y la joven notó algo raro, pero se obligó a no mirar. Sus padres le habían hablado muchas veces de la importancia de no hacer sentir incómodo al cliente. Aunque no pude evitar pensar que...

—Gracias —contestó, sacando a Helen de sus pensamientos.

Esta regresó a la ventana que conectaba la sala con la cocina. Como la mujer se encontraba de espaldas, aprovechó para sacar el móvil y mandar un mensaje a sus padres. Después, se entretuvo entrando en Instagram, aunque no había nada interesante.

Solo habían pasado dos minutos desde que había escrito a sus padres. Sin embargo, al ver que no respondían, se empezó a agobiar. ¿Quién iba a cocinar lo que pidiera aquella señora tan extraña? Helen no tenía ni idea de cocina, con suerte sabía freír un huevo o hacer unas salchichas precocinadas, poco más. Se mordió el labio por dentro, histérica.

Intentó aguantar todo lo que pudo sin acudir a su mesa, pero en cuanto la mujer carraspeó supo que tenía que improvisar como fuera. Recorrió los metros que quedaban hasta donde se sentaba la mujer rezando para que no pidiera algo muy complicado.

—¿Ya sabe lo que va a tomar? —preguntó Helen, y el miedo se le notó en la voz.

—Sí, tomaré un 39 y...

Pero la cabeza de Helen no estaba concentrada en la comanda, sino en las manos de aquella mujer, que sujetaban el menú abierto de par en par. Si no se equivocaba tenía...

Cinco, seis, siete...

Y seis en la otra mano.

La mujer tenía un total de trece dedos.

Helen intentó ocultar su asombro pidiéndole por favor que le repitiera el pedido, con la excusa de comprobarlo. Tomó nota y salió disparada hacia la cocina. No sabía qué le daba más miedo, si tener que preparar dos platos que no había hecho nunca o que la mujer tuviera unas manos y una piel tan... extrañas. Porque no solo era la cantidad de dedos, sino que había algo raro en ellos. Parecían haberse podrido. Como si aquella mujer se hubiera muerto y hubiese resucitado un par de días después.

Entró a la cocina dando un golpe brusco a la puerta. Tenía que llamar a su padre ya mismo. ¿Por qué no había venido Kat, la ayudante de cocina? Se dispuso a sacar su móvil del bolsillo cuando, de pronto, oyó un ruido que le resultó familiar. De nuevo, se estaba quemando el aceite.

Helen parpadeó dos veces y le costó reaccionar. Juraría que había apagado el fuego y había apartado el *wok* para que no siguiera saliendo humo... Sin embargo ahí estaba, de nuevo, en el mismo sitio en el que lo había encontrado antes.

—No puede ser... —murmuró, entre sorprendida y enfadada.

Se acercó corriendo para volver a apagarlo, pero una ráfaga de viento la obligó a frenarse en seco. Como si se hubiera iniciado un tornado por arte de magia, todo en la cocina empezó a dar vueltas. Unos botes enormes salieron disparados y giraron con rapidez. Dos de ellos estaban mal cerrados y el aire se llenó de harina y canela a partes iguales. Varios platos se elevaron y cayeron enseguida al suelo. De pronto, la cocina se había convertido en un caos. El estrépito hizo que a Helen le diera un vuelco el corazón y se quedara petrificada, sin saber qué hacer. La canela le entró por la nariz y le dio un ataque de tos.

—¿Qué...? —fue lo único que pudo decir, con lágrimas en los ojos.

En cuestión de segundos, un remolino empezó a arrastrar todo lo que pillaba por la cocina. El cajón de los cuchillos se abrió y Helen chilló al ver que salían volando en todas las direcciones. Se refugió detrás del lavaplatos hasta que la cubertería terminó clavada en algún punto de la cocina. El tornado había dado paso a un viento extraño que soplaba de forma aleatoria. El pelo de Helen se movía de lado a lado, enredándose e impidiéndole ver la mitad de lo que estaba sucediendo a su alrededor. Los platos se seguían rompiendo al chocar contra el suelo y la cocina estaba hecha un auténtico desastre.

Helen se encontraba paralizada, en estado de *shock*, y fue consciente de ello cuando su olfato detectó un olor que ya le resultaba familiar: el aceite se seguía quemando en algún punto de la cocina. Se asomó con cuidado para ver cómo podía parar aquello y se dio cuenta de que el viento que arrastraba todo a su paso estaba perdiendo fuerza. Aprovechó para salir disparada, pero en cuanto dio un paso hacia los fogones una de las tuberías explotó y salieron varios chorros de agua apuntando como locos hacia toda la cocina, como si fueran aspersores.

—¡No, no, no, no!

Por la cabeza de Helen pasó una imagen terrorífica que no tardó más de tres segundos en hacerse realidad. Un chorro de agua fría cayó directamente sobre el *wok*, donde todavía quedaba un poco de aceite hirviendo... y con un ruido que le puso los pelos de punta se formó una llamarada enorme.

—¡Mierda!

Helen buscó a su alrededor alguna manera de apagarla. Sabía que echar agua era peor, así que esa era su última opción. Buscó una olla con la que poder taparlo, pero la llama era demasiado alta y la temperatura subía más y más. Tosió varias veces y se sintió del todo indefensa.

De nuevo, una corriente de aire inundó la cocina, haciendo que el fuego se extendiera como mantequilla caliente. El techo ya estaba volviéndose de color negro y un espeso humo amenazaba con hacerle perder el conocimiento en cualquier instante.

Helen corrió hacia el cajón donde estaban los trapos de cocina. La puerta había sido arrancada por la fuerza del tornado, aunque había un par de paños que no habían salido volando porque estaban atados a un gancho. Soltó uno de ellos, lo mojó con el agua que salía de la tubería rota y se lo puso sobre la nariz y la boca mientras buscaba con la mirada un extintor. Tenía que haber alguno muy cerca de allí. Enseguida lo vio y corrió a por él, pero el fuego se había extendido y tendría que saltar sobre él para llegar hasta donde se encontraba el extintor. Era demasiado arriesgado, porque las llamas harían que su ropa prendiera en cuestión de segundos, y entonces tendría un grave problema.

Fue entonces cuando se dio cuenta de que estaba sudando demasiado. El pelo que antes salía volando, ahora estaba empapado y se le pegaba al cuello. El trapo le estaba dejando de funcionar, pues ya podía sentir el olor a quemado y la garganta le empezaba a molestar. Las ganas de toser eran cada vez más insistentes.

Había un olor extraño en el ambiente, pero no supo identificarlo.

Helen arrugó la nariz y deseó con todas sus fuerzas que las llamas no fueran tan altas para poder atravesarlas y coger el extintor. Y, de pronto, como si fuera por arte de magia, las llamas se separaron, dejando libre un estrecho camino.

Helen no se lo pensó dos veces y se lanzó hacia el extintor. Sin embargo, del esfuerzo perdió el control y se cayó. Con un acto reflejo, puso las manos en el suelo, dejando atrás el trapo que le protegía del humo. A pesar de que en esa zona era menos denso, inhaló sin querer una bocanada de aire que le hizo toser descontroladamente. Helen sentía que la garganta le ardía cada vez más y notaba que estaba a punto de desmayarse. Empezó a ver lucecitas de colores que titilaban, anunciándole que aquellos eran sus últimos segundos de consciencia. De hecho, la idea de cerrar los ojos y dejarse llevar le parecía cada vez más placentera...

Relajó los músculos sobre el suelo de la cocina, al lado del fuego, y siguió respirando entre aquel infierno de llamas. Pensó en sus padres, en lo que sentirían al encontrarla así, si es que llegaban a tiempo. Entonces fue consciente de que lo más seguro era que llegaran y el restaurante estuviese directamente en cenizas. Ni siquiera daría trabajo a los bomberos.

En ese instante, Helen se incorporó como si le hubieran dado una descarga eléctrica.

—Los bomberos... —murmuró, mirando hacia el techo.

Sobre su cabeza, totalmente ajeno a lo que estaba sucediendo, el detector de humo seguía parpadeando, como si nada fuera mal en la cocina. Estaba conectado pero no había saltado. Helen distinguió la luz roja y le cambió la cara.

Un alivio instantáneo le relajó los músculos. Miró al fuego directamente y lo vio de una forma que no lo había visto antes. Esta vez, cuanto más lo observaba, más falso le parecía. No era como el fuego que había visto en algunas hogueras, ni siquiera como la llama que salía de los mecheros. Este era... diferente. Le pareció tan extraño que hasta le daban ganas de estirar el brazo y tocarlo con sus propias manos.

Helen sabía que no era una buena idea hacer eso, pero la tentación le resultó imposible de resistir. Dio unos pasos seguros hacia la llama que la separaba del extintor y acercó la mano, poco a poco.

De repente, pudo distinguir con claridad todas las tonalidades del fuego: rojo, naranja, amarillo, azul... Se sentía hipnotizada por esa danza de colores. Acercó la mano derecha hacia ellas, deseando atraparlas entre sus dedos, y sintió que el calor que hacía unos segundos la ahogaba ahora le resultaba incluso placentero. Su brazo se hundió en las llamas, que no paraban de quemar todo aquello que tocaban. Pero a ella no le hicieron daño, pese a que el crepitar a su alrededor era más intenso que nunca.

Helen levantó el brazo hacia arriba, con fuerza, y una enorme bola de fuego salió disparada y quemó por completo el techo de la cocina. El detector de humo se carbonizó en cuestión de segundos. La chica dio un bote del susto. Sentía que su corazón estaba a punto de explotarle en el pecho, aunque no podía distinguir si era del miedo o de la emoción. Intentó hacer lo mismo pero, en vez de hacia arriba, hacia abajo. Las llamas enseguida obedecieron y se redujeron al mínimo, hasta que lentamente se fueron apagando, como si el suelo se las tragara.

Fue entonces cuando Helen fue consciente de que había entrado en estado de *shock*. Parpadeó un par de veces. Los oídos le retumbaban y no era capaz de distinguir todos los sonidos que la rodeaban. Aquella situación de embotamiento le recordó la noche del 4 de julio en el Empire State Building...

Helen se volvió, con la cabeza dándole vueltas. No podía pensar en nada, pero al mismo tiempo tenía demasiadas preguntas. ¿Por qué no habían saltado los detectores de humo? ¿Dónde estaban sus padres? ¿Por qué la mujer que estaba en el comedor no había venido a socorrerla o llamado a los bomberos? El fuego se tenía que haber visto desde la sala, ya que había una ventana que los conectaba, por donde se sacaba la comida para los clientes...

Salió de la cocina como si le hubieran puesto el piloto automático y, de pronto, la mujer de los trece dedos apareció frente a ella. Aquello sacó a Helen de su embotamiento y pegó un grito, dando varios pasos hacia atrás. La miró y después se miró a sí misma. Tenía la ropa oscurecida, con algún agujero. El pelo encrespado y manchas negras por toda su piel.

—No te preocupes, lo irás controlando también —dijo la mujer.

Helen volvió la cabeza hacia ella y vio que habían aparecido varias figuras más. El humo negro había inundado todo el restaurante, pero no necesitó mirarlas dos veces para distinguirlas. Su padre, su madre y su abuela la observaban con una mezcla de pánico y de satisfacción.

8

Las dos condiciones

Helen tenía que estar soñando. Para ella, no había otra posible explicación a lo que acababa de suceder. O quizá había salido a la calle, un taxi la había atropellado y del golpe ahora veía visiones. Esto último parecía improbable, aunque más lo era haber visto al restaurante cobrar vida.

Todavía con la respiración entrecortada, intentó recolocarse lo que quedaba de su ropa y, justo cuando se estaba estirando la manga izquierda, la mujer de los trece dedos hizo un gesto rápido y su ropa volvió a ser como hacía apenas unos minutos. Helen dio un grito, que le hizo sentir muy ridícula durante unos instantes. Por lo menos sabía que no estaba soñando, ya que había sentido en su propia piel cómo su camiseta y sus vaqueros se iban reconstruyendo como si nada hubiera pasado. Miró a la mujer, estupefacta, aunque ella estaba más pendiente de una libreta que tenía entre las manos en la que no paraba de apuntar cosas. Sujetaba el bolígrafo con dos de los siete dedos que tenía en esa mano.

—¿Cuál es su elemento? —preguntó Mei, atónita.

Escuchar la voz de su madre hizo espabilar a Helen. De pronto, fue consciente de que sus padres y su abuela estaban ahí mismo, tan tranquilos, como si lo que había pasado fuese lo más normal del mundo. ¿Por qué no decían nada? ¿Es que no les importaba que el restaurante hubiera estado a punto de salir volando por los aires?

Helen abrió la boca para hablar, pero la tos le impidió decir nada. Todavía le ardía la garganta del humo que había inhalado.

—Fuego.

Eso le pareció escuchar a Helen mientras luchaba, con lágrimas en los ojos, por deshacerse de ese picor que tanto le molestaba. Cuando se incorporó, vio que todos estaban hablando entre ellos. La mujer de los trece dedos levantó por fin la vista de su libreta y fue a la cocina, donde, de repente, tal y como Helen había visto en *Mary Poppins*, todo volvió a su sitio en cuestión de segundos. En el tiempo que tardó en parpadear un par de veces, los cubiertos quedaron guardados en los cajones y el humo desapareció. Todo quedó como en un día normal. De hecho, incluso mejor de lo que estaba antes, ya que las sartenes y ollas, perfectamente colocadas, estaban relucientes como si nunca se hubiesen utilizado.

—¿Nos sentamos? —titubeó David Parker, rompiendo el silencio que había invadido el restaurante.

Helen levantó la cabeza y fue entonces cuando se dio cuenta de que no parecía tan seguro como los demás. De hecho, juraría que se había puesto blanco. Cambiaba el peso de una pierna a otra como si no supiera qué hacer y no despegaba los ojos de su mujer.

—Sí, mejor —dijo Mei.

Helen los siguió sin rechistar. Se sentaron a su mesa favorita, la que estaba pegada al cristal que daba a la calle. Era un buen punto para observar sin ser visto, porque los vinilos del cristal ocultaban gran parte del interior del restaurante y había una perspectiva perfecta de quienes pasaban por la calle.

La mujer de los trece dedos se sentó frente a Helen y su

familia tomó asiento en las sillas restantes. Su padre carraspeó. Parecía más asustado que ella, aunque se debía a que Helen todavía seguía en estado de *shock* por lo que acababa de suceder. No podía expresar ninguna emoción porque las estaba viviendo todas al mismo tiempo.

—Antes de decir nada, me gustaría saber si vosotros queréis explicárselo todo a la chica o si preferís que lo haga yo, porque si no me equivoco, Mei, tú formas parte de la comunidad. —La mujer de los trece dedos se dirigió directamente a los padres y a la abuela.

Las mujeres de la mesa se miraron entre sí. La madre de Helen se encogió de hombros.

—Como prefieras. Creo que será más fácil si lo haces tú, que estás acostumbrada a esto.

La mujer de los trece dedos asintió y comenzó lo que parecía ser una charla que había repetido varias veces durante su vida.

—Vale, Helen, antes que nada quiero presentarme. Mi nombre es Christina y formo parte de La Guardia, que ya te contaré más adelante lo que es. Como habrás podido ver, no soy una clienta más del restaurante, sino una maga. Y tú... también lo eres.

Helen tragó saliva y se quedó alucinando. ¿Estaba despierta o era todo un sueño, porque estaba inconsciente después de haber inhalado tanto humo? Pero no, parecía que sus padres y la mujer de los trece dedos eran bien reales. ¿Y que ella era una maga? No sabía si era más surrealista todo lo que acababa de suceder o las palabras de Christina. Sacó fuerzas para mover la cabeza y mirar a su madre. Después, volvió de nuevo la cara hacia la mujer de los trece dedos.

—Como te habrás dado cuenta, en la cocina has podido hacer algunas cosas sin saber muy bien cómo o por qué... Así que te voy a hacer un pequeño resumen, que luego tu familia te puede extender un poco más, para aclararte todo lo que ha pasado. ¿Estás bien?

Christina no parecía una persona muy empática, pero la postura de Helen le preocupó. Estaba encorvada, con la espalda en tensión y sin parar de mover las manos, como si las estuviera crujiendo todo el rato, aunque ya no sonaran.

Helen asintió, incapaz de decir nada.

—Seguramente recordarás lo que pasó el 4 de julio en el Empire State Building. El rayo que cayó, me refiero —prosiguió hablando Christina. Helen asintió de nuevo, aunque esta vez su expresión cambió del nerviosismo al enfado—. Fue un fenómeno aleatorio que nosotros llamamos Rayo Lunar. Los Rayos Lunares son rayos que caen en tormentas fuertes, normalmente cuando hay luna llena o luna nueva, y que tienen el poder de convertir en magos y magas a todas las personas a las que alcanza. En este caso, el rayo, en lugar de caer sobre una persona, lo hizo sobre la azotea, así que las personas que os encontrabais ahí, a partir de ahora, sois como nosotros.

La mujer hizo una pausa, intentando captar la atención de Helen pero, al mismo tiempo, dosificando la información.

—Hay dos formas de que una persona obtenga poderes. La primera es heredarlos de su familia. Dos personas magas siempre tendrán una descendencia de hijos magos. De la misma manera, dos personas no magas nunca podrán engendrar un hijo con poderes. Y luego están los casos en los que un progenitor los tiene y otro no, como es el caso de tus padres. Pero, según el registro de magos, ni tú ni Jack Parker habéis mostrado poderes desde que nacisteis.

Lanzó una mirada fugaz a Mei.

—Eso es —confirmó ella.

—Lo que sucedió hace unos días fue algo extraordinario, una creación masiva de magos, casi todos jóvenes. Y yo soy la encargada, junto con otros compañeros, de ir buscándoos uno por uno y clasificando vuestra magia. Esto que acaba de ocurrir —Christina señaló todo el restaurante con los dos dedos índices de cada mano— ha sido la Primera Prueba, en la que básicamente te categorizamos en función de las habilidades que has demostrado. Lo más común es dominar el Aire, el Agua, la Tierra o el Fuego, y tú has demostrado controlar esto último, así que formas parte de este grupo.

Helen miró a su familia. Estaba intentando procesar todo lo que Christina le estaba diciendo. Ahora que estaba un poco más serena, no podía negar lo ocurrido unos minutos antes, cómo el fuego parecía haberle obedecido, de algún modo, y cómo se había salvado de lo que parecía una muerte segura. Si era cierto lo que le estaba contando la mujer, al parecer el rayo que cayó la noche del 4 de julio la había vuelto maga, pero... ¿por qué? ¿Y qué esperaban que hiciera? ¿Cómo podía saber cuáles eran exactamente sus poderes? Helen intentó centrarse en las palabras de la mujer, aunque las preguntas se iban acumulando en su mente y no le dejaban pensar con claridad. La mujer se dio cuenta de que sus ojos se habían perdido en un punto fijo de la pared del restaurante y decidió no contarle nada más.

—Es normal que estés confusa, es demasiada información, y mucha de ella, sorprendente... Incluso increíble. Pero es así, Helen. Afortunadamente tienes a tu familia, que te podrá ayudar con todo esto. Ningún alumno que he visitado hasta ahora tiene padres magos, siéntete afortunada.

¿Sus padres, magos? ¿Cómo? Helen lanzó una mirada asesina a su familia. No sabía si esto era una broma de mal gusto o si era la realidad. Fuera como fuese, estaba muy enfadada. ¿Por qué nadie le había dicho nada? ¿Por qué se lo habían estado ocultando durante todo este tiempo? ¿Ellos ya sabían lo que le pasaba... desde la semana anterior?

—Bueno, mi misión aquí era hacerte la prueba... Como te he dicho, te has clasificado en Fuego. Y ahora quiero invitarte a que formes parte del alumnado de la Escuela de Magia Elmoon. No es difícil de encontrar, estamos en la Estatua de la Libertad. Justo en la antorcha.

Christina sonrió, intentando relajar el ambiente. Pero sus esfuerzos fueron en vano, ya que la tensión se palpaba en cada esquina del restaurante. David se mordía las uñas, aunque Mei y Xia se mostraban más tranquilas por fuera. Helen era un manojo de nervios a punto de estallar. Si algo la salvó de ponerse de pie y largarse de ahí fue que el nombre de la escuela le llamó la atención. Ese nombre...

—Elmoon —dijo en voz alta, sin darse cuenta.

Helen sabía que lo había escuchado en alguna parte y enseguida cayó: el correo electrónico que había borrado hacía unos días.

—¿Vosotros me mandasteis un e-mail? —le preguntó directamente a Christina.

—Sí, exacto —respondió ella—. Lo usamos como una medida para evitar el *shock* inicial, pero no suele ser muy efectiva... Deberíamos quitarla. En realidad, solo es para avisar del día y la hora en que pasaremos.

La chica cayó en la cuenta de que estaban a viernes a mediodía, el momento en el que, según el e-mail, «pasarían a buscarla». Empezaban a cuadrarle algunas cosas, pese a que la situación le seguía pareciendo surrealista. Tomó aire y su padre se dio cuenta de que, como era de suponer, algo no iba bien.

—¿Qué piensas, Helen?

La pregunta la pilló por sorpresa.

—¡¿Que qué pienso?! —exclamó ella. Su tono de voz lo decía todo.

No sabía por dónde empezar. Había gastado toda su

adrenalina hacía cuestión de minutos en la cocina, intentando que el restaurante no saltara por los aires, pero sintió que todavía le quedaba energía para incendiar algo más si se lo proponía. Y es que, por encima de todo lo que acababa de suceder, aquello que más le había molestado era que su familia no le hubiera dicho nada. No fue necesario que lo dijera en voz alta, porque su madre la conocía demasiado bien como para saber lo que estaba pasando por su cabeza.

—¿Cómo es que vosotros también... lo sois? Suponiendo que yo lo sea, claro —los increpó Helen, sin saber muy bien a qué se estaba refiriendo ni qué nombre ponerle.

—¿Magos? —preguntó Mei—. La abuela y yo sí, lo somos. Tu padre y tu hermano no. Cuando sucedió, tú todavía no habías nacido.

—*Wow* —respondió Helen—. Ahora sí que me habéis sorprendido del todo.

Pero su tono se alejaba completamente de la sorpresa, más bien era irónico. Levantó las cejas y apoyó los codos sobre la mesa, mirándola sin verla. David se recolocó en su silla.

—A nosotras también nos alcanzó un Rayo Lunar hace muchos años —empezó a contar la abuela—. Íbamos en un taxi. Lo recuerdo como si fuera ayer. Estábamos llegando a casa en taxi porque llovía muchísimo, y cuando ya casi estábamos, a la altura de Canal Street, un rayo cayó directamente sobre el vehículo. Al principio no entendimos nada, pero enseguida nos detectaron y vinieron a ayudarnos y explicarnos todo, como a ti hoy aquí. Nosotras no tuvimos la oportunidad de ir a Elmoon, así que... te animamos a que aceptes.

De pronto, Helen se dio cuenta de que le pedían que tomara una decisión para la que no estaba nada preparada. Fue consciente de ello en cuanto Mei pronunció aquellas últimas palabras.

—Pero..., vamos a ver, ¿qué clase de poderes tenéis vosotras? ¿Cómo funciona esto? Es que..., en fin, no sé qué decir. Todo esto es bastante flipante.

Christina se miró las uñas. Estaba acostumbrada a este tipo de reacciones.

—Ya te lo explicarán en el colegio, cariño. Por eso estaría genial que aceptases.

Helen enarcó una ceja.

—No has respondido a mi pregunta —le insistió a su madre.

Ella tragó saliva, sin saber muy bien qué decir.

—Tu abuela y yo tenemos los poderes de la Tierra —contestó, con una pizca de orgullo en la voz.

—¿Y Jack? ¿Lo sabe?

Se generó un silencio incómodo en la mesa que nadie supo cómo resolver. Al parecer, habían hecho con su hermano lo mismo que con ella.

—¿Por qué nunca me habíais dicho esto antes? ¡Tú lo sabías, papá! —lo increpó—. ¿Por qué no nos lo contasteis a nosotros dos? Todo esto es muy fuerte...

Helen se sentía traicionada. Para ella, no había duda de qué era lo más importante en su vida: la familia. Así era como la habían criado, con unos valores que sus propios padres les habían transmitido desde pequeños. Aquella noticia la había dejado fuera de juego. Pero, sobre todo, la había decepcionado. Toda su familia le había decepcionado... en especial su abuela, su querida abuela.

—Bueno, yo me voy marchando —dijo Christina, arrastrando la silla para levantarse.

—Sí, gracias por todo, Christina. Os escribiremos a ti o a John cuando tengamos una respuesta.

A Helen le sorprendió que su padre dijera eso, aunque sabía que no tenía elección. Si de verdad tenía poderes, no la iban a dejar ir por ahí campando a sus anchas... Mientras los adultos hablaban y se despedían, la joven se concentró en un punto del suelo e intentó que saltara una chispa. Tenía que comprobar si todo lo que le había contado aquella extraña mujer era verdad, si era cierto que era una maga. Entrecerró los ojos con fuerza... pero no sucedió nada. Tampoco cuando lo intentó con la mano, con el dedo índice o apretando el puño. Todos esos intentos fallidos le hicieron pensar una vez más si realmente lo que había hecho en la cocina había sucedido de verdad.

—Espero verte por la estatua, Helen —se despidió Christina—. Cuídate mucho.

La chica ni siquiera pensó en pellizcarse para ver si estaba soñando, porque aquello era demasiado real. La rabia que tenía dentro no podía ser solo cosa de una pesadilla.

—Gracias —dijo Helen entre dientes, sin saber muy bien qué era lo que estaba agradeciendo.

La mujer de los trece dedos salió por la puerta del restaurante, haciendo sonar la campana.

—¿Por qué no ha entrado nadie en todo el rato que hemos estado aquí? —fue lo único que se le ocurrió preguntar en cuanto se quedaron solos.

Su madre le lanzó una mirada llena de compasión, mordiéndose el labio y encogiéndose de hombros.

—Vale —respondió Helen—. Ya lo pillo.

Hecha una furia, sin añadir nada más, salió disparada hacia el pasillo que llevaba a su habitación, en el sótano.

—Helen, por favor, ven aquí —la llamó su madre.

Pero no sirvió para nada. En cuanto la alcanzó, se topó de frente con el cartel que rezaba «PRIVADO». Helen tenía demasiadas cosas en la cabeza.

Lo primero que necesitaba saber era si todo lo ocurrido era real. Podría pasarse horas pensándolo, aunque decidió admitir que sí. Su familia no le habría mentido con eso... Bien, en realidad, lo había hecho durante todos esos años.

Helen se dejó caer en la cama, con la cara en la almohada. Permaneció así varios minutos, llorando de rabia, hasta que una llamada entrante la hizo despegarse. Ver el nombre de Evan en la pantalla la hizo sentir peor.

—El que faltaba, joder —murmuró, colgándole.

Se dispuso a apagar el móvil, pero justo entonces vio que tenía un nuevo mensaje de su padre. No habían pasado ni dos minutos desde que lo había mandado y le preguntaba si podía bajar. Por un momento, pensó en cómo se debía de sentir David. Su mujer, su suegra y ahora su hija eran magas. Y él, nada. Hasta ahora no había estado solo, porque ni Jack ni Helen tenían poderes, y al parecer ahora se había quedado marginado en la familia. Pensar en ello le dio pena y decidió dejarle bajar al sótano a hablar con ella. Pero solo a él.

—Toc, toc. —Oyó la voz de su padre, imitando que llamaba a la puerta mientras la abría.

—Baja.

La escalera crujió un poco bajo el peso de su padre, que se sentó en la cama con ella. El hombre apenas recordaba la última vez que había hecho algo así con su hija: sentarse en su habitación simplemente para hablar.

—¿Cómo estás? —le dijo.

Helen resopló.

—Pues no sé... El restaurante ha estado a punto de colapsar conmigo dentro, casi muero de cinco maneras distintas, ahora resulta que mi familia..., bueno, algunos de mi familia tienen poderes y que me lo habéis estado ocultando durante todos estos años y... ¡sorpresa! Ahora yo también. Genial. Creo que lo deberíamos celebrar con una barbacoa, ¿no crees? Yo pongo el fuego, por supuesto.

Los dos se miraron durante unos instantes y se echaron a

reír. Helen sintió que liberaba los nervios y la tensión que había estado acumulando en la espalda durante todo ese tiempo y, de pronto, aunque la situación le seguía pareciendo surrealista, se empezó a sentir cómoda en ella.

—Es que... todavía no asumo que tengo poderes. Me parece muy fuerte... ¿Cómo sé lo que puedo hacer y lo que no? ¿Y si incendio la casa mientras duermo por equivocación?

David hizo un gesto en el aire, quitándole importancia.

—Si no lo has hecho desde el sábado, no creo que te pase nada. Pero precisamente deberías ir a la escuela de magia por eso. Ahí te enseñarían a controlarlo todo: tus poderes, lo que puedes hacer, la intensidad... Aprenderías un montón de cosas y seguro que conocerías a gente maravillosa.

—¿Y tienen varitas?

Su padre se echó a reír.

—No, no. Es todo mental, aunque lo canalizan a través de las manos.

De repente, la situación de su padre la enterneció todavía más. Helen se imaginó un montón de situaciones vividas por sus padres que ella se había perdido. ¿Qué clase de poderes tendrían? ¿Le habría hecho su madre alguna broma a su padre, como ponerle un cactus gigante en la cama o algo así?

—¿Y qué más clases hay? Porque yo soy Fuego, vale, y ellas son Tierra...

—Pues están Aire, Agua y luego hay dos tipos más que son mucho más raros. La verdad es que no te lo sé decir exactamente. En Elmoon te lo enseñarían.

Helen agradeció que su padre hubiera hablado hasta ahora en condicional de la escuela y que no le hubiese impuesto ir.

—¿Me queda otra opción?

Aquella era la pregunta que más le quemaba en los labios en ese momento. Hasta hacía una hora, su única preocupación era su primer día de clases en la universidad. Y, bueno, todo lo de Evan...

Su padre se quedó en silencio y Helen se lo tomó como una respuesta bien clara. Suspiró, cansada. De pronto, le dio un bajón físico y mental. No sabía qué hacer. Se había matriculado en la universidad para estudiar Dirección de Empresas en otra ciudad, algo que le gustaba pero no le apasionaba. Lo que ella quería ser de verdad, desde muy pequeña, era piloto. Aunque sabía que eso era imposible, porque el dinero de sus padres no daba para más. Así que se tenía que conformar con la opción fácil para todos: hacer un grado sobre el mundo empresarial. Para sus padres, porque así podría, en el futuro, volver a Nueva York y ayudarles con el negocio familiar sin tener que reventarse tomando comandas, sirviendo platos y haciendo horas y horas sin poder sentarse ni un minuto. Para ella, porque así sus padres estaban contentos, y poco más. Esa era la idea que Helen tenía... hasta entonces.

—¿Si voy a Elmoon también tendré que ir a la universidad?

—Tienes que hacer lo que tú quieras, Helen —respondió David.

La respuesta de su padre no le terminó de convencer. Antes tenía que aclararse las ideas. ¿Realmente le apetecía estudiar esa carrera? ¿O se había hecho a la idea de que le ilusionaba porque, en el fondo, no podía dedicarse a lo que en el fondo quería? Helen sentía que podía darle vueltas a todo eso durante horas, pero que tenía que tomar una decisión ya. Y en ese preciso instante su teléfono volvió a sonar. Helen no supo si fue el cansancio, el volver a ver el nombre de Evan o qué. Pero sintió que aquello era alguna señal. Si había un momento para romper con todo y empezar de cero, era ese.

—Vale. Iré a Elmoon... Con dos condiciones.

Su padre asintió, escuchando con atención.

—Una: no iré a la universidad. Ayudaré aquí en lo que pueda.

David no se atrevió a adelantarle que en Elmoon no solo estudiaría, sino que sería su nuevo hogar, por lo que Mei le había adelantado. Tendrían que hacer un gran esfuerzo entre él, su mujer y Kat, aunque, por otro lado, se ahorrarían los gastos de la Universidad de Chicago. Le frustraba mucho volver a pensar que les salía más barato que Helen estudiara fuera, incluso pagándole el alojamiento, que en su propia ciudad.

Ambos se quedaron en silencio.

—Y dos: no más secretos entre nosotros.

9

La universidad de las mentiras

Cuando Helen se levantó a la mañana siguiente sintió que tenía una especie de resaca emocional. Notó las piernas entumecidas; tanto, que por unos instantes, antes de meterse en la ducha, tuvo tentaciones de salir a correr y desfogarse por las calles de Chinatown. Todavía era pronto, así que no se cruzaría con mucha gente en su camino. Sin embargo, al final le dio pereza y se quedó en casa.

Intentó no hacer mucho ruido ni poner música para que sus padres no supieran que ya se había despertado. Prefería que pensaran que estaba todavía durmiendo, así no la molestarían. Después de la conversación que había tenido con su padre la noche anterior, Helen se había quedado más tranquila, pero todavía estaba enfadada con su madre. ¿Cómo le habían podido ocultar a ella y a Jack toda esa información?

Helen estaba acostumbrada a no rodearse de muchas personas en su día a día. No necesitaba tener cien amigos si contaba con uno con el que tenía confianza. Con su familia había sucedido lo mismo... hasta aquel día. Pasó la mañana dibujando, intentando concentrarse en imitar unas imágenes de Animal Crossing que había visto en Twitter, pero las líneas le salían demasiado agresivas. La esencia de aquellos personajes era tranquila, y Helen estaba de los nervios. Terminando el dibujo de un mapache animado, se dio cuenta de que había apretado tanto la hoja que se había roto y se había estropeado.

Helen arrugó el papel con los personajes animados mientras eliminaba aquellos pensamientos de su cabeza. Se puso de pie y caminó hacia la mesilla de noche, donde su móvil ya había terminado de cargarse. Lo desconectó y, como siempre, leyó los mensajes de Evan.

Evan: ¿Dónde estás, bombón?

¿Por qué tardas tanto en contestarme?
Estás dormida, ¿no?

SI no respondes voy a verte en una hora
o así, me estoy preocupando.

Helen miró corriendo la hora. Le había mandado ese mensaje hacía cincuenta minutos.

Hola! Perdona, estaba dibujando,
estoy aquí en casa.

Su novio se puso en línea al instante.

¿Por qué duermes tanto últimamente?
¿O es que te vas a dormir muy tarde?

Helen se pasó la mano por las piernas. Todavía las notaba raras.

No, es que estoy aprovechando para
descansar.

Evan tardó unos segundos en procesar la información, como si estuviera decidiendo si le parecía correcta o no.

Voy a verte, he salido hace cinco minutos.

Helen puso los ojos en blanco. No se lo podía creer.

No me va bien, perdona. Tengo que
ayudar a mis padres con el restaurante,
se lo prometí.

A Helen no le gustaba mentir. Pero lo que le gustaba todavía menos últimamente era estar a solas con su novio. Sobre todo en su habitación. Se ponía muy plasta y le hacía mil preguntas sobre todo lo que hacía o dejaba de hacer. Además, llevaba ya semanas insistiendo en meterse en su cama, y ella aún no se sentía preparada. Evan le gustaba, pero empezaba a sentir ganas de dejarlo. Además, no soportaba la idea de tener que ocultarle que se había convertido en una maga.

Tranquila, solo es para saludarte, luego me
marcharé que tengo que hacer un papeleo
del seguro.

La chica contestó con un emoticono y dejó de nuevo el móvil en la mesilla. No había nada que hacer si Evan se ponía pesado. Desgraciadamente, aquello era algo que había aprendido con el tiempo. Se había dado cuenta de que cuanto antes lo aceptara más broncas se ahorraría.

No tuvo que esperar más de veinte minutos para verlo aparecer por la puerta de su habitación. Echó el cerrojo. En cualquier otra ocasión, aquel gesto no le habría puesto en guardia, porque siempre lo hacían por precaución, para que ningún cliente de The Chinese Moon se confundiera de puerta al buscar el servicio. Pero en aquella ocasión el gesto tenía un matiz diferente. Bajó la escalera, bastante alterado.

—Tus padres no sabían que estabas despierta. Me han dicho que no te habían pedido que les ayudaras ni nada —le echó en cara. Después, cambió de expresión y le sonrió.

Helen se quedó callada.

—¿Todo bien?

Evan se acercó a ella y la cogió por la cintura, besándola en los labios durante un tiempo que a Helen se le hizo demasiado largo. Correspondió a su beso por complacerlo, pero se sintió más incómoda que nunca.

—Oye, tienes que salir más de casa, ¿sabes? Ya han pasado unos cuantos días desde el 4 de julio y te vas a pegar todo el verano aquí dentro.

—Sí, sí, ya lo sé —reconoció Helen—. Yo también me agobio aquí dentro. ¿Vamos a dar un paseo?

Evan hizo una mueca.

—Hoy precisamente te iba a proponer si querías quedarte aquí conmigo. He traído... ya sabes.

El corazón de Helen se aceleró. Pero no era ese tipo de aceleración que se siente cuando ves a la persona que te gusta, cuando te dan una buena noticia o te encuentras con un perro precioso al girar una esquina. Era de las chungas. De las que se sentían más en el estómago que en el corazón.

Helen caminó hacia la cama, donde se había sentado Evan. El chico le pasó la mano por la cintura, la atrajo hacia él y, con el otro brazo, le puso detrás de la oreja los pelitos que se le habían escapado de las trenzas. Luego quiso besarla y ella volvió la cabeza. Se produjo un silencio incómodo y Helen se apartó.

—¿En serio, Helen?

—Sí. Lo siento, es lo que hay. No tengo el cuerpo para juegos.

Evan suspiró. Se dejó caer hacia atrás en la cama y se quedó mirando al techo. El corazón de Helen seguía latiendo rápido y no se calmó hasta que el chico volvió a hablarle.

—¿Esto va a ser siempre así? Porque ya me está empezando a cansar el asunto.

—No me puedes obligar a hacer nada que no quiera, Evan. Si no quiero hacerlo, tienes que asumirlo. Lo siento, es lo que hay —repitió.

—Joder... Louis y Samantha son todo lo opuesto a nosotros. Me da una rabia, en serio... Ojalá fueras un poco más como ella.

Helen enarcó una ceja.

—¿Un poco más... cómo?

—Pues, no sé. Cariñosa, por ejemplo. Atenta. Estás todo el día huyendo de mí. Es como si te asustara que te acaricie, que te bese...

Evan siguió dando argumentos, pero la mente de Helen se había quedado atascada en un verbo. Huir. Pensó en las veces que había querido marcharse de aquella relación, incluso en las pocas que lo había intentado y, al final, había vuelto a retomarla, ya fuera por presiones del chico o de su propia familia. O que ella misma se autoimponía. Pero ahora las cosas eran diferentes. Había algo que Helen sabía y que Evan no se imaginaría ni en sueños.

Huir... sonaba demasiado bien. Desaparecer durante meses en un colegio, interna, sin salir de la ciudad para poder tener cerca a su familia pero al mismo tiempo quitándose de encima una carga que no sabía cómo aliviar...

—Hay algo que tengo que decirte —cortó su monólogo con un tono serio.

Evan la miró con compasión. Se esperaba que sucediera lo de siempre: que Helen se agobiara, lo mandase a la mierda y luego volvieran a salir juntos. Aunque esta vez se preguntó si estaba preparado para volver a vivir todo aquello para que, después, ella siguiera sin cambiar de opinión.

—No pasa nada, Helen —se adelantó él—. Perdona por ser tan pesado. Es que... me lo pide el cuerpo, ya sabes. Es normal, ¿no?

—No, no voy a hablar de nosotros. Voy a hablar de mí.

El tono de Helen lo pilló por sorpresa.

—Me han aceptado en una universidad que está lejos de aquí. La semana pasada, con mi padre, mandé varias solicitudes online. Me voy a estudiar Dirección de Empresas. Estaré viviendo fuera durante muchos meses y lo nuestro se volverá imposible, así que...

Evan se puso de pie.

—¡Eso ya lo sabíamos! No pasa nada, bombón. Será complicado al principio, pero yo te estaré esperando. O mejor, ¡me iré contigo, sea donde sea! Así no tendremos que preocuparnos por cómo y cuándo vernos, porque puedo transferir mis...

—¡No! —lo cortó Helen—. No. He decidido que me voy yo sola.

Helen quiso gritar a los cuatro vientos la verdad. Se sentía mal por decir una mentira, pero en ese instante no se le ocurría nada más que decir una verdad a medias. Romper con él era más fácil que mentir en algo tan increíble como lo que le había ocurrido, al menos para ella.

Evan se quedó a cuadros.

—Si es por lo que acaba de pasar... lo siento un montón, por favor, no me lo tengas en cuenta —volvió a intentarlo.

Pero ella negó con la cabeza. Hasta se le escapó una pequeña sonrisa.

—No. Me voy sola, y eso significa que quiero estar sola. A partir de ya.

—Helen...

—Estoy cansada de que estés todo el día preguntándome dónde estoy, que me insistas siempre para hacerlo cuando te digo que no estoy preparada... Lo siento, ya no aguanto más esta situación.

Evan abrió la boca para responder y sus primeras palabras se vieron eclipsadas por el sonido de los nudillos de David Parker llamando a la puerta del sótano.

—¿Helen? ¿Me puedes abrir, por favor?

Ella le sostuvo la mirada un par de segundos al chico y subió la escalera que conectaban su sótano con la planta que daba a la calle. Quitó el pestillo y abrió la puerta.

—Dime.

—Tienes una llamada de la Universidad de Chicago sobre el tema de la matrícula. Les he dicho que ahora los llamarías.

—Gracias, papá, dame un segundo. Evan ya se iba, ahora los llamo.

—Okey.

David cerró la puerta del sótano y Helen no echó el cerrojo. De hecho, se quedó ahí, en lo alto de la escalera, esperando a que Evan caminara hacia ella en dirección a la salida de su habitación.

—¿La Universidad de Chicago? —dijo Evan, en un tono tan elevado que hasta los perros lo habrían escuchado.

Ella asintió. Se sentía incapaz de decir ni una palabra en esos momentos.

—Será más fácil para los dos si te marchas, Evan.

Las palabras de Helen pillaron al chico fuera de juego.

Había algo en sus ojos, una dureza que nunca antes había visto. Se asustó tanto que no se atrevió a decir nada más. Helen abrió la puerta y Evan caminó hacia el exterior. Cuando se volvió para ver la cara de Helen por última vez, ella ya estaba cerrando la puerta y pasando el cerrojo de nuevo.

La joven bajó la escalera de dos en dos y se tumbó en la cama, con el corazón latiéndole a toda velocidad. Tenía miedo y muchas dudas. Pero, sobre todo, tenía una sonrisa en la cara por la actuación que su padre se había marcado con el tema de la Universidad de Chicago. Despedirse de sus compañeros no sería complicado. Además, Evan se encargaría de contarles la noticia enseguida, así que ni tendría que molestarse en decírselo uno a uno. Jin, su amiga virtual, seguiría estando allí se fuera a Chicago o a Elmoon, no tenía que preocuparse por ella.

Cogió su móvil y comenzó a bloquear a Evan en todas las redes sociales. Cuando terminó, apagó el móvil, para asegurarse al cien por cien de que nadie la molestara, y se sentó frente a la mesa de su escritorio. En una hoja nueva, se dejó llevar. En aquella ocasión no se centraría en personajes de videojuegos. Con un tono aguamarina, comenzó a dibujar las facciones de la Estatua de la Libertad, dejando para el final lo que sería su casa en unos meses: la antorcha.

10

Lady Liberty recibe al *Neptunius*

Helen se sintió rara cuando el verano dio paso al otoño y no volvió a la rutina de retomar las clases. El último curso le había resultado el más complicado de todos y pensó que nunca lo echaría de menos, pero se equivocaba. Cuando llegó el primer día de octubre todavía no había comprado nada de material escolar. Sabía que la espera hasta final de mes se le iba a hacer eterna, así que se dedicó a ayudar todo lo que pudo en The Chinese Moon hasta que llegó la noche de Halloween.

No dejaba de ser gracioso que, precisamente, hubieran elegido esa fecha como el primer día de clases en la Escuela de Magia Elmoon. Mientras toda la ciudad se disfrazaba de vampiros, fantasmas y demás criaturas, los verdaderos magos y magas se preparaban para ir a la Estatua de la Libertad. Y es que, durante los próximos meses, aquella iba a ser su próxima casa. Helen solo había ido una vez a la Estatua y ahora iba a pasar de ser una visitante más a vivir ahí con sus nuevos compañeros de clase.

Durante los días que transcurrieron desde que Christina apareció en el restaurante familiar hasta el día de Halloween, Helen había mantenido el contacto con Selena, a quien habían categorizado en Electricidad. Entre ella y su familia, que también era maga, habían ido reconstruyendo las bases del mundo mágico en el que de pronto habían entrado. A ambas les tranquilizaba tener a una persona conocida dentro de la Escuela, y estuvieron quedando de vez en cuando durante el verano. Helen se sintió rara al retomar una antigua amistad que, en su momento, se desvaneció sin saber del todo bien por qué.

Desde entonces, Helen había intentado usar sus poderes, aunque no supiera exactamente lo que estaba haciendo. Al principio no consiguió nada, aunque gracias a la ayuda de Selena, que parecía saber controlar los suyos un poco más, fueron aprendiendo a encender una pequeña llama y apagarla por sí mismas. Podía parecer una tontería, pero a Helen le maravillaba ser capaz de hacer todo eso de un día para otro solo por haber estado en el lugar y en el momento adecuados el 4 de julio.

Aquella noche, The Chinese Moon estaba más lleno de gente de lo normal. En los últimos años, los padres de Helen habían organizado un evento temático para que la gente viniera disfrazada al restaurante. Cada persona que traía puesto un disfraz de Halloween se llevaba gratis un set de palillos chinos con el logo del restaurante tallado en la parte más gruesa y, en la cara opuesta, un grabado en dorado de una calabaza, una bruja y un fantasma. Xia se había dedicado durante el último mes a encargarlos todos, separarlos en *packs* y ponerlos en un envoltorio bonito para los clientes. Habían quedado preciosos y entre los comensales estaban siendo todo un éxito. Algunos hasta preguntaban dónde los podían comprar para regalárselos a su familia y amigos.

Los televisores no mostraban las noticias y el hilo musical del restaurante había cambiado de la música china tradicional a una más misteriosa, con un matiz de suspense. Helen observó, desde el pasillo que conectaba la sala del restaurante con su habitación, cómo la gente iba entrando disfrazada. No pudo contener una sonrisa cuando vio entrar a un grupo de chicas disfrazadas de brujas, porque, en cuestión de horas, ella iba a empezar a formarse precisamente para ser algo muy similar...

—¿Todo bien, cariño?

La voz de su padre le hizo dar un bote y Helen se volvió con un movimiento brusco. En el restaurante, todos, incluida Kat, la ayudante, se habían puesto en el uniforme un pin de una bruja. Para los clientes sería una decoración más de Halloween, pero su padre y su madre lo habían hecho como un guiño a su hija, a la que despedían esa misma noche.

—Perdona, no quería asustarte —dijo David Parker—. ¿Qué tal, cómo vas? ¿Has terminado la maleta? ¿Estás nerviosa?

Helen se encogió de hombros. Más que nerviosa, estaba expectante. Sus padres tenían tanto trabajo esa noche que no iban a poder acompañarla a la Estatua de la Libertad, así que lo haría su abuela. Se le hacía raro tener que decir adiós al lugar que había sido su refugio durante tantos años, pero recordó que para Navidad estaría de vuelta.

—¿Cuándo viene a buscarme la abuela? —preguntó Helen. Lo último que quería era llegar tarde a Elmoon.

—En... —su padre consultó su reloj— treinta y cinco minutos, más o menos. ¿Lo tienes todo listo?

Helen asintió, aunque sabía que aún tenía que tomar algunas decisiones de última hora.

—Genial. Te dejo, que estamos a tope. ¡Uf! Ya te echo de menos y aún no te has ido.

Su padre se despidió de ella y se marchó en dirección a la cocina. Cualquier otra noche, Helen estaría ayudándolos, sobre todo la noche de Halloween. Sintió que echaría en falta aquello, por muy cansado que pudiera resultar en ocasiones.

La joven bajó la escalera que llevaba al sótano y observó la maleta, ya cerrada desde primera hora de la mañana. Iluminó la pantalla de su móvil para ver si tenía algún mensaje de Selena. Del resto de personas de su instituto no había vuelto a saber nada.

Helen se sintió tranquila porque contaba con mucha información antes de comenzar el curso, gracias a todo lo que le habían contado sus padres. Poco a poco, se fue enterando de cómo funcionaba la comunidad. Hasta se enteró de que se rumoreaba que si un Rayo Lunar caía sobre un caballo este se convertía en un unicornio.

También le habían contado que a los jóvenes los separaban de los adultos porque cuanto más joven eras cuando te caía un rayo, más poder eras capaz de desarrollar en los años siguientes. Por eso era más poderoso un niño de tres años recién convertido que un adulto de cincuenta; de ahí que siguieran formaciones separadas.

Justo mientras pensaba en su amiga, Selena le mandó un mensaje con una foto de las maletas. Helen hizo lo mismo, aunque ella solo llevaba una. En ese momento se rayó. ¿Tendría que coger más cosas? En los últimos días no había decidido si llevar o no su material de dibujo. De hecho, había dejado la decisión para el final. No sabía si tendría tiempo para dibujar y, además, le daba pánico que alguien se lo robara, ya que algunos instrumentos eran bastante caros o muy difíciles de encontrar, pues los había conseguido su abuela de la parte china de su familia.

Los siguientes minutos pasaron más rápidos de lo esperado. Su padre bajó a despedirse de ella y, poco después, su madre. Le repitieron tanto que todo iría bien y que la gente ahí era muy agradable que a Helen le entraron las dudas sin saber por qué. En un último impulso, metió todo su material de dibujo en el bolsillo exterior de la maleta, se puso la bufanda y atravesó el restaurante. La puerta tintineó cuando la abrió, dejando pasar una fría corriente de aire al interior. Helen se volvió para dar un último adiós a sus padres y vio a su abuela, que ya la estaba esperando con un taxi en la acera de enfrente. No solían ir nunca en taxi, pero aquel día se trataba de una ocasión especial.

—¿Nerviosa? —le preguntó su abuela.

Helen se mordió el labio por dentro. En los últimos días, nadie le había preguntado otra cosa.

—Sí, la verdad es que sí.

Por primera vez, la joven fue sincera. No sabía lo que le esperaba en cuanto llegaran al muelle para ir a la Estatua de la Libertad. Le aterraba que la gente no fuera buena con ella o no aprender lo suficientemente rápido y quedar por detrás de sus compañeros. Helen siempre había tenido una conexión especial con su abuela y le habría contado sus dudas sin problema, pero tuvo que cortarse por si el taxista estaba escuchando. Xia pareció leerle la mente y, con un gesto extraño, Helen sintió como si la hubieran metido dentro de una burbuja.

—Ya está, ahora no puede escucharnos.

La chica miró hacia el taxista, intentando ver algo entre ellas y el conductor que no existía físicamente, pero que estaba ahí.

—¿Cómo has hecho eso? Pensaba que tu poder era de Tierra...

La abuela se encogió de hombros.

—Sí, pero hay algunas cosillas básicas que podemos hacer todos los magos, sea cual sea nuestra especialidad.

Helen asintió y se quedó mirando fijamente a su abuela. Era una mujer sorprendente, y la admiraba muchísimo. Aprovechó el viaje para preguntarle dudas y, aunque la mujer le respondió a muchas, le dijo que lo mejor sería que llegara como la mayoría de sus compañeros de clase: sin saber prácticamente nada de lo que se iba a encontrar ahí.

El taxi atravesó la parte sur de Manhattan y se dirigió al embarcadero de los ferris que llevaban a la Estatua.

—Bueno, ya estamos llegando. Sobre todo, Helen, recuerda ser tú misma. Vas a encontrar a gente muy diferente. Harás grandes amigos, pero también conocerás a personas que merece la pena ignorar. Es normal. Tener poder no te hace poderoso, aunque hay gente que piense que sí. Tú haz buenos amigos, no te separes de ellos y, si algún día tienes una urgencia y me necesitas...

Su abuela se llevó la mano al cuello y se quitó una de las numerosas cadenas bañadas en oro que llevaba. Se la puso a Helen. Le costó varios segundos atinar, porque sus dedos ya estaban torpes.

—Significa «confianza» —le dijo su abuela en chino.

Helen miró las letras chinas del collar. Sabía hablar el idioma desde niña, pero siempre se le había escapado leerlo y escribirlo. Había visto aquel colgante y muchos otros en la tienda de *souvenirs* de su abuela Xia desde que era pequeña, pero esta nunca le había regalado uno, y menos el suyo propio.

La chica tenía una conexión especial con su abuela que iba mucho más allá de los lazos familiares. En el colegio, y allá donde iba, todo el mundo pensaba que Helen era una persona bastante apática. Sin embargo, ella sabía que aquella mala primera impresión era culpa de su timidez, de sus bromas privadas consigo misma y de su costumbre de pasar tiempo sola, a su bola y sin que nadie la molestase. A su abuela le sucedía lo mismo. Lo habían hablado muchas veces. Por aquella razón, Helen la valoraba mucho, aunque seguía pensando que su nieto favorito era Jack.

—Muchas gracias, abuela.

—Para que nunca estés sola —le dijo la mujer mientras el taxi frenaba.

Helen no supo muy bien a qué se refería, pero se aseguró de que el collar estuviera bien atado y lo escondió por debajo de su jersey.

Bajaron del taxi, cogieron la maleta y se dirigieron hacia el embarcadero donde los habían citado. Por suerte, un grupo de personas con maletas en cualquier sitio de la ciudad nunca llamaba la atención.

—Bueno, cariño, mucha suerte. Y saluda a Billy de mi parte cuando lo conozcas.

La abuela le dio un beso a Helen y la dejó ahí sola. La mayoría de la gente iba acompañada de sus padres, aunque no le importó. Siempre había sabido que ella era una prioridad para los suyos, pero que el trabajo era el trabajo y muchas veces la hostelería no entendía de conciliación familiar. Buscó a Selena con la mirada y no la encontró, así que tuvo que recurrir al móvil para dar con ella. A su alrededor pasaban decenas de niños disfrazados, sin darse cuenta de que los verdaderos magos estaban justo ahí, delante de sus narices.

De repente, cuando el reloj marcó las ocho de la tarde, Helen escuchó una voz dentro de su cabeza.

—Buenas tardes, queridos alumnos.

Todos los jóvenes que estaban ahí reunidos miraron a su alrededor, confusos. El silencio se adueñó del embarcadero.

—Mi nombre es John Cullimore y, aunque mi voz está dentro de vuestra cabeza, podéis verme si miráis hacia el enorme ferri que hay detrás de mí. Soy el que lleva el jersey verde y saluda de una forma un poco incómoda.

Cientos de miradas se dirigieron hacia un hombre alto y delgado que saludaba desde el puerto. En su cara se extendía una sonrisa de emoción. No estaba solo, lo acompañaban un grupo de personas que Helen supuso que serían los profesores de Elmoon.

—Ya estamos todos, así que vamos a proceder a embarcar en el *Neptunius*. Por favor, despedíos de vuestras familias e id entrando por aquí.

La voz se desvaneció y Helen se sintió abrumada en un mar de conversaciones. Vio cómo Selena le decía adiós a su madre, que parecía no pasar de los treinta y pocos años. La esperó para subir juntas al ferri mientras el resto de futuros alumnos hacían lo mismo. De forma ordenada, todos fueron ocupando los asientos en el *Neptunius*.

—¡Ya estamos todos! —regresó la voz, aunque Helen no supo si esta vez seguía en su cabeza o estaba sonando por los altavoces del enorme barco—. Relajaos y, sobre todo, ¡coged aire!

—¿En serio, John? ¿Vas a hacer esa broma cada vez que viajamos en el *Neptunius*? —Se escuchó de fondo y muchos alumnos se rieron.

Helen miró a Selena, a quien le hacía tanta ilusión montar en barco como subir al Empire State Building. De pronto, un sonido burbujeante empezó a surgir de todos los rincones del ferri y éste se movió ligeramente. Ya habían arrancado en dirección a Elmoon. Los alumnos se acercaron a las ventanas y algunos subieron a la parte de arriba para disfrutar del viaje con las mejores vistas posibles. Helen intentó hacerse un hueco para ver lo que estaba sucediendo. No era muy alta, pero pudo ver por una pequeña ventana el embarcadero, que iba poco a poco desapareciendo. Fue en ese momento cuando se dio cuenta de que no estaban viajando en línea recta, sino hacia abajo. El *Neptunius* se estaba sumergiendo en el agua.

Se escucharon gritos de terror y muchos alumnos empezaron a empujarse.

—¡No os preocupéis! —Se oyó de nuevo la voz de John—. El ferri irá por debajo del agua para llegar más rápido. Hay tanto tráfico estos días por la superficie... En fin, relajaos, disfrutad de las vistas, subid a la parte de arriba con moderación y... ¡el que consiga ver al monstruo del río Hudson se lleva la mejor habitación!

Decir que Selena agarró el brazo de Helen habría sido suavizarlo. Invadida por el pánico, le clavó las uñas justo debajo del codo, histérica perdida.

El ferri hizo sonar su bocina y arrancó una vez estuvo completamente sumergido. Bajo el agua, todo parecía mucho más tranquilo. Era como haber desaparecido de repente del jaleo de la ciudad de Nueva York y haber entrado en otro mundo totalmente distinto. Helen pensó que vería un montón de peces y otras criaturas marinas, pero ahí abajo solo había suciedad y basura.

Un hilo musical comenzó a sonar por todo el barco. Aquello pareció relajar a los alumnos, que empezaron a mantener conversaciones distendidas entre ellos. Helen sintió que debería esforzarse por hablar con alguien, pero todos esos grupitos estaban formados por gente que ya se conocía con anterioridad. Al fin y al cabo, en el Empire State Building habían ido tres alumnos por colegio como mínimo, por lo que muchas personas ya serían amigas con anterioridad. Se volvió hacia Selena para charlar con ella, aunque enseguida vio que estaba para pocas conversaciones. Su cara se había vuelto blanca.

—Voy al baño —fueron las únicas tres palabras que pudo articular antes de salir corriendo hacia el lugar por donde habían embarcado en el *Neptunius*.

Helen se quedó sola en mitad de un enorme salón lleno de gente. Por las ventanas cada vez se veían más cosas. Si se fijaba bien, podía ver algunos peces que nadaban junto a criaturas que no había visto nunca. ¿Siempre habían estado ahí o ahora que era maga podía verlas?

Un escalofrío recorrió su cuerpo al ver que una especie de serpiente se acercaba peligrosamente al *Neptunius*. Aquella criatura, similar a un cocodrilo, pareció reconocer el barco. Helen no podía dejar de mirarlo. Tenía patas, aunque su cuerpo era como el de una serpiente. Por lo menos se movía así. Delicada pero rápida, tan pronto como apareció volvió a desvanecerse entre las aguas del Hudson.

Helen esperó por si volvía, sin saber muy bien qué hacer. Finalmente, decidió subir a la parte de arriba del ferri. Desde que se habían sumergido, tenía curiosidad por saber cómo un barco con la parte de arriba completamente abierta había conseguido crear una zona segura para poder estar ahí sin ahogarse. Subió los peldaños que conectaban con la planta superior y enseguida se dio cuenta del truco que habían hecho los profesores. Una burbuja gigante rodeaba la cubierta del *Neptunius* y viajaba con él, despacio, protegiendo toda la superficie del barco.

En una esquina, un grupo de adultos reía y observaba a los alumnos. Se trataba de los profesores. Uno de ellos cruzó la mirada con Helen y la chica apartó los ojos, nerviosa. Caminó un poco más por la superficie y miró hacia arriba. Ahí fuera ya era de noche, pero a través del agua se podían intuir las luces de los rascacielos de Manhattan, que cada vez quedaban más atrás. La Estatua de la Libertad no estaba muy lejos, así que no tardarían mucho en llegar.

Helen miró a su alrededor, alucinada. Justo en la parte delantera del ferri, un grupo de chicos intentaba hacer desaparecer un zapato, aunque todavía se veían los cordones. Otros señalaban las extrañas criaturas que nadaban junto al *Neptunius*. Parecía que su labor era custodiar el ferri hasta que llegara sano y salvo a su destino. La chica se quedó un rato ahí, sentada en una de las banquetas de plástico, hasta que notó cómo la velocidad se iba reduciendo. John Cullimore abandonó la conversación con sus compañeros para ir a la sala de mando, donde un hombre bajito y rechoncho controlaba la dirección del barco. Helen sintió cómo iban frenando, hasta que se paró del todo y comenzó el ascenso. La chica abrió la boca sin darse cuenta mientras observaba la burbuja acercarse cada vez más a la superficie. Cuando el ferri la tocó, fue abriendo paso hasta que toda la cubierta estuvo despejada. Subieron unos metros más para alcanzar la altura correcta y, entonces, el *Neptunius* se quedó quieto, flotando suavemente.

Helen oyó voces a su alrededor, pero no pudo despegar la vista de la Estatua de la Libertad en cuanto la divisó. Hasta entonces, siempre la había visto como un trozo de hierro medio azul medio verde que llenaba las portadas de casi todas las postales de la ciudad. En la tienda de su abuela, se había cansado de jugar de pequeña con las cientos de figuritas que se vendían allí con la forma de aquella mujer que tanto representaba para la nación. Pero jamás la había observado como hasta entonces. La Estatua parecía tener vida propia. A Helen le pareció que su pecho se movía, como si estuviera respirando, y se quedó totalmente en *shock* cuando la figura levantó su brazo izquierdo para saludarlos, sin dejar que se le cayera la enorme tabla. Los alumnos emitieron gritos de miedo y de emoción al mismo tiempo.

—Vaya, vaya, ¡Lady Liberty no saluda todos los días! —exclamó John desde la sala de mando, aunque se escuchó por todo el *Neptunius.*

Lo que había sucedido parecía un sueño, aunque eso no fue lo que más sorprendió a Helen. No podía despegar la vista de la antorcha que sujetaba la estatua en la mano derecha. Como si se tratara de fuego de verdad, brillaba con una intensidad que apenas dejaba mirarla directamente. Rebosaba magia.

Helen sonrió sin saber muy bien por qué. Acababa de llegar a la que sería su casa durante un curso entero y, por primera vez, tuvo la sensación de que las cosas iban a ir bien. De que aquel era el lugar al que estaba destinada a ir.

11

Elmoon

El capitán del *Neptunius* apagó los motores e hizo las maniobras necesarias para que los alumnos pudieran ir bajando. La isla de la Libertad no era muy grande y a esa hora quedaban cada vez menos turistas. Pero, como siempre, un grupo de estudiantes pasaba desapercibido.

Helen se preguntó hasta qué punto la gente no mágica podía verlos. Tanto a ellos como al ferri o el gesto que había hecho la estatua hacía unos segundos. Se imaginó que Selena habría bajado de las primeras a tierra firme, así que dejó que varios grupos de alumnos se adelantaran y fue de las últimas en abandonar el *Neptunius*. No sabía por qué, no podía apartar la vista de las llamas doradas de la Estatua. Había leído en Google que la estatua era de acero y estaba cubierta de cobre, a excepción de la llama, que era de oro de verdad.

Siguió al resto de sus compañeros sin prestar mucha atención a lo que decían, intentando empaparse de toda la información que sus ojos podían retener. Recorrieron casi la mitad de la isla a pie, cargados con maletas y mochilas, hasta llegar a la parte más cercana al pie derecho. Cuando todos los alumnos estuvieron allí, el hombre que se había presentado como John abrió una pequeña puerta en la base de la estatua y todos fueron entrando de dos en dos. Helen era de las últimas y tuvo que esperar con impaciencia hasta que le tocara su turno. Le pareció ver entrar a otra chica de su antiguo colegio a lo lejos, que ya parecía estar muy bien integrada con sus nuevos amigos.

—¿Cómo serán las habitaciones? —preguntó un chico justo detrás de Helen.

Hasta entonces no se había preocupado demasiado por lo que sucedía con la gente de su alrededor, pero esa información le interesaba.

—He oído que nos van a dividir por elementos y, una vez así, por parejas —respondió otra voz a sus espaldas.

—Madre mía, ¡qué nervios! —dijo una chica.

Helen sintió un nerviosismo que se apoderaba de ella. ¿Con quién la iban a poner en el dormitorio? Pensó que quizá lo mejor habría sido aprovechar el viaje en ferri para hacer amigos en lugar de embobarse con las vistas.

—Bueno, afortunadamente todos nosotros estamos en Tierra —respondió el primero, orgulloso de su condición.

La chica se rio con un matiz de desprecio.

—A ver, tampoco es que seamos tan especiales. Somos el grupo más común, en realidad.

Helen se quedó pensativa al escuchar esas palabras. Tenía que estar pendiente de ir avanzando en la fila para entrar por la puerta que habían abierto en la estatua, cargar con su maleta y enterarse de lo que estaban comentando detrás de ella.

—Vaya mierda, yo quería ser Electricidad e inventar cachivaches mágicos —se quejó uno.

Se dieron un codazo amistoso.

—En cuanto entréis con nosotros al *lobby* del museo os iremos mandando a la antorcha. Estamos justo donde está expuesta la antorcha vieja, ahí al lado. Venid y así podréis ir subiendo.

Helen había estudiado en el colegio que la antorcha inicial que sujetaba la estatua había sido sustituida por otra hacía unos treinta años, y que la original se guardaba justo en el lugar en el que se encontraban en ese momento. El Museo de la Estatua guardaba fragmentos de las primeras pruebas, así como todo tipo de objetos por los que un coleccionista adinerado pagaría millones de dólares.

Las llamas que años atrás vigilaban la costa de Nueva York ahora reposaban en aquel museo dedicado a la *Libertad iluminando el mundo*, justo a sus pies, mientras que las nuevas, cubiertas de oro, estaban justo encima de la antorcha donde estaba Elmoon, un dato que solo la comunidad mágica conocía.

La fila avanzó más rápido de lo previsto y Helen atravesó sola las puertas. Nada más entrar, se llevó una decepción cuando vio que el interior era exactamente igual al que se habría encontrado de ser una visitante más de la estatua. De hecho, todos los alumnos empezaron a mezclarse con los turistas, que no parecían muy contentos de tener que esquivar a tantas personas entrando con las maletas. Helen siguió las indicaciones del profesor. Lo vio a lo lejos, hablando con los alumnos. La joven los observó con atención y, de repente, vio cómo dos de ellos, situados justo al lado de la antigua antorcha, desaparecían de la nada. Sintió que el corazón le daba un vuelco en el pecho. ¿Adónde habían ido? Helen se asustó tanto que cuando llegó su turno notó que le temblaban las manos. El grupo de alumnos que hasta entonces le habían ido guiando hasta la antigua antorcha que sujetaba Lady Liberty desaparecieron también justo frente a sus narices. Y de pronto le llegó su turno.

Un hombre rechoncho, con una gorra azul y una pajarita morada, la recibió con una sonrisa de oreja a oreja.

—No te preocupes, esto ni duele ni da vértigo ni nada. ¿Vale?

Helen asintió, sin saber muy bien qué más hacer.

—Sujeta bien tu maleta y...

Helen notó cómo sus pies se despegaban del suelo y, en cuestión de segundos, apareció en otro lugar totalmente diferente. Se encontraba en el interior de la antorcha.

—Por aquí, por favor —le indicó una chica con el pelo rapado y cubierta de tatuajes. Helen le hizo caso, no antes de volverse para ver cómo, detrás de ella, aparecía de la nada el grupito que hacía unos instantes hablaba de los elementos. Se tranquilizó al ver que no era la única que no estaba entendiendo nada, a juzgar por sus caras.

Dio unos pasos temerosos y miró hacia arriba, alucinada. Se encontraba en un enorme *hall* de suelos grises y paredes blancas. En el centro había una gran fuente en funcionamiento.

Una luz increíblemente cálida descendía de la parte más alta del edificio. Helen caminó hacia ella y se dio cuenta de que el edificio parecía una especie de cilindro hueco, cuya parte superior conectaba con una cristalera que daba directamente al cielo de Nueva York. Todas las plantas tenían unos balcones interiores que se asomaban al centro y en cada uno de los pisos había elementos diferentes. Uno estaba repleto de flores, otro de cascadas e incluso llegó a atisbar unos pequeños rayos. Y, flotando en el centro, una bola de luz plateada iluminaba toda la estancia, como si se tratara de la luna. Observar el festival que se producía en lo alto era una maravilla.

Helen, con la boca abierta e incapaz de reaccionar a lo que estaba viendo, estimó que tendría más de doscientos metros de alto.

—¿Dónde estamos? —preguntó una chica detrás de ella. Era la que había dicho antes que los magos de Tierra eran los más comunes.

—Dentro de la antorcha de la Estatua de la Libertad —respondió otro—. Cada piso representa un elemento.

—Ya están todos los alumnos, John —dijo el hombre que la había atendido abajo, apareciendo de la nada al lado de Helen.

—¡Perfecto! A ver, por favor, chicos, voy a necesitar vuestra atención unos minutos —dijo John Cullimore, utilizando de nuevo ese truco con el que se podía escuchar su voz en las mentes de los alumnos—. Gracias —dijo cuando todo el mundo se quedó en silencio—. Bienvenidos a la antorcha de la Estatua de la Libertad. Lo que hemos hecho ahora, gracias a la ayuda de Billy, es subir desde la base hasta aquí arriba. Esta es la entrada oficial a Elmoon. Como habéis visto, nos hemos colocado al lado de la antorcha antigua y hemos subido hasta aquí. Este es el portal principal por el que se accede. Y no, nadie puede vernos. Billy es el encargado de que pasemos desapercibidos mientras subimos hasta donde nos encontramos.

»Muy pronto podréis disfrutar de las vistas de la ciudad desde aquí arriba y conocer a vuestro compañero o vuestra compañera de dormitorio, pero antes os quiero explicar cómo funciona Elmoon para que no haya problemas.

John hizo una pausa esperando la aprobación de los alumnos, aunque nadie respondió. Todos estaban demasiado absortos en lo que estaba sucediendo sobre sus cabezas. El *hall* estaba lleno de gente de la edad de Helen. En total, habría unas cien personas. Helen intentó reconocer alguna cara de aquella noche en el Empire State Building, pero para ella todas eran nuevas, excepto la de Charlie, quien ya parecía haber hecho amigos. Le dio rabia no estar con Selena, porque por lo menos no se habría sentido tan sola en ese momento; después de su mareo en el barco, ni siquiera sabía si habría podido llegar hasta ahí por su propio pie.

—Me vuelvo a presentar por si acaso alguien se ha despistado. Mi nombre es John Cullimore y soy el subdirector de Elmoon. También soy el Jefe de Tierra, que es mi elemento. Eso quiere decir que todos los alumnos que hayáis sido catalogados en Tierra me tendréis a mí en vuestras clases específicas.

Un par de chicos cruzaron unas miradas cómplices.

—La directora, Fiona Fortuna, os recibirá mañana en las aulas —carraspeó—. Bueno, sigamos. Ahora mismo estamos en la zona A, de Acceso, que es este *hall* con la fuente en el centro. Se trata del lugar que conecta, como os he dicho, la antorcha vieja con la nueva. Para entrar o salir de Elmoon tenéis que pasar siempre por aquí. Pero no solo sirve para eso. Cuando queráis moveros entre pisos, si no queréis subirlos a pie, desde esta misma zona también os podéis transportar a donde queráis. Solo os tenéis que poner al lado de la fuente, justo donde habéis aparecido ahora, y listos. —Hizo una pausa, pensativo, como si se le olvidara decir algo más sobre la planta de acceso—. Cualquier cosa que necesitéis se la podéis consultar a Billy, el conserje, que está justo ahí. —Decenas de cabezas se volvieron en su busca—. Él es la persona encargada de controlar quién entra o sale de aquí. Pero que no os engañe su personalidad bondadosa, porque no os dejará marcharos a no ser que se trate de una urgencia...

El hombre bajito y rechoncho que había ayudado a los alumnos a subir hasta ahí sonrió y los saludó con una mano, encogiéndose de hombros. Helen se percató de que era el único que no llevaba capa. De hecho, su ropa estaba un poco desgastada. Se oyó un leve murmullo que fue interrumpido de nuevo por la voz del subdirector.

—Veréis que en esta planta baja, además de la fuente, hay varias puertas. Por ahí, en la zona B, tenéis la biblioteca. No hace falta que os diga para qué sirve, ¿verdad? Eso sí, no podréis entrar sin leer y firmar antes las normas de convivencia. En la zona C están las clases. Ahí daréis las clases de las asignaturas comunes. ¿De acuerdo? Es muy sencillo, si lo pensáis así: A, B, C: acceso, biblioteca, clases, por ese orden. —Se oyó alguna risita nerviosa entre los alumnos. Helen aprendió esa regla mnemotécnica para que no se le olvidara—. Bueno, también hay otros servicios, como el gimnasio y el comedor, pero eso ya lo iréis viendo.

»Justo encima de nosotros veréis que hay un montón de pisos, como si fuera un edificio con los balcones hacia dentro, en forma circular. Estaréis en uno u otro en función de vuestro elemento. Cada uno de vosotros tiene asignado uno, así que acercaos cuando os llame para ir subiendo a vuestras habitaciones. En el primero estaréis los alumnos de Tierra. Después, Agua, Aire y así sucesivamente.

Centenares de plantas y árboles de todo tipo rodeaban los balcones del primer piso. Helen volvió la cabeza, mirando los trescientos sesenta grados de balcón que daban al *hall* de la planta de acceso. En ellos habitaban unas criaturas extrañas que no llegó a distinguir. Parecían monos que saltaban de rama en rama. También identificó varios loros de todos los colores. Aquel no era el primer lugar en el que veía un loro. En la fuente y en algunas paredes había diferentes representaciones del animal, que parecía ser el símbolo oficial de la escuela de magia.

—Los alumnos de Tierra, por favor, venid hacia donde me encuentro.

Un gran número de personas comenzaron a movilizarse. De nuevo, un murmullo invadió la zona de acceso y Helen esperó, paciente, hasta que todos y cada uno de ellos desaparecieron, de nuevo con la ayuda de Billy y del propio John Cullimore, el Jefe de Tierra.

—Perfecto, ahora que se acerquen los alumnos de Agua; vosotros iréis directos a la segunda planta.

Helen miró hacia arriba. En el lugar donde estaba el piso de los alumnos de Tierra le pareció oír voces de emoción, aunque la frondosidad de las plantas que colgaban de los balcones le impidió ver nada.

Un chico le rozó el hombro sin querer y Helen devolvió su atención a la planta de acceso, donde una mujer con cara de curiosidad y un larguísimo pelo azul lleno de tirabuzones ayudaba a sus alumnos de Agua a ir viajando en cuestión de segundos a su piso. Tenía una especie de piel escamosa a la altura del cuello y en las muñecas, hasta donde Helen podía ver. Supuso que se trataba de la Jefa de Agua. Helen levantó la cabeza. Desde el balcón de Agua se veía caer unas cascadas silenciosas. De ellas emanaba una ligera bruma mágica.

Poco a poco, el *hall* se fue quedando cada vez más vacío.

—Ahora, Aire, acercaos hasta aquí.

Unas nubes cubrían la planta de Aire, que, vista desde abajo, parecía que amenazaba con comenzar una tormenta en cualquier momento.

Un hombre joven, con gafas redondas y aspecto de empollón, fue recibiendo con una sonrisa a los alumnos de Aire. El murmullo de los estudiantes fue cada vez a más. Un alumno bastante alto y grande pasó por su lado, seguido por otro pelirrojo, hablando sobre compartir habitación. Helen se dio cuenta de que en cada elemento que iban nombrando acudía menos gente, también porque la mayoría se habían marchado ya. En Tierra se habían ido la mitad, más o menos, por lo que tenía sentido la teoría que había dicho la chica a la que había escuchado antes de que Tierra era el elemento más común.

—Ahora, Fuego.

A Helen le dio un vuelco el corazón. Se colocó bien las trenzas, cogió su maleta y caminó hasta donde se encontraban John y otro hombre, completamente calvo, de mediana edad.

—Hola, chicos, me llamo Benjamin y soy el Jefe de Fuego. Perdí mi pelo por no saber controlar mi elemento, así que estoy aquí para evitar que a vosotros os suceda lo mismo. —Se oyeron algunas risas nerviosas—. Encantado de conoceros a todos.

La chica miró a su alrededor. Le aterró percatarse de que en su elemento eran muy pocos. Ahí no habría más de treinta alumnos, comparado con los más de cien que habrían entrado entre Tierra y Agua.

—Un hechizo mal hecho, ya sabéis lo que dicen: quien juega con fuego... —bromeó Benjamin.

Un par de chicas le rieron la gracia de nuevo, aunque todos los demás se quedaron petrificados.

—Vamos a subir a la tercera planta, venga.

Al igual que había hecho Billy, Benjamin fue subiéndolos al piso que correspondía a Fuego.

En cuanto aparecieron ahí, Helen no pudo evitar asomarse al balcón para ver la planta de acceso desde arriba. Entre llamaradas, pudo observar cómo el fuego se peleaba con las nubes de Aire, que estaban justo debajo y que apenas dejaban ver la fuente de la zona A. Después miró hacia arriba. Una enorme bola lunar iluminaba los balcones, girando lentamente sobre sí misma, y justo encima de ella había una cristalera que daba a la llama y al cielo de Nueva York, y que mezclaba todos los elementos e iluminaba el interior con luz natural.

Por encima de la planta de Fuego, la que tenía inmediatamente encima desprendía chispazos. A continuación, una niebla oscura no dejaba entrever lo que había más arriba. Supuso que ahí estarían las habitaciones de los profesores. La niebla se movía de una forma extraña, como cuando se echaba una gota de tinta negra en un vaso de agua cristalina.

Benjamin fue llamando a sus alumnos por parejas, una vez todos estuvieron arriba.

—¿Helen Parker y Romina Jones? Dormitorio 3A.

Helen dio un paso adelante, nerviosa por conocer a su compañera de habitación. La miró con discreción. Tenía las cejas perfectamente depiladas. Parecía agradable, así que soltó de golpe el aire que había estado guardando en sus pulmones. Romina le dedicó una sonrisa rápida y juntas entraron en la Sala de Fuego, el lugar donde todos los alumnos del mismo elemento podían pasar tiempo juntos.

La Sala de Fuego tenía un aspecto acogedor. En el centro, una hoguera daba un toque de calidez a la estancia. Sentir el fuego tan cerca hizo sentir a Helen más conectada con su elemento que nunca. Acercó la cara a las llamas y notó su calor en el rostro, como si la acariciara.

A su alrededor había sofás, mesillas, zonas de lectura, cuadros con cientos de fotografías... Pero lo que más le llamó la atención fueron los calderos que se amontonaban en una esquina de la sala, burbujeando a la espera de que alguien los utilizara. Helen siempre se había preguntado cómo sería preparar una poción, y parecía que ahora lo iba a descubrir.

Una especie de luciérnagas pululaban alrededor del humo de los calderos. De lejos parecían pequeñas, pero conforme Helen se acercó se dio cuenta de que tenían pelo y serían del tamaño de su puño cerrado. Emitían un zumbido parecido al de las abejas.

—Qué monos son los *valinis* —susurró delante de ella una chica que también se había quedado absorta mirando a aquella criatura—. ¡Nunca pensé que serían tan adorables! Es cierto lo de que parecen peluches flotantes con una luz incorporada...

Las dos chicas siguieron caminando hasta la puerta que conectaba con los dormitorios y buscaron el 3A. En silencio, observaron su habitación. No era muy grande, pero por lo menos tenían espacio para dejar las maletas. A un lado había un pequeño baño que tenían que compartir y, entre las camas, un ventanal vertical daba a los rascacielos de Nueva York. Helen los miró alucinada, como si nunca los hubiera visto. A esa hora y desde aquella altura, iluminados en mitad de la oscuridad, parecían todavía más imponentes.

—Me quedo la cama de la derecha, si no te importa —le dijo Romina. Acto seguido, se dejó caer sobre ella y cogió su móvil.

Helen se acercó a la cama de la izquierda y colocó su maleta sobre la colcha, con cuidado de que las ruedas no la mancharan. La abrió, con idea de sacar todas sus cosas antes de que se arrugaran más.

—¿Aquí no hay cobertura o qué? —se quejó Romina.

—Creo que no—respondió Helen, que no había tocado su móvil desde que había embarcado en el *Neptunius*.

Y aquellas fueron las únicas palabras que cruzaron, porque Romina desapareció de la habitación pocos minutos después, directa a la Sala de Fuego.

Helen aprovechó para investigar todo lo que tenía a su alrededor. Una pila de libros se amontonaba a los pies de su cama. Echó un vistazo a algunos de los títulos, y el que más le llamó la atención fue el de *Botánica y Bestiario*. Lo abrió por una página aleatoria y comenzó a leer una entrada de la primera parte.

«*Mahzto* (Toxicidad: 5/5): planta acuática que se alimenta de microplásticos. Extremadamente rara y difícil de localizar, ya que sus hojas cambian de color según el medio en el que se encuentre.»

Miró varias fotos de plantas y decidió saltar a los capítulos de *Bestiario*.

«*Lizendagor* (Peligrosidad: 3/5): lagartija de color arenoso que escupe fuego. Habitan en zonas abandonadas y es difícil encontrarse con uno de ellos. La clave para...»

Observó la foto que acompañaba al texto y pasó varias páginas.

«Criaturas acuáticas», rezaba en grande. Las letras estaban impresas con una tinta verde oscura que reflejaba la luz de la habitación.

Siguió hojeando el libro hasta dar con una foto que reconoció enseguida.

«*Effle* (Peligrosidad: 4/5 cuando son jóvenes, 1/5 en edad avanzada): criatura marina con forma de anguila y patas de anfibio. Al contrario que el resto de criaturas, los *effles* nacen con un tamaño que puede alcanzar los diez metros y conforme van pasando los años se vuelven más pequeños.»

«*Grynkin* (Peligrosidad: 1/5): mamífero roedor de color negro (hembra) o marrón (macho). Esta criatura habita en lugares donde la magia ha dejado algún tipo de rastro. Su característica más destacable son sus enormes orejas. A pesar de sus cortas patas, son tan ágiles que...»

«*Valini* (Peligrosidad: 0/5): insecto volador y peludo. Suele encontrarse en zonas húmedas. Hace años se consideraban un mal augurio. Si hay algo que les molesta, zumban para espantarlo, pero en ningún caso este sonido puede resultar perjudicial para los...»

Helen cerró el libro y una sonrisa se formó en sus labios. No estudiaría su profesión soñada, pero aquellos dibujos le inspiraron tanto que no pudo dejar de pensar en ellos durante toda la noche.

12

La enfermería es la nueva cafetería

Helen permaneció en la cama sin saber muy bien qué hacer. Sus padres ya le habían avisado de que su móvil no funcionaría en Elmoon, pero aun así intentó conectarse varias veces para hablar con su familia, sin éxito. Cuando desistió, se tumbó en la cama de la izquierda, sola en la habitación, esperando a que el cansancio se apoderara de ella y le permitiese descansar. Pero tenía tantas cosas en la cabeza que no pudo.

Cerró los ojos, intentando relajar el cuerpo. Después de tanta tensión y tantas emociones, sus músculos necesitaban un respiro, aunque su mente viajara más rápido que la luz. No podía dejar de pensar en que iba a pasar la noche en la Estatua de la Libertad, en todas las cosas sorprendentes que había por dentro y en qué le depararía al día siguiente. Aunque, por encima de todo, había algo que le preocupaba.

Esperó a que su compañera de habitación volviera de la Sala de Fuego. La oyó cambiarse de ropa sin necesidad de encender las luces. Pasó por el baño, se tumbó en la cama y, al igual que Helen, intentó hacer funcionar su teléfono. Después, se quedó dormida en cuestión de minutos. En cuanto Helen escuchó su respiración, fuerte y constante, se levantó de la cama y miró por la ventana. Las vistas desde su cuarto eran impresionantes. La Torre de la Libertad luchaba por destacar entre las decenas de rascacielos que, a pesar de ser medianoche, seguían iluminados. Helen se imaginó estar en el lugar de las personas que ahora mismo mirarían la estatua. Nunca sabrían que, a la altura de la antorcha, alrededor de cien alumnos se iban a dormir esperando su primer día de clase en una escuela de magia clandestina.

Su mente fue vagando de un sitio a otro hasta que aterrizó en Chinatown, donde sus padres estarían todavía trabajando en el restaurante, su abuela ya habría cerrado la tienda de *souvenirs* y Evan... Helen se había prometido no pensar mucho en él, pero ya había fallado a su propósito la primera noche. Pese a todo, los buenos momentos con él volvían a su cabeza.

Cortar con él para evitar contarle la verdad no había sido difícil. Y precisamente por eso Helen se sentía tan mal: porque no le había costado nada engañarle.

Para ella, lo más importante era la confianza. Le había dolido sentirse traicionada por sus padres al enterarse de lo que le habían estado ocultando durante años y, ahora, era ella misma quien había tenido que hacer algo parecido con Evan. Durante meses, Evan le había dado motivos para dejarlo. Bastantes. Pero después de la visita de la mujer de los trece dedos, sus perspectivas de futuro habían cambiado.

Regresó a la cama con cuidado de no hacer ningún ruido que pudiera despertar a Romina. No habían terminado de congeniar durante su primer encuentro y no quería poner las cosas más difíciles. Se tumbó, escondiéndose bajo la colcha, y se dejó llevar por sus pensamientos hasta que, por fin, cayó rendida.

Una música que no sabía de dónde provenía la despertó. Helen miró por la ventana, con la sensación de que había dormido, por lo menos, doce horas. Al otro lado del cristal el sol ya había salido y parecían ser las diez de la mañana. Romina se desperezó en la cama de al lado y fue directa al baño sin cruzar una palabra con Helen. Ella aprovechó para vestirse y salir a la Sala de Fuego cuando estuvo lista. No sabía muy bien qué tenía que llevar en su primer día de clase, así que cogió una mochila negra que había a los pies de su cama, un cuaderno y un par de bolígrafos, y se unió al resto de sus compañeros.

Benjamin fue a buscarlos quince minutos después. Se aseguró de que no se quedaba nadie dormido en las habitaciones y los guio hacia su primera clase. En la zona C había un montón de aulas, pero encontrar la de Fuego no le resultó muy difícil. Tenía una llama tallada en una enorme piedra justo al lado de la puerta. Era el mismo símbolo que Helen había visto en su nueva mochila y en la capa del Jefe de Fuego.

Una vez todos los alumnos de Fuego se sentaron, Benjamin comenzó a hablar desde la mesa del profesor.

—En breve vendrá a vernos la directora, Fiona Fortuna.

Justo cuando terminó de pronunciar su apellido, una mujer alta y grande apareció por la puerta de la clase. Todos los alumnos de Fuego se volvieron hacia ella. Vestía con una capa negra con adornos morados. Tenía el pelo largo y liso, tan oscuro que se confundía con su capa. En silencio, se acercó hacia el lugar donde se encontraba Benjamin y se sentó junto a él detrás de la mesa que presidía la sala.

—Hola a todos. ¿Cómo estáis?

Un silencio general respondió a la pregunta de la directora.

—Bueno, es normal que os sintáis un poco desubicados todavía. No os preocupéis, en un par de días ya os conoceréis mejor el colegio que nosotros mismos. —Hizo una pausa para mirar a los alumnos y Helen sintió que, aunque solo lo hiciera durante unos instantes, miraba uno a uno a la cara a todos ellos—. Lo que os voy a decir hoy es muy importante, os pido por favor que prestéis atención, ya que estas son las bases de cómo va a funcionar Elmoon a partir de mañana.

Se oyeron unos murmullos de aprobación.

—Mientras estéis aquí, debéis respetar tanto vuestro elemento como todos los demás. No hay ninguno que esté por encima del otro. Esto quiero dejarlo claro antes de empezar. ¿Entendido?

De nuevo se oyó un murmullo general en el aula.

—Bien —prosiguió Fiona Fortuna—. Os dijimos que trajerais poca ropa porque, a partir de mañana, tendréis que ir todos con el uniforme. Consiste en un pantalón o falda negra, al gusto de cada uno, y un jersey del color de vuestro elemento..., en vuestro caso, el rojo. También tendréis una capa oscura con dos franjas del mismo color, que podéis usar si queréis. No es obligatorio.

Helen se dio cuenta de que Benjamin, sentado junto a la directora, ya iba vestido con los colores del elemento al que representaba.

—Los lunes y martes tendréis asignaturas comunes con los alumnos del resto de elementos en esta misma aula. Son clases que tenéis que impartir seáis del elemento que seáis, porque os darán una idea global de la comunidad mágica y del uso de vuestros poderes mágicos. Ya sabéis que, aunque vosotros hayáis sido categorizados en Fuego, hay una serie de disciplinas básicas que podréis controlar independientemente de cuál dominéis. Los demás días, es decir, miércoles, jueves y viernes, serán las clases específicas de vuestro elemento, que daréis en vuestra propia planta. Ahí hemos habilitado aulas más grandes para que podáis entrenar sin problemas. Por tanto, allí mismo os esperará mañana Benjamin para empezar con las primeras asignaturas específicas de Fuego.

De la mesa salieron volando un montón de panfletos. Con delicadeza, fueron aterrizando en los pupitres de cada alumno.

—Os voy a repartir un horario de clases que hemos confeccionado, para que sea más sencillo para vosotros organizaros. Y acordaos del uniforme, por favor. Así nos facilitaréis a todos las cosas para poder saber en qué elemento estáis cada uno.

Los alumnos desconectaron de la charla de Fiona Fortuna para mirar las asignaturas que había en el panfleto. Helen hizo lo mismo, emocionada al ver que tenían un montón de sesiones de pociones. Ver los calderos en la Sala de Fuego ya le había hecho pensar que aprendería a prepararlas, pero no sabía que era una asignatura tan importante en su elemento.

Echó un vistazo a las cuatro asignaturas comunes:

Historia Mágica.

Ataque y Defensa.

Botánica y Bestiario.

Conjuración.

Después, a las otras cuatro asignaturas específicas de su elemento:

Pociones.

Ataque y Defensa II.

Objetos Semimágicos.

Geología y Geografía Volcánica.

La mayoría le sonaban de los apuntes que había visto en su habitación.

—¡Chicos! Venga, vamos a seguir —les llamó la atención el Jefe de Fuego—. Antes que nada, os quiero hablar de por qué estáis aquí. He quedado con el resto de profesores de cada elemento en que contaríamos esto, para que todos estéis al día, porque sé que algunos de vosotros venís de familias con poderes, pero la mayoría no.

Un par de alumnos cruzaron miradas cómplices de un lado al otro de la clase. Helen, sentada al final, no perdía detalle.

—Ya os explicaremos todo esto con más tiempo en Historia Mágica, que es una asignatura común, pero para que nos entendamos... La comunidad de magos ha existido siempre. Los nuevos magos y magas no nacen de la nada, sino que provienen de familias en las que ambos progenitores son magos. También puede suceder que lo sea solo uno de ellos, pero no siempre garantiza que el hijo tenga poderes. La otra opción para convertirse en mago o maga es que les caiga un Rayo Lunar. Este tipo de rayos son muy poco comunes y solo caen en noches de luna llena o nueva, de forma aleatoria, cuando la Piedra Lunar está cerca. Digamos que la Piedra es una especie de imán para esos rayos, y sin ella no se crearían nuevas comunidades y nos extinguiríamos... Por eso es tan importante.

Una mano se alzó en mitad de la clase.

—¿La Piedra se guarda aquí, en Elmoon? —preguntó una chica con una voz excesivamente aguda.

Benjamin bajó la mirada. Fiona respondió enseguida.

—No aquí, pero sí en la ciudad. Dejadme que termine y luego respondo dudas, si queréis. —Se aclaró la garganta antes de proseguir—. Normalmente las nuevas comunidades suelen ser de una, dos o, como mucho, diez personas. Lo que pasó la noche del 4 de julio fue excepcional. Nunca había sucedido algo así. Por eso decidimos volver a abrir la escuela. Desde hace años, este edificio ha permanecido vacío, como si fuera unas... oficinas, por decirlo de alguna manera, para reunirnos todos los que formamos parte de la comunidad mágica. Y el Rayo Lunar que cayó el otro día ha sido algo así como un milagro, porque ha traído un montón de gente nueva. Eso sí, gente sin experiencia a la que tenemos que entrenar. De ahí que estemos hoy todos aquí. Desde aquel incidente en lo alto del Empire State Building, todos recibisteis la visita de algún miembro de La Guardia.

—La Guardia es, digamos, la cúpula de la comunidad, donde estamos las personas que intentamos dirigir esto sin que se desmadre —aclaró Benjamin.

Se escucharon algunas risas por la sala y el Jefe de Fuego sonrió. Helen apenas lo conocía de nada, pero ya le caía bien. No podía decir lo mismo de la directora. A pesar de que solo la había visto unos minutos, le parecía demasiado fría, muy seca, y no conseguía conectar con ella. Había algo en ella que le chirriaba.

—Exacto —continuó Fiona Fortuna—. Esa visita que os hicieron a cada uno de vosotros fue la Primera Prueba. Durante vuestra estancia aquí pasaréis por varios exámenes, aunque odio esa palabra. Mejor, pruebas. La primera ya la hicisteis: es la que os categorizó en el elemento en el que os encontráis ahora.

—Y es de los mejores elementos —dijo un chico a su compañero, un par de mesas por delante de la de Helen.

Benjamin escuchó el comentario y torció el gesto.

—Mira, me alegro de que hayas dicho eso, porque es algo en lo que quiero insistir —comentó Fiona—. Aunque ya lo haya dicho antes. Para nosotros, todos los elementos son iguales. Sí, algunos poderes son más fuertes o más llamativos que otros, pero al fin y al cabo todos son útiles, valiosos y respetables. Es cierto que controlar el fuego parece muy tentador, aunque no sirve de nada si lo contrarrestara algún compañero de Agua por aquí, ¿verdad? Puede parecer que podréis someter a Tierra a nuestra voluntad, pero en cuanto aprendan a abrir una grieta que os lleve directos al centro del planeta igual no os hace tanta gracia. ¿Me explico?

La clase se quedó ahora en silencio.

—Hay varios elementos distintos. Está Fuego, que ya lo conocéis, claro. Durante estos meses vais a aprender, junto a Benjamin, a controlar desde una chispa hasta enormes llamaradas. Iluminaréis, atacaréis, defenderéis... Controlar el fuego es un arte, pero también un arma de doble filo: puedes pensar que lo tienes controlado y que, en lo que se tarda en parpadear, se vuelva tu peor enemigo. Así que mi consejo desde ya, desde el primer día, es que no os fieis de él.

»Otros elementos, como Aire, Agua y Tierra, también pueden controlar la naturaleza, cada uno a su manera. Por eso se llaman los poderes naturales. Y después están los elementos un poco menos comunes. Electricidad y Oscuridad conforman el grupo de los poderes artificiales. Sin embargo, no os dejéis llevar por las apariencias: en realidad, estos últimos pueden parecer los poderes más llamativos, pero no tienen un contacto directo con la naturaleza como lo tenéis vosotros. ¿Sí? ¿Queda claro? Espero que sí, porque no queremos problemas con esto.

Todo el mundo seguía en silencio. Helen asintió.

—Bueno, como os iba diciendo, la Primera Prueba ya la habéis hecho. Durante esta semana, aprenderéis los hechizos más básicos para poder pasar la segunda. Haremos alguna clase común extra aunque no esté en el horario, eso sí.

De repente, el pánico cundió en la clase. Todos los alumnos empezaron a hablar al mismo tiempo. Helen atisbó a Romina comentando lo que Fiona Fortuna acababa de decir con una chica que estaba sentada justo detrás de ella. Cruzaron las miradas durante un instante, pero Romina ni siquiera le sonrió.

—Tranquilidad, por favor... —pidió Benjamin, con poco éxito—. Es solo una prueba en la que nos vamos a asegurar de que os hemos categorizado bien en vuestro elemento. En principio no tendría que haber problema, pero es algo que tenemos que hacer por si acaso. De hecho, muy poca gente ha suspendido esta prueba. De las que hemos ido haciendo a personas aleatorias a las que les ha caído un Rayo Lunar en los últimos años... bueno, en un tiempo... solo la suspendió uno, porque fue error nuestro al clasificar su elemento, nada más.

Aquello no pareció relajar mucho a los alumnos, que siguieron comentando entre ellos todo lo que la directora había dicho. Benjamin dio una palmada en el aire para recuperar su atención.

—Yo ya me marcho, pero si en algún momento me necesitáis para algo, Billy sabrá dónde encontrarme. Él es el conserje y guardián de este lugar, y siempre lo tendréis en la zona A.

Fiona Fortuna se puso de pie e intercambió un par de palabras con Benjamin antes de marcharse.

—Por cierto, se me olvidaba comentaros una última cosa. Como habréis podido comprobar, en Elmoon, por motivos de seguridad, no hay cobertura, así que no funcionan los móviles. Pero para que podáis utilizarlos para hablar entre vosotros y con vuestras familias, Anita, la Jefa de Electricidad, ha creado una aplicación para ello. Se llama Mercury.

»Con Mercury podréis hacer un montón de cosas: reservar salas de estudio, elegir el tipo de menú que queréis en la cafetería, comunicaros entre vosotros, copiar apuntes... Os funcionará tanto en el móvil como en los portátiles, aunque estos últimos solamente los utilizaréis para tomar apuntes en algunas clases muy concretas. El resto del tiempo será todo magia práctica. La aplicación viene, además, con una guía del colegio, un mapa y un anuario con vuestros datos principales, que iremos actualizando durante los próximos días. Así, podréis saber en qué elemento está cada uno de vuestros compañeros, ver su foto de perfil y escribirle directamente desde la plataforma, esté donde esté.

La noticia de la red social pareció animar a los alumnos. Por lo menos, consiguió que Helen no se sintiera tan abrumada de recibir tanta información de golpe. De hecho, lo primero que haría sería buscar a Selena, de quien no había vuelto a saber nada desde que la viera por última vez en el *Neptunius*. Supuso que estaría con sus compañeros de Electricidad y con Anita.

Fiona Fortuna se despidió de los alumnos y los dejó con Benjamin.

—Venga, manos a la obra. Vamos a hacer una pequeña aproximación a lo que es controlar el fuego.

En cuanto terminó de decir esta palabra, las mesas del aula se empezaron a separar, alejándose hasta llegar a las paredes de la clase. Helen se puso de pie y su silla hizo lo mismo. Durante la siguiente hora, Benjamin trató de enseñarles a encender una chispa chasqueando los dedos. Según él, era el hechizo más sencillo, y todos deberían poder hacerlo sin demasiada dificultad. Por el rabillo del ojo, Helen vio a Romina, situada justo a su derecha, hacerlo a la primera, y eso no hizo sino ponerle más presión de la que ya tenía. Ya lo había hecho alguna vez con Selena, así que no entendía por qué no le salía ahora. Concentró cada parte de su cuerpo en su pulgar y en el dedo corazón derechos, pero no había manera de conseguir ningún avance.

Benjamin pasó por delante de ella y vio que estaba teniendo problemas; intentó ayudarla para que se concentrara, no en sus dedos sino en lo que quería que sucediera. Helen lo intentó un par de veces, frustrándose cada vez más, aunque en la tercera notó un ligero calor en la yema de los dedos. Lo volvió a intentar y, de pronto, una chispa surgió de la nada. Benjamin la felicitó y le dijo que lo siguiera practicando hasta que le saliera siempre que lo intentara. El profesor continuó supervisando a los alumnos y Helen, emocionada, repitió el proceso que había hecho hacía apenas unos segundos. Pero aquella vez no saltó una chispa, sino que una enorme llamarada surgió de su mano y alcanzó a la persona que estaba a su derecha. El calor del fuego impactó contra el rostro de Helen, obligándola a cerrar los ojos, cubriéndoselos con los brazos. Presa del pánico, volvió a abrir los ojos y oyó cómo, entre gritos, Romina intentaba apagar el incendio que se había formado en su pelo por su culpa.

Un olor familiar impregnó el aula y Helen lo reconoció enseguida: era el mismo que había detectado en The Chinese Moon durante aquella Primera Prueba.

El profesor se acercó corriendo hacia ellas y solucionó la situación en un instante, pero ya era demasiado tarde. El pelo de Romina, antes de un color dorado, era ahora tan negro como los pantalones del uniforme de Elmoon. Toda la clase se había quedado en silencio y las miradas pasaban de Romina a Helen y viceversa. Se escucharon un par de cuchicheos.

—¿Estáis bien las dos? —le preguntó Benjamin a Helen y a su compañera de habitación.

Ella oyó la voz a lo lejos, como si le hablaran desde otra dimensión paralela a la suya. Tenía la cabeza embotada por lo que acababa de suceder. ¿Era normal que hacer magia le hiciera sentir así? Quizá solo fuese las primeras veces...

De golpe, la indefensión se apoderó de ella. Tuvo una sensación que nunca antes había experimentado: se sintió salvaje, fuera de control. ¿Cómo había podido hacer algo así sin ni siquiera quererlo?

—¿Te duelen las manos?

De nuevo, la voz de Benjamin le hablaba directamente, pero ella no sabía qué responder. A su lado, Romina se tocaba los mechones de pelo quemados. Estaba tan en *shock* que no podía decir una frase con sentido.

Helen volvió a la realidad y le pidió perdón mil veces, y rezó para que tuviera algún tipo de arreglo, aunque pintara regular. Por lo menos no le había hecho daño en el cuero cabelludo, algo que le hacía sentir un poco menos mal.

Su compañera de habitación dejó de chillar para dar paso a los sollozos y, entre dos chicas, se la llevaron fuera.

—Parker, te has quemado las manos. ¿No te arden? Creo que debería llevarte a la enfermería.

La chica insistió en quedarse ahí porque apenas le dolía, y eso que la piel estaba bastante chamuscada, sobre todo por la parte del dorso de la mano derecha. Se le había levantado en varios lugares y la parte que no estaba oscura se veía tan roja que parecía de mentira. También tenía alguna uña ennegrecida. Los sollozos de Romina se oían desde el interior del aula, incluso con la puerta cerrada. Helen, sin embargo, prefirió seguir con la clase, aunque enseguida se dio cuenta de que había cometido un grave error y deseó haberse marchado de ahí. Tendría que haberse ido con Romina para asegurarse de que estaba bien. De hecho, durante el resto de la clase se sintió rara, observada. Y, sobre todo, enfadada por haber comenzado así su primer día en Elmoon. Intentó pasar desapercibida y no hacer nada más que llamara la atención de sus compañeros, pero ya todo el mundo la miraba como «la que había quemado el pelo de la chica guapa de Fuego». Le dolía empezar con ese mal pie en Elmoon y acabar siendo la chica medio marginada que se sentía a veces en el colegio. Helen se pasó la mano quemada por sus trenzas, nerviosa. De no haberlas tenido recogidas hacia atrás, como las llevaba siempre, lo más probable era que hubieran corrido la misma mala suerte que la melena de Romina.

Al final de la clase, todos recogieron sus cosas y se quedaron en la zona C, donde además de las aulas estaba la cafetería. Helen intentó hacer lo mismo, aunque sabía que después de lo ocurrido nadie querría dirigirle la palabra, hasta que Benjamin la interrumpió.

—Insisto en llevarte a la enfermería, de verdad... —le dijo mientras el resto de alumnos intentaban captar algo de su conversación conforme salían—. Entiendo que no te duela porque es normal en Fuego que tu mismo elemento no te haga tanto daño como podría ser, por ejemplo, Aire, Agua o cualquier otro, pero aun así esa piel tiene que cicatrizar o podría ir a peor.

Helen se miró las manos. Era cierto que tenían muy mala pinta, y que si no hubiera tenido poderes ahora mismo se estaría retorciendo de dolor. Sin embargo, apenas notaba nada, salvo una ligera molestia en las yemas de los dedos. Como no tenía nada que hacer, aceptó dejarse llevar a la enfermería.

Minutos después, en la zona A, el profesor llamó a una puerta de color blanco.

—Theresa, una alumna se ha quemado en clase, ¿podrías atenderla, por favor?

—Claro. Tengo aquí a otra más, pero pásala, que ya casi termino.

Benjamin se hizo a un lado y le indicó con la mano a Helen que ya podía entrar.

—Iré ahora a ver a la otra chica, a ver si se puede hacer algo con su pelo. Menos mal que en esto tengo algo de experiencia... —murmuró, bajando el tono conforme se acercaba al final de la frase. No se lo veía muy convencido. Helen rezó para que el pelo tuviera arreglo. Le daban igual sus manos, apenas le molestaban. Pero lo de Romina...

—Pasa, querida, ahora mismo te atiendo, siéntate ahí.

Una mujer baja y delgada le dio la bienvenida a la enfermería. Helen se sentó en una de las sillas que había al lado de la camilla, saludando con timidez a las dos chicas que había ya ahí.

—¿Qué te ha sucedido? —le preguntó la que estaba tumbada en esos momentos. Tenía la piel tan pálida que se le podían ver las venitas de la cara. Sus ojos eran azules, muy claros, y el pelo de un rubio platino que parecía casi imposible que fuera natural. Aquella chica parecía la típica modelo alta, rubia y guapa de revista. Al lado de Helen, también esperando en una silla, había otra chica que parecía un poco mayor. Tenía la piel oscura, el pelo muy abundante y rizado, recogido en dos moños; gafas redondas y un *septum* en la nariz.

Helen levantó las manos, mostrando las palmas.

—Un pequeño accidente en Fuego —respondió—. ¿Y vosotras?

—Yo solo vengo a acompañarla —aclaró la chica del *septum*—. Soy Alexa, por cierto. La Consejera de alumnos en Elmoon —especificó.

—Y yo Cornelia Brown —saludó la supermodelo tumbada en la camilla—. Estoy en Agua, aunque al parecer también estoy teniendo problemas para controlar la temperatura...

Levantó el brazo para que Helen lo viera. Tenía toda la piel abrasada. Era una quemadura diferente a la de Helen, porque a Cornelia le habían salido ampollas.

—Espero que no me deje marca —dijo para sí misma.

La enfermera avisó de que iba a salir a buscar algo para Cornelia y les pidió que no montaran mucha bulla, que aquello no era la cafetería.

—Seguro que no, no te preocupes por eso. Una vez vi una quemadura provocada por un *lizendagor* que pintaba mucho peor y al final ni siquiera dejó marca —le animó Alexa.

Las tres se quedaron en silencio unos instantes.

—¿Y tú de qué elemento eres? —le preguntó Helen a Alexa, mientras esta se intentaba ordenar un pelo rebelde que le salía disparado en todas las direcciones. Helen se dio cuenta de que no había ningún color particular que destacara en su ropa: iba toda de negro.

—Yo no soy alumna, ¿eh? —insistió, con un tono jovial—. Tampoco soy profesora, pero ayudo un poco en la coordinación de este sitio para que todo marche sobre ruedas. Es decir, cualquier cosa que necesitéis, que echéis de menos o que queráis comunicar, soy toda oídos. Ah, y mi elemento es Oscuridad.

—*Wow* —soltó Helen sin darse cuenta en cuanto escuchó que Alexa formaba parte del grupo de Oscuridad. Se arrepintió al instante de haber hecho algo así, pero le había salido del alma. Les habían repetido una y mil veces que no había un elemento superior a otro, pero había tan pocas personas en Oscuridad que realmente le fascinaba que ese poder, como tal, existiera.

—Y... ¿qué hacéis exactamente en Oscuridad? ¿Qué poderes tenéis? —no pudo evitar preguntar.

—Pues podemos leer la mente, ver qué está sucediendo en otros sitios... Por ejemplo, para que te hagas una idea, este año las asignaturas específicas de Oscuridad son Astronomía, Ataque y Defensa II y Legeremancia y Oclumancia. Si no me equivoco, vosotros en Fuego también hacéis la de Ataque y Defensa II. En fin, hay alguna cosa en común, pero por lo demás son poderes un poco diferentes a los vuestros.

—¿En qué sentido? —dijo Cornelia, entrando en la conversación justo cuando Theresa, la enfermera, regresaba con un mejunje un tanto extraño entre las manos.

—Me refiero a que no tienen consecuencias inmediatas como los vuestros, los naturales. Por ejemplo, tú, Brown, puedes respirar bajo el agua, invocar una nube de lluvia, sanar heridas, congelar un charco... Bueno, ahora mismo no, pero ya aprenderás a hacerlo. Tú, eh... ¿cómo te llamabas?

—Helen Parker—respondió esta enseguida.

—Eso, Parker, tú puedes provocar una hoguera, iluminar un camino e incluso atacar con bolas de fuego... pero yo no puedo hacer nada material, nada que sea tangible. Por eso se les llama artificiales. Así que, en realidad, no es muy útil para el día a día.

—Pero puedes escuchar conversaciones ajenas que se están produciendo, yo qué sé, en la habitación de al lado, por poner un ejemplo —apostilló Cornelia, dándole ese punto a favor a Alexa.

—Pues sí —reconoció esta—. Pero tampoco te creas que lo utilizo tanto como podría parecer, ¿eh? Normalmente las personas hablamos de cosas muy aburridas...

La enfermera interrumpió a Alexa para hablar con Cornelia y explicarle lo que le iba a poner. Le extendió una masa de color ámbar con una textura parecida a la gelatina por encima de la quemadura. En cuestión de segundos, la masa atravesó la piel de Cornelia y volvió a salir, dejando el brazo como si nada hubiera sucedido.

Helen tuvo que parpadear varias veces para entender lo que habían visto sus ojos.

—¡*Wow!* —exclamó, dándose cuenta de que lo había vuelto a hacer.

Pero es que, por más que lo intentara, no lo podía evitar: la magia le seguía pareciendo tan fascinante como el primer día, en julio, cuando descubrió que tenía poderes en la cocina de The Chinese Moon.

Helen se despidió de Cornelia y Alexa cuando le tocó su turno, vio cómo la masa naranja, de nuevo, le hacía desaparecer las heridas de las manos y volvió a su habitación. De camino pensó en una disculpa para Romina, aunque toda su preparación fue en vano, ya que esta no volvió en toda la noche. Eso solo hizo que Helen se sintiera todavía más culpable y decidió dejarle una notita de disculpa en su cama para que, cuando su compañera de habitación regresara, la pudiese leer con calma.

Después, se sentó al lado de la ventana, contemplando los rascacielos de Nueva York. Ya se estaba convirtiendo casi en una costumbre observarlos con melancolía, pensando en su familia, en sus amigos... y en Evan. Su familia sabía que estaba bien en Elmoon, así que no se preocupó en exceso por eso. Amigos... nunca había tenido demasiados, pero echaba de menos a Jin, con quien no podría hablar ya, y también a Selena, a quien no había vuelto a ver por la escuela desde que montaron juntas en el *Neptunius*. Y luego estaba Evan... Helen se sentía un poco mal por haberlo dejado sin apenas explicaciones, pero su relación había llegado a un punto en el que separarse durante unos meses era lo mejor que les podía suceder.

En cuanto sintió que los párpados le pesaban, se levantó del suelo y se metió entre las sábanas de la que iba a ser su cama durante todo el curso. En cuestión de segundos, se quedó dormida.

A la mañana siguiente, se despertó sola en la habitación. Romina no había pasado por ahí. O, si lo había hecho, no había recogido la nota de Helen. Se vistió con el uniforme: pantalón negro y jersey color Fuego, y salió en dirección a su clase. Sintió la mirada de algunas personas clavarse en su rostro en un par de ocasiones, lo cual la hizo sentir todavía peor. Se centró en dirigirse directamente hacia la clase donde habían estado el primer día y, de camino, se encontró con un montón de carteles pegados en las paredes, con colores fluorescentes, que llamaron su atención. Helen vio que muchos alumnos se habían parado a leerlos, e hizo lo mismo en cuanto la zona quedó un poco despejada.

«LISTA PARA APUNTARSE A LA SEGUNDA PRUEBA»,

rezaban todos los carteles. No estaban separados por elementos sino por aulas, así que a Helen le daba igual en cuál apuntarse. Leyó lo que decía el cartel, que básicamente recordaba que era obligatorio pasar la Segunda Prueba. Helen rememoró la Primera, la que hizo en The Chinese Moon y que servía para clasificarle en un elemento. Ahora, en la segunda, tal y como le habían explicado, tendría que demostrar sus dotes más básicas resolviendo varias situaciones cotidianas para comprobar que había sido clasificada correctamente.

Echó un vistazo a todas las hojas, donde ya se habían apuntado varios alumnos, y escribió «Helen Parker» justo debajo del único nombre que reconoció: Cornelia Brown.

13

Mortimer

Una larga mesa se extendía en el fondo de la sala, donde la estancia se estrechaba. No había mucho más allí. Quitando las sillas y un perchero en la entrada, no había más muebles. Unas luces en el techo, como si fueran de oficina, iluminaban las cuatro paredes grises. En su momento, aquel lugar había sido el centro de reunión de gente importante. Ahora era un espacio desaprovechado.

Las ventanas estaban tapadas con unos paneles negros, era imposible que en aquel sitio entrase un rayo de luz del exterior. En realidad, cualquier persona que hubiera pasado ahí más de un día sin salir se habría subido por las paredes del aburrimiento. Sin embargo, a Mortimer le gustaba. Había algo en esa oscuridad que le atraía sin remedio.

Desde pequeño, siempre le habían gustado los lugares tenebrosos. Quizá aquella fascinación iba incluida en su nombre, ese que tantas risas había suscitado cuando era niño pero que Mortimer había llevado con orgullo, al igual que su padre.

Dejar atrás Niágara había sido complicado. A pesar de que estuviera ya atestado de turistas, todos los días le dedicaba un momento especial en su memoria. Recordaba las casitas, bajas y anchas, que había en los alrededores de las famosas cataratas. Los bares donde ir a tomar algo caliente cuando la sensación térmica llegaba a ese punto en el que dejaba de sentir las manos. Sobre todo, recordaba la tranquilidad, el poder estar a su aire, con sus pensamientos, sin que nadie le molestase, aunque fuera muy pequeño.

Por eso, al contrario que los demás, a Mortimer no le importaba estar ahí, solo, con la única compañía de las voces de la calle que se colaban por las ventanas a pesar de estar tapadas. Se sentaba a una esquina de la mesa y celebraba sus reuniones sin móviles, ordenadores ni papeles de por medio. Simplemente él y un grupo de personas de su confianza hablando cara a cara.

—Has llegado tarde —dijo en cuanto oyó abrirse la puerta de la sala.

El piso que había alquilado era muy grande, por lo que se podía permitir quedarse con una habitación privada solo para él y dedicar para reuniones la sala en la que estaba.

—Perdón, señor, tenía mucho trabajo —respondió una voz femenina, cerrando la puerta nada más entrar.

—No, no te lo estaba echando en cara. Simplemente me ha sorprendido, porque nunca llegas tarde.

La chica no supo qué contestar. Mortimer era más joven, pero ella le tenía tanto respeto como si le duplicara la edad. Dio unos pasos temerosos hacia la mesa y se sentó enfrente de él. A la joven le sorprendió ver ojeras en su cara, pues normalmente tenía un aspecto más juvenil. Con solo un vistazo, se dio cuenta de que Mortimer estaba cansado. Se había esforzado por peinarse con gomina aquel pelo tan negro como sus ojos y se había arreglado la ropa. No tenía ni una arruga. Pero sus pronunciadas ojeras lo delataban. Le otorgaban un aspecto todavía más distante.

—¿Cómo van las cosas? No me gusta no tener controlada la situación.

—Bien, señor —respondió ella—. Están todavía organizándolo todo. Ya sabe, han clasificado a todos los alumnos y han comenzado con las clases, pero van despacio. La mayoría todavía no ha asumido lo que está sucediendo.

—Normal —respondió Mortimer con un tono severo.

Se puso de pie y dio una vuelta a la mesa.

—Y dime... ¿cuántos hay? —preguntó.

Aquello era lo que más le preocupaba.

—Ninguno.

Mortimer dio un golpe en la mesa.

La chica tragó saliva, encogiéndose de hombros. Pensaba que aquella sería una buena noticia, pero Mortimer no se la había tomado muy bien.

—No puede ser. Es imposible. Seguro que nos están escondiendo algo.

Se llevó el puño a los labios. Tenía los nudillos blancos.

—No creo, señor.

Se sentó, consternado. En realidad, si aquella información era veraz, se trataba de una buena noticia. Pero había algo que no le terminaba de convencer.

—En ese colegio se está maquinando algo. Te lo digo yo, que sé cómo se las gasta Fiona Fortuna. Tantos nuevos alumnos y un nuevo tipo de magia todavía por explorar... Imagínate las posibilidades.

Mortimer se pasó la mano por el antebrazo. A pesar de que las cosas cada vez se pusieran más difíciles, no quería olvidar su objetivo. No podía fallarle a su padre. Ni a sí mismo. Y, sobre todo, no quería que sus sospechas fueran falsas, después de tantos años.

No le importaba que siguiera muriendo gente a sus manos si cada gota de sangre derramada lo acercaba más a su objetivo. Ya apenas sentía nada cuando era testigo de cómo la vida escapaba del cuerpo de quien se interpusiera en su camino hacia la Piedra Lunar. Le daba igual que fuera un enemigo, una persona aleatoria o alguno de sus servidores. La única persona que tendría que vivir había sido su padre... Y como él ya no estaba ahí todo lo demás le daba igual. El resto de muertes ya no significaban nada porque, para Mortimer, el contador se había parado en cuanto lo asesinaron a sangre fría.

«No hay nada más poderoso que ser temido», rezaban las letras de su tatuaje.

Las últimas palabras de su padre lo habían acompañado siempre. Y la tinta del tatuaje se las recordaría hasta su muerte. Con cada escalofrío que le recorría el cuerpo cuando la aguja le grababa aquellas letras, su mente maquinaba la más cruel de las venganzas.

—No creo que con todo el trabajo que tienen por delante se estén dedicando a cultivar un nuevo tipo de magia, señor —balbució la chica, nerviosa, por decir algo. No le gustaban los silencios de su jefe.

—Seguro que saben que hay un topo en Elmoon —chistó, enfadado.

Dio otra vuelta alrededor de la mesa y se sentó en su sitio.

—Quiero que estés muy atenta a la resolución de la Segunda Prueba. Y a los demás alumnos, en general. Tú sigue siendo como una más. Escóndete, haz un grupo de amigos. Pasa desapercibida, es importante que nadie sospeche de ti. Tiene que ser como si no existieras. No te metas en jaleos ni llames la atención. ¿Me explico? Ya hablamos de todo esto, es imprescindible que no destaques. No te metas en jaleos, pero entérate de los jaleos. No sé si me estoy explicando bien.

—Sí, señor. Nadie sospechará. No he hablado con mucha gente, en realidad. Me he dedicado a observar.

—Pues observa, pero también rodéate de gente que pueda tener información importante. —Se tuvo que contener para no dar un golpe en la mesa—. Seguro que Fiona Fortuna tiene algo por ahí que está escondiendo.

—No hay problema. Me encargaré de eso mañana mismo.

Mortimer asintió.

—¿Han repartido ya los uniformes?

Ella negó. Mortimer se mordió el labio.

—¿Algo más? ¿Algún detalle que te haya resultado extraño o que te chirríe?

—No, señor, nada más que me haya llamado la atención. Bueno, hay un chico al que estoy siguiendo de cerca porque es el hijo del Jefe de Fuego, Benjamin Wells. Se llama James. Parece conocer a mucha gente y eso me mosquea. Es como si estuviera muy confiado. De todas formas, es el típico que lo va soltando todo para llamar la atención, así que puede ser una buena fuente de información. También sospecho de una chica que hoy ha abierto una grieta enorme en el suelo de la planta de Agua que ha hecho que se tambaleara todo. Seguro que hasta los turistas lo han notado. Ha sido un accidente, pero me ha rayado que tuviera tanto poder cuando se supone que lo acaba de adquirir. O igual es precisamente eso, una imprudencia fruto de los nervios... No lo sé.

Los dos se quedaron en silencio, meditando las palabras. Al otro lado de las ventanas se oía el ruido de los cláxones de los taxis. A esas horas, la ciudad estaba imposible.

—Necesito conseguir un móvil con la aplicación de Mercury.

La chica tragó saliva.

—No creo que sea una buena idea, señor. Me parece que llevan GPS para controlar dónde estamos en cada momento. También hay una ficha con nuestro nombre, foto, elemento... y eso.

Mortimer esbozó una mueca parecida a una sonrisa. La

Guardia era tan predecible... Querían proteger a sus alumnos, pero para ellos protección parecía significar, más bien, vigilancia. Precisamente por eso tenía que andarse con cuidado en todos sus movimientos.

—Márchate ya de vuelta a Elmoon antes de que Billy o alguien más se percate de tu ausencia. ¿Qué hace ese hombre cuando sale de la conserjería? ¿Deja a alguien vigilando?

—Eh... Sí, he visto que hay una especie de estatua de piedra que hechizó el Jefe de Oscuridad para que vigilara todo lo que sucedía mientras él se iba. Así ninguna persona sin acceso puede entrar o salir.

Mientras la chica abandonaba el piso para regresar a Elmoon, Mortimer se puso en pie, estirando los brazos.

—Sí, ya sé a qué hechizo te refieres...

14

Rebelión en la biblioteca

Nada más despertarse, Helen sintió que el estómago le daba un vuelco. A la presión de convivir con una persona a la que le había chamuscado el pelo por completo, y que además había resultado ser la chica más popular de Fuego, se le añadió que había llegado, por fin, el día de la Segunda Prueba. Los recuerdos de lo sucedido en la cocina de The Chinese Moon todavía la perseguían, no solo en sus pesadillas sino también en las clases específicas.

Las clases comunes, por lo menos, iban bien. En Botánica y Bestiario estaban comenzando a estudiar todas las criaturas fantásticas que se podrían encontrar una vez salieran de Elmoon. Helen descubrió que era cierto aquello de que algunos caballos eran, en realidad, unicornios. Si los mirabas bien, enseguida se transformaban de una criatura a otra. Otra cosa que había aprendido era que el logo de Elmoon era un loro porque era una especie de broma entre los magos de la comunidad. El loro era el único animal no mágico que podía hablar como un humano sin tener poderes. Por eso, a la hora de elegir uno que los representara, les hizo gracia que fuera precisamente ese, en lugar de un unicornio o cualquier otra bestia.

La clase que más había disfrutado era la de Conjuración. No había ningún motivo en especial, sencillamente era la que más útil le estaba resultando. Limna, la Jefa de Agua, que parecía una sirena terrestre, les enseñó cómo utilizar sus manos para canalizar los poderes. Insistió en la importancia de no agarrotar los dedos, sino en dejar que fluyera la magia entre ellos. Les enseñaron a distinguir la conjuración con las palmas mirando hacia el techo y hacia el frente, y muchos gestos que también eran relevantes a la hora de lanzar hechizos, como la colocación de los pies o del mentón.

Historia Mágica le resultaba un poco más pesada, pero mientras aprendiera no se le hacía demasiado larga. Era la única asignatura, por el momento, en la que tenían que tomar apuntes. Y luego estaba Ataque y Defensa. Todavía no habían avanzado mucho porque Anita, la Jefa de Oscuridad, que era quien impartía esa asignatura común, quería esperar a que todos los alumnos avanzaran un poco con el resto de materias antes de profundizar en esa. De hecho, Helen, en su asignatura específica de Fuego de Ataque y Defensa II, tampoco había avanzado demasiado. En Pociones ya habían empezado a estudiar los ingredientes principales para su elaboración y las incompatibilidades más famosas entre ellos, aunque aún no habían practicado en un caldero. Eso sí, Benjamin les había mostrado, en el suyo propio, las reacciones terribles que se podían desencadenar si uno mezclaba de forma incorrecta dos ingredientes incompatibles. Un pequeño error podría llevar al mago o maga a la indigestión... o a la muerte. El resto de asignaturas específicas de Fuego eran un poco más aburridas, así que Helen aprovechaba al máximo las de Conjuración y Pociones para compensar su desconexión en las otras.

Aquella mañana, Helen se sentó con Cornelia y con Selena, ahora que por fin había dado con ella, aunque estaba un poco rara. Además, Helen se empezó a plantear si era o no una buena idea mezclarse con gente de otro elemento en vez de hacer amigos en el suyo. En la Sala de Fuego, había escuchado muchas veces a sus compañeros burlarse de los de Agua, entre otras cosas porque decían que sus poderes apenas servían para nada. A ella le daba igual a qué elemento perteneciera cada uno, pero después de haber llamado ya la atención una vez no quería volver a fastidiarla, por lo que se limitó a seguir al grupito de Fuego allá donde iban y, solo de vez en cuando, se sentaba con otros elementos. Al fin y al cabo, aquello no era tan diferente al día a día en su antiguo colegio.

A la mañana siguiente, cuando Helen se dio la vuelta en la cama, todavía medio dormida, vio que, como de costumbre, Romina ya no estaba allí. Ambas habían adoptado una política-no-verbalmente-pactada de evitar cruzarse tanto por los pasillos y en las clases específicas como en la habitación y en la Sala de Fuego. A veces era inevitable, pero Romina se encargaba de llegar siempre a la habitación cuando Helen ya estaba dormida o se hacía la dormida, y marcharse a primera hora de la mañana, dejando el baño inundado después de ducharse. Helen tuvo que limpiarlo tantas veces que al final hasta consiguió poner en práctica algunos trucos que había aprendido en las clases comunes y evaporar parte del charco que se montaba cada mañana.

Helen se levantó rápido para evitar quedarse dormida de nuevo, se vistió y desayunó en dos minutos en la Sala de Fuego. A pesar de que era consciente de que estaba preparada para enfrentarse a la Segunda Prueba, había algo dentro de ella que la hacía dudar. No sabía cómo de difícil sería. Después de haber perdido el control y chamuscar el pelo a Romina no se había vuelto a sentir cómoda haciendo magia. De hecho, era algo que evitaba, a excepción de los momentos en los que no tenía otra opción.

Los nervios le impidieron terminarse su tostada, pero se obligó a comer por lo menos la mitad para tener algo en el estómago. Bebió un vaso de agua, se lavó los dientes y salió disparada en dirección a la zona C. Se había apuntado en el último hueco libre que quedaba de la misma clase que Cornelia, así que ambas quedaron en la puerta para esperar juntas. A las nueve en punto pasó la siguiente persona, que salió quince minutos después, eufórica.

—No entiendo por qué tanta emoción —dijo una chica que llevaba el uniforme negro y verde—, si todo el mundo pasa esta prueba.

El resto le dio la razón. Con aquella chica, ya eran tres las que Helen había visto con el jersey de ese color. Sabía que los de Fuego, como ella, iban de rojo. Los de Aire, de blanco, Agua, de azul y Tierra, de verde. Después estaban los del jersey amarillo, que formaban parte de Electricidad, y un pequeño grupo que iba todo de negro, como Alexa. Esos eran los de Oscuridad.

—¿Cornelia Brown?

La chica se puso tensa y caminó hacia la puerta de la sala, sin despedirse de Helen. Ella le deseó buena suerte, aunque la otra no la oyó. Helen pasó veinte minutos mordiéndose las uñas hasta que su amiga volvió a aparecer por donde había entrado.

—¿Qué tal ha ido? —le preguntó.

De pronto, varias cabezas se volvieron para escucharla, a ver qué decía.

—Perfecto, ha sido muy fácil. La verdad es que pensé que no sería capaz de trasladar el agua de una botella a otra, pero bajo presión he conseguido hacerlo... ¡Así que genial! No te preocupes, Helen, es un mero trámite para ver si te han clasificado bien en tu elemento... ¡Lo harás súper! —exclamó, agitando su rubia melena.

Helen se mordió el labio, jugando con una de sus trenzas. Pensó que el testimonio de Cornelia la ayudaría, aunque solo consiguió ponerle más nerviosa. De hecho, conforme fueron pasando los minutos y cada vez quedaba ahí menos gente, empezó a pensar si se estaba preocupando demasiado por una tontería. Cuando por fin la llamaron, la última de la lista, su actitud había pasado del nerviosismo a las ganas de terminar con la Segunda Prueba cuanto antes.

Entró en la sala despacio, analizando cada rincón como si nunca antes la hubiera visto, aunque aparentemente todo estaba como siempre, a excepción de las mesas y las sillas, apiladas en el fondo de la clase. En la mesa del profesor la esperaban tres personas. En el centro estaba Benjamin. A un lado había una cara conocida: Alexa, la Consejera de alumnos con la que había coincidido en la enfermería. Helen no sabía qué hacía ahí exactamente, aunque se alegró de verla, porque le había caído bien y, además, era la única persona que conocía con poderes de Oscuridad. En el otro extremo había otra mujer que Helen no supo identificar.

—¿Helen Parker? —preguntó Benjamin.

—Sí, soy yo.

—Ponte en la marca, por favor —le indicó el Jefe de Fuego señalando el suelo en la parte central de la clase—. La prueba no durará más de diez minutos y, como sabes, sirve para confirmar que estás clasificada en el elemento que te corresponde. ¿Estás preparada?

Helen asintió con la cabeza, lanzando una mirada fugaz a Alexa. Y aquella fue la última vez que miró hacia la mesa del jurado.

En lo que tardó en parpadear, todo a su alrededor cambió. Helen no sabría decir si se había movido ella de sitio o la biblioteca había acudido hacia ella. De repente, se encontró rodeada de estanterías y libros. Enseguida reconoció en qué parte estaba: en la esquina del fondo, donde alguna vez había coincidido con Selena, justo al lado de una ventana que daba a los rascacielos de Nueva York. No había nada sobre la enorme mesa de madera, a excepción de una vela encendida. Todo parecía normal a simple vista. Sin embargo, notaba algo raro en el ambiente. ¿Estaría realmente en la planta B o todo era una visión y seguía en la clase? Helen se dio cuenta de que no tenía tiempo para pensar en ello en cuanto aparecieron unas letras suspendidas en el aire, escritas con una especie de hilo dorado.

> Bienvenida a la Segunda Prueba,
> Helen Parker.
>
> Una biblioteca para perderse,
> Paredes que cambian, que ocultan murmullos,
> La luz de una vela, que tiembla con orgullo,
> Sus últimos segundos antes de desvanecerse.
>
> Una salida, muchos caminos,
> La luz del fuego será tu aliada,
> Mas ten cuidado, no quemes nada
> Si no quieres ver arder sus libros.
>
> Diez minutos.
> Buena suerte.

En cuanto las letras desaparecieron, también lo hizo la llama de la vela que estaba sobre la mesa. Helen se quedó completamente a oscuras. Ni siquiera las luces de los edificios que se veían al otro lado de la ventana, en Manhattan, iluminaban la biblioteca. Aquel lugar desprendía un olor a magia inconfundible.

En mitad de aquella oscuridad, oyó el zumbido de un grupo de *valinis* que habían pululado alrededor de la llama. Por lo demás, no se oía nada.

Un frío helador le recorrió los brazos, destemplándola. Su primer instinto fue frotárselos, aunque no consiguió cambiar nada, así que concentró todas sus fuerzas en encender la vela. Si no se equivocaba, estaba justo detrás de ella, a su izquierda. Se concentró, tal y como le habían enseñado en clase, pero no hubo manera, por lo que optó por encender unas pequeñas bolas de fuego flotantes. Helen se alegró de ver que aparecieron tras un primer intento.

Caminó en dirección a la salida. Había hecho ese recorrido un par de veces en la biblioteca de Elmoon, así que pensó que no habría ningún problema, hasta que recordó lo que había leído. La biblioteca cambiaba, por lo que tendría que estar atenta. Giró a la derecha nada más pasar el primer estante y casi se golpeó de bruces con una pared.

—No puede ser... —susurró, tocándola. Estaba también helada.

Helen se dio la vuelta y vio lo que la esperaba. Frente a ella, estanterías de libros, tanto viejas como nuevas, se apilaban para impedirle encontrar la salida. Una salida que, además, no sabía dónde podría estar. Cambiando de rumbo, se animó un poco al ver que las bolas de fuego la seguían allá donde fuera. Helen esperó que no apareciera ninguna criatura extraña entre los libros que inundaban el suelo. Tal y como estaba la biblioteca, parecía que alguien se hubiese peleado hacía cuestión de segundos en ese mismo lugar y lo hubiera dejado todo desordenado.

Helen esquivó un estante volcado y, en cuanto caminó un par de metros, una corriente de aire apagó la luz. Gritó sin querer y se apresuró a encender las bolas de fuego, pero no pudo hacer más que unas chispas.

—Vamos..., venga —susurró, intentando concentrarse.

Se imaginó a Benjamin y Alexa mirándola, no sabía cómo, observándola desde algún lugar, y se puso todavía más nerviosa. Sacó fuerzas y, con una llamarada, consiguió que las bolas de fuego volvieran a aparecer, ahora más grandes que antes.

—Perfecto —se animó, prosiguiendo su camino y asegurándose de que ahí solo se encontraba ella y nadie más.

Durante los siguientes minutos, Helen fue buscando la salida, sola en aquel laberinto de estanterías y libros esparcidos por todas partes. Bajó la guardia al ver que no había más corrientes de aire y, cuando por fin vio la salida a lo lejos, se emocionó, aunque esa distracción le pasó factura.

De golpe, las bolas de fuego se fusionaron en una, creándose una inmensa llamarada que parecía caer por su propio peso y se acercaba peligrosamente al suelo... donde centenares de libros yacían abiertos, con las páginas dobladas.

Para cuando Helen fue consciente de lo que estaba a punto de suceder ya era demasiado tarde. El fuego tocó las hojas y estas ardieron como si estuvieran rociadas con gasolina. En cuestión de segundos, la biblioteca se iluminó como nunca hasta entonces y Helen ahogó un grito, tratando de reducir el fuego. Intentó concentrarse y las primeras llamas fueron desapareciendo, hasta que tuvo un *déja-vu*. Su mente la transportó a The Chinese Moon. Recordó la Primera Prueba, la mujer de los trece dedos... y a su abuela y sus padres. Después vio la cara de Romina, todavía con su pelo intacto, que en un segundo pasó a incendiarse.

Aquellos instantes fueron suficientes para que Helen perdiese la concentración y el fuego se esparciera con rapidez. Las llamas pasaban de un libro a otro como si estuvieran danzando entre sus páginas, devorando las letras y proyectando formas fantasmagóricas en las paredes de la biblioteca. En lugar de crepitar, el fuego parecía chillar en un extraño idioma que no lograba entender. Era escalofriante.

En mitad de aquel caos, Helen intentó mantener la calma. Le pitaban los oídos. Aun así, trató de concentrarse. No podía pasarle lo mismo que la última vez, en el restaurante de sus padres. Extendió las manos con las palmas hacia abajo, intentando controlarlo. Las llamas comenzaron a disminuir poco a poco. Pero, sin saber muy bien por qué, con un movimiento brusco, una docena de libros salieron disparados en todas las direcciones, extendiendo el fuego por nuevos estantes que hasta ahora habían permanecido impasibles al incendio. De pronto, todo a su alrededor ardía. Helen intentó reordenar los libros y se sorprendió cuando parecieron hacerle caso, aunque no como esperaba. Todos los ejemplares de la biblioteca se lanzaron hacia donde estaba ella, para envolverla en un torbellino de fuego y chispas que no paraba de crecer a su alrededor.

—No, no, ¡no! —gritó, intentando detenerlo.

Sin embargo, ya era demasiado tarde.

La temperatura comenzó a subir. Hacía unos minutos, Helen se moría de frío, y ahora el calor le hacía sudar, robándole el poco oxígeno que quedaba en aquella falsa biblioteca. El remolino de fuego era cada vez más grande y las llamas alcanzaron el techo, prendiéndolo todo. Helen abrió un boquete y se alejó corriendo de él, para regresar al punto inicial de la prueba, sin aliento. Aquella parecía ser la única zona segura, donde las llamas no podían consumir la mesa. La vela seguía apagada. Intentó abrir la ventana, pero tan pronto como estiró el brazo esta desapareció.

Fue sucediendo lo mismo con el resto de la biblioteca.

El fuego y los libros se desvanecieron, dejando atrás el calor y el terrible sonido que emitían. Helen parpadeó dos veces y vio frente a ella la clase donde impartían las asignaturas de Fuego. La mesa con el jurado estaba en el mismo sitio donde la había visto por última vez, aunque las caras de los tres miembros eran de expectación.

Helen se acercó a ellos, esperando su veredicto. No sabía muy bien lo que había hecho ahí dentro, aunque esperaba que hubiera sido suficiente. Había sabido crear y controlar, más o menos, las bolas de fuego y había podido invocar todos los libros hacia ella... aunque eso hubiera sido el inicio de un torbellino de páginas ardiendo.

—Esto... —titubeó Benjamin—. Gracias por presentarte a la prueba, Parker. Mmm... Desgraciadamente, lamentamos tener que comunicarte que la has suspendido.

15

La ciudad que nunca echa una siesta

El corazón de Helen palpitaba tan rápido que temió que le diera un ataque en cualquier momento. No sabía si se debía al torbellino que había causado en la biblioteca ficticia o a lo que Benjamin le acababa de decir. Fuera lo que fuese, sintió que estaba todavía en una realidad paralela. Se preguntó si todo aquello seguiría siendo parte de la Segunda Prueba... Pero no. Estaba bastante segura de que había salido de la simulación y se encontraba en el lugar exacto donde había visto a los miembros del jurado por última vez.

Le dio rabia que todo aquello le estuviera sucediendo a ella. Se suponía que la magia tenía que ser algo bueno. Al menos, así hablaba todo el mundo de sus poderes, independientemente de su elemento. Pero Helen no parecía terminar de hacerse a ellos...

En realidad, la única clase que podía seguir sin muchos problemas era la de Pociones. Las demás... En Objetos Semimágicos, donde les enseñaban el uso mágico de velas, inciensos y elementos similares, no conseguía resultados. En todas las ocasiones en las que había intentado realizar una figura con el humo del incienso había terminado soltando chispas. Mientras tanto, algunos de sus compañeros habían conseguido crear una figura de humo en miniatura de la Estatua de la Libertad, de ellos mismos o de algún objeto cotidiano. Y Helen prefería no pensar en las clases de Geología y Geografía Volcánica. Estudiar los volcanes, la lava y todos los procesos y usos del fuego desde el punto de vista teórico era mucho más aburrido que la asignatura de Ciencias de la Tierra en su antiguo instituto. De hecho, las únicas clases de las que disfrutaba eran las comunes, como Conjuración.

Pensó en su familia y sintió que les había decepcionado, sobre todo a su abuela. ¿Cómo se tomarían la noticia? Le preocupaba más eso que cómo le afectaba a ella misma. A continuación, su mente viajó inevitablemente a Evan. ¿Habría hecho mal en dejarle? ¿Había valido la pena renunciar a todo lo que tenía por esto? Lo que más miedo le daba a Helen era haberse equivocado, haber dejado atrás una vida bastante perfecta por arriesgarse con otra en la que, claramente, no encajaba.

Desde donde estaba el jurado, Alexa se mordió el labio, sin saber muy bien qué decir. En cuanto sus ojos se cruzaron con los de Helen, hizo como que tomaba notas en su cuaderno con el logo de Elmoon.

Benjamin carraspeó y Helen arrancó a caminar hacia la puerta, nerviosa.

—Espera, espera, por favor —le pidió Benjamin, demasiado tarde, porque las lágrimas empañaban la visión de Helen y esta solo quería encerrarse en su habitación y llorar durante un buen rato bajo la ducha.

Justo cuando sus palabras terminaron de resonar en la sala, las puertas se abrieron. Helen se quedó de piedra. Fiona Fortuna, la directora de Elmoon, lanzó una mirada rápida a su alrededor y fue directa hacia la mesa del jurado. Intercambió con ellos unas palabras y después se dirigió a Helen.

—Vamos a dar una vuelta, ¿te parece bien? Te enseñaré una parte de la Estatua que seguro que no has visto...

Fiona le guiñó el ojo. Helen se apresuró y caminó torpemente a su lado, saliendo de la clase. ¿Cómo había podido llegar tan pronto la directora, nada más comunicarle la noticia?

—¿Te dan miedo las alturas? —le preguntó Fiona con un tono maternal.

—No —respondió Helen, acordándose de Selena.

—Genial. Entonces vamos a la corona.

En lo que duró un parpadeo, Helen sintió que el suelo desaparecía bajo sus pies y, de repente, volvía a existir, aunque en un lugar muy diferente. Había pasado en un segundo de encontrarse en la zona C a estar en una enorme sala de reuniones con unas vistas espectaculares de la ciudad. Los alumnos solo tenían permitido transportarse por Elmoon desde algunos puntos en concreto. Para entrar al colegio, lo habían hecho justo al lado de la antorcha antigua y habían aparecido al lado de la fuente de la zona A. Desde ese mismo lugar podían moverse entre los pisos, pero nada más. Al resto de sitios tenían que ir andando.

—*Wow*... —susurró, sin darse cuenta de que lo había dicho en voz alta hasta que la directora le respondió.

—La verdad es que sí. Creo que, por muchas veces que lo vea, nunca voy a acostumbrarme a ver Manhattan desde aquí.

Helen se mordió el labio sin saber qué más decir. La sala en la que se encontraba era inmensa, con una gran mesa en el centro de forma rectangular donde habría más de treinta asientos.

Fiona le hizo un gesto con la mano para que eligiera uno de ellos y Helen la obedeció.

—Antes que nada, perdona que mis compañeros te hayan dado así la noticia de tu suspenso. De una forma tan brusca, me refiero. Supongo que sabrás que es algo muy extraño, por eso los ha pillado totalmente por sorpresa.

A Helen le llamó la atención que la directora se disculpara, pues el primer día no le había parecido una persona muy amigable. Aun así, le seguía imponiendo muchísimo. Estar delante de Fiona le provocaba una sensación difícil de explicar. Le daba miedo pensar, por si podía leerle la mente o algo así, aunque tampoco quería exagerar.

—Sí, bueno, no pasa nada... —fue lo primero que se le ocurrió decir.

En realidad, sí que pasaba. ¿Qué iba a hacer ahora que no había superado la Segunda Prueba? ¿La echarían?

Helen todavía no se había acostumbrado a su nueva vida. Le costaba despertarse por las mañanas y ser consciente de dónde estaba. Echaba mucho de menos a su familia. Pero, sobre todo, echaba de menos vivir al margen de todo lo que había sucedido antes de que le cayera aquel fatídico rayo. Por un momento, deseó que todo aquello no hubiera ocurrido. Se vio a sí misma ayudando a sus padres en The Chinese Moon, asfixiada de calor y sin nada que hacer durante el verano excepto esperar a que empezara el curso escolar de nuevo, esta vez en la universidad, para estudiar Dirección de Empresas, probablemente junto a Evan. Casi parecía dejar de importarle que fuera tan pesado, tan insistente en algunas cosas.

—No te preocupes por eso, de verdad —insistió Fiona Fortuna—. En el fondo no es tan importante. Quiero decir, que no pasa nada porque tengamos que reclasificarte. Tendrás que dar algunas clases extra para ponerte al día con tus nuevos compañeros de elemento, eso sí, pero nada más. Aunque he preferido decírtelo yo en cuanto me he enterado de que no habías pasado la prueba.

Se hizo el silencio en la sala. Helen se moría de ganas de preguntarle, pero quiso esperar a que Fiona se lo dijera.

—Supongo que querrás saber cuál es tu nuevo elemento.

Antes que nada, quiero insistir en que no quiero que esto te cause ninguna duda sobre qué tipo de maga eres realmente. El error no ha sido tuyo, sino nuestro. Tú hiciste lo que sabías, y Christina, creo que fue, se equivocó al clasificarte. ¿De acuerdo?

—Sí, vale.

En realidad, cambiar de elemento no iba a ser un problema si la ayudaba a entender y controlar mejor su magia. Hasta le apetecía que la reclasificaran. Pero, desde luego, quien más se alegraría de esta noticia sería Romina. Después de haberle chamuscado el pelo, no tendría que compartir habitación nunca más con ella.

—Estarás en Aire. No hay ninguna duda después del torbellino que has montado en la biblioteca.

Helen sonrió, más o menos.

—¿Qué te parece? —preguntó Fiona.

La joven deseó haber tenido un vaso de agua ahí mismo para poder dar un trago mientras pensaba la respuesta.

—Bien, bien... Es que...

—No te lo esperabas —la directora terminó la frase.

Helen negó con la cabeza y Fiona se dio cuenta enseguida de que lo estaba pasando mal. Se apartó el negro pelo de la cara.

—Mira, sé que es un poco complicado, porque vas a tener que empezar de cero —le dijo, haciendo el gesto de las comillas en el aire—. Pero piensa que ahora todo va a ir mucho mejor. ¿No te has sentido frustrada alguna vez porque no podías hacer alguna cosa en las asignaturas específicas que tus compañeros parecían dominar enseguida?

Helen no tuvo que esforzarse para buscar una respuesta.

—Es que... —empezó a hablar, pero se calló enseguida.

—No, no, dime —la animó Fiona Fortuna—. Estamos aquí para hablar, no tenemos prisa.

En realidad, Helen no tenía ganas de regresar con sus compañeros. La chica imaginó que todo el mundo ya estaría comentando que había sido la única en suspender. Aquel tipo de noticias, aunque no se quisiera, corrían como la pólvora en los colegios. Y aunque Elmoon fuera un lugar diferente, había cosas que no cambiaban. Entre aquello y lo de Romina, se había coronado.

—Es que no me explico cómo, si soy Aire, he podido hacer tantas cosas de Fuego.

Fiona sopesó sus palabras.

—Sabía que me harías esa pregunta. En realidad, no hay una respuesta clara. Si tenéis asignaturas comunes es porque hay una parte de la magia que es similar para todos los elementos, ¿entiendes? Da igual que seas Electricidad que Agua, por ejemplo. Hay una serie de mínimos que todo el mundo puede cumplir. Por eso has tenido problemas de pérdidas de control en las clases y en la Segunda Prueba. A veces, se producen errores... que, insisto, no han sido culpa tuya.

Helen recordó lo que su abuela le había dicho en el taxi, justo antes de despedirse la noche de Halloween. Se llevó la mano instintivamente al colgante que le había regalado, donde la palabra «confianza» parecía ahora más imposible de alcanzar que nunca. Helen se quedó con las ganas de preguntarle qué elemento era la directora.

—¡Ah, tu jersey! —exclamó Fiona, poniéndose de pie.

Helen tragó saliva, nerviosa. Con un movimiento rápido, su jersey pasó del rojo intenso al blanco. El emblema de Fuego, bordado con hilo dorado, cambió para convertirse en el de Aire.

—¡Bienvenida a Aire! La gente de este elemento suele ser muy tranquila y amable. Aunque siempre hay alguna excepción, claro... De hecho, si te parece bien, me gustaría presentarte a alguien. Sé que quizá te preocupa que todo el mundo ya se conozca y tú seas la nueva, así que... como conoces a Benjamin...

Fiona Fortuna movió las manos hacia el suelo con las palmas abiertas y, en cuestión de segundos, aparecieron en la zona A, justo al lado de la enorme fuente. Ahí les estaba esperando Benjamin, mirando hacia arriba, como si nunca hubiera visto la enorme bola de luz blanca que se encontraba en el centro del edificio. Aquella especie de luna se podía ver desde todas las plantas, pero la vista más espectacular era, sin duda, desde abajo.

Helen se dio cuenta de que le dirigió una mirada de compasión nada más verla, pero ella miró fijamente al rojo intenso de su capa. Ya nunca volvería a llevarla de ese color.

—Hola de nuevo, Parker —la saludó. Después, miró a la directora—. Enseguida viene, estaba en la cafetería... para variar.

Benjamin puso los ojos en blanco y Fiona le lanzó una media sonrisa. Helen nunca la había visto sonreír hasta entonces.

Tras unos segundos de incómodo silencio, apareció alguien más en el *hall* de la planta de acceso a Elmoon. El chico rondaría la edad de Helen. Era alto y grande. Tenía un montón de pecas en la cara, pelo castaño y una expresión traviesa, como si estuviera tramando alguna trastada.

—Helen, este es James, el hijo de Benjamin. —La directora hizo las presentaciones—. James, a partir de mañana tendréis una nueva compañera en Aire. Confío en ti para que conozca a los demás y se adapte lo más rápido posible. ¿Sí?

James la miró con curiosidad. Helen intentó adivinar por su expresión si sabía por qué era una nueva alumna. De pronto, el chico abrió mucho los ojos, confirmando su teoría.

Lo más probable era que ya todos lo supieran. Helen era consciente de que cambiar de elemento no era nada malo, aunque ahora sus compañeros la mirarían raro. Lo único que quería era pasar desapercibida, y no lo había logrado.

—Genial, sí, claro —dijo él, hablando muy rápido—. Yo soy James, tú eres Helen Parker.

Ni siquiera fue una pregunta. A Helen se le cayó el alma a los pies.

—No te preocupes, te haré una visita guiada por la planta de Aire y te enseñaré nuestra sala. No he visto las demás, pero seguro que la nuestra es de las mejores.

—¡James! —lo regañó su padre. En el colegio se tomaban muy en serio el rechazo a la rivalidad entre elementos.

—Vale, vale, perdona. Bueno, ¿vamos?

A Helen no le quedó otra opción que aceptar. Se despidió brevemente de la directora y de su antiguo jefe de elemento y apareció en otra planta. Solo que esta vez no estaba en su piso, sino en el de Aire.

Tal y como le había dicho Fiona Fortuna, Helen enseguida vio que la gente ahí era muy diferente. Todos caminaban con calma, hablando en voz baja, como si no hubiese nada que les estresara. El ambiente le recordó a la escuela de yoga donde acudía su abuela cuando ella tenía doce años. A su lado, James parecía un terremoto. Quizá él era la excepción que la directora había mencionado. Ambos entraron en la Sala de Aire y Helen, por unos instantes, se sintió afortunada por ser de las pocas alumnas que sabrían cómo eran dos salas diferentes. Mientras que la de Fuego era muy acogedora, la de Aire parecía una sala de relajación. Las paredes se fusionaban con el exterior con una bruma blanquecina, y, si se concentraba, Helen podía ver la ciudad entre las nubes. En una esquina crecía una extraña planta que se retorcía. Había libros por todas partes, perfectamente ordenados por colores en sus estanterías. La mayoría eran blancos, azules y morados. A esas horas estaba todos en la cafetería, ya que les habían dado la tarde libre después de la Segunda Prueba. En la Sala de Aire solo estaban ellos y una chica pequeña y delgada, con una larguísima coleta, que creaba nubes de la nada, tan solo con soplar en la palma de su mano.

—Esa es Ariana —le dijo James bajito—. Probablemente compartas dormitorio con ella. Es la única que no tiene compañero.

Siguieron caminando hasta llegar a su habitación. Helen encontró dentro todas sus cosas, exactamente en el mismo lugar en el que las había dejado aquella mañana, pero en su nuevo cuarto. Vio pequeñas nubes flotar por el techo, lo cual confirmó la teoría de James.

—Y eso es todo. Voy a bajar a la zona C para ir a la cafetería. ¿Vienes? Te puedo presentar a mi grupo de amigos.

Helen estuvo a punto de decir que sí porque era lo que debía hacer. Pensándolo bien, sería lo mejor. Sin embargo, le aterraba la idea de entrar en la cafetería y que la gente se volviera a mirarla como «la rara». Quizá había visto demasiadas películas adolescentes, pero no había nada que pudiera calmarla frente a ese pánico que había nacido dentro de ella en cuestión de segundos, y que la devolvía a sus años de instituto. Lo único que se le ocurría era dibujar para poder relajarse, aunque ni eso la podría ayudar en aquel momento.

—No, gracias, James. Creo... creo que voy a quedarme aquí, descansando un poco.

James fue a abrir la boca para protestar, o quizá para insistir, pero enseguida se dio cuenta de que no iba a conseguir nada. Asintió, abatido, y se despidió de ella, marchándose hacia la salida de la Sala de Aire.

En cuanto Helen se quedó sola en su habitación, se dejó caer en la cama y cerró los ojos. Se acordó de sus padres y de su abuela. ¿Qué pensarían ellos de ese cambio de elemento? Ojalá pudiera ir a verlos para que la ayudaran... porque, ahora mismo, ellos sabían más del mundo mágico que cualquier otro alumno a su alrededor. Por mucho que James la intentara animar, ni siquiera siendo hijo de un profesor sabría cómo gestionar algo así. Algo que solo le ocurría a un pequeño grupo de personas...

Helen ni siquiera tuvo un par de minutos para descansar porque la puerta de su habitación volvió a abrirse. No le apetecía nada socializar con su nueva compañera. Suspiró, dándose la vuelta, porque no le quedaba otra opción. Se preparó para ver a Ariana, pero la persona que estaba ahí no tenía nada que ver físicamente con ella.

—Hey, Parker —la saludó Alexa.

Con su capa negra y el símbolo bordado en dorado de Oscuridad, Alexa la miró, expectante.

—¿Cómo te encuentras? —insistió—. ¿Te pillo en mal momento? He visto en Mercury que estabas ya instalada en tu habitación.

Helen se alegró de no tener que contarle nada de lo que le había pasado porque Alexa ya lo había visto por sí misma en la Segunda Prueba.

—Bueno —respondió, encogiéndose de hombros.

—Sabía que estarías un poco desanimada —le respondió. A Helen le llamó la atención su sinceridad y cercanía, pues Alexa, a pesar de tener solo unos años más que ella, no era alumna, sino ayudante de los profesores en la escuela—. Vengo a proponerte algo.

Alexa volvió hacia la entrada de la habitación. Se aseguró de que no hubiera nadie cerca y cerró la puerta por donde había entrado hacía un minuto.

—Sé que lo estarás pasando mal, y que tienes toda la tarde por delante sin nada que hacer... Tampoco sé muy bien por qué voy a hacer esto, porque no debería, pero... sé lo difícil que es que te reclasifiquen.

La chica se quedó callada, mirando a través de las nubes la cabeza de la Estatua de la Libertad. Helen hizo lo mismo, recordando cuando le vio guiñarle el ojo al *Neptunius*.

—Esto en principio no se puede hacer, pero, como te decía, creo que más o menos puedo intuir cómo te sientes. A una compañera mía le pasó algo parecido, hace años, también nada más descubrir sus poderes. Y he pensado que... —bajó el tono de su voz, por si acaso— yo tengo que salir hoy hacia Manhattan para hacer un recado rápido. Si quieres, te puedo dejar en tu casa para que estés un rato con tu familia y luego te paso a recoger y volvemos.

A Helen se le aceleró el corazón. No entendía por qué Alexa se ofrecía a hacer algo así, pero no quería ni cuestionárselo. No sabía cómo se tomaría su familia todas las novedades que tenía que contarles, aunque por lo menos podría pasar un ratito con ellos, lejos de Elmoon.

—¡Sí! —aceptó enseguida.

Y desde ese instante su actitud cambió. La espera hasta que Alexa apareció en el *hall* de Elmoon se le hizo eterna. La vio hablar y bromear con Billy, la persona encargada de vigilar quién entraba y salía de la escuela. Dicho en pocas palabras, era los ojos y oídos de Elmoon. Todo lo que sucedía en el exterior y en el interior pasaba por él. A pesar de tener tanto poder, a Billy se lo veía como un hombre tranquilo, siempre dispuesto a ayudar. Helen se dio cuenta de que, al igual que la directora, llevaba una capa morada. Aquello confirmó su teoría sobre las capas moradas: los trabajadores importantes de Elmoon eran quienes las usaban, como Billy o la directora. El resto, llevaban las de sus respectivos elementos.

Alexa terminó de hablar con él y regresó hasta el lugar donde Helen la estaba esperando.

—Ya nos podemos marchar —le indicó—. Iremos en el *Neptunius*.

Helen pensó que quizá habría una forma más sofisticada de llegar hasta Manhattan. Habría estado genial poder utilizar sus habilidades de teletransportación para aparecer de repente en The Chinese Moon. Pero Alexa le explicó que fuera de Elmoon las cosas no funcionaban así, y que si quería llegar a su casa tendría que hacerlo como todo el mundo: primero, en ferri; después, en metro.

Helen preguntó a Alexa si había hecho aquello antes o si era la primera vez en el curso que una alumna salía de Elmoon.

—Anteayer acompañé a una chica. Su abuela se había puesto muy enferma y la dejamos salir un par de horas —le explicó—. Pero, no, nadie más entra y sale. Además, el *Neptunius* solo puede navegar si lo lleva Billy personalmente. Como máximo, si le ordena un recorrido concreto y rápido puede llegar a ir solo.

Alexa y Helen se despidieron de Billy y se prepararon para ir a la base de la Estatua de la Libertad, donde el *Neptunius* resurgiría de las profundidades de las aguas para llevarlas a Nueva York.

Helen miró a su alrededor. Ya tenía suficiente con ser «la que había cambiado de elemento» y no quería convertirse ahora en «la enchufada a la que llevan a ver a su familia porque está triste». Ya tenía suficiente con un solo título. Por eso, se quedó mucho más tranquila al ver que ahí no había nadie más que ellos tres.

O eso pensaba.

Desde una de las plantas, un par de ojos las observaron desaparecer. Y siguieron en el mismo sitio, sin moverse, hasta que regresaron después de aquella escapada por Manhattan.

16

El hijo del profesor

Después de su incursión clandestina, Helen se sintió mucho mejor en cuanto llegó a su nueva habitación y se sentó en la cama. Ahí se encontró con el horario que tendría que seguir a partir del día siguiente. Era igual que el de Fuego, aunque cambiaban las asignaturas específicas. Helen las leyó en voz alta.

—Meteorología, Invisibilidad, Telequinesis, Vuelo y Comunicación...

Por lo menos, estas parecían más interesantes que Objetos Semimágicos o Geología y Geografía Volcánica. Le daba mucha pena no poder seguir cursando Pociones, pero el cambio, en general, la beneficiaba.

Hablar con sus padres y con su hermano de todo lo que había pasado le había hecho ver las cosas con otra perspectiva. De su pequeña excursión había sacado dos cosas en claro. La primera, que necesitaba alguien en Elmoon con quien hablar. Agradeció que estuviera ahí Alexa por todo lo que la había ayudado.

El viaje de ida y vuelta en el *Neptunius* le sirvió para darse cuenta de aquello. Estuvieron comentando todos los prejuicios que recaían sobre la gente de Oscuridad, quienes parecían ser «los malos» simplemente porque dominaran la magia oscura. Pero, tal y como le había dicho Alexa, ellos eran todo lo contrario. Conocer la parte oscura de la magia les permitía acabar con ella si en algún momento sucedía algo malo. Helen se quedó con ganas de hablar más sobre este tema, pero Alexa le dijo que aprovechara para disfrutar del viaje en el *Neptunius*, ya que no era muy común usar el barco fuera de los momentos estrictamente estipulados por la dirección de Elmoon, y menos para ellas solas. Helen subió a la parte de arriba del ferri, donde una burbuja gigante le permitía respirar bajo el agua sin ahogarse, y supo que, ahora sí, se sentía acorde al elemento que le habían asignado. No podría explicar por qué. Sencillamente lo sabía.

Al llegar a casa, sus padres y su abuela se sorprendieron con la noticia del cambio de elemento, aunque enseguida le quitaron importancia. Su abuela, de hecho, le contó que las personas que cambiaban de elemento no pasaban a ser unas apestadas, como Helen temía, sino todo lo contrario. Suscitaban mucha curiosidad, y todo el mundo quería conocerlas. Sus palabras la tranquilizaron, pese a que seguía estando nerviosa por lo que le aguardaría al día siguiente en su nueva clase.

La segunda cosa que Helen descubrió en aquel viaje era que había tomado una buena decisión al dejar espacio entre Evan y ella. Con toda la presión emocional que tenía, y todas las cosas nuevas que estaba viviendo, no era un buen momento para mantener una relación que parecía sostenerse sobre arenas movedizas.

Cuando Helen montó de nuevo en el *Neptunius*, a la hora exacta a la que había quedado con Alexa para reunirse en el muelle, pensó en todo lo que había aprendido y decidido en cuestión de horas. Se sorprendió al sentirse más animada, y casi hasta le entristeció encontrarse con Ariana dormida cuando volvió a su habitación. Le habría gustado hablar con ella antes de empezar las clases en Aire, porque allí no conocía a nadie más, excepto a James, el hijo del Jefe de Fuego. Había pensado varias veces, desde que le dieron la noticia, en que ojalá hubiera sido realmente Agua. Así estaría con Cornelia, la chica de la enfermería. Por lo menos, conocería a alguien...

Formar parte de Electricidad, aunque estuviera Selena, no le llamaba la atención. Al ser tan pocas personas en ese elemento, habían hecho un grupito que parecía bastante cerrado y que se pasaba casi todas las horas del día en la biblioteca. Helen entró en Elmoon pensando que su relación con ella mejoraría, aunque no volviera a ser lo que era antes. Pero Selena parecía haber hecho lo mismo que varios años atrás. A Helen no le sentó mal. De hecho, le sirvió para aprender a no hacerse ilusiones ni aferrarse a cualquier persona que le pasara por delante.

Pensando en ello, sintió que los párpados le pesaban cada vez más. Se dio la vuelta en la cama y se quedó dormida, con la mirada perdida entre los rascacielos.

A la mañana siguiente, un dulce olor a vainilla la despertó. Se dio la vuelta en la cama y se puso de pie enseguida, lista para comenzar un nuevo día.

—¡Aaah!

Del grito, Helen dio un bote y casi se cae hacia atrás.

—¿Qué pasa?

Una mata enorme de pelo se movió en la cama de al lado y entre ella apareció la cabeza de Ariana.

—¿Quién eres? —preguntó ella, con voz de pito.

—Soy Helen, Helen Parker. Tu nueva compañera de habitación. Estaba clasificada en Fuego, pero...

—¡Ah sí! —la cortó Ariana. Y desde ese instante no paró de hablar. Le hizo mil millones de preguntas sobre cómo era la Sala de Fuego, a las que Helen contestó un poco por encima porque no sabía si podía hablar sobre ello. En cuestión de minutos la puso al día de todo lo que tenía que saber de Aire. Lo que más le gustó escuchar a Helen fue que las clases específicas eran un poco aburridas porque todavía no habían entrado en materia. Aquello la relajó, porque no se había perdido nada importante hasta el momento, y eso cambió su humor de golpe. Lo único que no tenía todavía era la aplicación de Mercury en su móvil, pero Ariana le dijo que buscarían a Félix, el Jefe de Aire, para que se la instalara con Anita, la Jefa de Electricidad.

Helen se dejó llevar por Ariana durante el resto del día. Al parecer, la gente no iba mucho con ella porque hablaba demasiado rápido y tenía algo que recordaba a Myrtle *la llorona*, de Harry Potter. Pero con Helen era muy agradable. De hecho, comparada con Romina, Ariana era la mejor compañera de habitación que se podía tener. Para alguien a quien no le moleste estar siempre rodeado de pequeñas nubes flotantes, por supuesto.

A la hora de la comida, Helen se sintió tentada de sentarse con sus antiguos compañeros de Fuego, pero decidió no hacerlo. Ariana se aisló en una mesa vacía con los cascos puestos, y justo cuando Helen se planteaba qué hacer vio que James le hacía un gesto para que fuera con él a su mesa. Su grupo de amigos parecía ser el típico de los populares del instituto. Aún era pronto para formarse una opinión de ellos, así que Helen hizo caso a James y se sentó con ellos.

Y, de pronto, se dio cuenta de que lo que le había dicho su abuela se había cumplido. Todo el mundo le empezó a preguntar por la Segunda Prueba, el cambio de elemento y cómo eran las cosas en Fuego. Al parecer, lo que más les sorprendió fue enterarse de que en cada sala los despertaban de maneras distintas por las mañanas.

—¿Cómo que esta mañana has notado algo... diferente? —le preguntó un amigo de James, de pelo naranja fosforito, que se había presentado como Kurt—. ¿No despiertan siempre igual? ¿Con un olor a bollo?

—A ver, que no te enteras... Nos dijeron el primer día que era el olor que nos recordaba a nuestra infancia —empezó a hablar otra, y el debate siguió durante un rato.

—Bueno, Helen, no nos has dicho cómo os despertaban en Fuego —insistió James.

Helen se encogió de hombros. La verdad es que no se había dado cuenta de esos detalles hasta ahora.

—Pues..., no sé, de pronto se encendían las chimeneas y notabas un calor que te envolvía...

—¿Y cómo los despertarán en Agua? ¿Les lanzarán un vaso de agua fría por encima? —bromeó James.

Todos en la mesa se rieron y Helen no pudo evitar hacer lo mismo. Siguieron hablando durante un buen rato y la vuelta a las clases la pilló por sorpresa.

—Vente con nosotros, anda, y dile a Ariana que se una también —le indicó el chico.

—Vale —respondió Helen, recogiendo sus cosas y devolviendo la bandeja de la cafetería a su sitio.

En la primera clase, al igual que por la mañana, Félix no le mandó hacer nada. Simplemente se limitó a escuchar y esperó hasta que terminaran para una breve clase particular que el profesor le había prometido. Al final del día, Helen no había avanzado demasiado, pero por lo menos estaba muy ilusionada por todo lo que iba a aprender. En Aire, les enseñarían a volar, volverse invisibles, crear tormentas, dominar la telequinesis, comunicarse sin hablar y otras cosas más. Todas esas habilidades le parecían mucho más atractivas que las de Fuego, aunque echaría de menos las clases de Pociones.

Cuando regresó de nuevo a su habitación lo hizo con una sonrisa de oreja a oreja. Por fin sentía eso tan especial de pertenecer a algún lugar. Quizá el error en la clasificación había sido justo lo que le había hecho sentir fuera de juego. Fuera lo que fuese, se sentía feliz. Decidió no darle más vueltas al asunto y pasar el resto de la noche hablando con Ariana hasta que fue la hora de dormir. Al día siguiente ya no tenían clases, pero Fiona Fortuna, la directora, la había citado por la mañana para comentar su primer día en Aire y quería descansar todo lo que pudiera.

El fin de semana pasó tan rápido que Helen deseó poder volver a repetirlo. Le instalaron Mercury en el móvil, lo cual le permitió hablar con sus padres y chatear con Cornelia de vez en cuando. Quedaron un par de veces para ir a la biblioteca, aunque Helen no tuviera nada que estudiar. La chica aprovechó para practicar con la nueva aplicación, aprenderse los nombres de sus compañeros de Aire y cotillear al resto de elementos. Se metió en Fuego y encontró la foto de Romina con su antiguo pelo. Se dio una vuelta por Tierra, donde estaba Cornelia, entre otros, y volvió de nuevo a Aire para mirar la foto de James. Leyó las noticias. Fue entrando en los apartados de todos los elementos, uno por uno.

Se distrajo hasta que llegó la hora a la que había quedado con la directora.

Su reunión con Fiona fue muy bien, aunque Helen no pudo despegar la vista del hexágono dorado sobre su capa morada. Era como si nunca antes lo hubiera visto ahí hasta entonces. Pudo volver a la Sala de la Corona, donde también había estado con Alexa y Benjamin. Pasó mucho tiempo con James y sus amigos. Este le habló de su padre y de su «otro trabajo». Después de terminar de dar clases, el padre de James se marchaba a Manhattan para trabajar como director de cine.

—Pero ¿ruedan las películas aquí, en la ciudad? —preguntó Helen, muerta de curiosidad.

Cuando vivías en Nueva York, dabas muchas cosas por sentadas. Una de ellas era encontrarse con rodajes en cualquier lugar y a cualquier hora del día, en mitad de la calle. Hiciera un calor asfixiante o un frío del que te agrieta las manos, era bastante común cruzarse con decenas de camiones gigantes, unos focos que iluminaban todas las esquinas de las calles y cientos de personas trabajando para crear una escena perfecta. Para la mayoría de los ciudadanos era un fastidio ver sus calles cortadas. Los turistas lo consideraban como una atracción más. Helen no formaba parte ni de un grupo ni de otro, aunque siempre intentaba cotillear para enterarse de algo.

—¿Y es conocido? O sea, te lo pregunto así directamente porque yo no tengo ni idea de cine —le dijo Helen.

—Bueno... Últimamente está abriéndose un poco más de camino... No sé cómo explicarlo. Prométeme que no dirás nada.

Helen asintió, curiosa.

—Bueno, esto no lo sabe mucha gente, pero te lo cuento porque me caes bien y esas cosas, ¿vale? La cuestión es que mi padre... Espera, mejor empiezo por otro lado. Para hacerse un hueco en el cine es importante tener dinero. Aunque te digan que no, tener dinero te permite estudiar en algunas escuelas a las que de otro modo no podrías acceder, contratar a gente especializada..., ya sabes. La cosa es que nosotros no vamos muy bien de pasta, más que nada porque mi madre se largó con todo el dinero... En fin, esa es una historia para otro día. La cuestión es que mi padre... utiliza alguna cosilla para... ya sabes, ahorrar en efectos especiales.

Helen abrió mucho los ojos, entendiendo perfectamente lo que le quería decir. Benjamin era el Jefe de Fuego. Y en las películas de acción había algo que no podía faltar: las explosiones.

—No me digas que...

—¡Sssh! —la cortó James, con una sonrisa en los labios.

El chico le dio un golpe cariñoso en el hombro. Helen, que no estaba acostumbrada al contacto físico en general, dio un bote, aunque él no se percató. Justo en ese momento llegaron el resto de sus amigos del grupo y Helen se preguntó si todo el mundo sabría el pequeño secreto de Benjamin o si, por el contrario, se trataba de algo que solo le había confesado a ella.

—Ya me han chivado de qué va a ser la clase del próximo miércoles —dijo Gemma—. ¡Vamos a aprender a volver invisibles algunos objetos! ¿No es una pasada?

James se giró como un resorte y se unió a la conversación. Mientras elevaban cada vez más el tono, Helen se tomó unos instantes para distraerse. No quería agobiarse con algo que probablemente no sabría todavía hacer, así que decidió desconectar. Miró a su alrededor en la cafetería. Vio a lo lejos a Romina con sus amigos. Seguramente no la echarían de menos en la Sala de Fuego, y mucho menos como antigua compañera de habitación.

A pesar de que Elmoon se esforzaba por evitar los conflictos entre elementos, era inevitable ver enseguida las diferencias entre ellos. Se sentaban por grupos y en muy pocas ocasiones se juntaban. Solo lo hacían si algunos se conocían de antes por haber ido juntos al instituto, pero nada más. Helen había notado que la gente de Fuego era mucho más arisca, sobre todo frente a los de Tierra. Los más sociables eran los de Agua. Enseguida se fijó en que los de Aire iban cada uno iba a su ritmo y que todos se llevaban bien con todos. En Electricidad eran muy inteligentes y trabajadores, y se pasaban todo el día estudiando, así que era difícil verlos en otro sitio que no fuera en la biblioteca. En parte, Helen sabía que aquello era cierto, porque siempre que iba se encontraba con gente con capas amarillas enterrada entre libros. Y luego estaba Oscuridad... No conocía a ningún alumno de ahí. Había tan pocos que era raro cruzarse con alguien que vistiera completamente de negro.

En ese instante, el móvil de Helen vibró. En la pantalla bloqueada vio que se trataba de una notificación de Mercury, un mensaje marcado con importancia alta. Lo desbloqueó y lo leyó dos veces:

De: Benjamin Wells.
Helen Parker, James Wells, acudid a la Fuente de los Elementos, por favor.

La chica levantó la cabeza para ver si James lo había leído. El corazón le empezó a latir con fuerza, con miedo a haberse metido en algún lío. James la buscó con la mirada y le hizo un gesto con la cabeza, despidiéndose con un par de palmadas.

—Qué brusco es mi padre cuando quiere —comentó. Como ella no sabía qué responder, prefirió quedarse callada. A veces, la presencia de James la confundía de una forma que no sabía explicar.

Caminaron en silencio hasta la fuente, donde Benjamin los estaba esperando.

—¡Ah, sí, muy bien! —exclamó—. Qué raro, James, tú en la cafetería... Si me mordiera un *effle* cada vez que te pillara en la biblioteca seguiría vivo, porque no sería ni una sola vez.

La piel bajo sus pecas pareció cambiar de color en un instante.

—Perdonad que no haya podido venir Félix Adour, ahora mismo no está en Elmoon, así que me ha dejado unas instrucciones para vosotros. Parker, para que puedas adaptarte lo más rápido posible a tu nuev... elemento, hemos pensado que podrías hacer algunas clases de refuerzo con James. ¿Qué os parece?

Helen estiró los dedos de las manos. Lo que faltaba para que más gente le cogiera manía.

—Guay —respondió James, dejando a Helen con la boca abierta—. Así también me sirve a mí para repasar para la próxima prueba.

Benjamin Wells se volvió hacia ella, esperando una respuesta.

—Eh..., sí, sí, claro —sonrió Helen, estirando mucho las mejillas.

—Perfecto. Félix me ha preparado un par de ejercicios para que podáis empezar hoy mismo. James, el primero es el mismo que hicisteis en clase con unos tomates maduros.

—¡Ah! Sí, ya sé cuál —respondió, frotándose las manos.

—Perfecto, pues os dejo ya, que tengo que hablar con Billy.

El Jefe de Fuego salió disparado, haciendo ondear su capa en dirección a la portería de Elmoon.

—¡Voy a hacer de profe! No me lo creo —exclamó James—. ¿Sabías que antes de descubrir todo esto —dijo, señalando el techo de la escuela— quería estudiar Magisterio? Después descubrí que podía levantar el mando del televisor y traerlo hacia el sofá sin tener que levantarme y, a partir de ahí, perdí mi vocación.

Helen recordó las bromas que el padre de James había hecho el primer día en Elmoon sobre su pelo y jugar con Fuego. Benjamin Wells era mucho más serio que su hijo, pero su sentido del humor se había mantenido y multiplicado en su hijo.

—¿Buscamos alguna sala libre?

James abrió mucho los ojos.

—Vale, vale, señorita Parker. Ya veo que no te ha hecho mucha gracia.

Helen espiró por la nariz.

—Perdona, no quería parecer borde. Es que estoy un poco saturada estos días y prefiero adaptarme y pasar desapercibida cuanto antes.

—Claro.

Los dos caminaron en silencio hasta una de las aulas donde se impartían las clases comunes. A esas horas estaban todas vacías, así que se adueñaron de la primera que vieron. Helen dio la luz mientras el chico apartaba todas las mesas y las sillas con un ligero movimiento de brazos. El olor a magia se intensificó.

—¿Qué es eso de los tomates maduros?

Helen se colocó a un par de metros de James, esperando sus instrucciones. Habría pagado todos los dólares del mundo por desaparecer en su cuarto, bajo las sábanas, y no volver a hablar con nadie en dos o tres días.

—Es un juego que nos enseñó Félix el otro día para mejorar nuestras habilidades de telequinesis y también los reflejos. Consiste en elevar un tomate a la altura de tus ojos y, sin perder la concentración, lanzárselo al enemigo. Bueno, ya me entiendes, tú no eres mi enemigo, pero...

Helen aguantó la respiración. Sabía cómo iba a terminar aquello antes de que empezara.

—¿Y tengo que esquivarlo?

James rio con la mitad de la cara.

—¿Qué?

—Nada, nada.

Se mordió los labios por dentro.

—Me sabe mal, Parker, pero no vas a tener que esquivarlos, sino detenerlos antes de que te den. ¡Míralo por el lado bueno! —James levantó la voz en cuanto Helen abrió la boca—. Se te van a quedar el pelo y la piel suavísimos. Te lo digo en serio, ya verás. Aunque, si fuera tú, me soltaría las trenzas, eso sí.

Helen negó enseguida.

—Vale, como quieras. —El chico se encogió de hombros—. Espera, voy a la cafetería a por unos tomates, ahora vuelvo. No huyas, ¿eh? Ya verás como no es para tanto. Te dejaré que me lances algunos a mí también para que no te sientas mal.

Helen se miró en un espejo junto a la puerta hasta que el chico regresó. Hacía siglos desde la última vez que se había soltado el pelo. De hecho, ya no se imaginaba sin sus trenzas.

—¡Ya los tengo!

—No me puedo creer que vaya a hacer esto —murmuró Helen.

—¿Qué?

La chica negó con la cabeza y cambió el peso de una pierna a otra.

—Vale, pues la clave de este ejercicio es no perder el contacto visual con el tomate. Desde que te lo lanzo hasta que lo tengas a medio metro, más o menos. Vamos a separarnos más.

Se pusieron uno en cada punta de la clase.

—¿Y por qué no usasteis otra cosa para el ejercicio? No sé, una pelota de plástico o algo más inofensivo...

James sonrió.

—¡Eso mismo preguntó Gemma! Pero yo lo prefiero así, es más divertido, ¿no? Félix le dijo que si no percibíamos un verdadero peligro no serviría de nada. O sea, tienes que sentir ese pánico a que el tomate te explote en la cara o en la ropa. Si no, te relajarías.

Helen se mordió el labio. No había caído en que su ropa

terminaría destrozada, tendría que poner una lavadora nada más salir de ahí.

—¿Lista?

—¡No! —gritó Helen, adelantando los brazos para protegerse del primer lanzamiento.

—¡Vale, vale! —exclamó el chico—. A ver, el primero te va a dar seguro. A no ser que tenga yo muy mala puntería, lo cual es bastante posible, también te digo...

Helen tomó aire un par de veces y asintió con la cabeza. James la imitó y, con las palmas de las manos, hizo que un tomate levitara, dejando atrás la caja con los demás. Se lo colocó a la altura de los ojos.

—A la de tres, ¿vale? Una, dos... ¡tres!

El tomate viajó los metros que los separaban a toda velocidad. Iba directo al hombro derecho de Helen. La chica no perdió el contacto visual en ningún momento, se concentró en parar su trayectoria... y el tomate se quedó suspendido a poco más de un metro de ella.

Soltó el aire que había mantenido en los pulmones.

—¡*Wow!* ¿Cómo...?

—¡No sé ni cómo lo he hecho! —se excusó Helen con una risa nerviosa.

Perdió la concentración y el tomate cayó al suelo.

—Ups.

—Vale, vamos con el segundo. A la de tres. Una, dos y... ¡tres!

Un tomate un poco más pequeño que el anterior salió disparado hacia la cara de Helen. Intentó hacer lo mismo que había hecho antes, sin saber muy bien qué era, pero fue demasiado tarde. Con un grito, se agachó para esquivarlo. El tomate impactó contra la pared y se fue escurriendo hasta llegar al suelo, dejando por el camino un manchurrón granate.

—¡Eso es trampa!

Las carcajadas de Helen resonaron en el aula.

—¡Me he quedado en blanco, lo juro!

—Eres una tramposa, Helen Parker.

—Vale, vale, a la siguiente no me moveré —prometió, entre risas.

James levantó la ceja y se preparó para lanzarle otro. Cuando terminó la cuenta atrás, el tomate viajó a toda velocidad hacia la chica. Helen intentó pararlo como había hecho la primera vez, pero fue incapaz.

—¡No! —chilló nada más notar el líquido caliente resbalando por su brazo. Le había dado de lleno en el hombro.

—Así que el truco es despistarte, ¿eh? Venga, que va otro.

Y sin contar hasta tres, un cuarto tomate salió despedido hacia Helen. En cuestión de segundos, su camiseta había pasado del blanco al rojo.

—¡James Wells! Vas a pagar por esto.

—¿Ah, sí? —la picó él—. ¿Y qué vas a hacer?

Helen fue directa a la caja de tomates, apretando el paso.

—No, no, no —insistió James, poniéndose entre ambos—. Solo con nuestros poderes, ¿recuerdas? ¿O es que solo puedes ganarme si haces trampas?

La media sonrisa de James hizo que Helen se picara todavía más. Apartó la vista de su cara y la centró en la caja de tomates. Sin saber muy bien qué hacer, se concentró en el más grande de todos. Al principio solo consiguió que se moviera un poco, pero enseguida alzó el vuelo, separándose de sus compañeros.

—Ni se te ocurra —la amenazó James, adelantando sus intenciones.

Helen se rio mientras el tomate se acercaba peligrosamente a James. No lo hizo tan rápido como él, sino que se movía despacio, por encima de su cabeza.

—¡De eso nada! ¡Si me cae a mí nos caerá a los dos! —exclamó James, corriendo hacia ella y abrazándola por los hombros. El tomate lo siguió y se situó sobre ellos.

A Helen le sorprendió notar lo fuerte que era James.

—¡Eso no vale! —se quejó.

James se rio, encogiéndose de hombros.

—Tú aprendes muy rápido, voy a tener...

En ese instante, la puerta de la clase se abrió de golpe. Del susto, Helen perdió la concentración y el tomate cayó sobre ambos, explotando justo a la altura del hombro de James y salpicándole en la cara.

—¡Arg! ¿Por qué siempre termino pringado de tomate?

—¡Cornelia! —exclamó Helen, separándose inmediatamente de James. Se pasó la mano por la cara para retirarse unos trozos de piel de tomate—. ¿Todo bien?

—Eso mismo pregunto yo —respondió la chica, con un tono muy particular—. ¿Podemos hablar un segundo? Es urgente.

Helen se miró de arriba abajo y después hizo lo mismo con James.

—Sí, claro... Dame cinco minutos, que me dé una ducha y me cambie de ropa. —Se volvió hacia James—. Cuando quieras volver a perder, avísame —le dijo mirándolo de soslayo con los ojos brillantes.

Helen se sorprendió a sí misma diciendo aquello, pues nunca se había comportado así con un chico, y, con el corazón latiéndole fuerte en el pecho, desapareció y se transportó directamente a la entrada de la Sala de Aire. La adrenalina hizo que le diese igual si había alguien que la pudiera ver con aquellas pintas. Sin pensar mucho, se quitó toda la ropa, la puso en una esquina de su habitación para lavarla después y se dio una ducha rápida. Cuando bajó al *hall*, Cornelia la estaba esperando junto a la fuente.

—¡Hey! —la saludó ella.

Helen se fijó en lo azules que eran sus ojos.

—¿Qué tal? —le dijo Helen, todavía mirándola fijamente.

—¿Vamos a dar una vuelta? —le propuso Cornelia.

—Sí, claro.

—No has estado en la terraza todavía, ¿no?

Cornelia le pidió que le diera la mano. Para ir por primera vez a un lugar dentro de Elmoon, alguien tenía que hacer de guía llevándote primero, como sucedió en su primer día en la Escuela de Magia. Cornelia y Helen se trasladaron en un instante a la parte superior de la antorcha, justo donde estaba el fuego, al aire libre.

—¿Qué es este lugar? —preguntó Helen nada más sentir el frío del otoño en la cara.

Bajo sus pies había una enorme cristalera que daba al interior de Elmoon. La bola de energía no le dejaba ver la fuente, pero podía distinguir con bastante claridad casi todas las plantas del colegio.

—¿Nunca habías venido aquí?

Helen se encogió de hombros sin saber qué decir. En ese momento, sintió que se había estado perdiendo muchas cosas desde que había puesto un pie en Elmoon.

—No, no sabía que existía.

Cornelia sonrió.

—Es una zona de descanso donde suele venir la gente después de las clases o por la noche. ¿En serio nunca habías venido? —insistió.

Helen sintió que se estaba poniendo roja. Si hubiera llevado el pelo suelto se podría haber tapado las mejillas, pero aquello raramente sucedía.

Se encontraban exactamente en la llama de la antorcha. Helen sabía que estaba cubierta de oro, pero parecía haber sido hechizada para que prendiera un fuego que daba la impresión de ser real, aunque no quemara ni estropease nada de lo que tocaba. Producía una sensación de calor que luchaba contra el frío de finales de otoño en Nueva York. Helen se sintió un poco aliviada y esperó que aquello hubiera disimulado su sonrojo. Como si treparan por la superficie de oro, unas llamas artificiales subían hasta el cielo, perdiéndose en miles de chispas de todos los colores. Y a su alrededor el cielo estaba tan oscuro que parecían las doce de la noche. Solo las luces de los rascacielos interrumpían aquella calma que aportaba el crepitar de las llamas. Helen se acercó hasta el borde de la antorcha, cuya superficie había sido ampliada de forma mágica para que cupiera más gente, y vio la cabeza de la Estatua de la Libertad desde ahí arriba.

Unos cuantos *valinis* pululaban alrededor de la estatua.

—Pues es una zona no supervisada..., o sea que verás a mucha gente por aquí declarándose su amor y esas cosas...

—¿Ya hay parejas? —preguntó Helen, aunque enseguida encontró la respuesta—. Bueno, que hay quien ya se conocía de antes, claro...

Helen pensó en Evan durante unos instantes. ¿Qué habría pasado si él estuviera aquí? Se alegró de que no fuera así y de no tener que preocuparse por ese tema nunca más. Pese a que a veces le venían al recuerdo los buenos momentos que habían pasado juntos, eran más los que le agobiaban. Y se sentía bien estando sin pareja. De todos modos, aún tenía mal sabor de boca por cómo había ido su último encuentro, cuando ella decidió romper, y a veces pensaba que podría habérselo dicho de una manera menos brusca. En fin, ahora no podía volver atrás en eso.

—Yo suelo venir aquí a despejarme un poco, ya que, como sabrás, está prohibido salir de la escuela.

El tono amable de Cornelia cambió de repente. Helen la volvió a mirar, topándose de nuevo con sus ojos azules.

—Es un lugar muy bonito...

Helen sintió que su corazón se aceleraba.

—Bueno, ¿cómo va todo? ¿Ya te has fijado en alguien especial? Seguro que ya conoces a mucha gente aquí —le soltó Cornelia.

—Emm... No, la verdad es que no.

La chica de Agua torció la cabeza.

—¿Y eso? Los chicos de Fuego tienen fama de ser muy guapos... Muy serios, sí, pero... ¡oh!

Cornelia se perdió en sus propias cavilaciones.

—¿Y tú? —le preguntó Helen, intentando desviar la conversación hacia ella.

Su amiga era tan guapa que le extrañaría que no tuviera una larga lista de pretendientes.

—Bueno, he conocido a un par de chicos... Pero justo el que me gusta es el que no me hace caso.

Cornelia se hizo la interesante, apartándose el pelo como si fuera una princesa en apuros. Caminaron hasta llegar a un banco, pero no se sentaron. Las dos preferían mirar hacia el sur de Manhattan.

—¿En qué elemento está?

—En el tuyo —le respondió. Helen tuvo un momento de duda entre Fuego y Aire hasta que se decantó por este último. No sabría cuánto le costaría acostumbrarse al cambio, pero esperó que no mucho—. Pero creo que tiene novia. ¿Podrías ayudarme a investigarlo? Bueno, no, da igual. No quería pedirte este favor, en realidad quería verte para pedirte algo completamente diferente.

17

Un pez en Broadway

—Vale, esto va a parecer una locura.

Helen se mordió el labio, expectante. Una corriente de aire golpeó la antorcha de la estatua, aunque las llamas se mantuvieron en su sitio, impasibles.

—Necesito que me ayudes a escapar de Elmoon y luego volver, como hiciste anoche con Alexa.

Helen intentó fingir sorpresa, pero Cornelia enseguida puso los ojos en blanco.

—Os vi —le advirtió—. Os vi marcharos desde la planta principal y luego volver desde otro lugar.

—¿Y cómo lo viste? —preguntó Helen por pura curiosidad.

—Pues... porque llevo un tiempo espiando cómo los profesores entran y salen de este lugar. Estar en la planta de Agua tiene sus ventajas, se ve casi todo el *hall*... En fin, que nadie lo hace si Billy no lo permite, eso es lo único que he sacado en claro durante esta semana, así que estaba a punto de rendirme... hasta el otro día. Nunca había visto salir a ningún alumno. Nunca... hasta ayer por la noche. Saliste con Alexa a hacer algo y volvisteis un par de horas después. ¿Puedo preguntar para qué? ¿Se trataba de alguna urgencia?

—Fue algo puntual, Cornelia. ¿Para qué quieres salir? Si es algún problema con tu familia te recomiendo que lo hables directamente con Alexa. El otro día salió una chica a ver a su abuela, que estaba enferma.

A Helen no le gustaba dar lecciones, pero no quería meterse en jaleos. Como esperaba, a Cornelia no le gustó la respuesta y torció los labios.

—No, no, no tiene nada que ver con mi familia... Es más bien una cosa mía.

Ambas se quedaron en silencio. Helen observó la llama de la antorcha y se dio cuenta de que cuanto más la miraba, más real le parecía.

—Mira, esto es algo que sabe muy poca gente porque me da mucha vergüenza. —Las palabras de Cornelia enseguida captaron la atención de Helen. No se la imaginaba siendo vergonzosa—. Desde pequeña siempre he querido dedicarme a la actuación. De hecho, si estaba estudiando en Nueva York cuando cayó el Rayo Lunar era porque convencí a mis padres de que..., bueno, de que había conseguido un trabajo en Broadway.

Helen abrió mucho los ojos. Por un lado, no se podía creer que Cornelia trabajara en alguno de los teatros más famosos del mundo. Pero, por otro, le cuadraba bastante. La chica tenía los típicos rasgos que siempre encajaban bien en cualquier producción estadounidense: ojos azules, pelo rubio y una altura considerable. Era muy guapa y, además, sabía sacarse partido.

—¡Qué pasada! —Helen no pudo evitar elevar el tono, llamando la atención de un par de chicos sentados a escasos metros de ellas.

—Sí, bueno, esa es la parte oficial... Y la que les he contado a mis padres, que viven en Ohio. La realidad es que trabajo como guía turística y en el recorrido del bus está incluida esa calle, así que..., técnicamente, sin entrar en detalles, trabajo en Broadway. Trabajaba. Por lo menos para ellos. ¡Pero algún día quiero que sea real! Y por eso te estoy contando todo este rollo: porque necesito tu ayuda.

Ahora sí que había conseguido captar su atención.

—Mañana por la tarde hay un casting súper mega importante para un nuevo musical que van a estrenar. Es todo tan secreto que ni siquiera han desvelado de qué se trata realmente, pero necesito intentarlo. Y para eso tengo que salir de aquí, aunque solo sea por un rato. Yo no tengo clase a esa hora, no habría problema... ¡Solo sería ir y volver!

Las ideas se empezaron a almacenar en la cabeza de Helen. No, desde luego, no podía ayudarla. Ni siquiera ella sabía cómo salir de Elmoon. De hecho, nunca se lo había planteado.

—¿Y qué pasaría si te cogieran en el casting? Lo has pensado, ¿no? —preguntó Helen, colocándose las trenzas hacia delante.

A Cornelia la pilló por sorpresa la pregunta.

—Pues... no lo sé.

Helen se mordió la mejilla por dentro, sin saber qué más hacer.

—Jo, Cornelia, de verdad...

—Llámame Koi, porfa —la cortó—. Es mi nombre artístico y me gusta más.

—Vale, nada, es solo que no puedo ayudarte porque yo salí con Alexa. Billy nos dejó pasar. O sea, no es que saliéramos a escondidas y aprendiese cómo escaparnos ni nada por el estilo...

—Ya, ya —la interrumpió Cornelia de nuevo—. Tranquila, Helen, no pasa nada. Lo único que necesito es... alguien que pueda saber de estas cosas, ¿sabes? ¿Se te ocurre alguna persona que creas que haya podido escaparse? ¿O que sepas que, si le propusiera esto, se animaría?

En la cabeza de Helen apareció inmediatamente un nombre.

—No —respondió enseguida, sin saber muy bien por qué estaba mintiendo. Quizá era porque no quería meterse en líos...

Cornelia bajó los hombros.

—Vale, no pasa nada.

Se hizo un silencio incómodo entre ambas que Cornelia intentó llenar contando que su compañera de cuarto era sonámbula. El sol, con sus últimos rayos del día, hacía brillar todavía más el pelo de su amiga.

—¿Sabes qué? —dijo Helen de pronto, sorprendiéndose a ella misma—. Sí que se me ocurre alguien con quien podrías..., ya sabes, sacar adelante tu plan.

Los ojos de Cornelia se volvieron todavía más azules y no perdieron ese brillo hasta que dieron con James en la biblioteca. Helen se sorprendió de encontrarlo ahí, solo, leyendo un libro sobre la historia de la Estatua de la Libertad, aunque Mercury decía que estaba en la biblioteca y la aplicación nunca fallaba. El primer sitio en el que siempre se lo cruzaba era en la cafetería, no como ahora, rodeado de alumnos con capas amarillas que mandaban callar si oían cualquier murmullo.

No tardaron mucho en convencerlo para hablar con él en la puerta de la biblioteca. En cuanto James vio que había jaleo, no pudo evitar interesarse por el tema. Después de que Cornelia le contara toda la historia que le había relatado a Helen en la azotea de la antorcha, James puso cara de travieso.

—A ver, señoritas, tengo que admitir que... habéis dado con la persona correcta —respondió, haciendo el teatro de frotarse las manos como si fuera una mosca tramando algo.

—¿Cómo podemos...? Ya sabes —insistió Cornelia, bajando el tono cuando un par de alumnos de Electricidad pasaron por su lado.

—A ver... Tal y como ha dicho Helen, la única forma de salir es pasando por donde está Billy. Y, desgraciadamente, no nos sirve hacer como en las películas. O sea, no va a servir de nada distraerlo para escaparnos o esperar a que vaya al baño. Creedme, es mucho más inteligente y espabilado que todos nosotros juntos. Se las sabe todas. Y además tiene la estatua esa que da mal rollo. La que te sigue con los ojos la mires desde donde la mires.

Cornelia chasqueó la lengua, enfadada.

—¿Entonces? ¿No nos ibas a ayudar? —lo reprobó.

James se repeinó.

—A ver, sé que hay una manera de salir sin que nadie te detecte, pero es un poco complicada. Me la ha dicho mi padre. Bueno, más bien lo dejó caer un día y yo pensé que si...

—¿James? —Esta vez fue Helen la que le pidió que fuera el grano.

—Vale, vale... Mirad, nosotros estamos ahora en la antorcha de la Estatua, ¿sí? —Las dos chicas asintieron, llenas de curiosidad—. Pues en la corona hay como una especie de «base» donde se reúnen los profesores, la directora..., en fin, toda la gente que trabaja aquí. Se llama la Sala de la Corona. Si te teletransportas al exterior desde ahí nadie se da cuenta. O sea, no alerta a Billy ni nada, porque se supone que ahí solamente pueden ir profesores y demás miembros de La Guardia.

—¡Pues vamos!

El tono de Cornelia hizo que varias personas que entraban en la biblioteca en ese momento se volvieran, curiosas. Los tres sonrieron como si no pasara nada hasta que se volvieron a quedar solos.

—Espera, espera... No es tan fácil, ¿sabes? —le respondió

James—. Para poder ir a la Sala de la Corona tienes que haber estado ya antes. Una vez te han «dejado entrar», por decirlo de alguna manera, puedes volver cuando quieras. Entonces lo que tenemos que hacer es buscar a alguien que haya estado y que nos pueda llevar... Se me ocurre Alexa, pero obviamente nos va a decir que no...

Helen se rio y ambos se volvieron, enfadados por su reacción. Por un instante deseó no haberlo hecho, pero le salió del alma.

—¿Qué pasa? —le dijo Cornelia con cara de malas pulgas.

—Pues... que yo he estado. Cuando me cambiaron de elemento me reuní ahí con Fiona Fortuna, y...

—¡Perfecto! —gritó James, dando una palmada en el aire mientras Cornelia la abrazaba.

—¿Ves? ¡Sabía que tú me podrías ayudar!

Helen tomó aire. No le gustaban mucho los abrazos, y menos los inesperados, pero no mencionó nada sobre aquello cuando siguió hablando.

—Vale, pero yo no voy a salir. Os llevaré hasta la Sala de la Corona y volveré rápido a la Sala de Aire, y ya nos vemos al día siguiente, ¿vale? Y si os pillan..., espero que no mencionéis mi nombre.

—¿Por qué no vienes? —preguntó James, forzando una expresión de tristeza.

Helen lo miró con cara de no entender nada.

—¿Tú vas? —le dijo la chica a James.

Ahora era Cornelia la que estaba perdida.

—¡Pues claro! Una aventura con mis dos nuevas mejores amigas. ¡Cómo me la voy a perder! ¡Y encima nos vamos a Broadway, *baby*!

—¡Sssh! —le chistó Cornelia.

La chica agarró a los dos del brazo y los llevó a otro sitio que no fuera de paso.

—Ni se os ocurra hablar de esto a nadie. Por favor —añadió, para suavizar su tono—. Nos vemos mañana aquí mismo a las seis de la tarde, después de las clases. Iremos a la sala esa de la directora y de ahí nos escaparemos a Manhattan durante un par de horas. ¡Y ya no vale echarse atrás!

Y, sin decir nada más, Cornelia se marchó. Por su actitud parecía que estuviera enfadada, pero por dentro se moría de ganas de que pasaran rápido las siguientes veinticuatro horas.

James se encogió de hombros.

—¿Tomamos algo en la cafetería? Te invito a un café —bromeó el chico, ya que ahí todos los servicios estaban incluidos y no tenían que pagar por nada. La educación, el alojamiento y la comida eran gratis para los alumnos.

La propuesta pilló a Helen fuera de juego.

—Eh... Perdona, es que tengo muchas cosas con las que ponerme al día, ya sabes...

—¡Vale, vale! Sin problema, Parker —respondió él, levantando las manos.

James dio una palmada, frotándolas como si tuviera frío, y se despidió de ella, para adentrarse de nuevo en la biblioteca.

De vuelta a su habitación, y nada más tumbarse en su cama, Helen no pudo parar de darle vueltas a la cabeza sobre lo que de verdad quería hacer. Lo más sensato era quedarse en el colegio, de eso no había duda. Pero había algo que hacía días que le rondaba: la última vez que había hablado con Evan lo había hecho con mucha tensión, incluso con dureza, y sentía que necesitaba aclarar del todo las cosas con él ahora que había pasado un tiempo... Contarle la verdad de dónde estaba estudiando realmente. Porque para Evan, Helen se había ido a la Universidad de Chicago, donde iba a estar interna y solo la dejarían salir en fechas concretas, como Acción de Gracias o Navidad.

Aquella noche, Helen tuvo sueños muy extraños. En uno de ellos soñó que era sonámbula, como la compañera de habitación de Koi, y que, mirando la silueta de Manhattan, le parecía ver un lobo volando, aullando a la luna... Después el sueño cambió y se vio a sí misma dibujando en el sótano de The Chinese Moon, con sus padres y su abuela.

Cuando se despertó, lo primero en lo que pensó fue en el plan de Cornelia y se le revolvió el estómago. Saludó a Ariana, se duchó rápidamente y aprovechó los minutos que le sobraban para ponerse al día con Mercury. Tenía varios chats pendientes y quería releer los apuntes del día anterior en su móvil antes de entrar a clase. Además, no podía parar de pensar en algo. Y es que después de soñar con sus dibujos, le había vuelto a entrar el gusanillo y necesitaba algún tipo de inspiración para dibujar. Lo primero que se le había pasado por la cabeza fue la Estatua de la Libertad, pero no terminaba de pegar con su estilo. Le apetecía crear una historia desde cero en formato de novela gráfica, pero ninguna de sus ideas le convencía lo suficiente como para volcar todo su tiempo y esfuerzo en ello. Aunque, quizá, si por fin se centraba en una historia que le gustara de verdad, podría comenzar una nueva novela esa misma noche. Aquello era algo en lo que siempre había pensado, pero luego nunca hacía.

Pasó todo el día sin poder concentrarse en sus clases, porque cada vez que se cruzaba con James este le guiñaba el ojo o le daba un codazo. Al final, terminaron sentándose juntos en la última clase de Teoría de Invisibilidad hasta que Félix los dejó libres.

Sin mediar palabra, cada uno se fue a su habitación para prepararse, aunque en realidad Helen solo tenía que coger un abrigo y una bufanda para el frío.

Cuando llegó a la fuente del *hall*, todavía con la cabeza llena de trazos, sus compañeros aún no estaban ahí, por lo que se distrajo mirándola hasta que aparecieron. Una mujer sostenía siete esferas, cada una de ellas con el símbolo de los elementos que Helen había visto en Elmoon, incluyendo el que Fiona Fortuna llevaba bordado en dorado en la zona morada de su capa. Sobre su hombro había un loro.

Una vez estuvo con sus amigos, para sorpresa de Helen, sus nervios disminuyeron. A pesar de ello, tuvo que concentrarse mucho para aparecer en la Sala de la Corona. No estaba acostumbrada a moverse por Elmoon de ese modo. De hecho, siempre que podía aprovechaba para caminar, dar una vuelta con el mapa abierto en la aplicación Mercury y así estirar un poco las piernas. Sintió que le costaba demasiado, pero ya no solo por la falta de costumbre, sino porque todos sus pensamientos estaban centrados en desear que no hubiera nadie allí para pillarlos. Un minuto después lo consiguió, y los tres aparecieron en mitad de la sala, que, por suerte, estaba vacía y con las luces apagadas.

—Vale, yo os dejo aquí —dijo Helen. No se atrevió a añadir nada más por si le temblaba la voz.

James se dio la vuelta como un resorte al escuchar sus palabras.

—¿Cómo? ¿No vienes? ¿Y cómo se supone que vamos a regresar?

Helen se mordió las uñas. No había previsto una respuesta para esa pregunta.

—Pues... en principio ya habéis estado aquí, ¿no? O sea que no tendríais problemas en...

De repente, se oyeron unos pasos en el pasillo que había al otro lado de la puerta de la sala. Los tres se sintieron invadidos por el pánico. Helen pensó que el corazón se le iba a salir del pecho directamente por la boca. James comenzó a hacer aspavientos, las agarró a ambas de la muñeca y, en cuestión de segundos, aparecieron junto a la antorcha vieja, rodeados de turistas, justo en el lugar por donde accedieron a Elmoon el primer día. Helen agradeció que James hubiera reaccionado tan rápido. Pero, sobre todo, agradeció haber cogido un abrigo, porque ahí abajo hacía tanto frío como si estuvieran en mitad del Polo Norte.

—Vale, hora de llamar al *Neptunius* —propuso Cornelia, a quien ya se le había pasado el susto.

—¿Estás loca? —exclamó James—. No, ni de coña. Eso nos delataría en un segundo. Lo mejor es que vayamos en el ferri normal, con los demás turistas, así no llamaremos la atención. Tranquis, seguro que los *effles* no se chivan. Vamos a comprar un billete.

—Chicos... —empezó Helen. Ya no sabía cómo decir que ella prefería volver a Elmoon para quedarse con su material de dibujo y sus ganas de crear. Y, de paso, que no la pillaran escapándose.

—Va, Helen, por favor... Seguro que hay algo que tienes que hacer por el centro. No sé, habrá algo que te quieras comprar, alguien a que quieras ver...

Helen odió a James nada más terminó de pronunciar aquellas palabras. La verdad era que algo sí que podía ir a comprar: nuevo material de dibujo que le faltaba para comenzar la novela gráfica que tenía en mente. Y también estaba Evan. Se sintió fatal por ello.

—De acuerdo —dijo, sin más.

James le dedicó una sonrisa triunfante y Cornelia los guio hasta las taquillas para comprar un billete de ferri. Camuflados entre una masa de turistas, los tres llegaron a Manhattan en poco más de veinte minutos. De camino, todos recuperaron la cobertura en sus móviles.

—Vale, ya estamos aquí. Yo aprovecharé este rato para ir a ver a mi abuelo —dijo James—. ¿Dónde quedamos?

—Yo me voy al casting, os escribo cuando acabe. Voy a

crear en Mercury un chat grupal para nosotros tres, ¿vale? Así, cualquier cosa que necesitemos lo ponemos ahí. Es que no tengo vuestros números.

Mientras Cornelia se ponía a teclear con sus uñas de gel en la pantalla del iPhone, Helen sintió una extraña sensación de libertad que no había experimentado nunca. Sabía que estaba haciendo algo mal, pero era por una buena causa. Además, en cuanto terminara el casting regresarían a Elmoon. Todo iba a pasar muy rápido y nadie se enteraría.

—Vale —asintió Helen—. Yo estaré por Chinatown con mi familia. ¿Hay algún sitio que nos pille cerca a todos?

—Times Square, justo en la escalera. Vamos hablando por el grupo —sentenció James mientras se alejaba en dirección al metro—. ¡Nos vemos luego! ¡Que vaya bien el casting!

Cornelia se puso roja.

—¡Espera! Yo también voy en metro —exclamó Helen—. Mucha suerte, Koi, luego nos cuentas.

La chica asintió y llamó a un taxi para ir directa al casting. Helen y James se despidieron en el metro, donde cada uno cogió una línea diferente.

Volver a caminar por las calles de Chinatown se tornó, de pronto, muy diferente a las últimas veces. Helen se sintió rara, como si no perteneciera ya a ese mundo. Tenía la sensación de que escondía continuamente un secreto. Hasta le daba miedo, sin querer y en cualquier instante, hacer algún gesto o movimiento que delatara su verdadera identidad. Se preguntó si su familia también se sentiría así siempre, o si solo les pasó al principio y luego ya se acostumbraron.

Helen dejó atrás Canal Street, sorprendentemente vacía de turistas. Quizá las oscuras nubes que amenazaban Manhattan les habían echado atrás y se habían quedado en el hotel, o visitando el MoMA o algún otro museo de la ciudad.

No fue hasta que llegó a su calle cuando le entraron las dudas. De golpe, sintió que estaba haciendo algo malo. Porque, en realidad, lo estaba haciendo. Se había escapado sin permiso de Elmoon y si aparecía ahora por sorpresa en The Chinese Moon sus padres le echarían la bronca. O incluso la llevarían de vuelta. Helen no sabía cómo iban a volver a entrar en la escuela, pero decidió que ese era un problema para dentro de un par de horas y no quiso pensar en ello durante un tiempo.

Se debatió entre atravesar o no las puertas del restaurante familiar. Caminó hasta quedarse justo enfrente, a una distancia lo suficientemente prudencial como para no ser vista. A través de los vinilos que habían pegado a los cristales, Helen pudo observar a su madre, que en ese momento atendía la mesa pegada al ventanal izquierdo. A su padre no lo veía porque estaría en la cocina con Kat, pero le hizo ilusión pensar que se encontraba justo ahí, a escasos metros de ella. Helen miró el rótulo de The Chinese Moon como si nunca antes lo hubiera visto y justo en ese instante lo tuvo claro. No iba a entrar. Había estado hace poco y que sus padres le empezaran a hacer preguntas solo le traería problemas; también a ellos.

Dio media vuelta, sin saber muy bien hacia dónde se dirigiría. Podría ir a tomar algo o simplemente pasear... O incluso ir a visitar a su abuela. En cuanto la idea cruzó su mente, Helen decidió que sería lo mejor. Después de un rato tomando el té con ella en ChinaCat 2000, se dio cuenta de que había tomado la decisión correcta.

—Abuela, ¿por qué no vendes los mismos *souvenirs* que el resto de tiendas? Aparte de las de la Estatua de la Libertad, me refiero. ¿Por qué no tienes las del Empire State que venden en todas partes? ¿O postales o cosas así? —le preguntó en chino. No era la primera vez que lo hacía, pero intentó conseguir una explicación. Desde hacía años, la tienda de Xia apenas tenía clientes, y en cualquier momento tendría que cerrarla. Y eso supondría un grave problema, puesto que la abuela de Helen vivía en la parte posterior del local y si dejara la tienda tendría que marcharse. Ahora el sótano donde vivía Helen estaba vacío, pero no parecía un lugar adecuado para la mujer, ya de una cierta edad. Pensándolo bien, tampoco para una niña, aunque la familia Parker no había tenido muchas más opciones.

Su abuela sonrió. Estaba ya cansada de que todo el mundo le preguntara lo mismo. Aunque por más que lo hicieran la respuesta no cambiaba.

—¿Y qué ganaría con eso?

—¿Más dinero? Abuela, así no...

—¿Crees que el dinero lo es todo, Helen?

La chica se encogió de hombros.

—No, claro que no. Pero..., oye, ¿hasta qué punto llegan..., ya sabes, nuestros poderes? ¿Hay algún elemento que pueda crear dinero? ¿O que pueda ayudarte a tener más clientes?

—No, claro que no —respondió la abuela—. Lo que faltaba —murmuró.

A Helen le daba rabia que no le hubieran enseñado esas cosas en Elmoon. Se sentía como si estuvieran intentando que aprendiera a controlar sus poderes, pero sin contarle nada más. Sin contexto, sin ir más allá.

—¿Cómo van las cosas por Aire? ¿Sabías que tuve un novio que era de ese elemento?

Helen abrió mucho los ojos. Normalmente, cuando hablaba con su abuela no se salían de los temas de siempre. Pasaron un largo rato hablando y Helen no prestó atención al móvil hasta que vio que le habían llegado varios mensajes en el nuevo grupo. Al parecer, Cornelia había terminado el casting y James estaba ya esperándolas en Times Square. También vio varios mensajes de Evan. De hecho, muchos. Abrió uno rápidamente y le quedó claro algo: Evan no daba la relación por terminada.

—Mierda —susurró Helen. Levantó la cabeza para mirar a su abuela, que quitaba el polvo de unas figuras de cerámica—. Me tengo que ir ya. Porfa, no le digas a papá y mamá que me he pasado por aquí.

Su abuela le lanzó una sonrisa cómplice.

—Tranquila. Yo también he tenido tu edad —le dijo—. Aunque eran otros tiempos, claro.

Helen no entendió muy bien por qué decía aquello, y entonces recordó que a Xia todavía no le había contado que ya no estaba con Evan.

—No, abuela, no he... —empezó a hablar, pero su abuela la interrumpió con un abrazo. Aquellos eran los únicos que Helen toleraba.

Xia le dio un beso fuerte a Helen y la siguió con la mirada desde el interior de la tienda, entre las figuritas de dragones y gatos del escaparate, mientras se marchaba.

Varias paradas de metro después, la joven apareció en Times Square. El cielo ya estaba oscuro, pero ahí abajo parecía de día por la luz que emitían las pantallas. De pronto, Helen sintió una extraña sensación de mareo. El estómago se le revolvió y se le nubló la vista. Empezó a ver puntitos de colores y sintió que se iba a desmayar. Y de repente esa sensación desapareció, tal como había llegado. Desconcertada, Helen prosiguió su camino.

Sin detenerse, esquivó enormes grupos de gente amontonada en la plaza hasta llegar a la escalera. Ahí estaban ya sentados Cornelia y James.

—¿Cómo ha ido? —fue lo primero que le preguntó a su amiga.

Cornelia se encogió de hombros.

—Podría haber ido mejor, pero por lo menos he conocido a un par de personas y... siempre viene bien tener contactos, ¿sabes?

—No le hagas caso, lo ha hecho genial, seguro —soltó James, poniéndose de pie.

Cornelia lo imitó.

—¿Pillamos algo de comer antes de irnos? Creo que me voy a desmayar si esperamos hasta llegar a Elmoon. Además, tengo antojo de comida mexicana.

Helen se mordió el labio, nerviosa. No quería alargar más su pequeña e ilegal excursión.

—Pero para llevar, porfa —insistió.

James buscó en su móvil el sitio más cercano y pocos minutos después estaban delante de Los Tacos Locos, un establecimiento especializado en tacos donde, pagando un precio fijo, se podía personalizar cada taco al gusto del consumidor.

Cornelia y James empezaron a pedir, pero Helen decidió no comer. Le había vuelto a dar otro mareo y no quería meterse nada en el estómago por si acaso le sentaba mal. De hecho, lo único en lo que estaba pensando era en que no debería haber salido de Elmoon.

—¿Y por qué no le cuentas la verdad a tu familia? —le preguntó James a Cornelia mientras caminaban hacia la estación de metro más cercano. La parada, que hacía esquina con dos bulliciosas calles, tenía tantas luces que parecía un restaurante o un teatro más.

—Porque no me dejarían estar aquí. No sé, es complicado. En Ohio me sentía encerrada, pero es verdad que Nueva York no es tan bonita como la pintan. Cuando era pequeña no podía parar de ver películas ambientadas en esta ciudad que romantizaban el bullicio de sus calles, sobre todo en Navidad. Y, a ver, claro que me gusta, pero... vivir aquí es diferente. Sobre todo queriéndome dedicar a algo que no es muy aceptado por mi familia.

James pasó su tarjeta de metro y entró el primero, dándose a continuación la vuelta para esperar a las demás. Daba la sensación de que Cornelia no quería hablar más del tema pero, al mismo tiempo, necesitaba soltarlo.

—Pero ¿ellos saben que estás en Elmoon?

—No, no tienen ni idea. Pero ni del Rayo Lunar ni nada... Para mis padres, sigo estudiando y trabajando, acabo de entrar en la universidad... ¿Y los vuestros? Bueno, James, tu padre ya sé que sí.

Helen recordó lo que James le había dicho sobre su madre y decidió hablar para desviar el tema.

—Mi madre también es maga —respondió Helen, generalizando—. Pero trabaja en un restaurante en Chinatown. No tiene ningún contacto con la comunidad mágica. Lo mismo que mi abuela.

—¡Ah, vale! Has ido a verlos ahora —dijo la rubia.

—Sí —mintió Helen. Dar explicaciones iba a ser más complicado.

—Pues es que la relación con mis padres siempre ha sido muy complicada. ¿Sabéis? Desde pequeña han sido muy estrictos conmigo..., no sé si por ser hija única o qué. La verdad es que creo que nunca les he dado motivos. De hecho, no me apoyaron cuando les dije que quería ser actriz. Hasta que me inventé que había conseguido un trabajo no lo aceptaron. Fue entonces cuando me dejaron venir aquí a terminar el instituto. Como os podréis imaginar, no les hizo mucha gracia que me viniera sola a vivir a Nueva York, pero bueno... Para ellos estoy estudiando ahora mismo en Nueva Jersey y voy todos los días a Broadway, donde trabajo en un musical... Todo empezó con una pequeña mentira. Después, otra mentira tapó a la anterior, y al final se ha formado una historia inventada de la que no sé ni cómo salir. Y prefiero que sea así, sobre todo ahora que estamos en Elmoon y que no me dio nada de pena dejar mi trabajo de guía turística. Si lo tengo todo pagado en Elmoon...

—Bueno, si no son magos entonces lo mejor es que no les digas nada, claro. Además, no podrías. Quiero decir, ya sabéis lo que pasa.

Helen recordó una de sus primeras clases de Historia Mágica, una de las asignaturas comunes de Elmoon. Ahí les habían explicado que si algún mago intentaba hablar de sus poderes o de cualquier otro asunto relacionado con el mundo mágico con un no mago, se quedaba sin voz de pronto, resultándole imposible compartir esa información. Lo mismo si lo hacían por escrito o por internet. Cualquier tipo de comunicación se cortaba o no se enviaba. James comentó que aquello era como una especie de autodefensa que venía incorporada con la adquisición de sus poderes.

—Oye, James, y tus padres se alegrarían mucho cuando te cayó el rayo, ¿no? —quiso saber Cornelia.

Él asintió con energía.

—¡Muchísimo! Hasta entonces yo solo sabía que mi padre era profesor de Física y ya. No tenía ni idea de todo lo demás.

—Oye, ¿qué pasa? ¿No viene el metro o qué? —preguntó Helen, intentando volver a sacar a su amigo de un aprieto.

Los tres miraron a su alrededor y se dieron cuenta de que la estación se encontraba completamente vacía. James se asomó a las vías ante la cara de horror de Cornelia.

—Yo no veo nada —anunció—. ¿Igual está cortado?

Las pantallas tampoco anunciaban nada. Si no hubiera sido porque habían entrado en una estación que se encontraba en un lugar tan transitado, Helen habría jurado que estaban en una especie de estación de metro fantasma.

—Nos habríamos enterado, ¿no? De todas formas, tampoco llevamos tanto rato esperando, aunque es verdad que estando en una parada como Times Square debería...

La voz de Cornelia se fue apagando en la mente de Helen. Una fría corriente de aire ocupó todo su pensamiento. De golpe, todos los instintos de su elemento se encendieron como si hubieran pulsado un interruptor. Notó cómo el frío entraba por su cuerpo y luchó por expulsarlo.

—Sí, es raro que estemos solos —dijo James.

Los tres se quedaron callados. Helen miró a James, que había fruncido el ceño. Se fijó en sus pecas. Su piel parecía tan suave que le entraron instintos de rozarla, a pesar de que le pusiera nerviosa el contacto físico.

—Si uno de nosotros fuera de Electricidad podría arreglar ese trasto —se quejó, mirando al cartel estropeado donde deberían estar anunciando la llegada de los próximos trenes a la estación. Los píxeles parpadeaban y mostraban palabras aleatorias, mezclando letras y números, creando frases sin sentido.

De pronto, Helen detectó un olor a magia muy particular. Ahí había *algo* más que ellos tres.

—No estamos solos —sentenció.

James y Cornelia la miraron con cara de confusión, pero su expresión cambió enseguida en cuanto lo oyeron. Un gruñido calmado se acercaba cada vez más a ellos, aunque no podían localizarlo. Helen enseguida reconoció de dónde provenía y giró su cuerpo hacia la escalera por donde habían bajado al andén. Una especie de lobo enorme, de más de un metro de alto, bajaba la escalera sin despegar la mirada de ellos. Tenía los ojos verdes y brillaban como si estuvieran en mitad de la oscuridad, aunque el andén estuviera perfectamente iluminado. Helen sintió cómo el corazón se le paraba y justo después le volvía a funcionar, a punto de estallarle en el pecho. El aire se movió y consiguió captar un intenso olor a animal salvaje.

—No... os... mováis... —dijo James, sin saber muy bien por qué. Correr tampoco parecía una buena opción.

El lobo caminó hacia ellos, despacio. Nunca habían visto nada así, ni siquiera en Botánica y Bestiario. Había algo en la forma de mover sus patas que resultaba aterrador. Era tranquila, pero, al mismo tiempo, fantasmagórica. Como si tuviera una curiosidad tranquila por los tres chicos y, al mismo tiempo, pudiera atacarles en cualquier momento. Helen no tenía ni idea de cómo se comportaban esos animales. No sabía si era mejor quedarse quieta o huir. Una vez dibujó un lobo en su cuaderno, aunque tenía una expresión mucho más amable que aquel.

—¿Qué hacemos? —dijo Cornelia con un hilo de voz.

Helen intentó pensar algo, pero no podía despegar los ojos del lobo. Parecían un imán. Se obsesionó tanto por ellos que le costó pensar que era demasiado raro que una criatura así habitara en el centro de Manhattan, en un lugar tan concurrido como aquella estación de metro. ¿Estarían imaginándolo? ¿Sería una visión? Cuanto más pensaba en ello, más se acercaba el animal... El corazón le palpitaba tan rápido que lo sentía en todo el cuerpo.

Helen pensó en su familia y en su abuela. También en Elmoon y en Billy, a quien habían burlado para escapar de ahí. ¿Qué pensarían cuando la encontraran hecha trozos en el andén de la estación, atacada por una criatura con la que no se habrían encontrado si, sencillamente, se hubieran quedado en el colegio?

El enorme lobo siguió caminando y se paró a unos metros de ellos. Movió el hocico. Y entonces Helen volvió a sentir que no estaban solos. Se imaginó una manada de lobos bajando por la escalera dispuestos a unirse a su compañero...

Parecía que los estaba viendo. Pudo oír sus pasos, lista para enfrentarse a la muerte... Sin embargo, se trataba de pasos humanos, no de animales. Eran personas. De hecho, gracias a sus poderes, Helen reconoció a una de ellas al instante, y al parecer James también. El chico emitió un gemido en voz alta, muerto de miedo. Su padre, Benjamin, y John Cullimore aparecieron en la estación.

En ese instante, el lobo se giró como un resorte hacia los profesores y después volvió a centrar la atención en la chica rubia. Abrió la boca, enseñándoles los dientes, y flexionó las piernas, listo para atacarla. Cornelia gritó, y ese alarido fue como el disparo que dio comienzo a la batalla. El lobo se lanzó directamente sobre ella.

Pero antes de que llegara a tocarla, una llamarada se interpuso entre ambos.

—¡Atrás! —gritó Benjamin, corriendo hacia los alumnos.

Félix apareció a su lado y, estirando su mano hacia el animal, realizó un gesto que le hizo gemir de dolor, elevándolo por los aires.

—¡John! —gritó Benjamin. Ya habían llegado hasta donde estaban los alumnos—. ¿Tienes algo?

El hombre cerró los ojos, intentando concentrarse, colocándose frente al animal. Se mordió el labio con tanta fuerza que estuvo a punto de sangrarle. Antes de que respondiera, el lobo se estiró, como si se estuviera liberando de unas cadenas invisibles, y aulló con tanta fuerza que Félix perdió la concentración y su hechizo se desvaneció. El lobo cayó al andén, justo en el centro de los alumnos. Les enseñó los dientes una última vez a los chicos y saltó a las vías, gimiendo.

En cuestión de segundos, había desaparecido por el túnel.

18

La Guardia

El camino hasta el embarcadero transcurrió en completo silencio. Ninguno supo qué decir, ni los alumnos ni los profesores. Ni siquiera en el momento en que Alexa se unió a ellos, justo cuando el *Neptunius* estaba a punto de zarpar en dirección a la Estatua de la Libertad.

Helen nunca había visto a James tan callado. Por eso le extrañó que, cuando los llevaron directamente a la Sala de la Corona con el subdirector, fuera Cornelia quien hablase.

—Espero que el viaje en el *Neptunius* os haya hecho reflexionar sobre lo que habéis hecho —empezó a hablar John Cullimore—. Supongo que ahora os toca dar explicaciones, así que adelante.

Cornelia tragó saliva, sintiéndose culpable ante las palabras del jefe de su elemento. Helen no había visto al subdirector desde el primer día de clase y, a pesar de que le había parecido muy simpático, ahora mismo le imponía bastante.

—Es culpa mía, profesor. Yo quise salir de Elmoon para ir a un casting...

Benjamin fingió sorpresa, pero enseguida volvió a adoptar una expresión seria.

—¿Y te parece normal escaparte así, sin más? —le preguntó John—. Creo que podrías habérnoslo comentado antes. Podrías haber hablado con Alexa, ella está precisamente aquí para que compartáis con ella todas vuestras necesidades sin tenerlo que hacer con nosotros. Es cierto que cuando aceptáis entrar aquí lo hacéis renunciando a lo que hay fuera, pero creo que siempre hemos sido muy benevolentes con ese tema... Y cuando lo habéis necesitado os hemos dejado salir. Si no me equivoco...

John lanzó una mirada rápida a Helen. Después se volvió hacia Alexa, esperando que ella continuara su frase.

—Sí, Helen Parker y yo salimos a dar una vuelta el día que la cambiaron de elemento —reconoció ella—. Necesitaba estar con su familia y no hubo problema en sacarla, pero lo hicimos juntas.

—Exacto —insistió Benjamin—. Quiero que sepáis que estoy muy disgustado. Y defraudado. No me esperaba esto, sobre todo de ti, James; no te veía capaz de actuar a mis espaldas.

El chico ni se movió. Helen se sintió fatal. No solo por el lío en el que se había metido, sino por la situación en la que James se encontraría a partir de ahora. Si solo tenía a su padre y ahora lo había decepcionado así...

—Lo siento —musitó—. Solo lo hice por acompañar a Cornelia a su audición.

—¿Y tú, Parker? ¿Por qué decidiste salir si estuviste fuera hace nada?

—En realidad yo... —empezó Helen, sin saber muy bien qué más añadir.

No quería desvelar que ella era una parte fundamental en el plan. Sin Helen, no habrían podido entrar en la Sala de la Corona, justo el lugar en el que estaban ahora.

—Da igual. ¡Quiero que sepáis los tres que, a partir de ahora, estaréis castigados! —exclamó Benjamin—. Y si no lo decimos públicamente es porque no queremos que el resto de los alumnos se enteren de vuestra pequeña... excursión... y hagan lo mismo. Y se acabó lo de escaparse a través de esta sala. A partir de ahora, ningún alumno podrá volver. Alexa, todas las reuniones que tengas que hacer con ellos que sean en Elmoon. Podemos habilitar, si quieres, un lugar específico para ello en la zona B... Ya lo miraremos.

—Vale —asintió la Consejera de alumnos, sin añadir nada más.

Benjamin tragó saliva y se dirigió a su hijo.

—Y sobre ti, James, será el Jefe de Aire quien te ponga el castigo. Pero, como padre, ya hablaré contigo en otro momento.

El resto de profesores presenciaban la escena en silencio. En cuanto Benjamin los miró, se dieron enseguida por aludidos. Félix comenzó a hablar.

—Parker, no nos conocemos desde hace mucho —reconoció—, pero me da pena que, después de todo lo que has pasado durante estas últimas semanas, con el cambio de elemento y todo eso, hayas tenido que comportarte así. Te pondré unas clases extra en tus horas libres para compensarlo, y para que además avances al mismo nivel que tus compañeros.

Helen asintió con calma. No le hacía gracia perder el poco tiempo libre que tenía, pero era comprensible. De hecho, se alegró de que su castigo fuera ese y no algo peor.

—James, me ayudarás en tus horas libres a poner a Helen al día, serás su pareja de trabajo en todos los hechizos en los que te necesite. El resto del tiempo me ayudarás a etiquetar los frascos de esencias del almacén.

James murmuró algo tan bajo que nadie lo comprendió. Fue el Jefe de Tierra el que rompió el silencio.

—Y tú, Brown... En Tierra nos caracterizamos por ser personas leales y tu escapada de hoy ha demostrado una falta de confianza en tus compañeros de elemento... No recibirás ningún castigo, porque con la culpa que arrastrarás ya será suficiente. Espero que esto te sirva para comprender que en Tierra somos una familia donde compartimos todo y no hay secretos entre nosotros...

—Lo siento —dijo Cornelia—. Todo esto ha sido culpa mía.

—¡Os podéis marchar! —exclamó John Cullimore—. Alexa, por favor, acompáñalos hasta sus respectivas plantas.

Alexa se puso en pie y caminó hacia la puerta. Los tres alumnos murmuraron una despedida rápida y la siguieron, apareciendo en el *hall* de Elmoon, junto a la fuente de los elementos.

—Me gustaría hablar con vosotros antes de que os marchéis a vuestras habitaciones —dijo la chica—. Hasta que habiliten la nueva sala, vamos a ver si está vacía la enfermería.

Los tres alumnos la siguieron en silencio. Tampoco estaban en situación de opinar, por lo que acataron lo que Alexa les había dicho.

Dentro de la enfermería no había nadie, ni siquiera Theresa, por lo que aprovecharon para juntar unas cuantas sillas y escuchar hablar a la Consejera.

—Mirad... No debería hacer esto, pero me gustaría explicároslo. Ya os lo contarán en clase, si no lo han hecho ya.

Las palabras de Alexa parecieron captar la atención de los chicos, que, por primera vez, levantaron la cabeza para escucharla. James bostezó, pero no por aburrimiento, sino porque se había hecho ya un poco tarde.

—Como en cada historia, en la realidad también tenemos a «los buenos» y «los malos». Y lo que habéis visto hoy era una demostración de que estos últimos existen. —Hizo una pausa para subirse las gafas, que se le estaban escurriendo por el puente de la nariz—. La comunidad mágica no siempre ha estado en paz. Supongo que en Historia Mágica estudiaréis la Batalla de Niágara, pero os voy a avanzar algo. En 1998 la comunidad estaba pasando por su peor momento. No era como ahora, que os tenemos a vosotros gracias a ese Rayo Lunar que nos ha permitido contactaros de una forma fácil y rápida. Antes, cuando caía un rayo, era imposible enterarse de qué había sucedido. Si nos dábamos cuenta de que había pasado algo era por casualidad, porque había algo que lo delataba. Como ocurrió con vosotros con los patos rosas de Central Park o el árbol de Navidad en pleno Rockefeller Center en mitad de julio. Por este tipo de accidentes sabemos que ha podido caer un Rayo Lunar, creando nuevos magos. Aunque en una ciudad como Nueva York a veces sea imposible distinguir qué es real y qué no. Pero eso es otra historia.

»Como os decía, no todo ha sido fácil entre nosotros. En el año 1998 tuvo lugar un enfrentamiento que nos rompió totalmente... Estoy hablando, como os he dicho, de la Batalla de Niágara.

»Ya sabéis que los Rayos Lunares caen cuando está cerca la Piedra Lunar. Esa piedra es la que los atrae. De hecho, alejarse demasiado de la piedra, a largo plazo, hace que pierdas tus poderes... Pues en 1998 llegó un momento en el que no se pudo llegar a un acuerdo dentro de la comunidad: unos pedían que la piedra estuviera en un lugar concreto para poder asentarse y vivir una vida normal, otros proponían ir moviéndola, cambiar de destino cada pocos años para poder empezar de cero, viviendo lejos de la civilización para así poder utilizar la magia a sus anchas... Por supuesto, esto no era algo que todo el mundo pudiera permitirse. Como sabéis, la magia arregla muchas cosas, pero hay otras que no puede modificar: la relación con tu familia, tu situación amorosa o económica, por ejemplo. La gente que podía permitirse vivir a las afueras de la ciudad sin trabajar era solo un grupo de afortunados con dinero y mucho tiempo libre...

»Estas diferentes formas de pensar terminaron en un enfrentamiento por hacerse con la piedra. Y, a partir de ahí, no se sabe nada. Solo hay rumores. Algunos dicen que la piedra se la quedaron "Los Otros", que es como los llamamos aquí. Aunque creemos que entre ellos se autodenominan "La Lucha". El caso es que Los Otros son aquellos que querían llevarse la piedra allá donde fuesen para tener una vida mucho más distendida, sin tener que preocuparse por la gente no mágica. Mientras tanto, nosotros, que nos autodenominamos "La Guardia", tenemos otras ideas. Sea como sea, hay dos cosas que tenemos claras. La primera es que la Piedra Lunar está en algún punto de Nueva York, porque nosotros hemos mantenido nuestros poderes durante todos estos años. Y la otra... es que algo pasó la noche del 4 de julio de este año que lo cambió todo. Porque desde 1998 no ha caído ningún Rayo Lunar, por lo menos que nosotros sepamos... hasta ahora. Algo ha pasado en la ciudad que ha traído de vuelta los rayos. Y creemos que Los Otros también lo saben..., por eso se os ha aparecido un *ooblo* en el metro. No os ha hecho nada porque ha visto que no teníais la Piedra Lunar. Están tan perdidos en la búsqueda como nosotros, lo cual es una buena y mala señal al mismo tiempo. No saben dónde está, pero están dispuestos a atacar a los alumnos de Elmoon porque os perciben como una amenaza. En parte, tiene sentido. La comunidad ha aumentado en unas cien personas en cuestión de una noche.

»Con el tiempo, la gente descubre que es más fácil destruir que construir. Y lo peor es que la mayoría de Los Otros proviene de Oscuridad, fomentando que nos sigan viendo como el enemigo... En fin, lo más probable es que hasta que se estabilice la situación, todas las salidas fuera de Elmoon probablemente serán canceladas. Eso significa que quizá tengáis que pasar aquí Acción de Gracias y Navidad, y que solo podamos salir los miembros de La Guardia. En mi caso, quizá tendré que dejar Los Tacos Locos a largo plazo...

—¿Trabajas en Los Tacos Locos? —la interrumpió James.

—Sí, ¿por qué? ¿Lo conoces?

Alexa se recolocó el *septum*, curiosa.

—Hemos estado ahí comprando la cena justo antes de ir al metro.

Algo en la cabeza de Alexa pareció encajar.

—¡Aaah! ¡Vale! —Se quedó unos segundos en silencio—. Ahora lo entiendo todo. Estaba antes en el trabajo y he notado la presencia de un *ooblo* cerca... Por cierto, un *ooblo* es la criatura que habéis visto antes, que parece un lobo pero tiene poderes —les aclaró—. Ahora me cuadra todo. Ya entiendo lo que ha pasado.

Alexa procedió a explicárselo. Al notar la presencia de un *ooblo* había avisado a La Guardia. Ella no podía abandonar su puesto de trabajo, así que los profesores vinieron desde Elmoon para defenderlos de aquella criatura.

—¿De dónde salen esos bichos? —preguntó Cornelia.

—Los Otros están modificando criaturas para crear una especie de ejército... No sabemos mucho más. Uno de nuestros topos nos dijo que hace un mes una prueba les salió mal y un *ooblo* mató a cinco de Los Otros, pero todavía no lo hemos podido confirmar.

Se hizo el silencio.

—¿Y trabajas en Los Tacos Locos todos los días?

Alexa negó con la cabeza.

—No, solo lo hago para sacarme un dinero extra además de mi trabajo aquí como Consejera de alumnos. Y para tener una excusa para desconectar un poco de todo esto.

A Helen no le extrañó que Alexa lo hiciera más por el segundo motivo que por el primero. A pesar de todo lo que les había pasado aquella noche, salir a dar una vuelta le había ido genial para despejar la mente y las ideas.

—Bueno, no os entretengo más. Id a vuestras salas, que los próximos días van a ser intensos —dijo Alexa, refiriéndose a los castigos que les habían impuesto.

Los tres se pusieron de pie, aunque Cornelia aprovechó para hacer una última pregunta antes de irse.

—¿Todos los profesores estáis en La Guardia?

—Sí —asintió Alexa—. Hasta Billy...

Los cuatro abandonaron la enfermería y se fueron cada uno en dirección a la sala de su elemento. James y Helen se aparecieron en la planta de Aire y atravesaron la estancia en silencio hasta llegar al pasillo de las habitaciones.

—Hablamos mañana —se despidió James.

—Sí... Por cierto, ¿tú sabías todo esto? —le preguntó Helen—. Lo de La Guardia, Los Otros, las criaturas que están creando y todo lo que ha pasado con la Piedra Lunar.

James se encogió de hombros.

—Me voy enterando de cosas por lo que comenta mi padre a veces, pero poco más. Sé que Los Otros están liderados por un tal Mortimer, que debe de ser de nuestra edad, un poco mayor... Algo que nunca he entendido muy bien. Y que, por lo que parece, viven cerca de nosotros, en algún lugar de Manhattan. De vez en cuando mi padre y algunos profesores hacen redadas por la ciudad para encontrarlos, pero nunca han dado con ellos. Siempre que se han topado con algún *ooblo*, termina escapando. Por lo demás, si no dejan ningún tipo de rastro es imposible seguirles la pista..., y normalmente suelen ser muy cuidadosos con eso.

—Pero están buscando la Piedra Lunar —insistió Helen.

—¿Los Otros? —preguntó James.

—Y La Guardia —añadió ella.

James asintió. Helen nunca lo había visto tan cabizbajo.

—Un día escuché a mi padre definir la búsqueda como una carrera a contrarreloj en la que ninguno de los dos sabe hacia dónde correr. Y después mencionó algo que no llegué a comprender del todo bien. Dijo algo así como que la Piedra Lunar estaba custodiada por un dragón dorado.

—¡¿Existen los dragones?! —gritó una súbitamente exaltada Helen, emocionada ante esa perspectiva.

James dio un bote, mirando a su alrededor para asegurarse de que nadie había seguido su conversación.

—Sí, claro. También los unicornios y algún otro tipo de criatura mágica, lo dijeron en Botánica y Bestiario. Pero yo nunca me había encontrado con ninguno... hasta hoy. ¿Sabes una cosa, Helen? Ahora mismo, para ser sincero, estoy más preocupado por el castigo y por la vergüenza de decepcionar a mi padre que por haber visto al *ooblo*. Aunque tampoco puedo parar de pensar en que esta misma noche... ese bicho podría habernos matado.

Con esa frase, James se despidió y se fue directo a su cuarto. Tenía los ojos rojos del sueño y Helen supo que caería rendido. Pero sabía que a ella le sucedería justo lo contrario. Y así fue. Ariana no estaba en su habitación cuando llegó, pero Helen se hizo la dormida en cuanto la oyó entrar. Después, estuvo mirando el techo, sin saber muy bien qué hacer, pensando en todo lo que Alexa y James le habían contado. Y entre todos aquellos pensamientos había uno que no podía quitarse de la cabeza: la tenebrosa imagen del *ooblo* mirándola directamente a los ojos.

19

Los Otros

El sonido de la máquina de tatuar le resultaba relajante. Mortimer recordó, casi con ternura, el miedo que sintió la primera vez que lo oyó. En realidad lo que le asustaba no era el dolor, sino haber hecho aquello solo. Sin embargo, desde aquella primera vez que nunca olvidaría, todas las demás habían sido muy diferentes. Pasó de hacerse un tatuaje al año a llamar a Alisson una vez al mes para que le tatuara en su propia habitación. Vivir solo tenía sus ventajas. Como, por ejemplo, no tener que rendir cuentas de quién entraba o salía de su casa. Y ser huérfano, aunque sonara raro, también. Era cierto que Mortimer no acudía a ningún lugar a comer los domingos ni tenía a nadie a quien llamar cuando simplemente necesitaba hablar... Todo aquello era cierto. Pero, para él, lo más importante era saber que si no había personas cercanas a él a quien pudieran herir, nunca le harían daño. Por eso siempre intentaba estar solo. En su casa, en el metro, a la hora de comer o cuando salía por el centro de la ciudad de Nueva York a dar una vuelta, camuflado entre los miles de turistas que pasaban cada día por los mismos puntos de la ciudad.

Alisson revisó las últimas líneas del tatuaje antes de advertirle que ya había terminado. Se lo limpió cuidadosamente, esperando que le gustara el resultado. Mortimer se había vuelto cada vez más exigente.

Le gustaban las agujas. Era un tipo de dolor que, aunque le molestaba, le daba un placer que no sabía explicar. Las había utilizado muchas veces para sacar información. Eran tan fáciles de encantar... Recordó cuando consiguió configurarlas para que, cada vez que alguien dijera una mentira, se le clavara a la altura de la pupila, en los ojos de quien había mentido. Aunque los gritos no eran comparables a cuando llenaron un tonel de clavos, metieron dentro un topo y lo lanzaron cuesta abajo. Ni siquiera se molestaron en recogerlo, porque nadie esperaba que hubiera salido con vida.

—Vale —dijo él, incorporándose en la camilla.

En cualquier otra ocasión, ella le habría rogado que esperara un poco antes de levantarse. Sobre todo si lo iba a hacer de forma tan brusca. Pero ese día ambos tenían prisa y la sesión se había alargado más de lo esperado, así que Alisson terminó de protegerle el nuevo tatuaje del antebrazo mientras Mortimer respondía unos mensajes con la otra mano.

—Quédate en la reunión que tenemos ahora. Hay algo que os quiero comunicar a todos.

—Sí, señor.

Alisson empezó a guardar las cosas en una bolsa gris que siempre llevaba a todas partes. En el mundo del tatuaje tenía bastante prestigio como tatuadora. Casi todos los días acudía a casa de algún cliente famoso para cumplir con encargos especiales. Algunos eran simples, otros le llevaban varias sesiones. A veces, incluso la habían contratado para estar de tatuadora en una fiesta mientras todo el mundo a su alrededor bebía y se metía droga. De hecho, cuando eso sucedía siempre se quedaba con la duda de qué pasaría al día siguiente con la gente que no se acordara de haber pasado por sus manos. ¿Se arrepentirían? ¿O habían llegado a un punto en el que ya todo les daba igual?

Mientras seguía recordando la última fiesta en la que había estado trabajando, Mortimer se bajó las mangas de la camisa y caminó hacia la puerta.

A Alisson no le gustó todo aquel misterio. Se miró al espejo antes de salir. Se soltó el pelo. Después de tanto tiempo con la coleta alta, sentía que si pasaba un segundo más así le iba a dar dolor de cabeza. Se peinó, repitiéndose por tercera vez esa semana que tenía que repasarse el tinte si quería seguir manteniendo su falso tono pelirrojo, y se marchó hacia la sala de reuniones.

—Ya estamos todos —dijo Nick. La única silla que quedaba libre era la de Mortimer, que caminaba despacio entre todos los asistentes.

Alisson echó un vistazo a la mesa. Todas las caras eran conocidas, así que no tuvo que presentarse. A una de ellas, además, la veía todos los días cuando volvía a casa.

—Decía Zed que no tenemos novedades de Elmoon. Es como si se hubieran metido en una burbuja. Ni siquiera nuestra pequeña topo ha podido sacar ninguna información.

Alisson se sentó, asintiendo.

—¿Y si mandamos a otro, señor? —se aventuró a proponer.

Con un gesto de la mano, Mortimer apartó esa idea de su cabeza.

—No, ahora mismo sería demasiado cantoso meter a un nuevo alumno con el curso empezado.

—Sigo insistiendo en que el problema no está en Elmoon, que nos estamos descentrando —dijo un hombre mayor. Era la única persona que se dirigía a él sin una expresión de terror asomando a sus facciones.

Alguien resopló.

—¿Otra vez, George? ¿En serio?

El hombre levantó los brazos.

—Es que ya os lo he dicho muchas veces. Nos estamos centrando en perseguir a alumnos que no saben nada de nada. De hecho, sabemos nosotros más que ellos. Lo que nos tiene que importar es encontrar la Piedra Lunar. Un grupo de niñatos no va a hacerlo antes que nosotros, sobre todo cuando todavía no controlan sus poderes. Mirad lo que pasó el otro día en el metro... Tuvo que venir La Guardia a salvarles el culo porque, si no, el *ooblo* se los habría merendado. ¿Es que necesitáis alguna otra prueba?

Hubo un murmullo generalizado. Las ideas de George siempre se rechazaban enseguida, pero por primera vez todos se lo pensaron dos veces.

—¿Y qué propones? Llevamos años buscando por nuestra cuenta y no ha aparecido nada —dijo Nick—. Sabremos más que los alumnos de Elmoon, pero en la búsqueda estamos completamente perdidos.

El anciano se encogió de hombros, como si estuviera cansado de repetir lo mismo y que nadie le hiciera caso.

—Tenemos otras alternativas que funcionaron hace años...

—No, por ahí no voy a pasar —dijo Mortimer—. No tenemos que jugárnoslo todo por una simple leyenda de un puto oráculo de no sé qué.

Alisson supo enseguida que se estaba refiriendo al Diamante Negro.

—¿El oráculo admite consultas de nuevo? —preguntó en un susurro, intentando no incomodarle. Sabía que enfurecería a su jefe, pero la curiosidad le pudo.

—Eso dice él —se quejó Nick, señalando a George con la cabeza.

Todos observaron primero a uno y luego a otro para saber cómo se iba a resolver aquella disputa. El novio de Alisson, que también estaba ahí, aprovechó para lanzarle una mirada, pero ella no se dio cuenta.

—No me hagáis perder el tiempo con cuentos de terror para niños de cinco años.

—¡El Diamante Negro es real! —exclamó George, poniéndose de pie.

Alisson se asustó.

—Lo único que estamos perdiendo aquí son los estribos, George —sentenció ella, mirando de reojo a Mortimer.

—No, me niego. Ya sabéis que siempre me quedo de brazos cruzados, pero hoy ya no puedo callarme. Estoy harto. Nos pasamos el día intentando sacar información a gente que tiene menos idea que nosotros. ¿No te das cuenta, Mortimer, de la oportunidad que estamos desaprovechando?

Mortimer inspiró con fuerza, a punto de perder la paciencia. Para su sorpresa, varias personas asintieron, dándole la razón al anciano.

—Tenemos a La Guardia distraída en otros asuntos. Lo último que están haciendo ahora es buscar la Piedra Lunar. Por eso tenemos que ser más listos que ellos. Están muy ocupados intentando salvar el mundo a base de educar a una serie de jóvenes sin ningún tipo de control sobre sus poderes... Si no aprovechamos ahora, estaremos perdiendo el tiempo. Si no hacemos nada, estamos mandando a la mierda el sacrificio de tu padre.

Al escuchar esas palabras, Mortimer dio un golpe en la mesa y señaló a George con el dedo.

—Pensaba que querías morirte de viejo —lo amenazó.

Los demás observaban en silencio.

—Lo siento, Mortimer, es por tu bien. Y por el de todos. Si no lo haces tú, lo haré yo por mi cuenta —le respondió, poniéndose de pie y mirándolo fijamente a los ojos.

—¿Ah, sí?

Alisson tragó saliva. Deseó no estar ahí, porque sabía que lo que iba a presenciar no sería agradable.

—Vienes a mi propia casa, donde te he dado siempre cobijo y apoyo. Me insultas a mí y cuestionas el sacrificio de mi padre. ¿Quién te crees que eres? Sobrevivir a la Batalla de Niágara no nos hace mejores que los que murieron. Simplemente nos da la oportunidad de pensarnos las cosas dos veces antes de hacer algo a lo loco.

La voz de Mortimer sonó más grave de lo normal. Cuando se ponía así ya no parecía un chico de veinticuatro años con ojeras y un pasado a cuestas, sino un enemigo despiadado capaz de cualquier cosa. Un murmullo empezó a oírse cada vez más alto en la sala. Los pocos muebles que la decoraban comenzaron a temblar.

—¿Te crees que puedes desafiarme? ¿Cuestionar lo que hago? Si tanto crees que te protegen los espíritus a los que rezas, ¿crees que te salvarán cuando prenda fuego a tus ojos? ¿O cuando inunde de agua tus pulmones? ¿O te haga revivir, una a una, la muerte de tus tres hijos en la Batalla de Niágara?

Los ojos de Mortimer se volvieron totalmente negros y el anciano se retorció de dolor, cayéndose al suelo.

—¡No! ¡NO! —gruñó, arrastrándose como pudo. Alisson observaba la escena, absolutamente horrorizada—. Por favor, no me hagas esto, no pude despedirme, por favor, no me hagas volver a revivir...

Nadie se atrevió a decirle a Mortimer que parara. Siguió torturando a George durante varios minutos hasta que sus ojos volvieron a su estado normal y los músculos del anciano se relajaron. Alisson no se atrevió a mirarlo para ver si estaba o no vivo. Centró los ojos en su novio, sentado justo frente a ella, en la mesa de reuniones.

—Ya sabes lo que pasa cuando cuestionas mis decisiones —le dijo a George, caminando hacia él y pasando por encima, esquivándolo, como quien salta un charco antes de cruzar un paso de cebra—. A los demás, espero que esto os sirva para lo mismo. El que quiera marcharse y no defender a la verdadera y legítima comunidad de magos, que lo haga ya. Pero recordad que si estamos aquí es porque todos perdimos a alguien en aquella batalla. Porque todos preferíamos la comodidad de hacer lo que nos diera la gana. Os prometo que Nueva York será temporal. En cuanto encontremos la piedra, volveremos a nuestros orígenes. A poder usar la magia siempre que queramos, sin tener que reprimirnos ni escondernos. A que los humanos normales y corrientes se den cuenta de que existimos y nos respeten por ello. Como nos merecemos.

Todas las personas asintieron, con un ojo mirando a Mortimer y el otro siguiendo la evolución de George, que seguía en el suelo. Alisson supo que continuaba vivo porque pudo oír su respiración entrecortada.

—La próxima vez no seré tan bueno. No me obligues a llevarte de nuevo a mi atracción favorita: el túnel del pasado —murmuró para que solo él lo oyera.

Una de las ventajas de ser Electricidad era que la gente te temía porque no solía ser un poder muy común. Mortimer se pasó una mano por el tatuaje nuevo, excitado.

—Seguiremos buscando la Piedra Lunar intentando sacar información a cualquier persona que pise Elmoon —ordenó a todos—. Alisson, a partir de ahora serás mis segundos ojos. Todo lo que veáis o sea de interés se lo comentáis a ella. Cuando yo no esté, será quien mande aquí. ¿Entendido?

Se escucharon varios sonidos de asentimiento.

—Os podéis marchar todos... menos George.

Todos los asistentes se empezaron a levantar, recogieron

sus cosas con rapidez y salieron de aquella lúgubre sala de reuniones. En el suelo, tendido, el anciano seguía jadeando.

—No llegarás a ninguna parte como líder si maltratas a tus confidentes —le espetó a Mortimer, todavía con arrestos. Hace unos años no se le habría ocurrido hacer algo así. Pero ahora, a punto de llegar a los ochenta y cinco, ya no tenía pelos en la lengua.

—Y tú no llegarás a ninguna parte. Así, en general.

Mortimer sonrió con la mitad de la cara. La otra se mantuvo seria.

—¿Me está dando lecciones un niño que no ha superado la muerte de su padre? Yo perdí tres hijos.

—No necesito a nadie como tú. Descentras a los demás con tus tonterías, sobre todo con lo del Diamante Negro.

—Es que el Diamante Negro es la única forma de encontrar la Piedra Lunar. Es la única alternativa que tenemos ahora mismo.

—Ya, claro —respondió Mortimer—. Para jugarme la vida, prefiero dar la vuelta a la esquina e ir a una tarotista a que me eche las cartas y me lea la mano.

El anciano se rio.

—Te crees que lo sabes todo..., pero te falta mucho por vivir. La rabia de perder a tu padre en la Batalla de Niágara no te deja ver más allá. Eres tan infantil que...

—¡No soy infantil! —gritó, lleno de rabia—. Créeme. Ver morir a mi padre con seis putos años me hizo madurar de golpe.

George sonrió desde el suelo. No fue una sonrisa irónica, sino más bien inocente.

—Sí que lo eres. Y nos vas a llevar a todos a la ruina. Algún día necesitarás al Diamante Negro y yo no estaré aquí para decirte dónde encontrarlo —le recordó—. Me habré muerto ya de viejo.

—No si yo te mato antes.

A George, la sonrisa se le borró de la cara al instante.

—¿En serio, Mortimer? Tu padre estaría decepcionado.

—¡Que sea la última vez que mencionas a mi padre!

—¡También era mi amigo! ¡Sería tu padre, pero yo pasé muchos más años con él y estoy seguro de que si estuviera aquí no...!

El anciano no pudo terminar la frase. Unos lazos invisibles se enroscaron alrededor de su cuello arrugado. Enseguida se le empezaron a marcar los tendones y la cara le cambió de color.

—No... lo...

Intentó quitarse las ataduras invisibles, pero no podía mover las manos. Se retorció como si fuera un pez recién salido del agua intentando desesperadamente regresar.

—Necesitarás...

Mortimer lo miró a los ojos, acentuando todavía más la presión sobre su cuello. Fue consciente de cómo se le endurecía la cara al hacer aquello. No sonreía ni se sentía mal por lo que estaba haciendo. De hecho, se sentía como si no fuera con él. Como si fuese un mero espectador en un brutal asesinato a sangre fría.

—Buscar... al... Diamante... nunca... —gimió George, retorciéndose de dolor y luchando por encontrar el aire que le permitiera decir sus últimas palabras.

Pero antes de que pudiera terminar la frase, Mortimer soltó las ataduras.

20

Vientos de cambio

Si la noticia del cambio de elemento de Helen la hizo más popular entre sus compañeros, la de su escapada consiguió justo el efecto contrario. Sin saber muy bien cómo, enseguida se dio cuenta de que los alumnos de Elmoon se habían enterado de lo que habían hecho. Lo supo desde el momento en el que entró en la Sala de Aire y comenzaron los cuchicheos. Según había notado, la gente de su elemento se caracterizaba por ser tranquila y poco amante de los cotilleos. Sin embargo, la situación había ido más allá.

Helen no pudo evitar sentir que todo lo sucedido era culpa suya. Si ahora todo el mundo la miraba mal era porque se lo había buscado. El resto de los alumnos llevaban casi un mes sin ver a su familia y ella había tenido dos oportunidades de volver a estar con ellos, lo cual había creado un ambiente lleno de recelo y miradas poco disimuladas tanto en las clases como en la biblioteca o la cafetería. Y la noticia de que cancelaban Acción de Gracias con tan pocos días de margen lo empeoró todo.

A pesar de que no estaba enfadada con James y Cornelia, decidió que lo mejor era que no la viesen demasiado con ellos, así que pasó los siguientes días hablando cuanto podía con Ariana. Romina parecía mirarla con odio acumulado.

—Buenos días —dijo el Jefe de Aire en cuanto se colocó tras la gran mesa que había en la sala. Un taco de folios de papel reciclado, que lo seguían un par de metros por detrás, se posó sobre ella.

El resto de alumnos todavía no se habían sentado en sus sitios, pero al oír la voz del profesor lo hicieron en cuestión de segundos.

—Hoy voy a explicaros cómo va a funcionar la Tercera Prueba. Ya sabéis que la primera fue para determinar vuestro elemento y os la realizamos en vuestras casas. La segunda la pasasteis la mayoría hace un par de semanas.

Helen tragó saliva. Notó varias miradas clavadas en ella, pero no se movió.

—Ahora es el momento de pasar a la tercera. No quiero desanimaros, si os digo esto es porque prefiero ser sincero con vosotros desde el principio: desde mi punto de vista, esta es la más difícil. La cuarta, al fin y al cabo, es un examen teórico. Y la quinta es un examen que os haremos a final del curso, en mayo. Esa también es complicada. Pero la tercera es decisiva, porque va a ser la que determine cómo habéis ido desarrollando vuestros poderes desde que entrasteis en Elmoon y cuánto habéis aprendido.

Hubo un murmullo generalizado que enseguida apagó Félix, subiéndose las gafas que se le escurrían por la nariz. A Helen le sorprendió que tuviera un aspecto tan joven en comparación con el resto de profesores de Elmoon.

—Voy a entregaros una hoja con todas las instrucciones para la prueba, pero me gustaría comentarlas con vosotros para asegurarme de que nadie tiene ninguna duda.

Los folios que lo habían acompañado nada más entrar en la sala se empezaron a repartir solos. El profesor había preparado un resumen en varias hojas, perfectamente grapadas.

—La Tercera Prueba consta de cinco pequeñas misiones.

Las cuatro primeras las sabréis de antemano; de hecho, las tenéis especificadas en las instrucciones que se os están entregando. Son cuatro ejercicios de magia que repasaremos en clase todos juntos, así que nadie tendría que encontrarse con ninguna dificultad a la hora de realizarlas. La quinta misión será un poco más complicada. No sabréis cuál será, por lo que tendréis que improvisar en el momento.

—¿Hay que aprobar todas las misiones para pasar la prueba?

En otro contexto, todo el mundo se habría reído con el comentario de James, que siempre intentaba aplicar su ley favorita: la del mínimo esfuerzo.

—Sí, eso es —asintió el Jefe de Aire—. Como os digo, no tendréis problema con las cuatro primeras. Pero eso no significa que os podáis relajar, porque, aunque lo hagamos en clase, las misiones se basarán en desarrollar habilidades con cierta complejidad y bajo presión. Ahora que ya tenéis las instrucciones, podréis ver que la primera misión corresponde a la asignatura de Telequinesis. Se os podrá pedir elevar y mover varios objetos en el aire, desde algunos más ligeros hasta otros más pesados. Con este ejercicio comenzaremos hoy en clase. Ya hemos hecho cosas, como sabréis, pero en esta misión no bastará con levantar una pluma. Tendréis que aguantar más tiempo y se os pedirán objetivos más exigentes. Después, la segunda misión...

Helen bajó la cabeza y comenzó a leer las instrucciones. La segunda era algo que todavía no habían visto en clase de Comunicación. Un alumno tenía que susurrar en una esquina del aula y el examinado debía escucharlo desde la habitación de al lado, utilizando las habilidades del viento y las corrientes de aire para capturar la voz y poder moverla por el pasillo que conectara ambas clases o con la fuerza suficiente para que atravesara la pared que las separaba. En tercer lugar, en la prueba de Meteorología, los alumnos tendrían que provocar una tormenta controlada. Aquello no le pareció excesivamente difícil a Helen, teniendo en cuenta que, en la mayoría de casos que había intentado utilizar su magia, aquel era justo el resultado que había obtenido. La cuarta misión le pareció la más difícil: el alumno examinado tenía que volverse invisible durante un minuto, como mínimo. Hasta entonces, en clase de Invisibilidad solo habían vuelto invisibles pequeños objetos. Y la mayoría de los alumnos con notable dificultad. Normalmente el hechizo duraba menos de un segundo y, después, se podía empezar a ver una extraña silueta que luchaba contra la invisibilidad para poder hacerse de nuevo un hueco en la realidad. Helen supo que aquella era la prueba que más le iba a costar dominar, porque todavía se tenía que poner al día con algunas clases de Aire, y esa era una de ellas. Le preocupaba más fallar la cuarta que enfrentarse a algo desconocido en la quinta. Al fin y al cabo, no le servía de nada darle vueltas a algo que todavía no sabía muy bien de qué se iba a tratar. De Vuelo no había ninguna prueba porque todavía no habían comenzado con la materia.

Después de resolver dudas, Félix organizó a los alumnos para que formaran un gran círculo, apartando los pupitres para dejar espacio libre para todos. El resto de las horas las pasaron elevando sillas. Las primeras veces que Helen vio a algunos de sus compañeros levantarlas en el aire, alucinó. En cuanto la mayoría pudo controlarlo, más que de gritos de ilusión el ambiente se llenó de ruidos de sillas cayendo al suelo estrepitosamente, desde una altura ya considerable. La mayoría perdieron sus patas o algún trozo del respaldo.

La mirada de Helen se cruzó con la de James. En cuanto notó que hacía ademán de acercarse a ella para hablarle, fingió estar muy concentrada en su silla, como si estuviera enfadada por ser de las últimas de la clase en conseguir elevarla. Hasta que se concentró de verdad no consiguió que se levantara. Poco a poco, una de las patas se despegó del suelo. Después la siguió la que tenía justo detrás y, de pronto, con alguna que otra dificultad, la silla estuvo suspendida en el aire. Helen sonrió, triunfante. Aquella era de las pocas veces que había podido ponerse al día con los poderes y habilidades de sus compañeros. Quizá llegaba en un momento un poco inoportuno, ya que no tenía a nadie con quien compartir su logro, pero, aun así, se sintió orgullosa. Miró a su alrededor y su mirada se paró en Ariana, quien ya había hecho levitar su silla más de tres metros y ahora creaba un ejército de pequeñas nubes para que giraran alrededor del respaldo.

James parecía abatido y, por primera vez en mucho tiempo, Helen no lo vio hablando con sus amigos. De hecho, ellos parecían ir un poco a su rollo, sin tenerlo demasiado en cuenta. Helen no necesitó preguntarle nada para que James fuera a contarle todo a la salida de clase: cómo se habían enfadado con él por no decirles nada de la huida a Manhattan, lo feo que había sido que él hubiese podido ir a ver a su abuelo y al resto no les hubieran dejado todavía salir, y así durante un buen rato.

—Creo que el tiempo lo terminará curando todo —le tranquilizó Helen, aunque lo hizo más por ella misma, para intentar creérselo, que por su amigo.

—No lo sé. Desde luego, sea lo que sea, la cagamos de verdad —admitió James.

Helen nunca había visto al chico tan cabizbajo, así que se sintió mal por haberlo ignorado durante el último día y se sentó un rato con él en la Sala de Aire. Las miradas también los acompañaron, aunque estando los dos juntos no fueron conscientes ni de la mitad.

—¿Qué opinas de la Tercera Prueba? —le preguntó James, por decir algo.

La chica se encogió de hombros.

—Hasta ahora no me han ido muy bien las pruebas, la verdad.

Aquel comentario consiguió arrancar una sonrisa en la cara de James.

—No, la verdad es que no. Recuérdame que si hay alguna prueba que hacer por parejas nunca me ponga contigo —bromeó, hablando entre dientes—. Aunque, bueno, tampoco creo que tenga muchas opciones, visto lo visto.

No necesitó aclarar nada más para que Helen entendiera a qué se refería.

—Ya se les pasará. Al final, una semana después de la Tercera Prueba será Navidad y seguro que cambiarán de opinión y nos mandarán a todos a casa.

—Sí, bueno, pero tú podrás desconectar de Elmoon. Yo tendré a mi padre recordándome a cada momento, aunque no me diga nada, lo que hicimos anteayer.

Helen supo que su familia tampoco estaría contenta cuando se enterase, si es que les acababa llegando aquella información. Al ser casi todos magos, entenderían la gravedad de su salida a Manhattan.

James y Helen se quedaron sentados en la Sala de Aire, sin despegar la vista de Mercury hasta que todo el mundo se fue a cenar. Ninguno de los dos se movió ni bajó al comedor. Después fueron viendo cómo sus compañeros, uno por uno, subían a las habitaciones hasta que se quedaron ellos dos solos.

—La cafetería cierra en veinte minutos —dijo James, mirando la hora en su móvil—. ¿Quieres bajar a por algo rápido?

Helen negó con la cabeza.

—¿Seguro? A estas horas suele estar bastante tranquila. Si no, te lo subo. Como quieras.

—No, gracias, James —musitó Helen, levantando la cara para mirarlo.

En cuanto sus ojos se encontraron, la chica vio que él había estado llorando. Sus pecas, que habitualmente le daban un aspecto divertido y desenfadado, se camuflaban entre el color de sus mejillas, rojas de tanto llorar.

—¿Estás bien? —fue lo único que se le ocurrió preguntarle.

—No —respondió James.

Helen solo conocía a James desde hacía unas semanas, pero nunca lo había visto así. Antes de que ella pudiera decir nada más, el joven salió por la puerta de la Sala de Aire en dirección a la cafetería.

Después de unos segundos en silencio, Helen se puso de pie. No le apetecía volver a su habitación y se dedicó a explorar la sala, algo que no había podido hacer hasta ese momento. Una carta se escribía sola encima de una mesa, probablemente fruto de algún hechizo mal hecho. Sobre su cabeza observó el cielo con todas sus constelaciones. Se tumbó en un sofá que era tan cómodo como una nube, e intentó identificar alguna. Se sorprendió a sí misma siendo capaz de reconocer varias. ¿Cómo era posible, si nunca se había interesado por la astronomía? ¿Se trataba de un conocimiento que había adquirido como consecuencia de su elemento? Fuera como fuese, Helen se dejó llevar por los tintineos de las estrellas hasta que se le nubló la vista y se quedó dormida.

A la mañana siguiente, se despertó en su cama.

Los siguientes días pasaron más rápido de lo esperado. Helen se volcó de lleno en dominar las cuatro primeras misiones de la Tercera Prueba. En parte, lo hacía para asegurarse el aprobado. No quería volver a tener problemas. Simplemente pedía aprobar como el resto, nada más. Sin destacar, pasando lo más desapercibida posible. Pero, por otro lado, en parte lo hacía para tener una excusa para no tener tiempo para pensar. Cuanto más se esforzaba en mover objetos, crear una tormenta, controlar las corrientes de aire y trabajar en el tema de la invisibilidad, menos horas pasaba en su habitación, sola, sin saber qué hacer. Tenía ganas de saber cómo estaba Cornelia, pero no le apetecía verla. Se la cruzó un día en la biblioteca, estudiando sola para su prueba. Quiso acercarse a preguntarle cuáles eran las misiones que tenía que hacer en Tierra; sin embargo, en el último momento se echó atrás. No podía permitirse ningún fallo, así que buscó otro sitio en la biblioteca donde poder leer todo lo que hubiera escrito sobre la invisibilidad humana.

A pesar de ello, cuando llegaba a su habitación, con Ariana durmiendo rodeada de un séquito de nubecillas blancas, no podía evitar pensar en si estaba haciendo lo correcto. Desde luego, ir a la universidad habría sido la peor opción. Si no podía estudiar para ser piloto, su sueño desde la infancia, Helen no quería perder el tiempo en otros estudios que no la llenarían tanto como conducir aviones. Sin embargo, en Elmoon tampoco sabía muy bien hasta dónde podría llegar. Les estaban enseñando a controlar su magia, pero, luego, ¿qué pasaría? ¿Les serviría de algo a la hora de encontrar un trabajo? O, siguiendo otra vía diferente..., ¿debería abandonar los estudios para dedicarse al negocio de su familia?

Cada noche era distinta, aunque las preguntas seguían siendo las mismas. Hasta que Helen fue consciente de que pasaba tanto tiempo en la biblioteca o la Sala de Aire, ensayando cuando ya todos estaban en sus habitaciones, que dormía menos de siete horas al día. Las ojeras bajo sus ojos se habían instalado ahí para quedarse y, por más que intentaba concentrarse, cada vez tenía más problemas para hacer algo bien. Cuando falló un ensayo de la primera misión, la más fácil de todas, se dio cuenta de que necesitaba descansar.

Aprovechó el fin de semana para dormir, salir a dar una vuelta con James por las noches y poco más, hasta que llegó el día anterior a la Tercera Prueba.

—¿Subimos a la antorcha? —le preguntó James después de cenar.

Helen quería quedarse repasando, pero, en realidad, ya lo tenía todo más o menos bajo control.

—Espérame arriba, voy a por un abrigo.

Cada día hacía más frío. Diciembre estaba a la vuelta de la esquina. Helen volvió a su habitación, cogió un abrigo y una bufanda y se teletransportó. La antorcha estaba como siempre: dorada y ardiente. Al ser el día antes de la prueba, no había nadie más que una pareja besándose y James, mirando hacia los rascacielos. Helen se sintió tentada de asustarle.

—Ya estoy aquí.

Él se volvió, sonriendo. No era una expresión de felicidad, sino más bien de alivio.

—¿Has visto a Kurt besándose con Gemma? Vuélvete con disimulo, ¿eh? —le dijo James en cuanto Helen vio que conocía a los dos integrantes de aquella pareja. Desde donde estaban no los podían escuchar ni aunque quisieran. Estaban demasiado concentrados el uno en el otro.

—Qué fuerte —susurró—, no me lo esperaba.

—Ya, yo tampoco —dijo James—. Al parecer ahora ya ninguno de los dos me cuenta nada.

Helen sabía lo que era que te dejaran de lado. Se sintió tentada de abrazarlo y se extrañó consigo misma.

—¿Qué?

El chico pareció leerle la mente, pero mal.

—Ah, vale, ya lo entiendo. Echas de menos a tu churri.

No pudo evitar reírse. De todas las cosas que echaba de menos en Elmoon, la última era Evan Huang.

—No, no lo echo de menos.

—Entonces hay un churri —le devolvió James, modulando la voz.

Helen sintió que se empezaba a poner roja.

—Lo había, pero ya no. Creo. —Se arrepintió enseguida de haber dicho esa última palabra porque sabía que a continuación le seguirían muchas preguntas.

James la miró con cara de curiosidad y Helen prefirió contarle todo, ya que, conociéndolo, se lo acabaría sonsacando cualquier otro día.

—Había un chico con el que llevaba unos años saliendo, pero queríamos cosas diferentes. Yo admito que soy muy solitaria y me gusta ir a mi bola. Reconozco que a veces puedo parecer un poco rara, ¿sabes? Pero él... no podía vivir sin mí, literalmente. Se pasaba el día llamándome, viniendo a mi casa... insistiéndome para dar un paso más en nuestra relación que yo no quería dar...

—Vamos, que quería oficializarlo pero tú no querías nada serio.

—Algo así —mintió Helen. Prefería decir eso que la verdad—. ¿Y tú, qué?

—Yo nada. Tampoco soy una persona de muchos romances. Aunque hay una chica en la escuela que me llama la atención —confesó—. Pero no me preguntes quién es, Trenzas, porque no te lo voy a decir.

Helen se quedó de piedra al escuchar su nuevo mote.

—¡Ni se te ocurra...!

—¿Qué? —la cortó James—. Es que siempre llevas trenzas.

—Y tú... —improvisó ella—. ¡Siempre tienes pecas!

James se echó a reír, llamando la atención de Kurt y Gemma, que pararon de besarse para ver qué estaba sucediendo.

—Pero eso no es algo que haya elegido, Trenzas.

—Me da igual, Pecas.

El chico se las frotó para ocultar que se estaba poniendo rojo.

—Si dos personas magas tienen un hijo..., ¿sale mago? —preguntó Helen de la nada.

—Qué va... —respondió él.

Y así pasaron el resto de la noche. Poco después, Gemma y Kurt se fueron a la Sala de Aire y se quedaron ellos dos solos. Helen no se había dado cuenta de lo alto que era James hasta que lo tuvo justo al lado. Ella era alta, pero el chico le sacaba media cabeza. Mientras lo miraba, James se volvió a frotar las pecas y se encogió del frío cuando llegó una ráfaga de aire.

—Toma —le dijo Helen, quitándose la bufanda—, yo no la necesito. Puedo subirme el abrigo.

—Vaya, qué romántico —dijo James, poniéndosela después de rechistar un par de veces—. Huele a... ti.

Helen levantó las cejas.

—¿Y a qué huelo exactamente?

James sacó a la luz sus dotes de payaso y exageró como si estuviera esnifando la bufanda.

—Hueles a dudas, pero también a valentía. A independencia, aunque también a un gran apego a tu familia. Y un poquito a vainilla, sí. —Se rio.

Ella agitó la cabeza ante las tonterías que había soltado.

—Dime si huelo a aprobado mañana.

—A ver, déjame que lo consulte... Mmm... Sí, efectivamente. Mi más sincera enhorabuena.

—Mi más sincero agradecimiento.

21

Ooblos en la oscuridad

Un agradable olor a vainilla la despertó a la mañana siguiente y le hizo recordar su conversación con James la noche anterior. Helen se desperezó y se sentó en el borde de la cama, abandonando el calor de las sábanas. Aquello era una de las cosas que echaba de menos de Fuego. Aunque mejor pasar un poco de frío que tener que ver todos los días la cara enfadada de Romina.

—Buenos días —la saludó Ariana, que ya se estaba poniendo los calcetines.

Helen murmuró una respuesta.

—¿Estás nerviosa por la prueba? —le preguntó una vez se despejó del todo.

Ariana se encogió de hombros, recogiéndose la melena en una coleta. Ya estaba vestida con la capa negra y blanca de Aire.

—No, no sé... Tampoco he pensado mucho en la prueba. ¿Y tú?

—Pues no —respondió Helen—. Me da un poco de respeto la quinta misión, pero...

—Seguro que te sale genial. ¡Has trabajado un montón! Luego me cuentas —susurró Ariana, saliendo de la habitación y guiñándole un ojo.

Helen se puso de pie y comprobó la hora. Todavía faltaban dos horas para la Tercera Prueba, así que se duchó con calma, subiendo la temperatura del agua un poco más de lo normal. Utilizó sus poderes para secarse el pelo sin necesidad de utilizar un secador y salió al exterior de la antorcha para que le diera el aire. No vio a James por ninguna parte. Buscó por si acaso a Cornelia, con quien había ido a ese lugar por primera vez. De pronto, como si el universo le hubiera leído la mente, una chica de melena rubia y ojos azules sentada en un banco se volvió hacia Helen.

—¡Koi! —exclamó Helen sin saber muy bien qué hacer.

Después de lo sucedido, Helen había intentado evitarla durante unos días. Pero ahí arriba no tenía escapatoria. A la chica, que estaba hablando con una alumna de Electricidad a juzgar por el amarillo de su jersey, se le iluminó el rostro.

—¿Cómo estás? Hace un montón que no te veo... —le dijo Cornelia, entristecida.

Helen carraspeó.

—Sí, es que... he estado preparándome como una loca para la Tercera Prueba. No quiero que me pase como la otra vez...

Cornelia asintió y le contó que ella la tenía al día siguiente. Helen se despidió de ella con la excusa de no querer interrumpir su conversación con la chica de Electricidad y se marchó, para volver a la planta de Aire. En la sala se respiraba un ambiente de nervios, y Helen decidió matar el tiempo en la biblioteca, repasando algunos conceptos de última hora. James entró a hacer lo mismo que ella y se sentó a su lado, en silencio. Solo intercambiaron una sonrisa, porque la biblioteca estaba llena de gente y no se atrevieron a hablar.

Cuando llegó el momento, por primera vez en mucho tiempo Helen no se sintió nerviosa a la hora de utilizar sus poderes. Al fin y al cabo, en cuanto pasara aquella prueba solo tendría que esperar unos días más y podría volver a casa para ver a su familia en Navidad.

El Jefe de Aire asomó la cabeza por la puerta de la misma sala donde Helen descubrió que pertenecía a otro elemento. Se puso de pie, confiada. El jurado era parecido al de la última vez. Se alegró al ver a Alexa sentada a un extremo de la mesa. En el centro estaba Fiona Fortuna y, al otro lado, Félix Adour. A Helen le sorprendió que la directora presenciara las pruebas, ya que en la escuela había muchos alumnos.

Después de las formalidades previas al inicio, Helen se colocó en el centro de la sala y las luces se atenuaron. Tomó aire dos veces, inspirando por la nariz y exhalando por la boca. Esta vez no dejaría que los nervios ni las inseguridades la traicionaran.

Tal y como le habían indicado, la primera misión se basaba en la telequinesis. Helen se concentró y trasladó sin problemas varios objetos de un punto a otro de la sala. Comenzó con un vaso de agua a rebosar y terminó colgando un cuadro sin tocarlo, acertando a la primera en el gancho que sobresalía de la pared.

La segunda misión era la más fácil de todas. Controlando el aire de la sala, que afortunadamente estaba cerrada, creó unas leves corrientes que trasladaron un susurro de su voz hasta donde estaba el jurado. Helen supo que lo había hecho bien en cuanto Alexa le sonrió y asintió, muy despacio. A pesar de que no estaba nerviosa, su reacción le tranquilizó. Ya había hecho dos de cinco.

En cuanto terminó, pasó a la tercera misión, la que más le había costado controlar. Helen creó una pequeña tormenta de la nada y la mantuvo controlada en la habitación. En el fondo, sabía que podría haberse esforzado mucho más y haber hecho algo más impresionante. Sin embargo, había tenido tantas malas experiencias, tanto en The Chinese Moon como en la Segunda Prueba, en esa misma sala, que decidió no arriesgarse. Prefirió ir a lo seguro. Probablemente sus compañeros harían una tormenta más agresiva, pero aquel cúmulo de nubes oscuras que de vez en cuando soltaba una fina lluvia resultaba aceptable.

Helen disipó las nubes, que enseguida se disolvieron en el aire. Era el momento de la cuarta misión. Para la mayoría de los alumnos esta era la más complicada, aunque Helen la había practicado tantas veces que ya no le asustaba. Volverse invisible durante un minuto le parecía una tontería después de lo que acababa de hacer. Se colocó frente al jurado, mirándolos a la cara. Sintió la atención de los tres miembros puesta en su cuerpo. Helen se fue concentrando en sus extremidades inferiores. Al fin y al cabo, la invisibilidad era como quedarse dormido: tenía que relajar el cuerpo y sentir que flotaba, como si estuviera a punto de caer en un largo y pesado sueño. Un cosquilleo en la punta de los dedos de los pies y las manos le indicó que lo estaba haciendo bien. En cuestión de segundos, notó que desaparecía. Miró hacia abajo y no pudo encontrar su cuerpo ni su ropa. Intentó mantenerse lo más quieta posible. Moverse mientras mantenías el hechizo era más difícil de lo que parecía, y no quiso jugársela.

Alexa consultó su reloj tres veces antes de hacer una seña al Jefe de Aire.

—Perfecto, ya puedes regresar, Parker —le indicó una vez pasado el minuto.

Helen sacudió mentalmente su cuerpo para que saliera del trance y enseguida reapareció. Las luces regresaron con su intensidad normal. La chica respiró, intentando no ponerse nerviosa. La última y desconocida misión estaba a punto de empezar.

—¿Estás preparada para la quinta misión? —preguntó la directora antes de proseguir.

—Sí.

—De acuerdo entonces.

La directora hizo un gesto a Alexa y las luces volvieron a apagarse poco a poco. Las mujeres dejaron unos segundos de cortesía a Helen para que sus ojos se acostumbraran a la oscuridad. Helen tomó aire y se preparó para lo que estaba por venir.

Una pequeña hoguera apareció frente a ella. Fuego, su antiguo elemento, todavía estaba presente dentro de ella. Notar su calor en el rostro la hizo relajarse un poco. Por un momento, se sintió tentada de cerrar los ojos. Se encontraba tan tranquila que parecía que estaba en casa.

Helen parpadeó un par de veces y miró a su alrededor, pero ahí no había nada más que la hoguera y ella. El crepitar del fuego comenzó a tornarse más intenso. Se acercó hacia las llamas y, de pronto, donde estas se convertían en humo vio cómo surgía una criatura parecida a un felino. Tenía los ojos completamente vacíos, por lo que no podía anticipar sus próximos movimientos ni sus intenciones.

El animal, que hasta hacía unos segundos estaba hecho de humo, se transformó en algo parecido a una pantera de carne y hueso. Helen se acordó de una clase de Botánica y Bestiario en la que habían dado los felinos, entre ellos, los *phox*. El animal que tenía frente a ella era precisamente ese: una amenazante mezcla de pantera y zorro.

Entonces, una voz inundó la sala.

Una cosa en común
tenéis el *phox* y tú:
vivir del mismo aire de esta habitación.
Elimínalo deprisa, pero con precaución,
no querrás como ella terminar
sin una bocanada de aire que respirar.

Helen entendió enseguida la misión que se le había encomendado. Nunca había hecho nada así, pero no tenía por qué ser muy difícil. El *phox* le enseñó los dientes, como si le estuviese avisando de que se diera prisa o los usaría contra ella en cualquier instante. Helen caminó hacia atrás con prudencia mientras intentaba sacar el oxígeno de aquella habitación. La tarea resultó más fácil de lo que imaginaba. Se concentró en dejar todos los elementos del aire tal cual estaban a excepción del oxígeno, que a cada segundo que pasaba iba desapareciendo. La bestia enseñó de nuevo los dientes, bufando, y saltó hacia ella. La joven reaccionó al instante, lanzándose hacia un lado para esquivarla. Sin embargo, perdió la concentración. Si no se daba prisa, tendría al animal encima en cualquier momento. Era consciente de que no le haría nada malo, el jurado no lo permitiría. Además, no sabía hasta qué punto era real. Lo que sí sabía era que si no conseguía terminar la misión correctamente suspendería la Tercera Prueba.

Volvió a concentrarse para eliminar el oxígeno, alejándose cada vez más de la criatura y, al mismo tiempo, intentando que no la acorralara en una esquina de la sala. Helen se esforzaba por conseguir su objetivo, pero enseguida se dio cuenta de que no lo estaba haciendo bien. El animal se tumbó de lado, jadeando en busca de aire... y ella hizo casi lo mismo. Se dejó caer de rodillas en el suelo, viendo lucecitas de colores que flotaban en la oscuridad y sin poder respirar. Sintió que le faltaba el aire. Su cuerpo comenzó a hacer aspavientos, pero por más que respiraba no lograba encontrar oxígeno. Se intentó concentrar en medio del agobio que estaba sintiendo. Tan solo tenía que intentar hacer una pequeña burbuja donde poder respirar y así pasar la prueba...

Sin embargo, se encontraba demasiado débil.

Las fuerzas abandonaron su cuerpo y hasta que las luces

se encendieron no pudo respirar de nuevo. Helen necesitó un buen rato hasta comprender lo que había pasado, aunque no tanto para entender que no había superado la quinta misión.

La mesa del jurado le dio unos instantes antes de preguntarle si quería echarse atrás o volver a intentarlo con una prueba más complicada. Si lo dejaba ahí, aprobaría justa, con una nota baja. Pero si lo volvía a intentar, aunque fuera más difícil, sacaría un sobresaliente. En un par de minutos, Helen ya había recuperado las fuerzas y no dudó ni un segundo en decantarse por la segunda opción. Había trabajado demasiado como para conformarse con un aprobado pelado.

La luz volvió a atenuarse.

Helen aguardó, sin hacer ningún ruido. Esta vez sí que estaba preparada para lo que estuviera por venir. La prueba del *phox* la había pillado por sorpresa, aunque ahora no fallaría. El silencio se volvió cada vez más pesado y la chica agudizó el oído. Miró a la mesa del jurado, como si todavía no hubieran comenzado con la prueba, pero las tres personas que lo conformaban permanecían tan expectantes como ella.

Una ligera sensación de malestar se posó en su estómago. Helen se enfadó consigo misma por sentirse nerviosa cuando lo que tenía que hacer era estar alerta. En cualquier momento la quinta y última misión comenzaría..., y aquella era su última oportunidad para no destacar, para aprobar como el resto de sus compañeros y disfrutar de unas tranquilas vacaciones en su casa.

De repente, una ráfaga de aire inundó la sala.

«Ya empieza», pensó Helen.

Todo a su alrededor se volvió borroso y se oyó un desgarro, como si alguien estuviera rajando una tela con las manos. En el centro de la sala se abrió una brecha. Irradiaba tanta luz que Helen necesitó unos segundos para poder ver de qué se trataba. Enseguida consiguió distinguir los altos edificios del sur de Manhattan. Sus sentidos estaban tan alterados que le pareció que un ruido abrumador llenaba la sala, como si se encontrara en el mismo centro de Times Square. Si se concentraba, podía distinguir las bocinas de los taxis, el murmullo de la gente o la música proveniente de alguna tienda de *souvenirs* de mala calidad a precios ridículamente altos.

De súbito, una silueta se puso frente a ellos y a Helen se le paró el corazón en cuanto lo reconoció. Esta vez no se trataba de un *phox* ni de cualquier otro tipo de animal normal y corriente. Frente a ella, un enorme *ooblo* la miraba con sus ojos brillantes. Durante los pocos instantes que estuvo quieto, la chica se fijó en su hocico, parecido al de un tigre dientes de sable. Los dos colmillos salían por fuera de sus fauces y Helen se aterrorizó cuando vio cómo levantaba la cabeza para soltar un aullido terrorífico.

La chica dio un paso atrás mientras el *ooblo* saltaba hacia ella. Observándola muy fijamente, se fue acercando. Había algo en su mirada que impedía que Helen apartara los ojos de la criatura.

Entonces pensó rápidamente qué opciones tenía y enseguida se dio cuenta de en qué consistía realmente la prueba. El *ooblo* no era real, sino una reproducción del que había visto en el metro. Lo supo al notar que tenía el pelaje diferente, con una apariencia mucho más áspera, ojos dorados y un tamaño claramente superior. Helen pensó en lo que el Jefe de Aire había hecho en el metro para espantar al verdadero *ooblo* e intentó imitarlo, pero en ese momento la puerta de la sala se abrió de un portazo. John Cullimore y otros más entraron de golpe y la cara les cambió cuando vieron a la criatura.

—¡No te muevas! —gritó una voz femenina que no pudo identificar.

El barullo se oía cada vez más alto y comenzaba a ser ensordecedor. Helen sintió que tenía a miles de personas susurrando al mismo tiempo dentro de su cabeza.

—¡Fiona! —Oyó a lo lejos.

Pero Helen no podía prestar atención a nada más que a la criatura. Fue en ese mismo instante cuando se dio cuenta de que no era de mentira, de que no se trataba de un holograma bien trabajado ni de una creación del jurado para pasar la quinta prueba. Frente a ella se postraba un *ooblo* de verdad, mucho más terrorífico que el que se habían encontrado en el metro.

Las voces de los profesores le indicaban que se alejara, pero Helen se había quedado petrificada y el *ooblo* cada vez se acercaba más a ella. Dio un paso atrás, sabiendo que no había nada que pudiera hacer. En cualquier instante, aquella especie de lobo inmenso podía saltar sobre ella y hacerla trizas, así que no tenía mucho sentido utilizar su magia de primeriza.

El *ooblo* flexionó las patas traseras y Helen, sin saber muy bien por qué, pensó en sus padres. Con un salto ridículamente ágil para lo que aquella criatura pesaría, se abalanzó sobre ella y le arañó el brazo. La chica gritó de dolor, no solo por la herida, sino porque una de las patas del animal se le clavaba cada vez más en el pecho, dejándola sin respiración.

Cuando ya estaba mentalmente preparada para ver cómo se lanzaba sobre su cabeza, el *ooblo* aulló de nuevo. Dio un par de pasos hacia atrás, liberando a Helen de la opresión que sentía en el pecho. La criatura esquivó un par de conjuros de Fiona y salió corriendo en dirección a la puerta de la sala. Todos los profesores lo esquivaron y se quedaron de piedra, sin saber qué hacer. John Cullimore, que ya estaba ahí, fue el primero en reaccionar.

—¡Hay que seguirlo! —gritó, saliendo disparado por la puerta.

De pronto, a ambos lados de Helen aparecieron Alexa y Félix.

—¿Estás bien, verdad? —le preguntó este último.

Helen vio su rostro reflejado en las gafas de ambos. Tenía una pinta horrible. Ni siquiera intentó utilizar su voz para responder, porque sabía que no le quedaría ni un hilo. Le dolía demasiado el pecho y su antebrazo estaba comenzando a sangrar de forma preocupante. Aun así, asintió.

—No vamos a poder cerrar esta brecha —sentenció Fiona. En su cara se habían alojado unas arrugas de preocupación.

—¿Por qué? ¿Y si entran más? —respondió Félix.

La directora pareció meditar. Después negó con la cabeza.

—Esta criatura tiene que salir por algún sitio, y ese sitio será por donde ha entrado...

Helen no se podía creer lo que estaba sucediendo. Además de su herida, le dolía la parte trasera de la cabeza y los susurros no la habían abandonado. Se preguntó si sería cosa suya o si también los escucharían todas las personas que estaban en la sala con ella.

Justo cuando el Jefe de Aire fue a insistir de nuevo en que lo mejor era cerrar la brecha, John Cullimore reapareció por la puerta, manchado de una sustancia parecida a la sangre pero de color negro. Detrás de él, a un metro de distancia, con la mitad del cuerpo quemado y también ennegrecido, flotaba el cuerpo sin vida del *ooblo*.

—Cierra, Fiona —le dijo él.

A juzgar por la expresión de la directora, John nunca se había dirigido a ella con tan pocas formalidades.

Mientras el hombre se recolocaba la capa morada y el cabello en su sitio, Fiona levantó las manos y, en cuestión de segundos, la brecha que se había abierto en la sala se cerró como si fuera una cremallera, llevándose con ella todas las voces que abrumaban a Helen. Sin embargo, en lugar de sentir alivio, el silencio le chocó tanto que estuvo a punto de desmayarse. Se fue a sentar y enseguida notó el brazo de Alexa sobre el suyo.

—Vamos a la enfermería, ya han avisado a Theresa —le indicó.

No era una petición, sino una orden directa que Helen decidió no discutir. Luchó por mantenerse en pie y no tropezarse mientras se concentraba para dar un paso detrás de otro. Con las últimas fuerzas que quedaban en su cuerpo, consiguió escuchar la conversación que se originó en la sala mientras ella se marchaba.

—Nos lo quedamos, ¿verdad? Podemos hacerle pruebas —dijo Edmund, el Jefe de Oscuridad, que también acababa de llegar a la escena, seguido de Limna y Anita.

—¿Estás bien, John? —preguntó Fiona, iniciando otra conversación paralela mientras alguien respondía a Edmund que aquello era una locura.

El subdirector asintió, mirando hacia Fiona. Pero sus ojos reflejaban una mezcla de cansancio y miedo.

—Es verdad, podría revivir en cualquier momento. No es la primera criatura que lo hace —respondió John.

—Pero sí que sería el primer *ooblo*. Hasta ahora, que sepamos, los *ooblos* no han revivido nunca —insistió Edmund.

Alexa ayudó a Helen a ponerse en pie.

—Me la llevo a la enfermería. Luego os cuento —se despidió, mientras entre ambas hacían un esfuerzo conjunto para ayudarla a incorporarse.

Helen apenas podía respirar. No sabía lo que era tener una costilla rota, pero estaba casi segura de que le había sucedido algo parecido.

—Voy con vosotras, Alexa —dijo Edmund enseguida—.

Esa herida es un poco profunda y no tiene muy buena pinta. Quiero asegurarme de que, antes de que Theresa la cierre, no haya nada sospechoso ahí dentro.

El Jefe de Oscuridad se colocó al otro lado de Helen y los tres abandonaron la sala. Mientras tanto, el resto de profesores se pusieron de acuerdo para encerrar a la criatura en una jaula y mantenerla bajo vigilancia, solo por si acaso, durante las siguientes horas. Pero aquella conversación desapareció de la mente de Helen en cuanto se teletransportaron hasta la enfermería, donde, después de tomarse una infusión granate, la joven cerró los ojos hasta quedarse profundamente dormida.

22

Solos

A la mañana siguiente, Ariana despertó a Helen haciendo que una nubecilla se desvaneciera justo al entrar en contacto con su nariz. Esta abrió los ojos, confusa, sin saber muy bien qué había pasado.

—Emmm... ¿No te levantas? —le preguntó su compañera de habitación, que ya estaba vestida.

Se había recogido la melena en una larga coleta, como siempre, aunque esta vez se había hecho tirabuzones en el oscuro pelo.

—Sí, sí —respondió Helen, con la boca pastosa.

A través de las paredes, pudo ver los primeros rayos de sol reflejándose en los cristales de los edificios de Manhattan. Todavía era muy pronto, ¿por qué la había despertado?

Helen se enfadó y se dio la vuelta, cerrando los ojos. En lo que le pareció un segundo, volvió a escuchar la voz de Ariana, que mencionaba algo del *Neptunius*. La chica contestó en un murmullo sin apenas abrir la boca y siguió durmiendo. Sentía que, por más horas que permaneciera en la cama, le iba a resultar imposible recuperarse de lo que había pasado el día anterior. Todavía era capaz de ver en su mente a la criatura a la que ya había hecho frente una vez en el metro de Times Square. No podía quitarse de la cabeza esos ojos tan hambrientos, que, al mismo tiempo, contenían una rabia o un rencor que no sabía identificar.

Helen no abrió los ojos de nuevo hasta que pasó una hora larga. Se estiró y sus músculos se quejaron. De la tensión del día anterior le habían salido agujetas en los hombros y los antebrazos. Le costó un rato recordar que su compañera de habitación le había dicho algo... ¿o lo había soñado? Su cama estaba vacía y perfectamente hecha, parecía que se había marchado hacía un rato ya.

Alargó la mano para coger su móvil y consultar Mercury, pero se había quedado sin batería, por lo que lo puso a cargar en modo avión mientras se duchaba y se vestía. Decidió desayunar algo rápido en la Sala de Aire para buscar a James y a Cornelia. Quería comentar con ellos todo lo que había pasado el día anterior, ya que por Mercury no se fiaba. No sabía por qué, pero se sentía vigilada. ¿Cómo podía asegurarse de que la directora, o cualquiera de sus profesores, no tenía acceso a las conversaciones privadas de los alumnos? Decidió no quitar el modo avión del móvil hasta que se dio cuenta de que en Elmoon estaba pasando algo raro.

Los pasillos, normalmente a rebosar de gente que cambiaba de clase o que descansaba en sus horas libres, de camino a la cafetería, el gimnasio o la biblioteca, estaban vacíos. Las aulas tenían las puertas abiertas y no había nadie dentro. Ni siquiera estaba Billy en la zona de acceso. Ahí solo estaban la estatua que te seguía con la mirada allá donde fueras y ella.

—Qué raro... —murmuró Helen, como si le diera igual que alguien la escuchara, porque allí no había nadie más.

La chica quitó el modo avión y abrió Mercury para ver dónde estaban sus amigos.

Ariana: paradero desconocido.

Helen frunció el ceño. Era todo muy raro. Decidió buscar a algún profesor.

Félix Adour: paradero desconocido.

—No, si ahora se habrá estropeado el bicho este —se quejó Helen, y por un momento sus palabras le recordaron a las que podría haber dicho su abuela. Pensar en ella le hizo llevarse la mano al collar que le había regalado.

Decidió buscar a James.

James: cafetería.

Helen no pudo evitar que se le escapara una carcajada. Aunque la aplicación funcionara mal, era como si conociera demasiado bien a James como para saber que aquel era su hábitat natural. Aun así, Helen decidió darle un voto de confianza y caminó hacia la cafetería. Que, por supuesto, estaba vacía.

—Genial, pues nada, ¿ahora resulta que todo el mundo ha desaparecido y yo soy la única superviviente?

Lo dijo en voz alta, sin pensar, y de pronto rezó para que lo que estaba imaginando no se hubiera hecho realidad. El *ooblo* que había aparecido el otro día, la decisión de los profesores de guardarlo en el colegio para estudiarlo...

¡Cling!

El agudo sonido de un vaso rompiéndose invadió la cafetería y Helen dio un bote del susto.

No, no podía ser. Ahí solo estaba ella.

Caminó haciendo círculos, intentando no dejar nunca su espalda sin vigilar, cuando notó una corriente de aire que le enfriaba la nuca. Se volvió con un movimiento brusco.

—¡Au! —se quejó una voz que reconoció enseguida.

Ante sus ojos, frotándose la nariz, apareció James de la nada.

—Pero ¿a ti qué te pasa, Trenzas? —se quejó él, dolorido.

—¡Yo debería estar haciéndote esta pregunta! —le gritó

Helen, poniendo los ojos en blanco—. ¿A qué juegas? ¿Dónde está todo el mundo?

James se encogió de hombros.

—Hoy empezaban los días libres para volver a casa por Navidad —le dijo, como si fuera algo demasiado obvio, quitándole importancia.

Helen sabía que James tenía a su padre en el colegio, pero no había indagado nunca en el resto de su familia.

—¿Y tú? ¿No vas a ver a la tuya?

James levantó la ceja y esa fue toda su respuesta. Helen resopló, nerviosa. ¿Es que no había nadie más allí? Supuso que los profesores estarían aprovechando el día libre y que Fiona Fortuna probablemente se encontraría en la Sala de la Corona.

—¿Quieres tomar algo? Yo invito —bromeó James, haciendo un gesto a la chica para que se sentara a una mesa para seis personas.

A Helen se le hacía raro ver el comedor tan vacío, pero no le desagradaba. Sentía que por fin podía tener un poco de intimidad, aunque sus pensamientos se vieran interrumpidos por James cada diez segundos.

—¿No vas al restaurante de tu familia?

Ahora fue Helen la que se encogió de hombros mientras James intentaba encender manualmente la máquina de café. La miraba como si nunca hubiera visto nada así.

—Pues... no lo sé, ¿a qué hora hay que volver?

—Por la noche —respondió James, peleándose con la máquina. Al final, decidió utilizar la magia para poder hacerse un café con leche con espuma. Sin preguntar de nuevo, le hizo otro exactamente igual a Helen.

La chica se planteó volver otra vez a su casa. Pero no para ver a su familia, sino para hacer algo muy diferente.

—¿Y no te has planteado volver para aclarar las cosas con tu pretendiente?

A Helen la pilló desprevenida la pregunta. En primer lugar, porque justo estaba pensando en Evan. Y, además, porque nunca había hablado de nada así con James, a excepción de la noche antes de la Tercera Prueba.

—No —contestó Helen—. ¿Y tú qué tal con tu amada secreta? ¿Me vas a revelar su identidad?

James se rio.

—No, *non*, *nein* —dijo en varios idiomas diferentes—. Además, estoy perdiendo la esperanza. Parece estar muy ocupada pensando en otras cosas.

La confesión de James hizo que la mente de Helen atara cabos rápidamente. ¿Estaría hablando de Cornelia? Últimamente no había parado de hablar del famoso casting, del que, además, la habían llamado para hacer una segunda audición en los próximos días.

—Nunca se sabe, James —le respondió ella, dando un sorbo a su café.

Se quemó la lengua al instante, por lo que utilizó sus poderes para colar aire frío a través del líquido para que se enfriara. Pero, como todavía no lo controlaba mucho, se pasó y el café se le quedó helado. Helen bufó y lo apartó hacia delante.

—Háblame de él —le pidió James, con una sonrisa en los labios que a Helen no le gustó nada.

—No hay nada que decir. Solo tengo que explicarle mejor por qué quise dejarlo definitivamente sin que se vuelva loco. Para él, se supone que yo estoy en una especie de internado universitario, ¿sabes? Imagino que piensa que cuando vuelva todo volverá a ser como antes. En fin, son tantas mentiras que, al final..., me da miedo que se me escape lo que no debo decir, y, bueno, ya no siento nada por él...

Helen se mordió el labio. ¿Desde cuándo iba contando por ahí su vida amorosa? ¿O simplemente lo estaba haciendo porque se sentía sola y no tenía nadie con quien hablarlo?

—Bueno, si es esta una forma de pedirme consejo amoroso —comenzó James—, déjame decirte que sí, lo mejor es cortar por lo sano. Mira..., sé que esto va a sonar un poco clasista, pero al final lo mejor es que los magos se junten con los magos. Evita problemas a largo plazo, porque así no hay mentiras ni envidias. La gente se puede volver un poco loca si, de repente, descubren que su pareja tiene poderes.

—Eso no es así —saltó Helen, pensando en su padre—. Mi madre tiene poderes y también mi abuela. Mi padre no, y no pasa nada.

James levantó los brazos, atacado por el tono que la chica había utilizado.

—Vale, vale, Trenzas. No digo nada más. Esto me pasa por querer dar consejos...

Helen tragó saliva. Era consciente de que James no tenía la culpa de sus nervios.

—Perdona, Pecas —le dijo—. Es que todavía no sé muy bien cómo gestionar todo esto.

El chico la miró a los ojos, intentando descifrar el significado de la última palabra que había mencionado. Helen se dio cuenta enseguida.

—Me refiero a qué sentido tiene seguir manteniendo una relación que ya no funciona. Yo creí haber dejado las cosas claras, pero el otro día, cuando fuimos a Manhattan y recuperé la cobertura, me entraron un montón de mensajes de Evan. Y llegué a la conclusión de que, en su mente, seguimos juntos.

James sopesó la idea.

—Ya... De nuevo, soy lo peor dando consejos, pero tengo una pregunta: ¿por qué no le dices la *verdad*? —preguntó James, haciendo un gesto de comillas en el aire—. Quiero decir, le explicas que ahora mismo no quieres ninguna relación, que el internado es muy exigente y..., no sé, incluso le puedes decir que es por su bien, que no quieres que esté atado a ti mientras tú estás medio desaparecida.

—Imposible —contestó Helen—. Eso solo lo pondría más nervioso. Mira, cuanto más difícil se lo ponga, más luchará por ello. Lo que tengo que hacer es... buscar alguna excusa contra la que no tenga nada que decir.

Los dos se quedaron en silencio unos instantes.

—Como, por ejemplo..., ¿que has conocido a otra persona? —sugirió James.

Helen se imaginó la cara de Evan al recibir la falsa noticia. Sí, se bloquearía un montón, pero a la larga sería lo mejor. Le entraría de una vez en la cabeza. Así no volvería a intentar nada con ella y la dejaría en paz. Helen quedaría como «la mala», pero por lo menos no tendría que estar alargando el sufrimiento de Evan, quien se inventaría mil maneras de contactar para poder volver con ella.

—Pues sí, como si hubiera conocido a otra persona —respondió Helen, mirando fijamente los ojos castaños de James.

Ambos estaban pensando en lo mismo.

—Pues nada, creo que me has convencido. Iré a The Chinese Moon. ¿Tú qué vas a hacer?

James señaló la cafetería.

—¿Te quedas aquí solo? ¿O... quieres probar los mejores *dumplings* de la ciudad?

23

La mentira de Mortimer

Mortimer supo que había alguien al otro lado de la puerta de su casa antes de que llamaran. Cuando conocía a alguien que hacía eso, automáticamente lo metía en la lista de personas en las que no podía confiar. Muchas personas, incluidos sus propios compañeros, se asustaban de él. A Mortimer, por mucho que se burlara de ellos, en el fondo le gustaba aquella sensación. Si siempre ponía buena cara, nadie iba a tomarlo en serio. Pero si infundía cierto tipo de respeto... Las cosas cambiaban. Sin pensarlo, pasó la mano por encima del tatuaje con las palabras de su padre, esperando a que, fuera quien fuese la persona que quería entrar, respirara hondo y encontrase el valor para llamar.

Diez segundos después, unos nudillos golpearon la puerta. Mortimer cerró los ojos para ver quién era. En otra ocasión se habría divertido intentando adivinarlo antes de utilizar sus poderes de Oscuridad, pero aquella mañana se había levantado con ganas de pocas bromas.

Una especie de portal se abrió en el centro de la puerta, sin que la otra persona se diera cuenta. Mortimer se quedó de piedra al reconocer a George.

La puerta se abrió sola y el hombre dio un paso al frente.

Desde la paliza que Mortimer le había dado en la sala de reuniones de su casa no había vuelto a ser el mismo. Sus ojos parecían más hundidos que nunca y daba la impresión de que había envejecido varios años, aunque solo hubieran transcurrido un par de semanas.

Mortimer tuvo que hacer esfuerzos para ocultar su sorpresa. Había mandado a George a una misión suicida con el único propósito de que aquello le diera la razón... y ahí estaba. Mirándolo a los ojos con una mezcla de pánico y orgullo. El pecho se le hinchaba cada vez que respiraba, como si sintiera que no iba a salir con vida de aquel lugar y aprovechara para tomar aire como si fuese la última oportunidad que tendría de hacerlo.

George escondía un brazo detrás de su espalda desde que había entrado, como si tuviese algo en la mano que no quería que nadie viera.

—Has vuelto —lo saludó Mortimer.

No fueron unas palabras de sorpresa, a pesar de que no habría apostado ni un dólar por que su misión no fracasara.

—¿Qué te ha pedido a cambio? —le preguntó Mortimer, aunque ya se imaginaba la respuesta.

El anciano movió el brazo y lo levantó, enseñando el lugar en el que debería estar su mano. En vez de una mano con sus cinco dedos, al final del brazo no había más que un muñón que, afortunadamente, parecía haber cicatrizado bien.

—Vaya. Eso sí que no me lo esperaba —murmuró Mortimer.

Normalmente, el sacrificio que pedía el Diamante Negro no solía ser físico. De hecho, ni siquiera estaba relacionado con la persona que acudía al oráculo. Lo más común era que amenazara con arruinar económicamente a tu familia, con dejar inválida a tu pareja o perder a una mascota, por ejemplo. Pero los sacrificios nunca solían ser de este estilo.

«No tendrá nada ni nadie que perder —pensó Mortimer—. George solo se tiene a él mismo. Tras perder a sus hijos, que yo sepa, no tiene ningún otro familiar con vida.»

Por unos instantes, Mortimer lo envidió. Él se había criado solo. Había pasado la adolescencia rodeado de adultos que no lo entendían y que lo miraban con pena. Había tenido que ganarse el respeto de los demás a base de infundir miedo y demostrar sus poderes de Electricidad. Si hubiese tenido cualquier otro elemento, probablemente no habría llegado a donde estaba. Se habría tenido que conformar con ser parte de un grupo en el que lo verían como un huérfano más de los que dejó la Batalla de Niágara.

—El Diamante Negro sabe que mi única pasión es escribir. Tendré que limitarme a hacerlo con la mano izquierda a partir de ahora.

Pero George no bromeaba. Se encogió de hombros, sin saber qué más decir.

—Suéltalo todo —le indicó Mortimer.

La puerta se cerró sola mientras el anciano y el joven caminaban hacia la sala de reuniones. Mortimer se colocó en el sitio de siempre, mientras que George intentó evitar el lugar donde se había sentado por última vez.

El anciano se recolocó en el asiento, nervioso. Por un lado, estaba contento de haber tenido razón. El oráculo existía de verdad y él mismo lo había comprobado con sus propios ojos. Pero aquello, en realidad, enfurecería a su jefe.

—Lo busqué por todas partes. Fui a Coney Island de noche en varias ocasiones pero no lo encontré. Me monté en todas las atracciones, prestando atención a cualquier detalle que pudiese haber allí que me llamara la atención pero, al mismo tiempo, estuviera escondido... Los rumores decían que si lo llamabas tres veces por su nombre cuando estabas boca abajo en el *loop* de la montaña rusa Thunderbolt aparecía... Y fueron ciertos. Así lo encontré. El parque estaba a punto de cerrar y esperé al último viaje de la atracción antes de que la parasen. La chica que trabajaba allí estuvo mirándome raro durante mucho tiempo, porque, ya sabes, una persona como yo no...

—Al grano.

Tragó saliva.

—Sí, pues eso, dije su nombre tres veces cuando estaba boca abajo y no cambió nada. Pero sentí algo, como si hubiera una presencia suplicándome que no me marchara. Por supuesto tuve que salir del parque porque ya había llegado la hora del cierre, así que no tuve otro remedio que quedarme esperando fuera, sentado en un banco con vistas a la playa. Pasaron los minutos y no sentía la necesidad de irme de allí porque... —Se dio cuenta de que se estaba enrollando de nuevo—. El caso es que pasó un tiempo y, cuando me quedé solo, de pronto se abrió una especie de cueva en la arena de la playa. Supe que tenía que ser eso y no me equivoqué. Me recibió el Diamante Negro en persona. Era muy bajito y gordo. Hacía honor a su nombre porque en la frente llevaba tatuado...

—¿Has dicho... en persona?

Mortimer se sentó, apoyando la barbilla en la mano para escuchar todo lo que el viejo le estuvo diciendo hasta que acabó.

—Qué inteligente... —murmuró, analizando lo que el Diamante Negro había dicho.

Al principio, cuando vio a George al otro lado de la puerta, imaginó que todo lo que contaría se lo habría inventado. Ver al oráculo siempre había sido algo impensable. Sin embargo, las respuestas que le había dado le cuadraban. Se alegró de que sus planes iniciales, después de que el 4 de julio cayera el Rayo Lunar, no fueran tan desencaminados.

Siguió pensando incluso cuando George se calló. Si algo tenía claro era que no podía perder el tiempo. Eso y que nadie más podía enterarse de toda la información que se había compartido en aquella sala más allá de sus personas de máxima confianza.

—¿Señor? —preguntó George en voz baja, a la espera de recibir algún tipo de respuesta por parte de Mortimer.

Este vaciló. No, había algo más que tenía pendiente, algo que las dos personas que había en aquella sala sabían que iba a pasar en cualquier momento.

—Al final va a resultar que tenías razón —empezó—. Te has sacrificado por nosotros y has puesto tu vida y tus creencias en riesgo para demostrar que no te equivocabas. Eso dice mucho de ti.

—Esto... muchas gracias, señor —respiró el anciano aliviado.

—Sin embargo, hay algo que no permitiré que suceda. Después de lo que pasó el otro día, no consentiré que la gente aprenda que, si se subleva, puede demostrar que yo no tengo razón. Es una pena, pero a veces hay que hacer sacrificios por el bien de los demás.

La sonrisa que tenía George en la cara se borró de un plumazo.

—¿A... a qué te refieres?

—Creo que ambos lo sabemos.

De súbito, el ambiente comenzó a volverse cada vez más frío, como si se hubieran abierto las ventanas tapiadas.

—No te preocupes, hombre. Quedarás como un héroe. Todo el mundo te podría haber recordado como la persona que dio su vida por encontrar al oráculo... Pero es una pena que la historia la contemos los vencedores.

La temperatura volvió a bajar de golpe en la sala. La superficie de la mesa se empezó a endurecer y la cara de George fue cambiando de color, al igual que sus labios.

—Me he tomado la molestia de que tengas una muerte tranquila. Sin peleas, sin golpes..., dejando un cadáver bonito. Aunque no tengas a nadie que venga a llorarlo.

El anciano no se movió, a pesar de que estaba tiritando. Se quedó en su sitio, como si estuviera listo para aceptar su destino. Se sentía decepcionado. Y, al mismo tiempo, enfadado consigo mismo por haber previsto que aquello ocurriría y hacerlo igualmente. Pero no quería morirse sin demostrar que el Diamante Negro era real.

—Puedes cerrar los ojos. Va a ser tan rápido como quedarte dormido —susurró Mortimer, quien no sentía frío en la piel, a pesar de llevar manga corta, porque estaba contrarrestando sus poderes de Aire con los de Fuego para calentarse.

George le hizo caso. Sabía que no valía la pena luchar. Intentó pensar en su familia, decirles que enseguida se reuniría con ellos y que, por lo menos, había muerto con la mente en paz... Pero ya nada de eso servía. Aunque cerrara los ojos, seguía viendo la cara de Mortimer con aquella sonrisa más fría que la sala donde se encontraban.

De pronto, notó que más de cien puñales se le clavaban por todo el cuerpo. Abrió la boca para gritar, aunque ya no le dio tiempo.

El cuerpo del anciano cayó al suelo. Mortimer movió las manos y la habitación volvió a su temperatura normal en cuestión de segundos.

No quería hacerse cargo de un cadáver en ese momento porque su cabeza ya estaba dando vueltas a toda la información que George le había dado sobre el Diamante Negro. En su habitación, cogió el móvil y llamó a Alisson, que se plantó allí en menos de diez minutos. No le apetecía nada montar una escena, pero necesitaba ponerse en marcha cuanto antes.

—¡¿Qué ha pasado?! —gritó la mujer al ver el cuerpo del anciano tirado en mitad de la sala de reuniones.

Corrió hacia él, pero cuando estaba a punto de llegar supo que no había nada que hacer.

—Acabamos de ver al Diamante Negro —improvisó Mortimer.

En el tiempo que había tardado Alisson en llegar se había inventado una pequeña historia, aunque todavía le quedaba algún cabo suelto que ya se iría atando sobre la marcha.

—¿En serio?

Mortimer asintió. Pensó en su padre. En el tatuaje.

—Al final, el viejo me convenció para hacerlo. Acabamos de regresar en este momento. Tengo toda la información, pero... el sacrificio ha sido él. Ha tenido que morir para que yo pudiera acceder a ella. La parte mala es que hemos perdido a un miembro más de La Lucha... La buena, que ya sé dónde está la Piedra Lunar. Ahora solo me tenéis que acompañar a buscarla.

24

The Chinese Moon

James y Helen tardaron casi una hora en llegar a Chinatown. Entre que el *Neptunius* había ido más lento de lo normal, o eso les había parecido, y que la ciudad estaba colapsada en plena hora punta, habían perdido toda la mañana en llegar hasta el restaurante. Había dos cosas que ella no echaba de menos de la ciudad. Una de ellas eran los atascos. La otra, el frío. Ya no había un día en el que no le saliera vaho por la boca cuando respiraba en la calle y, por más capas que se pusiera, seguía sintiendo el frío en todas las partes de su cuerpo.

—¿*Dumplings* o *dumpings*? ¿Por dónde empezamos? —bromeó James.

Helen no pudo ocultar una sonrisa, aunque pusiera los ojos en blanco.

—Lo segundo. Así nos lo quitamos de encima cuanto antes.

—Pero luego me has prometido unos *dumplings*, ¿eh? —le recordó el chico.

Helen le dio un golpe cariñoso en el hombro y echó a andar en dirección a la casa de Evan. En realidad, no había nadie a quien dejar, porque ya habían cortado antes de que ella se fuera. Pero se habían quedado algunas cosas en el tintero y Helen no sentía que hubiera pasado página. Y, por lo visto, Evan tampoco.

Por eso, cuando el chico abrió la puerta de su casa no se podría decir quién de los dos estaba más sorprendido: si Evan, encontrándose de frente a Helen con otro chico, o si ella, viendo el cambio que había pegado su exnovio en poco más de un mes. El chico que antes se tapaba los ojos con un tímido flequillo, ahora llevaba un peinado mucho más moderno. Olía a espuma de afeitar y colonia recién puesta, como si estuviera esperando a alguien. Alguien que, desde luego, no eran ellos.

—Hola —dijo Helen, rompiendo el hielo.

—Muy buenas —añadió James, con un tono divertido.

Helen no se movió del sitio, pero si hubiera podido se habría vuelto para lanzarle una mirada de odio a James.

—¿Qué haces aquí?

—¿Vengo en mal momento? —preguntó ella, haciendo alusión a la elegante ropa que se había puesto Evan. Helen nunca lo había visto así, excepto en contadas excepciones.

—No, esto... Pasa, pasad —dijo él, apartándose a un lado.

Helen entró en la casa y James hizo lo mismo. Se notaba que estaba disfrutando. A la joven, que ya venía con el discurso preparado desde el *Neptunius*, se le cayó el alma a los pies al ver que en el centro del salón había una pequeña mesa con la comida preparada, velas encendidas y música. Y en uno de los lados estaba sentada una chica, también china.

Helen no necesitó añadir nada más para entender lo que estaba pasando.

—No sabía cómo decírtelo. Supongo que ya no importa, ¿verdad? —Evan habló en clave.

—No, ya no importa —le respondió Helen.

Aunque, dentro de ella, algo se rasgó.

—Os presento a Maureen. Maureen, estos son Helen y...

—James —se autopresentó él, estrechándole torpemente la mano. A él también se le había borrado la sonrisa de la cara.

—Genial, pues ya nos conocemos todos —dijo Evan, por rellenar el silencio.

—Solo veníamos a ver cómo estabas. Ya nos vamos. Que te vaya todo muy bien, Evan.

James supo que Helen se había quedado del todo descolocada, aunque se alegró de que no hablase hasta salir de la casa. Estuvo a punto de decirle que así sería todo más fácil, que ya había pasado lo peor y que él le había evitado una conversación rara y dolorosa, pero Helen no estaba de acuerdo, por lo que permanecieron en silencio el resto del trayecto hasta The Chinese Moon. Helen no podía entender por qué se disgustaba si eso era justamente lo que había querido desde hacía meses. Quizá, al verlo así, de sopetón, le había impresionado, pero cuanto más lo pensaba, más se alegraba de haber evitado aquella conversación.

—Me voy a ver a mi abuelo —dijo James, acercándose a Helen para darle un abrazo.

Ella aguantó un par de segundos más de lo amistosamente razonable.

—No te disgustes, anda. Es un capítulo de tu vida que ya has cerrado. Además, piensa que eres Helen Parker, ¡la mismísima Helen Parker! Sí, sí, la hija de los fundadores de The Chinese Moon, el restaurante más famoso de Chinatown. ¡Miradla todos! —empezó a gritar hacia los turistas, que se volvieron enseguida, curiosos. En las calles de Nueva York siempre había algún espectáculo y James estaba montando el suyo ahí mismo.

Helen se abalanzó hacia él para que se callara y se sorprendió cuando le dio un ataque de risa. La gente a su alrededor los miraba todavía más, sin entender nada.

—Espera, no te vayas. Déjame que te pida algo para llevar —insistió ella, pero James se negó.

—Aprovecha para estar con tu familia. Si voy yo, te van a atacar a preguntas y no vas a poder estar con ellos.

Helen lo miró a los ojos, esperando ver una sonrisa que le hiciera ver que estaba bromeando. Pero iba en serio.

—Iré a ver a mi abuelo —repitió, como si le hubiera leído la mente.

—Vale, Pecas. No hay problema. Hablamos por Mercury —se despidió Helen, entrando en el restaurante.

James levantó el brazo y fue a decir algo, pero cuando las palabras de despedida comenzaron a salir por su boca la campanita de la puerta de The Chinese Moon las acalló.

Helen tuvo que esperar a que terminaran el servicio de comidas para que sus padres tuvieran algún rato libre, aunque tan cerca de las Navidades como estaban eso era prácticamente imposible. Aprovechó para bajar a su cuarto y coger algunas cosas que había olvidado y necesitaría en Elmoon. Se deshizo de todas sus fotos con Evan y las sustituyó por algunos de sus dibujos. Había echado tanto de menos dejar volar su imaginación sobre el papel... Deseó que su elemento fuera el agua, para poder utilizarlo para pintar con acuarelas. A pesar de que en Elmoon tenía casi todo su material de pintura le faltaba tiempo, por lo que dedicó casi tres cuartos de hora a desfogarse frente a una hoja en blanco.

Durante la tarde, su familia fue bajando al sótano para saludarla y hablar con ella.

—¿Cómo está Evan? ¿Has ido a verlo? —le preguntó su madre. Helen le contó la interrupción de la comida romántica que había sucedido unas horas atrás.

—O sea, que has ido con un amigo para fingir que era tu novio... y te has encontrado con que Evan ha seguido con su vida.

—Lo prefiero así, la verdad —dijo Helen.

Y era cierto. Prefería no tener que poner en palabras lo que su corazón gritaba. Pero había esperado que aquello fuera diferente. Sin embargo, se quedó con lo que James le había dicho. Era mucho mejor así.

—Este James es el hijo de Benjamin, ¿verdad? ¿Cómo está? —preguntó la madre de Helen.

—¿Quién? ¿James?

—No, no, su padre.

Helen se tocó la trenza, intentando esquivar la pregunta.

—Pues..., no lo sé. Hace mucho que no sé de él, desde que me cambiaron de elemento.

La madre de Helen asintió, con la cabeza en otra parte.

—¿Qué pasa? —preguntó ella, curiosa.

—Nada —dijo su madre—. Benjamin y yo nos llevábamos muy bien. Ahora hace siglos que no lo veo, pero es muy buena gente.

Helen abrió mucho los ojos.

—No... Es como que... se me hace raro que hubiera más generaciones antes, ¿sabes? —le intentó explicar—. En Elmoon somos tantas personas de la misma edad que parece que seamos la primera generación, y a veces se me olvida que muchos de vosotros estuvisteis antes. Nos contaron cosas de la Batalla de Niágara, por cierto.

La cara de la madre de Helen cambió.

—¿Y... estás contenta allí? ¿Te tratan bien?

Helen asintió, sin más.

—Oye, nunca me has contado bien cómo conseguisteis vosotros vuestros poderes. Es decir, cómo os cayó el Rayo Lunar en el taxi y todo eso...

La madre de Helen sonrió, como si le hiciera ilusión recordar esa historia.

—No tiene mucho misterio —comenzó a hablar Mei—.

Tu abuela y yo íbamos en taxi, volviendo a casa. El taxista chocó con el coche de delante. Nada grave, por suerte. Llovía un montón, así que supongo que resbalaron las ruedas y no frenó a tiempo. Fue justo en ese momento cuando cayó un Rayo Lunar sobre nosotros.

»No te puedes imaginar el ruido que montó aquello. Yo no sabía que los rayos podían hacer tantísimo ruido, pero al parecer sí. Cuando cayó, fue como si el mundo se hubiera roto en dos.

Helen revivió el estruendo que había oído en lo alto del Empire State Building.

—Volvimos a casa, cansadas, sin saber lo que había pasado. No fue hasta más adelante cuando empezamos a hacer cosas raras. Tu abuela descubrió que si se olvidaba algún ingrediente de una receta, al final de todo, aunque no lo hubiera echado, aparecía ahí. Le pasó con un bizcocho y la levadura: se olvidó de ir a la tienda de la esquina a comprarla y cuando se dio cuenta el bizcocho ya estaba en el horno, subiendo. Aun así, todo salió como si en la mezcla, por arte de magia, se hubiera deslizado la cantidad perfecta de levadura. Después, yo también empecé a hacer cosas fuera de lo normal. Entre nosotras nos dimos cuenta de que había algo que estaba sucediendo desde aquel día en que nos cayó encima el rayo, y fue entonces cuando vino un miembro de La Guardia a explicarnos todo.

—¿Mei, Helen?

La voz de su padre desde lo alto de la escalera hizo dar un bote a la madre de Helen. La chica ya estaba acostumbrada. De hecho, lo había oído acercarse por el pasillo de The Chinese Moon hasta la puerta que conectaba con el sótano.

—Os necesito a una de las dos por aquí arriba, porfa, estamos a tope —dijo, jadeando—. Ha entrado una mesa de dieciséis.

—Ya voy yo —se ofreció Helen.

—No, no, ni se te ocurra. De eso nada —insistió Mei, al ver que su hija ya se había puesto de pie—. Aprovecha para descansar un poquito.

Helen se sentó de nuevo sobre la colcha de su cama. La había echado de menos. No habían pasado ni dos meses y ya sentía muy lejana su vida en el sótano de The Chinese Moon. Dejó que sus ojos se fueran cerrando sin oponerse. No recordaba la última vez que se había echado una siesta. En Elmoon nunca tenía momentos así para ella, y eso que Ariana pasaba casi todo su tiempo en la Sala de Aire en lugar de en la habitación que compartían. Se tapó con la colcha para no enfriarse y se sumergió en un sueño profundo.

Helen nunca solía soñar, pero en aquella ocasión las imágenes comenzaron a viajar por su cerebro a toda prisa. De pronto, iba en el *Neptunius* de camino a Elmoon, regresando a casa después de su día libre. El paisaje era precioso. Las cristaleras de los rascacielos reflejaban el atardecer de Manhattan. Se preguntó cuántas veces habrían sido fotografiados y cuánto cambiaría aquella imagen dentro de unos años. ¿Se añadirían nuevos? ¿Serían el doble o el triple de altos? ¿O tendrían que empezar a vivir bajo tierra para que cupiera todo el mundo? Helen apartó la mirada de la costa y caminó por el *Neptunius*, que estaba vacío, aunque a ella no le llamó la atención aquel detalle. Lo que realmente la engatusó fue una música que sonaba por el barco. No vio altavoces por ninguna parte, así que supuso que aquello sería algún tipo de magia. Helen se enfadó consigo misma por no haberse acostumbrado todavía a convivir con sus poderes y los de los demás. Al igual que ya no era capaz de apreciar la belleza de una ciudad en la que se había acostumbrado a vivir, ¿algún día le pasaría lo mismo con sus poderes? ¿Los daría por sentados, viviría con ellos sin recordar lo que tenía antes?

¿Los podría perder? Se enfrascó en buscar respuestas y no se dio cuenta de que el volumen de la música subía cada vez más. Como si de una corriente de aire se tratase, se sintió arrastrada por las notas, que la llevaron hasta la sala de mando. De repente, sintió que se le paraba el corazón. El que llevaba el timón no era Billy. Era...

Helen se despertó de un sobresalto, con los rasgos de Evan todavía grabados a fuego en la mente. Movió las piernas y vio que había empapado la cama de tanto sudar. Se frotó los ojos, atormentada, mientras recuperaba la respiración. Miró a través de la ventana del sótano para asegurarse de que no se le había hecho tarde y después consultó la hora en su móvil. Todavía eran las cinco. Suspiró de alivio, se incorporó, regresando al mundo real, y se puso las zapatillas, atándose con torpeza los cordones. Si se daba prisa, llegaría a tiempo para hacer una visita a su abuela.

Se despidió de sus padres. Los volvería a ver en unos días, para Navidad. Salió a la calle y caminó hasta llegar a ChinaCat 2000. Allí estaba la tienda; como siempre, vacía. Helen atisbó el rostro de su abuela entre las figuras de dragones, carpas y otras criaturas que había colocado meticulosamente en el escaparate. Ella no pareció verla hasta que entró por la puerta.

—¡Mi nieta favorita! —la saludó en chino, abandonando el mostrador para darle un abrazo.

—¿Cómo estás, abuela? —respondió Helen en un chino un poco torpe. Hacía tiempo que no lo hablaba y ya sentía que se le estaba oxidando.

—Todo bien, aquí, como siempre, en la tienda —dijo ella, encogiéndose de hombros.

Helen evitó enunciar la pregunta que siempre le asomaba en los labios cuando la veía así, sin vender nada, de brazos cruzados.

—¿Cuándo cierras hoy? —preguntó, esta vez en inglés.

—Ya. Ahora mismo estaba a punto de terminar, déjame que cuente esto... ¡Oh! —exclamó Xia, como si de repente hubiera recordado que, por fin, después de tantos años, podía hacer magia delante de su nieta.

Sobre la mesa del mostrador, en cuestión de segundos y con un extraño sonido, las diferentes monedas se fueron apilando en función de su valor y, después, se juntaron en diferentes montoncitos, cada uno de cinco dólares.

—Listo —dijo ella—. Normalmente esto lo hago a mano porque no tengo mucho más que hacer... Pero hoy es un día especial. ¡Ah! Hay algo que quiero enseñarte. ¿Cuándo tienes que volver a Elmoon?

—Pues...

Lo cierto es que Helen no sabía la respuesta. Abrió Mercury para preguntárselo directamente a James y a Cornelia. Estuvo a punto de escribirlo en el grupo que crearon los tres la última vez que fueron a Manhattan. Sin embargo, en el último momento decidió hacerlo por separado.

—Vamos a dar una vuelta, ¿sí? ¿Qué te parece por Central Park?

Helen torció la expresión.

—No creo que nos dé tiempo, tengo que estar en el puerto para coger el *Neptunius*...

—Bah, no te preocupes. Seguro que nos da tiempo. Hay algo que quiero enseñarte que solía hacer con tu madre, ya verás.

Helen no se opuso y se dejó llevar por su abuela. Cogieron el metro en Canal Street hasta Central Park y la joven aprovechó para poner a su abuela al día de todo lo que había pasado. Le contó el pequeño descubrimiento que había hecho al ir a ver a Evan, le habló de James, de Ariana y de los profesores. Cuanto más hablaba, más preguntaba Xia. Helen todavía no se acostumbraba a que su abuela conociera a muchas de las personas con las que ahora ella convivía casi todos los días.

—¿Y cómo está Fiona Fortuna? —le preguntó Xia mientras subían la escalera del metro.

—¿La conoces también? —se sorprendió Helen.

—¡Claro! La verdad es que nunca nos llevamos muy bien, todo hay que decirlo...

Helen se pasó la mano por las trenzas, entendiendo lo que quería decir.

—No me has contestado a cómo se encuentra.

—Bien, bueno..., bastante decepcionada conmigo, por lo de James y todo eso. Se enfadó mucho cuando se enteró de lo que hicimos y desde entonces han cerrado el acceso a la Sala de la Corona a cualquier persona que no sea profesor o similar. En plan Billy, Alexa y así.

La abuela meditó su respuesta.

—Deberían haber hecho eso mucho antes, la verdad. Aunque yo creo que no hubo nada malo en lo que hicisteis.

A Helen le sorprendió que su abuela dijera eso. Siempre había sido de las personas más rectas y exigentes de su familia, pero, al parecer, desde que a Helen le cayó el Rayo Lunar en el Empire State Building, las cosas habían cambiado.

—Oye, abuela, ¿y de qué conoces a la mayoría de los profesores de Elmoon? ¿Cómo era todo antes? —preguntó Helen, haciendo un énfasis especial en la última palabra.

La abuela torció el morro, como si le hubieran tocado un tema que no quería mencionar. Sin embargo, parecía como si tuviera muchas ganas de hablarlo con su nieta.

—Pues era todo muy raro. Ojalá hubiera estado tan organizado como ahora. Antes había mucha menos gente con poderes. Y, además, era muchísimo más difícil localizarla. Ahora con las redes sociales es muy simple: ¿aparecen unos patos rosas? Ahí estamos para investigarlo. Bueno, yo ya no, pero ya me entiendes...

El tren entró en la estación, impidiendo que la conversación continuara durante unos segundos.

—Pero ¿no había clases, como ahora? —preguntó Helen.

Las puertas se abrieron y las dos entraron en el vagón, que iba prácticamente vacío. La joven recordó la última vez que había estado en una estación de metro y le vino a la cabeza la imagen del *ooblo*.

Xia movió la cabeza en sentido negativo.

—No, no, qué va. Elmoon antes era nuestra zona de encuentro, ni siquiera se trataba de un colegio. Ahí era donde nos reuníamos para enseñarnos entre todos lo que habíamos aprendido. La mayoría de las veces lo descubríamos por casualidad. No había ningún tipo de enseñanza como la que tenéis ahora. En cuanto descubrimos los elementos, enseguida comenzaron las primeras tensiones. Los que tenían poderes de Fuego se creían más importantes y comenzaron a saltarse las reuniones colectivas para quedar solo entre ellos.

El tren hizo otra parada. Todavía quedaban algunas más hasta llegar a Central Park.

—Se empezaron a crear clases, como si fueran estamentos. Los grupos con poderes más... agresivos, como Fuego y Oscuridad, empezaron a sublevarse y a pedir cosas que no eran más que sus propios intereses. Ya sabes que si un mago se aleja mucho de la Piedra Lunar durante una temporada pierde sus poderes... Y por eso querían trasladarla fuera de Nueva York, a un lugar donde pudieran vivir más tranquilos, sin ocultar su identidad. Pero, claro, los demás ya teníamos nuestra vida aquí... En poco más de un par de meses se crearon dos bandos: los que querían llevarse la Piedra Lunar y los que querían mantenerla en Manhattan, exactamente en Elmoon. Al final, la tensión terminó explotándonos en la cara a todos. Hubo una pelea terrible y los magos comenzaron a usar sus poderes entre ellos. No ha pasado tanto desde entonces... Menos de veinte años, de hecho —calculó Xia—. Fue en 1998 en Niágara.

—¿Fue ese el año en el que se perdió la Piedra Lunar?

Xia asintió.

—Pero se sabe que está en Manhattan, ¿no? Porque ahora ha caído un Rayo Lunar y vosotras... no habéis perdido vuestros poderes...

—Exacto. Aunque es todo muy raro. Desde aquel día de 1998 no había vuelto a caer ninguno. Por eso nadie podía asegurar con exactitud dónde estaba. Sí, nosotras podíamos seguir utilizando los poderes de nuestro elemento, pero no lo supimos con exactitud hasta el 4 de julio.

Helen tragó saliva. No cabía duda entonces de que la Piedra Lunar tenía que estar en algún lugar de Manhattan.

—¿Y nadie sabe dónde está? ¿Ni tienen una pequeña pista, por lo menos? —Helen hizo esa pregunta sabiendo que su abuela no la sabría contestar, pero tenía que intentarlo.

—Solo una persona de la comunidad mágica lo sabe. A esa persona la llamamos la «Confidente». ¿No os han contado todo esto en clase? No sé, en alguna asignatura como Historia Mágica o algo así...

La chica negó con la cabeza.

—El líder de Los Otros está obsesionado con la piedra. Pero, Helen, cuando te hablo de obsesión... no sabes hasta qué punto. Perdió a su padre y desde entonces solo busca una cosa: venganza. Y no le basta con hacerse con la Piedra Lunar, sino que quiere ir mucho más allá. Mortimer... la necesita para sus experimentos. Cree firmemente que para derrotar a La Guardia y hacerse con el control de la comunidad mágica tiene que conseguir ser más poderoso que ellos, y él quiere demostrar que eso solo se puede conseguir de un modo: creando una nueva raza de magos, por decirlo de alguna manera, que sean todopoderosos.

—¿Qué?

—Según Mortimer, habría una posibilidad de que te obedecieran todos los elementos como si en la Primera Prueba te hubieran asignado los seis de golpe. Es lo que se llaman Omnios. Una mezcla letal de Aire, Agua, Tierra, Fuego, Electricidad y Oscuridad. Para convertirte en Omnios, se rumorea que te tienen que caer dos Rayos Lunares a lo largo de tu vida.

»Y por eso Mortimer quiere tener la piedra lo más cerca posible. Para estudiarla y ver cómo podría forzar que le cayera ese segundo rayo. Así pasaría de ser Electricidad a Omnios...

Helen reflexionó acerca de las palabras de su abuela mientras el tren frenaba.

—En la Batalla de Niágara, que se llama así porque se produjo en ese mismo pueblo, al lado de las cataratas, alguien robó la Piedra Lunar mientras todo el mundo estaba peleando y lanzándose conjuros. Muchos murieron. Entre ellos, el padre de Mortimer. Pasó todo muy rápido, no sabría decirte exactamente lo que sucedió. Mortimer tendría unos cinco o seis años. Era muy pequeño y vivió la muerte de su padre en primera persona. Recuerdo al niño tumbado encima del cadáver de su padre, rogándole que se levantara de la siesta para seguir peleando.

Helen se quedó sin habla, horrorizada. No quería sentir pena por alguien así, pero no tenía ni idea de todo lo que su abuela le estaba contando. Se preguntó por qué no les habrían contado eso en clase y si James lo sabría.

—Esa persona que robó la Piedra Lunar, Nowe, decidió esconderla en algún sitio de Nueva York. Sabía que sus acciones la llevarían a una muerte segura. Por eso, para llevar a cabo su misión, Nowe necesitaba la ayuda de otra persona que actuara de confidente. La Confidente sería..., bueno, es la única persona que sabe dónde se encuentra realmente. Cuando Nowe murió a manos de los que ahora llamamos Los Otros, nadie fue capaz de descubrir quién lo sabía todo. Mucha gente pensó que la Confidente había hecho algo raro con la Piedra Lunar, porque todos conservamos nuestros poderes pero no caían más Rayos Lunares... Hasta hace unos meses, claro.

Helen no podía creer lo que estaba escuchando.

—Sea quien sea, parece que está haciendo un buen trabajo, ¿no?

La abuela dejó la pregunta en el aire. Helen no pudo hacer otra cosa que tragar saliva y asentir. Estaba a punto de preguntarle cuánta gente murió exactamente en la Batalla de Niágara y si su madre también estuvo allí cuando se abrieron las puertas en su estación.

—Vamos por aquí —le indicó Xia, volviendo al chino.

Su nieta la siguió en silencio hasta la superficie y caminaron hacia una zona del parque que era un poco más tranquila. Por ahí no pasaba casi nadie. De vez en cuando, algún ciclista despistado, poco más.

—¿Qué era lo que hacías con mamá? —le preguntó, muerta de curiosidad. La duda la llevaba asaltando desde que habían salido de la tienda de *souvenirs*.

—Ahora lo verás...

Xia fijó la mirada en un enorme árbol que tenían enfrente. De pronto, se sacudió con suavidad y empezaron a salir nuevas hojas. Helen sonrió.

—Esto fue lo primero que aprendí a hacer cuando tuve poderes. ¿Te gusta? Es muy sencillo, pero le guardo mucho cariño. Se lo enseñé a tu madre en cuanto lo perfeccioné un poco. Al principio, solo conseguía que salieran unas hojas oscuras que se caían a los pocos segundos.

—Me encanta —asintió Helen. Se concentró en las hojas que habían crecido entre sus ramas y, con una pequeña ráfaga de viento, estas se agitaron.

—¿Has probado alguna vez a utilizar los poderes de Tierra?

Helen negó con la cabeza.

—No. Está claro que soy de Aire, ahora sí que no tengo ninguna duda.

La abuela asintió, decepcionada. Como si, por un momento, hubiera deseado que su nieta controlara también su elemento.

—Mamá y tú sois de Tierra... ¿Es casualidad? ¿Es porque os cayó el mismo rayo? ¿O no tiene nada que ver una cosa con la otra?

—Sí, sí, es casualidad. Aunque casi todo el mundo lo es. Por cierto, ahora que lo mencionas. ¿Qué sabes de tu hermano?

Helen se paró en seco.

—Nada, ya sabes que casi nunca contesta. Mamá me dijo que no le contara nada de mis poderes. Dice que es mejor así.

Xia no se quedó contenta con la respuesta, pero se encogió de hombros. Volvió la mirada al árbol y fue cambiando el color de sus hojas poco a poco, de una manera prácticamente imperceptible para aquellos que lo vieran desde lejos.

25

Fiona Fortuna

En cuanto Billy vio aparecer por la borda del *Neptunius* a la chica de las trenzas, la llamó.

—¿Helen Parker?

Esta se volvió, extrañada de que alguien utilizara su nombre y su apellido.

—¿Sí, Billy?

El conserje de Elmoon la estaba mirando fijamente, con su típica expresión bonachona. Llevaba una gorra azul que no combinaba con el resto de su ropa, pero Helen no le había visto sin ella desde que lo conoció el primer día que llegó a la escuela de magia.

—Cuando lleguemos a Elmoon, Fiona Fortuna quiere hablar contigo en su despacho. Me ha dicho que te quedes conmigo en la entrada y que vendrá a buscarte, ¿vale?

Helen se quedó sin palabras y asintió. Estuvo tentada de preguntar si había pasado algo malo, pero prefirió no hacerlo en cuanto vio que pasaban por su lado un grupo de alumnos de Fuego. Los saludó con la cabeza, pero ellos hicieron como que no la habían visto. O quizá, directamente, no la habían visto. Fuera como fuese, Helen prosiguió su camino y se sentó con Ariana en un banco libre que había en la borda.

No le apetecía estar con Cornelia. Sabía que la llenaría de preguntas sobre lo que había pasado en los últimos días. Algo parecido le sucedía con James. Tenía miedo de que empezara a preguntarle sobre Evan.

El ferri inició su recorrido hacia Elmoon, desapareciendo en las sucias aguas del puerto, y Helen se sintió como si estuviera viviendo una metáfora de su vida. No se sentía en casa en ninguna parte. En el sótano bajo The Chinese Moon se notaba rara, como si la hubiesen arrancado de ahí a la fuerza y ya no perteneciera a ese lugar. Y en Elmoon pasaba lo mismo. Con el cambio de elemento, la escapada ilegal, el suceso del *ooblo* (del que, afortunadamente, nadie más en la escuela se había enterado) y lo que pasó con el pelo de Romina, entre otras cosas, no había conseguido adaptarse del todo. Por un momento pensó que era culpa suya. Por eso, mientras atravesaban los metros que separaban la costa del sur de Manhattan de Liberty Island, sintió que se encontraba atrapada en una especie de limbo en el que siempre iba de un sitio para otro pero nunca se encontraba a gusto en ninguno de los destinos. Se preguntó si a Billy le pasaría lo mismo y por eso tantas veces desaparecía de su puesto, dejando a cargo de la vigilancia a la estatua que te seguía con la mirada, para poder despejar la mente y dar una vuelta él solo con el *Neptunius*.

Parpadeó un par de veces para acostumbrarse a la luz en cuanto el ferri volvió a resurgir de las aguas para dejar a los alumnos en la Estatua de la Libertad. Vio a James a lo lejos. La miraba con cara de preocupación. Helen falseó una sonrisa para evitar preguntas y se volvió hacia Ariana, que había pasado todo el viaje mirándose las uñas, en silencio. ¿Se sentiría ella siempre así? Ari era una chica de pocas palabras, pero parecía ser feliz... o quizá solo fuera una careta, como la que Helen se había puesto hacía unos instantes para saludar a James.

Volvió a levantar la vista para localizarlo de nuevo pero no lo vio, ni tampoco a su grupo de amigos. Pensó que estaría ya bajando del ferri, y que ella debería levantarse y hacer lo mismo, cuando una mano sobre su hombro la sacó de sus pensamientos.

—Hola, Trenzas —dijo James, en un tono sorprendentemente tranquilo.

—He-hey —balbuceó ella.

Dentro de su cabeza soltó una maldición. ¿Cómo no se había dado cuenta de que la había alcanzado? La única misión que tenía era que ni él ni Cornelia le hablaran, y ahora...

—¿Qué te pasa? Parece que hayas visto un calamar gigante. Por cierto, aquí van tres curiosidades sobre los calamares gigantes: su cerebro es como un dónut, su pene mide casi un metro y si les cortas...

El cerebro de Helen simplemente desconectó en cuanto su mirada se cruzó con la de Cornelia.

—Oh, no —susurró, sin darse cuenta.

—¡Lo sé! —gritó James, visiblemente más emocionado que antes—. Da mucho asquito, la verdad, no me imagino el tamaño que deben de tener esas ventosas. Una amiga mía tiene fobia a los botones..., yo sé que es una fobia muy rara, pero la verdad es que la puedo llegar a entender si pienso en las ventosas de un calamar gigante... ¡Uh!

James se agitó, nervioso, como si se estuviera zafando del abrazo de un calamar invisible, mientras Cornelia se acercaba a ellos.

—¿Estáis haciendo una reunión secreta sin mí?

—No, no, estábamos hablando de criaturas marinas —le respondió él.

Cornelia abrió mucho los ojos.

—¿Ha vuelto a pasar... algo?

Helen suspiró. En ese momento no podía gestionarlo

todo y sentía que se iba a echar a llorar del cansancio. Además, la directora de Elmoon la esperaba para hablar de vete a saber qué.

—Hablamos esta noche, ¿vale? —se despidió, mezclándose entre el resto de los estudiantes para entrar en Elmoon.

Nada más llegar a la zona de acceso, Helen se hizo a un lado, esperando a que Billy se encontrara allí con ella.

—Y ya están todos dentro. Vamos, Helen, Fiona debe de estar a punto de llegar.

Billy todavía estaba pronunciando la última sílaba cuando la directora de Elmoon apareció junto a la fuente del *hall*. Se apartó el pelo detrás del hombro mientras caminaba hacia ellos.

—Buenas noches, Fiona —la saludó Billy.

—Gracias, Billy, igualmente. Que descanses. —Se volvió hacia la chica—. Helen, ¿me acompañas?

—Sí. Adiós, Billy.

Helen se mordió el labio. No tenía ni idea de por qué la directora quería verla, aunque se esperaba lo peor. En poco más de un mes había estado metida en un montón de líos y lo más probable era que la echaran.

—¿Has estado alguna vez en la planta de arriba? —le preguntó a la alumna.

—No, nunca.

De hecho, solo había estado en la de Fuego y Aire, por motivos obvios.

Fiona sonrió y, en un instante, aparecieron las dos en el piso más alto del interior de la antorcha de la Estatua de la Libertad. Helen cogió aire cuando observó desde arriba la fuente de donde acababan de desaparecer hacía unos instantes. Las vistas eran preciosas. Todas las plantas se distinguían a la perfección, cada una de ellas con alguna característica de su elemento. Y, en el centro, brillaba aquella enorme bola de luz que lo iluminaba todo. Ni siquiera la bruma que rodeaba la planta de Oscuridad podía hacerle sombra.

—Pensaba que no existían más pisos en Elmoon —dijo Helen, recordando lo que le habían dicho en sus primeros días en Elmoon.

En los labios de Fiona asomó una pequeña sonrisa.

—Pero ser la directora tiene sus ventajas, ¿no?

Helen le devolvió el gesto, aunque no estaba muy convencida. En realidad, no quería que nadie la viera por allí. ¿Y si todos pensaban que era la nueva enchufada de la directora y le cogían aún más manía?

—Vamos a tomar algo, ¿quieres? Aquí somos tan poquitos que nuestra sala privada siempre está vacía. Seguro que nadie nos ve allí —le dijo la directora, como si pudiera leerle el pensamiento.

Helen siguió sus pasos hasta llegar a la puerta, que era igual que la de la Sala de Fuego y la de Aire. La puerta se abrió sola y Fiona le indicó a Helen que entrara. Subió un escalón y se adentró en la tercera sala privada de un elemento que ya había visto en Elmoon. Tal y como se esperaba, era muy diferente a las otras dos. Así como las de Fuego y Aire parecían temáticas, aquella mezclaba un poco de todo. Parecía una especie de cafetería *hipster*, iluminada con una luz natural preciosa que entraba por las paredes, iguales a las que Helen tenía en su habitación. Unas enormes macetas albergaban flores que iban cambiando de color y forma conforme pasaba el tiempo, y unas minicascadas de agua las regaban de vez en cuando. Había tantos estímulos a su alrededor que Helen no sabía dónde mirar.

—Por aquí —le indicó Fiona, sentándose en una butaca junto al fuego. A Helen le dio respeto volver a reencontrarse con su antiguo elemento, pero ignoró esa sensación y se sentó frente a la directora. No había dos sofás iguales, pero todos parecían muy cómodos. Una máquina de escribir tecleaba sola en una esquina y su sonido parecía crear un hilo musical de ambiente.

Tal y como había dicho Fiona, allí no había nadie más que ellas dos.

—¿Té? ¿Café? —le ofreció.

—Un té verde, si puede ser —dijo Helen. Se habría negado, pero conociendo a la directora sabía que oponerse sería en vano.

De repente, justo detrás de ellas y sin mediar palabra, apareció Billy con dos tés verdes. Los dejó en la mesita junto al fuego y se marchó.

—Mira, Helen, te he llamado porque me puedo hacer una idea de por lo que estás pasando. He estado hablando esta tarde con tu abuela, después de vuestro paseo por Central Park. Sonaba preocupada. Por ti.

Helen tragó saliva. No sabía si le terminaba de gustar o no que su abuela y aquella mujer a la que apenas conocía compartieran sus intimidades.

—No te voy a robar mucho tiempo, tranquila. Simplemente quería hablar contigo de todo lo que ha sucedido en las últimas semanas. Nosotros también somos nuevos en esto de mantener un colegio en marcha. Lo que hoy es Elmoon nunca había sido una escuela. La tuvimos que reacondicionar en cuanto nos enteramos del Rayo Lunar que cayó el 4 de julio. Hace años, aquí era donde nos reuníamos todos, pero quedó en desuso y solo había polvo y unas criaturas un poco molestas llamadas *grynkins*. Son como unas ardillas imposibles de atrapar..., el equivalente a un mapache, para que te hagas una idea. Una vez encuentran un lugar con rastro de magia que esté un poco abandonado... se cuelan y conviven todos ahí dentro. Me sorprende que no haya aparecido ninguno y que se marcharan a la primera, porque suelen ser muy difíciles de eliminar.

—*Gryn*... ¿cómo?

—*Grynkins* —le aclaró Fiona—. Supongo que los estudiaréis más adelante en Botánica y Bestiario. Son muy molestos, pero, bueno..., gracias a ellos hemos dado con muchas personas a las que les había caído un Rayo Lunar y no se habían enterado. En fin, eso es otra historia.

Fiona dio un primer trago a su té; aunque todavía salía humo, no pareció quemarse.

—Te he prometido que no te robaría mucho tiempo. Solo quería hablar contigo para decirte que siento mucho que en tu prueba del otro día pasara..., ya sabes, lo del *ooblo*. Aun así, quiero darte la enhorabuena. Lo hiciste muy bien y, por supuesto, estás aprobada.

—Gracias —respondió Helen, aturdida.

—Ya sabes que hay muchos elementos y muchos tipos de magia distintos. A veces, parece que algunos de ellos están corruptos. Pero no son los elementos los que contienen maldad, sino las personas que los utilizan con fines malvados. Y quienes crearon a los *ooblos* forman parte de esta última categoría.

Helen supo que Fiona se estaba refiriendo a Los Otros.

—¿Por qué tienen una fijación conmigo? ¡Ya llevo dos! —exclamó la chica.

De pronto, se sintió muy egoísta.

—No te preocupes. Precisamente por esto quería hablar contigo hoy. El problema que tienen Los Otros es con nosotros, con La Guardia. No quiero que tengas la sensación de que los alumnos estáis en peligro. Por eso nadie más que Cornelia, James y tú sabéis de lo sucedido con estas criaturas en las últimas semanas, primero en el metro y luego en tu prueba. Hay algunas heridas del pasado que todavía no hemos cerrado, y aunque la ampliación de la comunidad mágica en más de cien personas jóvenes nos ha pillado un poco de sopetón, solo queremos lo mejor para vosotros. De verdad.

»El *ooblo* que intentó colarse en Elmoon el otro día ya está siendo analizado. Por ahora no hemos conseguido ninguna información concluyente, la verdad, pero por lo menos tenemos algo por lo que empezar. Sabemos que están creando una especie de ejército para enfrentarse a nosotros. Quizá crear un pánico general, no lo sé. Sea como sea, quiero que te quede muy claro lo que te acabo de decir: mientras estéis en Elmoon, estaréis a salvo. No volverá a abrirse ninguna grieta.

En alguna parte de la sala, un cachivache empezó a emitir humo, como si se tratara de una tetera.

—¡Ah! —exclamó Fiona, poniéndose en pie. Helen la imitó—. Me necesitan. Perdona, tengo que dejarte aquí, aunque creo que ya hemos hablado todo lo que teníamos que hablar... ¿O hay algo más que te preocupe y quieras contarme?

En la mente de Helen se creó una lista de innumerables preocupaciones que le habían surgido durante los últimos días en relación con su magia.

—No, no. Muchas gracias, Fiona.

—Perfecto, entonces. ¿Te mando de vuelta a la Sala de Aire?

Antes de que Helen pudiera responder, el lugar donde se encontraba se difuminó. En lo que tardó en parpadear, ya estaba sentada en la sala de su elemento.

—¡Aaah! —gritó una voz masculina.

Helen se volvió, encontrándose de frente con James. No pudo evitar reírse.

—Este susto te lo debía —le dijo Helen. Ella misma se sorprendió al sonar tan alegre. En realidad, se encontraba muy fatigada. Había pasado el día de lado a lado, y eso que había hecho una siesta.

—¿De dónde vienes? —le preguntó su amigo.

Helen pensó por un instante en inventarse una excusa, pero esos segundos la delataron.

—Busca a Cornelia. Quiero hablar con vosotros.

James abrió Mercury sin cuestionar las palabras de la chica. Unos minutos más tarde, se reunieron todos en la biblioteca. A esas horas no había nadie, así que podían hablar con tranquilidad.

—Oye, si me dejo el móvil en mi habitación pero estoy en la biblioteca, ¿dónde me localiza Mercury? —preguntó James, rompiendo el silencio cuando los tres se encontraron.

—Creo que pondrá que estás en la biblioteca —respondió Cornelia.

—¿Cómo lo sabes? —preguntaron Helen y James al unísono.

Cornelia pareció asustarse de la reacción de sus amigos.

—Ni idea, no sé... Pero supongo que de eso se trata, ¿no? De que pueda localizarnos estemos donde estemos por si pasa algo.

A James no pareció convencerle ese argumento y torció el gesto.

—¿Y cuando pone paradero desconocido?

Helen resopló, nerviosa. Tenía ganas de irse a dormir, no de comentar la mecánica de la única aplicación que funcionaba en su móvil cuando estaba en Elmoon. Bueno, esa y el buscaminas.

Se oyó una risita de James.

—En fin, que quería hablar con vosotros antes de ir a dormir ahora que lo tengo todo fresco. Nada más llegar a Elmoon, Fiona Fortuna me ha llamado para charlar con ella.

Helen evitó mencionar el lugar en el que se habían visto. No sabía hasta qué punto podía comentar que había estado en aquella planta tan misteriosa, por lo que decidió reservarse ese detalle.

—¿En serio?

—Ahá. La verdad es que ha intentado darme un discurso

para que me relajara. No quería que estuviera preocupada por los sucesos de los últimos días, sobre todo los relacionados con los *ooblos*.

Cada vez que decía el nombre de esa criatura en voz alta, un escalofrío recorría su espalda. Esos ojos de animal, al mismo tiempo tan humanos..., le aterrorizaban.

—¿Qué ha dicho? —preguntó Cornelia.

—Que esté tranquila. Que hay tipos de magia corruptos pero que están todos bajo control, excepto en alguna pequeña ocasión, aunque si nos ceñimos a estar aquí y no hacer tonterías todo irá bien.

—Ufff... —resopló James—. No me gusta nada ese discurso.

—Ya, a mí tampoco —lo secundó Helen—. La directora nunca me ha transmitido mucha confianza. No sé.

La chica esperó a que Cornelia dijera algo, pero parecía demasiado ocupada mirando las puntas abiertas de su melena.

—Entonces, ¿qué hacemos? —le preguntó James.

Helen se encogió de hombros.

—No lo sé. Creo que tenemos que ponernos de acuerdo en algo muy sencillo. Hay dos opciones. La primera: hacemos caso a Fiona Fortuna, lo dejamos pasar todo y nos centramos en lo nuestro. Además, la Cuarta Prueba está a la vuelta de la esquina...

—Justo estaba pensando en eso —interrumpió Cornelia.

—El problema de esto —prosiguió Helen, alegrándose de haber captado la atención de Cornelia— es que esas criaturas siguen ahí fuera. Aunque nosotros estemos aquí, a salvo... ¿Y nuestros padres? ¿Cómo sé que, por ejemplo, un día no van a recibir, por lo que sea, una visita en The Chinese Moon de esas amables criaturas enviadas por Los Otros?

James se humedeció los labios.

—Y mi abuela... —añadió Helen.

—Mi familia vive fuera, pero es cierto. No había caído en eso. Y ya no solo nuestras familias, sino en general. Seguro que Los Otros son capaces de cualquier cosa con tal de encontrar la Piedra Lunar.

Los otros dos asintieron.

—¿Hay alguna forma de saber si estas criaturas son algo nuevo que han creado Los Otros o han existido siempre? —preguntó Helen—. Quiero decir, en algún libro de Historia Mágica o algo así. Porque me extrañó muchísimo que quisieran quedarse con uno para analizarlo.

—Quizá Alexa nos pueda ayudar con esto —sugirió Cornelia.

—No, no, Koi. Cuantas menos personas seamos en esto, mejor —respondió James enseguida—. Además, ella forma parte de La Guardia. En cualquier momento puede contárselo a mi padre, a John o a Fiona. Es mejor que lo hagamos nosotros por nuestra cuenta.

Cornelia se puso de pie y caminó en dirección opuesta a donde estaban sentados. El sonido de sus pasos se escuchó cada vez más distante y después regresó con seis libros entre los brazos. Algunos eran demasiado viejos y tenían las páginas amarillentas y los lomos doblados. Otros parecían no haberse abierto nunca.

—Podemos empezar por esto.

—¿Y qué tal si usamos Google? —bromeó James, aunque Helen estaba segura de que una parte de él lo decía en serio.

Al principio, las dos chicas lo miraron con cara de circunstancias, pero la expresión se les borró en cuanto pulsó el botón de buscar.

La búsqueda no arrojaba ningún resultado con ese término, aunque Google proponía uno mucho más parecido.

—¡*Canis lupus!* —exclamó él—. Lobos. Así que están

creando una especie de ejército de Pokémon... Dato curioso: Pokémon viene de la expresión Pocket Monster, es decir...

—Vale, vale, ya lo hemos pillado —lo cortó bruscamente Cornelia, haciendo que el chico se cruzara de brazos.

—Podemos empezar por ahí y por los libros. Nos llevamos dos cada uno. En cualquier momento empezaremos a estudiar la teoría de la Cuarta Prueba, por lo que no llamará la atención que estemos leyendo unos libros sobre Historia Mágica, ¿no? —propuso Helen.

—Solo una cosa —dijo James—. No has mencionado la segunda opción.

—¿Cómo que la segunda opción?

—Pues eso. Has dicho que la primera era que no hiciéramos nada aunque corriéramos el riesgo de que fuera pasara algo. ¿Y la otra?

Helen se mordió el labio. Sintió que se le aceleraba el pulso, como si estuviera emocionada, a pesar de que más bien estaba aterrada.

—Está claro, ¿no? Actuamos.

26

Cuando Alexa se convirtió en Minerva McGonagall

Aquellas Navidades fueron las más raras de los dieciocho años de Helen. Volaron rápido, al igual que Fin de Año, y con mucho trabajo en el restaurante. Pasó tiempo con sus padres y aprovechó para dormir, porque sabía que en cuanto pusiera de nuevo un pie en Elmoon le tocaría estudiar.

Volver a su anterior vida le recordó a Selena. Hacía semanas que no hablaba con ella. A Helen no le importaba, pero a veces no podía evitar sentir un pinchazo de envidia cuando la veía tan integrada con sus compañeros de Electricidad, riendo, como si hubiera perdido la mitad de sus miedos y ahora fuera una nueva persona. Se intentó alegrar por ella. Sin embargo, solo consiguió sentir lástima por sí misma.

Por lo menos, tenía una excusa para no socializar tanto durante los últimos días. La fecha de la Cuarta Prueba estaba cada vez más cerca y todos los alumnos pasaban horas y horas en la biblioteca, memorizando conceptos de las asignaturas propias de su elemento. Félix Adour les había intentado calmar, dándoles ánimos para los días de estudio. Por otro lado, según les había contado Cornelia, en Agua, Limna les había metido caña. Había repetido varias veces cada día que no se despistaran, que los exámenes teóricos eran igual o más importantes que los prácticos y que necesitaban también esa formación para aprender a controlar su magia. Fuera como fuese, todos los alumnos, independientemente de su elemento, cambiaron las horas en la cafetería por largas sesiones de estudio en la biblioteca. De vez en cuando, Helen subía con James a la antorcha para que les diera un poco el aire. Cornelia siempre se quedaba en la biblioteca. Al parecer, el mensaje de la Jefa de Agua le había calado bastante.

—Ojalá no existieran las nubes, las tormentas y todas esas mierdas —farfulló James, mirando al cielo como si este fuera el culpable de que los alumnos de Aire tuvieran que estudiar una asignatura específica de Meteorología.

—Entonces no habría caído el Rayo Lunar. Pero sí, te entiendo —respondió Helen enseguida, viendo la mirada asesina que asomaba a los ojos de James en cuanto comenzó a defender su asignatura más odiada.

—No creo que los Rayos Lunares entren en el examen, ¿no? Sería demasiado fácil.

—Yo los he estudiado por si acaso —dijo la chica.

James se picó.

—Vale, usted perdone, Trenzas. ¿No te habrán categorizado mal y realmente perteneces a Electricidad, con todos esos frikis que se pasan el día estudiando cómo pueden inventar un nuevo cachivache y memorizan fórmulas aburridas?

Helen miró a su alrededor y sonrió a un grupo de chicas con capas negras bordadas en amarillo con el logo de Electricidad, con miedo a que los hubieran escuchado. James se rio.

—¿Haciendo amigas?

—Oye, ¿a ti qué te pasa conmigo? —le espetó, medio enfadada. Entre el estudio y las bromitas de James estaba perdiendo la paciencia.

—Perdona. Lo siento, es que cuando me pongo nervioso

no puedo parar de hacer bromas y disparar datos curiosos que no interesan a nadie.

Helen sonrió.

—Todavía no he superado la del pene del calamar gigante —le dijo—. Cuéntame alguna otra que me distraiga. Que no tenga que ver con lo que estamos estudiando ni con nada mágico.

James se rascó la mejilla, como si le picaran las pecas.

—Déjame pensar... —Miró hacia Manhattan, donde ya atardecía—. ¿Sabías que en su momento el terreno de Central Park salió más caro que el del estado de Alaska cuando se lo compraron a Rusia?

Helen repitió la frase en su mente varias veces para entenderla.

—¿Cómo puedes saber tantas cosas tan... aleatorias?

La chica no supo bien qué palabra escoger.

—Cuando era pequeño me cayó sobre la cabeza una enciclopedia.

Los dos estallaron en un ataque de risa que hizo que mucha gente se volviera hacia ellos. James sonrió, olvidándose por unos instantes de lo que le agobiaba estudiar el comportamiento de la electricidad en las nubes de tormenta. Helen apoyó la mano en su hombro, todavía partiéndose de risa, y él la cogió para ponerse de pie.

—Venga, vamos a volver a la biblioteca. Podemos probar a que me tires encima de la cabeza los apuntes de esta asignatura, a ver si también funciona.

Helen le siguió la broma y durante la siguiente hora de estudio a ambos les costó concentrarse. Hasta que llegó Cornelia no pararon con la broma.

—¿Qué te has hecho en el pelo? —le preguntó Helen.

Por algún motivo, la chica había decidido innovar y hacerse tirabuzones.

—Me aburría. Ya sabes, la procrastinación. No he utilizado mis poderes para secarme el pelo en la vida y ahora me ha dado por probar esto.

Desde algún punto de la biblioteca, un alumno los chistó para que bajaran el volumen. Cornelia puso los ojos en blanco.

—Seguro que es algún friki de Electricidad —susurró James.

—Luego hablamos. Tengo que comentaros unas cosas que he encontrado —les dijo Cornelia, pasando la página del libro que fingía estar leyendo.

Los tres permanecieron en silencio durante casi una hora, estudiando. Helen cambiaba de asignatura conforme se iba cansando. Al principio estudió Botánica y Bestiario, pero enseguida le abrumó tanta información de golpe para memorizar. Historia Mágica era su favorita y la que mejor llevaba, por lo que repasó un par de temas y pasó a las específicas de Aire. Mientras abría su libro de Telequinesis no pudo evitar echar un vistazo a lo que estaba estudiando una chica que tenía al lado. Pociones.

Desde que Helen puso un pie por primera vez en la Sala de Fuego, recordaba cómo se había sentido al ver aquellos enormes calderos. Nunca le había gustado mucho cocinar, pero sintió que preparar pociones era lo más cercano a la magia que sucedía en la cocina del restaurante de su familia. De todas las cosas por las que había pasado por Fuego, estudiar Pociones era la única que echaba de menos. Helen pensó que ojalá pudieran coger asignaturas voluntarias de otros elementos, porque ella, sin duda, habría elegido esa.

Apartó la mirada del libro de tapas moradas y volvió a lo suyo. Le costó tanto concentrarse que cuando James propuso terminar la sesión de estudio tardó un minuto en recogerlo todo y ponerse en pie. Cornelia los miró con cara de pánico, pero hizo lo mismo.

—Seguiré estudiando por la noche —les dijo, con un tono bastante amenazante.

—Yo también, no te preocupes. No me ha cundido nada la segunda parte de la tarde, así que me tengo que poner las pilas ya.

Los tres caminaron hacia la cafetería. A esas horas estaba un poco más concurrida, pero no tanto como cuando no tenían exámenes. Cada uno pidió lo mismo de siempre a través de Mercury y poco después tres vasos humeantes aparecieron sobre su mesa.

—Qué pena que esto no suceda en nuestras casas —dijo James—. Me voy a malacostumbrar.

—Pfff, imagínate poder servir así en The Chinese Moon. Me ahorraría, como mínimo, cinco kilómetros al día caminando por el restaurante.

Cornelia les llamó la atención para que se centraran en lo que habían ido a hablar allí.

—A ver, es el momento de poner en común todo lo que hemos encontrado. Helen, ¿empiezas?

La chica terminó de dar un sorbo a su café con leche y lo dejó sobre la mesa de nuevo.

—La verdad es que no he tenido mucho tiempo para leer. Quería haber sacado los libros de la biblioteca para hojearlos en mi habitación, pero me daba miedo levantar sospechas si todos lo hacíamos a la vez. No sé, estoy un poco paranoica con este tema. El caso es que no he encontrado nada. El primer libro que miré tenía información de los Rayos Lunares y la piedra. Vamos, parecía más bien un libro de Meteorología que pudiera caer perfectamente en la Cuarta Prueba. Así que lo descartamos. El segundo era un poco más extraño, rozando el esoterismo y la alquimia. Eché un vistazo a la parte de alquimia china porque me interesaba, pero no había nada aplicable al caso.

—Entonces... ¿qué contaba exactamente?

—Pues para que nos entendamos, ¿habéis leído el primer libro de Harry Potter?

Cornelia negó con la cabeza.

—He visto la película —confesó.

—Yo lo he leído y la he visto —saltó James—. ¿Sabíais que el actor que hizo de Harry, que tenía los ojos azules, no pudo ponerse lentillas verdes porque le daban alergia?

Cornelia resopló.

—Si os vais a poner así, me marcho a estudiar —les dijo, enfadada.

—No, no, Koi, porfa —le rogó Helen—. Solo comentaba esto porque en el libro hablan de la piedra filosofal, algo así como el gran elixir de la inmortalidad que perseguían los alquimistas. Esa es la única referencia interesante a una piedra que he visto, aunque obviamente no nos sirve. El resto del libro habla de medicina tradicional china, taoísmo y la adoración a los antepasados.

—Vale, entonces lo descartamos. ¿James? Tú tenías algo, ¿no?

El chico se hinchó, como si llevara toda la tarde esperando este momento.

—La verdad es que no he leído ninguno de los libros. Bueno, sí, uno muy interesante sobre dragones que no estaba entre los que me diste. Lo siento, Koi, pero antes de que me asesines... he conseguido algo mucho mejor.

Cornelia y Helen lo miraron, esperando a que enseñara algo. No fue así.

—El caso es que el otro día escuché una conversación que no debía entre John y mi padre. Y... vais a flipar. Os juro que tuve que memorizar en mi cabeza toda la información varias veces porque me daba miedo que se me olvidara todo, la tengo ya oxidada con tanto estudio... En fin, que dijeron algo que me dejó a cuadros. Helen, ¿te acuerdas del otro día, cuando Fiona te dijo que todo iba bien y que no te preocuparas por nada?

—Ahá.

—¿Y te acuerdas de que te dio mala espina su comportamiento? O sea, no mala espina, pero como que era todo un poco raro. ¿No? Algo así dijiste.

Cornelia movía la cabeza de uno a otro, como si estuviera siguiendo un partido de tenis.

—Sí, fue todo muy raro —repitió Helen.

—Ya. Porque resulta que algo sí que está pasando. Escuché a mi padre preguntarle directamente a John, porque él también estaba preocupado. La cuestión es que el subdirector le dijo que Los Otros estaban resurgiendo. Hasta ahora habían estado calladitos, sin montar ningún jaleo. Pero se ve que todos los sucesos con los *ooblos*, y otras cosas más que han pasado y que no mencionaron, no han sido casualidad. John dijo, literalmente: «Es como si Los Otros se estuvieran organizando». Y lo peor es que parece ser que a Fiona Fortuna le da igual, porque John le confirmó que lo sabía pero que no iban a hacer nada. Podría tratarse de una pista falsa.

Se quedó en silencio para darle más teatralidad a su descubrimiento.

—Ya, James, pero eso no nos ayuda en nada —empezó a quejarse Cornelia—. Tendrías que haberte leído...

—Espera, creo que hay algo más —la cortó Helen.

—Gracias, Trenzas —añadió el chico, como si estuviera disfrutando de compartir ese nuevo descubrimiento—. Los Otros están organizándose porque han descubierto una nueva pista sobre el paradero de la Piedra Lunar desde que cayó el rayo que nos transformó a todos.

James volvió a callarse y, de golpe, su cara cambió. Ya no era pícara, sino que demostraba preocupación.

—Creo que deberíamos hablar con Alexa —insistió Helen—. Sé que no es la mejor solución, James, antes de que digas nada, pero es que... imagínate que le pasa algo a mi familia y yo, por callarme esta información, no puedo evitarlo. No me lo perdonaría nunca. Tendría que avisarles o ponerlos a salvo de alguna manera para que no les pasara nada.

Los tres se miraron sin saber qué decir.

—Yo prefiero que no hagamos eso. Como dijo John, podría ser una trampa —intervino James.

—Ya, pero para ti es fácil decirlo ya que tú tienes aquí a tu familia —salió Cornelia en defensa de Helen—. Y la mía está a salvo, fuera del estado de Nueva York. Además, no solo son los Parker. Hay mucha más gente ahí fuera con poderes que quizá ni se ha enterado de que ha pasado todo esto. Que no forma parte ni de La Guardia ni de Los Otros, pero que puede ser un blanco fácil para Los Otros. James, yo no te digo que ahora avisemos a todo el mundo y montemos una revolución en Elmoon, solo propongo hablarlo con Alexa y que ella nos aconseje. Si cree que estamos exagerando, ya serán dos opiniones, la de Fiona y Alexa, a favor de no hacer nada, frente a una, la de la conversación que escuchaste de tu padre.

Helen miró a James y se dio cuenta de que él la estaba observando.

—Vale —dijo, bajando los hombros—. Me parece bien. Perdona, Helen, no quería sonar así. Es que ya no sé de quién fiarme.

—Puedes fiarte de nosotras —afirmó Cornelia.

James sonrió por primera vez en mucho rato.

Y en ese mismo momento, cuando pronunció aquellas palabras, Helen se sintió un poco menos sola.

* * *

En cuanto entraron a la sala de reuniones de Alexa, Helen tuvo la sensación de que hacía siglos que no la veía. Aun así, ella estaba igual. Llevaba esas gafas redondas de varillas doradas que parecían su seña de identidad, al igual que el *septum*.

—Pasad, pasad —dijo, con una sonrisa en los labios—. ¿Sabéis cuando Minerva McGonagall le dice a Harry, Ron y Hermione algo así como que siempre que pasa algo están involucrados ellos tres? Pues estoy sintiendo ahora mismo un paralelismo muy grande con esta situación.

James abrió la boca para soltar alguna broma que rebajara la tensión del ambiente, pero no se le ocurrió nada. Decidió ir al grano.

—Verás, es que venimos aquí porque estamos preocupados por lo de Los Otros. Sobre todo después de lo que le pasó a Helen el otro día en la Tercera Prueba, cuando se abrió la grieta.

El chico la miró, esperando que ella añadiera algo más.

—Sí... —dijo Helen con timidez—. La verdad es que, aunque me siento más o menos segura aquí, lo estoy pasando mal por mi familia. Si un *ooblo* consiguió burlar la seguridad de Elmoon, ¿qué va a impedir que vaya a hacer una visita sorpresa a mi familia?

Alexa se quitó las gafas, pensativa. Tenía demasiadas cosas en la cabeza y tratar este tema un viernes por la tarde era lo último que necesitaba.

—Chicos, de verdad. Deberíais parar ya con esto —les pidió.

Los tres se miraron.

—En serio, Alexa —le rogó Helen, intentando sonar un poco más firme—. Todo esto no es por liarla, ni por estirar una historia que todos queremos que termine. Es que estoy preocupada. Si cuando salgo de Elmoon para ver a mi familia me encuentro a un *ooblo* en el metro...

—Te escapaste, Parker —la corrigió Alexa—. Bueno, los tres.

—Lo sé, pero ¿qué más da eso? Si no nos hubiéramos escapado, esa criatura habría estado igualmente ahí.

Alexa negó con la cabeza.

—No, no tiene por qué ser así. Estas criaturas seguro que pueden detectar la magia. Algo haríais que lo invocase. Los *ooblos* no aparecen así como así, os lo digo en serio. Llevamos mucho tiempo intentando comprender cómo... razonan, si es que se puede decir así, porque ni siquiera sabemos de dónde provienen.

Helen no podía quitarse de la cabeza la conversación con su abuela. Si era cierto que Mortimer estaba preparando un ejército de criaturas... Le extrañaba que Alexa no estuviera al tanto de aquello. O quizá era que no quería hablar de más.

El ambiente estaba cada vez más tenso.

—Helen, si quieres dejar Elmoon e irte con tu familia puedes hacerlo. Ya sabes que no hay nada que te ate aquí. A nosotros nos gustaría educaros para que aprendierais a usar la magia de forma responsable, para que no terminéis como Los Otros..., pero no podemos obligaros. Sois libres de marcharos cuando queráis.

—Entonces... —arrancó James, aunque Alexa lo cortó enseguida.

—No te equivoques, James, por favor. Que te veo venir. —Le lanzó una breve sonrisa—. Si estáis aquí, tenéis que cumplir las reglas y no podéis escaparos cuando os dé la gana. Pero si decidís marcharos y nos avisáis, no hay problema. Sería una pena, eso sí.

—Tú misma has dicho que los *ooblos* rastrean la magia —razonó Helen—. Por tanto, en cualquier momento podrían ir al restaurante de mis padres y ellos no están sobre aviso.

—Probablemente sí que lo estén —la tranquilizó Alexa,

aunque sus palabras no le dieron mucha confianza—. Además, si nunca han aparecido por allí, ¿por qué iban a hacerlo ahora?

Aquel argumento dejó a Helen sin palabras. En parte, Alexa tenía razón. Pero, por otro lado, le daba pánico imaginarse a esa especie de lobo gigante entrando por el ventanal de The Chinese Moon, destrozando los cristales y arrasando con todo lo que encontrara. ¿Qué pasaría entonces? ¿Cómo justificarían aquello delante de tanta gente que no tenía poderes? ¿Les borrarían la memoria?

—No lo sé, Alexa... —Al ver que Helen no decía nada, James la ayudó.

Cornelia se mantuvo en silencio, sin saber muy bien qué hacer.

—Creo que le estáis dando demasiadas vueltas a algo que no es para tanto. Todo va bien. De verdad. Lo tenemos controlado. Si pasara algo, os habríamos avisado.

Nada más escuchar aquellas palabras, Helen no pudo evitar contenerse.

—No, Alexa, todo no va bien. James escuchó a su padre hablar con John Cullimore de que Los Otros se estaban organizando para encontrar la Piedra Lunar. ¿Qué es lo que ha pasado que ha hecho que cambien las cosas? ¿Por qué estamos ahora desprotegidos? Algo ha tenido que suceder ahí fuera para que los *ooblos* se hayan... activado.

Helen solo quería que se confirmase lo que su abuela le había confiado.

Alexa parecía haber llegado al límite de su paciencia. Resopló, bajando los hombros, y se volvió a poner las gafas en su sitio después de frotarse el lugar donde se apoyaban las patillas.

—De verdad que no es nada. Seguro que se referían a un estúpido rumor que habrán escuchado.

—Si es tan estúpido y es un rumor, ¿por qué no nos lo cuentas? —intervino Cornelia por primera vez.

Los tres la miraron, estupefactos, y después James volvió la cabeza hacia Alexa, esperando una explicación.

—¿Y bien? —insistió.

Helen también la miró fijamente. En un instante vio que algo cambiaba en su expresión, y supo que iba a confesar.

—Si os lo cuento, ¿os quedaréis tranquilos al ver que es una auténtica tontería?

—Sí —respondieron los tres al unísono sin pensarlo.

Alexa los miró, uno a uno.

—De acuerdo. Pero antes me tenéis que prometer algo. Bajo ningún concepto, una vez sepáis esto, saldréis de Elmoon sin permiso. De hecho, solicitaré que mi cuenta de Mercury me notifique si alguno de vosotros tres sale de la escuela y pasa a estar en paradero desconocido durante los próximos meses. ¿Os parece bien?

Aquello hizo que Helen dudase. Si no era tan importante, ¿por qué tomar tantas precauciones?

—Claro —respondió ella.

Alexa volvió a quitarse las gafas, ordenando sus pensamientos.

27

El Diamante Negro

Alexa se aseguró de que la puerta estaba cerrada y de que ahí solo estaban ellos.

—Solo para mi propia tranquilidad, os recuerdo que os estoy contando esto porque así me dejaréis en paz y no me freiréis más a preguntas sobre los *ooblos* y Los Otros. ¿De acuerdo?

Se aclaró la garganta, como si quisiera retrasar ese momento lo máximo posible. Intentó organizar las ideas en su cabeza. Había tantas cosas que debía tener en cuenta que no se le ocurría por dónde empezar.

—Supongo que ya lo sabéis todo sobre La Guardia, Los Otros y la carrera contrarreloj que estamos disputando para encontrar la Piedra Lunar. Bueno, pues la situación ahora ha cambiado porque Los Otros creen que tienen una nueva pista. Y digo que lo creen porque, en realidad, lo que saben no lleva a ninguna parte.

Helen inclinó la cabeza. No le gustaba que la chica empezara a dar rodeos ni les contara historias innecesarias para enterarse de lo que estaba pasando.

—Antes que nada —dijo Alexa al darse cuenta de que los tres la estaban mirando con cara de circunstancias—, ¿sabéis lo que es el Diamante Negro?

—No.

—No, ni idea.

Cornelia negó con la cabeza.

—Vale, bueno. No pasa nada. Voy a intentar explicarlo lo mejor que pueda. ¿Alguna vez habéis ido al parque de atracciones de Coney Island por la noche? ¿No? ¿Tampoco? Esto va a ser más complicado de lo que pensaba. A ver... Desde hace años, se rumoreaba que cuando caía la noche en el parque de atracciones a veces se podía ver al Diamante Negro deambulando por la zona, paseando en silencio. A veces, incluso se lo ha visto saliendo del parque, cruzando el paseo marítimo y caminando por la arena de la playa. Hasta ahora todo han sido leyendas... Pero ahora Los Otros dicen haber dado con él.

»El Diamante Negro es un oráculo, una especie de espíritu que se dedica a caminar por el parque a altas horas de la madrugada, con las manos juntas detrás de la espalda, a la altura de las lumbares. Se dice que es como un fantasma que nunca habla excepto en determinados casos. Y es que el Diamante Negro te permite hacerle una pregunta, la que tú quieras, y te contestará la verdad absoluta. Eso sí, bajo dos condiciones. La primera: deberás hacer un sacrificio para conseguir hablar con él. No se sabe muy bien cómo tiene que ser ese sacrificio, pero hay leyendas e historias de gente que ha intentado de todo. Aunque sin ninguna duda la peor de las condiciones es la segunda. Cuando le haces una consulta al oráculo, te dirá la verdad para conseguir lo que te propones... pero también te responderá con otra opción que te llevará a una muerte segura.

Los chicos fruncieron el ceño, confundidos.

—Voy a poneros un ejemplo para que lo entendáis. Imaginad que yo voy a ver al Diamante Negro y mi ofrenda le agrada y decide hablar conmigo. Y mi pregunta es: ¿qué tengo que hacer para..., no sé, aprobar este examen? El oráculo me dará dos respuestas. Con una, aprobaré seguro. Con la otra, que será una respuesta distinta, moriré. Por ejemplo, imagina que las respuestas son, por un lado, ir a la Biblioteca Nacional y consultar un libro determinado en una página determinada, donde está la solución a la pregunta más difícil del examen. Por otro, estudiarme solo un tema que será el que entre, de manera que no pierda el tiempo y pueda dedicarme a otras cosas. Así a primera vista parece muy fácil burlarlo, pero no es así. ¿Y si al ir a la Biblioteca Nacional me atropella un taxi y me muero? ¿Y si el ascensor se estropea cuando estoy subiendo al piso donde se encuentra el libro y, tras una caída de varias decenas de metros, muero aplastada entre hierros? ¿Y si, en realidad, al estudiarme solo un tema aprovecho para salir a dar una vuelta y me caigo, golpeándome contra el bordillo de la acera? Entendéis por dónde voy, ¿verdad?

—Entonces... ¿Los Otros han conseguido dar con el Diamante Negro y que acepte la ofrenda? —preguntó Helen.

—Eso es —respondió Alexa—. Y no solo eso. Gracias a nuestras fuentes, porque tenemos a una persona infiltrada, sabemos cuáles han sido las respuestas del Diamante Negro.

—Pero en ese caso es muy sencillo, ¿no? —interrumpió James justo en el momento más interesante.

Cornelia chasqueó la lengua.

—¿A qué te refieres?

—A ver, si el Diamante Negro ha dado dos opciones, es tan fácil como mandar a dos personas a probar cada opción, respectivamente. Una vivirá. La otra...

James fue bajando el tono, consciente de lo que acababa de decir. Sí, La Guardia encontraría la Piedra Lunar, pero alguien tendría que arriesgar su vida para que pudieran tenerla.

Por un momento, se imaginó a su padre haciendo algo así. En el caso de que hubieran pedido voluntarios para investigar cualquiera de las dos opciones del Diamante Negro, seguro que el padre del chico se había presentado voluntario. A James no le cabía ninguna duda.

—¿Y cuáles han sido las respuestas? —preguntó Helen.

Por un instante, le pareció que Alexa no quería responder a su pregunta. Pero ya era demasiado tarde como para disimular, o como para mentir, haciéndoles creer que no las sabía. Por supuesto que sí. Se podía leer en sus ojos.

—El Diamante Negro ha dado dos respuestas sobre dónde se encuentra la Piedra Lunar. Y por primera vez las dos respuestas... han sido exactamente la misma.

Helen tragó saliva. Si había entendido bien, entonces el mismo lugar donde se encontraba la Piedra Lunar era...

—Pero ¿qué ha dicho? —insistió Cornelia, sacando a Helen de su espiral de pensamientos. Al principio le fastidió, pero después agradeció que lo hubiera hecho.

—Que la Piedra Lunar..., bueno, que se encuentra por la zona de Central Park.

—Vaya, eso no es muy concreto —dijo James, rompiendo la serenidad del momento.

Las tres chicas se volvieron hacia él.

—¿Cómo que no es muy concreto? ¡Acaba de decir públicamente el lugar en el que se encuentra!

James se encogió de hombros. No parecía convencido.

—Para empezar, Central Park es gigante. Es como ocho veces la Ciudad del Vaticano.

Cornelia no pareció entender la referencia, pero al ver que nadie más decía nada se calló.

—Y solo ha dicho «la zona de»..., ¿qué incluye exactamente eso? Si me preguntáis, a mí me parece una cagada.

Alexa resopló.

—Genial, James. No te preocupes, que como esto no va contigo no tendrás que recorrerte toda «la zona de» Central Park. Ya lo haremos nosotros por ti. —Helen se quedó helada cuando escuchó el tono que Alexa estaba utilizando. Nunca la había visto así de enfadada—. Quizá para vosotros sea una tontería, pero para mí, que llevo toda mi vida dedicada a esto, que he visto cómo mis compañeros de La Guardia han vivido años con las secuelas de la Batalla de Niágara, que he aguantado todo este tiempo de incertidumbre por no saber qué estaba pasando porque no caían Rayos Lunares... En fin, la lista es interminable, pero lo que quiero decir es que para mí esto sí es algo importante. Porque no solo ha pasado eso. Ha sido un cúmulo de cosas que lo cambian todo después de tantos años en silencio.

»En primer lugar, el Diamante Negro ha hablado. Hasta ahora, las pocas veces que había sido visto había huido, desaparecido o, simplemente, no había pronunciado ni una palabra... Mucha gente que lo veía era tachada, directamente, de loca. Y ahora, por fin, aparece y da una pista. Esto lo cambia todo. Principalmente porque se ha sabido que la piedra no está aquí, en Elmoon. Y lo peor es que a saber cuánto tiempo llevan Los Otros utilizando esta información. A nosotros nos ha llegado a través de un soplo, sí. Pero esto solo me lleva a pensar en cuánto tiempo habrá estado en su poder, de forma exclusiva. Mientras nosotros estábamos durmiendo, ellos ya habrán peinado Central Park durante días.

»Sé que en La Guardia también han comenzado a hacer batidas, pero hay diferentes opiniones. ¿Cómo sabemos que es verdad lo que nos han dicho? ¿Y si se lo han inventado para hacernos perder el tiempo y mandarnos a una muerte segura? Porque si el Diamante Negro ha dicho la misma respuesta para las dos cosas, eso solo puede significar que quien encuentre la Piedra Lunar morirá de alguna manera. Por eso la respuesta es la misma.

»Ahora bien, ¿y si una de las respuestas hubiera sido, por ejemplo, que la Piedra Lunar estaba en la zona de Central Park pero la otra se encontrara en..., no sé, el Puente de Brooklyn? ¿Estamos mandando a gente de La Guardia a una de las opciones a voleo? No lo sé, son demasiadas variables.

Alexa se quitó de nuevo las gafas.

—Lo siento, pero no me lo creo —dijo James.

Helen le lanzó una mirada de odio. No entendía cómo podía estar siendo tan maleducado con Alexa. La chica lo estaba pasando mal y, encima de que les estaba echando una mano, James no paraba de cuestionarlo todo.

—¿Qué es lo que no te crees?

—Que haya pasado esto de verdad. ¿Cómo podéis estar seguros? Yo había oído hablar del Diamante Negro, pero hacer que hable es imposible. Es que no tiene sentido que lo haya hecho, ni mucho menos con Los Otros. No se aparece a cualquier persona.

—Pues es lo que ha pasado, James.

—No —insistió el chico, elevando el tono—. Todo esto tiene que ser algún tipo de maniobra de distracción. ¿Es que nadie se da cuenta? ¡Están poniendo en peligro a gente como mi padre, que seguramente, conociéndolo, será el primero que se habrá apuntado para recorrer Central Park en busca de la Piedra Lunar!

La tensión se fue apoderando de la conversación.

—Que no, James, te lo digo de verdad. Te lo prometo. Realmente han conseguido hablar con el Diamante Negro.

—¿Y cómo lo sabes? —insistió él—. ¿Habéis ido a verlo? En fin, Helen, en estos momentos te entiendo más que nunca con el tema de tus padres y el restaurante. Ahora no me quedo tranquilo sabiendo que mi padre está por ahí, cayendo en lo que seguramente es una trampa.

La chica se sorprendió al ver que ahora hablaban de ella.

Había pasado los últimos diez minutos viendo cómo Alexa les explicaba todo y James se dedicaba a rebatirle cada una de las cosas que añadía.

—James, tu padre no es tonto. Sabe lo que hace. Y te voy a decir por qué —lo cortó, antes de que pudiera volver a quejarse.

El chico se recolocó en la silla, dispuesto a escuchar a Alexa. Helen miró a Cornelia, que observaba la situación con cara de pánico. Nunca había visto a James tan enfadado, pero se alegraba de que, por lo menos, ahora alguien entendiera su situación. Estar encerrada en Elmoon, por muy seguro que pudiera ser para los alumnos, no garantizaba ningún tipo de protección a sus padres.

—Sabemos que dice la verdad porque el Diamante Negro no solo dijo que la Piedra Lunar se encontraba por la zona de Central Park. La frase que enunció fue mucho más larga y dio una pista que sabemos que es verdadera, una información que solo teníamos, hasta ahora, los integrantes de La Guardia, y que ahora ya conocen Los Otros.

Tragó saliva antes de continuar. A Alexa le estaban entrando las dudas. Aun así, decidió seguir adelante, contando todo lo que sabía.

—El Diamante Negro dijo que la Piedra Lunar, además de encontrarse en ese lugar, estaba custodiada... por un dragón dorado.

28

La cuarta prueba

Los días iban avanzando cada vez más rápido, sobre todo por lo pronto que anochecía. A las cinco de la tarde apenas entraba luz natural en las habitaciones y a las seis parecía que ya era medianoche. A la ciudad eso no le importaba, porque siempre estaba iluminada. Pero en la Estatua de la Libertad, separada del batallón de rascacielos que inundaban Manhattan, se notaba mucho más la penumbra.

En la biblioteca de Elmoon, Helen veía pasar las horas por la ventana. Era el último día antes de la Cuarta Prueba y se notaba. La gente ya no hacía tantas pausas para salir a la antorcha, a tomar algo en la cafetería o para volver a la sala de su elemento. En aquel momento, todos los alumnos se encontraban estudiando, concentrados, dispuestos a pasar los exámenes teóricos.

Helen estaba nerviosa. Desde que había puesto un pie en la escuela no se había examinado todavía de la teoría que habían estado dando en clase, porque hasta entonces todo se había basado en la práctica. Cuando comenzó a estudiar para la prueba pensó que sería mucho más sencilla que las anteriores. Sobre todo, después del infierno que había vivido en algunas de sus anteriores pruebas, como cuando la reclasificaron de elemento o apareció un *ooblo* en mitad del aula. Sin embargo, ahí sentada, con la cabeza en qué estarían haciendo sus padres en ese instante, se veía incapaz de concentrarse.

Les había escrito muchas veces a través de Mercury mediante la opción de chatear con sus familiares. Había hablado con su familia, sobre todo estos últimos días, aunque, por supuesto, no les había mencionado nada de lo que Alexa les había contado. No estaba segura de si ellos sabían algo. Precisamente por eso, por precaución, no hizo alusión a ello. Si sus padres y su abuela no estaban enterados, lo mejor era no decir nada, porque si no querrían unirse a la causa. Y Helen deseaba que estuvieran lo más protegidos posible, lo cual significaba mantenerlos al margen.

Enfrente de ella, James estiró los brazos, aguantando un bostezo. Eran las siete de la tarde y sus cerebros les pedían una pausa. Como si le hubiera leído la mente, el chico levantó la cabeza y le hizo un gesto hacia la puerta. En cualquier otro momento habría hablado en voz alta, pero viendo cómo estaban de tiquismiquis todos los alumnos con mantener silencio en los días previos a la Cuarta Prueba era mejor no decir nada. Además, a su lado se habían sentado dos chicas de Electricidad que ya les habían mandado callar en más de una ocasión, por lo que lo mejor era comunicarse por gestos o escribirse a través del chat de Mercury.

Helen asintió, marcando la página en la que se había quedado repasando. Le tocó el hombro a Cornelia, que estaba a su lado, haciéndole ver que iban a salir.

—Yo me quedo —susurró esta, tan bajo que apenas pudo entenderla.

Helen cogió su abrigo y su bufanda, por si acaso James quería subir a la antorcha, y abandonaron la biblioteca.

—Ufff..., me estaba dando algo ahí dentro. Es como que

el aire está demasiado cargado, ¿no te pasa? ¿O es que nosotros lo notamos más porque es nuestro elemento?

—Ni idea. ¿Subimos? —propuso Helen, mirando hacia arriba.

El *hall* estaba vacío a excepción de Billy, que se encontraba, como siempre, sentado en la conserjería leyendo un libro de más de quinientas páginas.

—Sí, vale. Hará un frío de muerte, pero mejor eso que permanecer un segundo más en la biblioteca.

Los dos subieron a la antorcha. Al igual que el *hall*, se encontraba vacía. Helen nunca la había visto así, excepto la noche antes de la Tercera Prueba.

—*Wow* —exclamó ella.

Él sonrió.

—Normalmente está también vacía cuando vengo a dar una vuelta por las noches para despejar la mente, pero nunca la había visto así a estas horas.

Una ráfaga de aire frío les azotó en la cara. Helen se recolocó el abrigo mientras James movía las manos, bloqueando el viento. Aquello le chocó mucho a Helen. Todavía no se acostumbraba a que pudieran usar sus poderes en el día a día para su comodidad. Era algo que sabía que podían hacer pero a lo que todavía no se había hecho a la idea.

—¿Y si hacemos una burbuja de aire caliente? ¿Crees que podremos? —propuso James—. Si no, aguantaremos poco más de diez minutos con vida aquí arriba a la intemperie.

Tenía razón. Si ya de por sí Nueva York era una ciudad muy fría en invierno, en lo alto de la Estatua de la Libertad se encontraban a merced de los vientos más fríos, porque ni los rascacielos ni los árboles los protegían.

—Hummm... Lo puedo intentar —meditó Helen—, pero tendría que estar muy concentrada, o no se mantendrá mucho rato.

Helen se concentró y, de pronto, comenzó a notar un agradable calor en la cara, que se fue extendiendo por todo su cuerpo. Como si se tratara de una burbuja, tal y como James la había descrito, una fina línea a su alrededor se fue haciendo cada vez más grande, incluyendo al chico dentro de ella.

—Bueno, bueno, la que dudaba de sus poderes de Aire... —dijo James, alabándola.

—A veces todavía me sorprende que podamos hacer estas cosas —le respondió Helen, quitándole importancia.

—Si te cansas, lo puedo seguir intentando yo, avísame.

—Vale.

El silencio de la noche los invadió, aunque por lo menos no estaban pasando frío ahí arriba.

—¿Tú tampoco puedes concentrarte, verdad? —le preguntó James.

No hizo falta que explicara de qué estaba hablando. Helen lo entendió enseguida.

—Imposible —reconoció ella—. A ver, no te voy a mentir, sí que llevo casi todo leído y más o menos estudiado, pero no tengo la mente en esto. Sobre todo en Historia Mágica.

—Helen, te he dicho mil veces que ese profesor no lee los exámenes. De verdad, que los puntúa sin leerlos y aprueba a todo el mundo. No pierdas el tiempo estudiando.

Y tenía razón en que se lo había repetido muchas veces, pero Helen no se lo creía. En el colegio, cuando estaba cursando el último curso, había mucha gente que se dedicaba a hacer comentarios similares, como si intentaran que no estudiara tanto para que no sacara las mejores notas de la clase. Era como si quisieran que se relajara a propósito. Aunque, en este caso, con James era diferente. Sin embargo, aun así, ella no pudo evitar seguir estudiando la asignatura. Todo el mundo lo estaba haciendo, no se la iba a jugar solo por un rumor que James había escuchado.

—Da igual, James. Ya sabes que no vamos a llegar a un acuerdo sobre eso —sonrió, aunque por dentro estaba triste—. Lo que sí que sé es que no puedo quitarme de la cabeza lo que estarán haciendo mis padres. Y muchas veces me enfado con Cornelia, aunque no se lo diga y solo esté dentro de mi cabeza, porque ella no lo entiende. Sus padres están seguros, en otro estado, sin saber ni siquiera lo que ella está haciendo. Pero los míos... y sobre todo mi abuela. Me da miedo lo que les pueda pasar.

—Pues mi padre es justo lo contrario que los tuyos. Seguro que ha sido el primero en ofrecerse a hacer todo esto. Me vuelvo loco cada vez que no lo veo por aquí. Además, como no se puede ver en Mercury dónde están los profesores, todavía me vuelvo más paranoico.

Una gaviota sobrevoló la corona de Lady Liberty. Desde la antorcha, parecía hasta pequeñita.

—¿Piensas alguna vez en lo que habría pasado si no hubiéramos estado en el Empire State aquel día? —dijo James, concentrado en algún punto del *skyline* de la ciudad.

A Helen le pareció notar un tono melancólico en su voz. Por supuesto que había pensado en cómo serían las cosas si nada de aquello hubiera pasado. Probablemente seguiría estando con Evan. Habría empezado a estudiar Dirección de Empresas, habría conocido a sus nuevos compañeros de clase... Eso sí, no tendría poderes. Nada de lo que tenía ahora existiría. Y no tendría que preocuparse por la seguridad de su familia... Aunque solo fuera por eso, por poder estar tranquila, Helen habría deseado que aquello nunca hubiera ocurrido.

—Sí, a veces. ¿Por qué?

Se encogió de hombros.

—Curiosidad.

James apartó la mirada de los edificios y se fijó en Helen.

Había algo en esa chica que siempre le llamaba la atención. Quizá era su simplicidad, en el buen sentido. Y su fortaleza. Su forma de enfrentarse a las situaciones malas con sus dos señas de identidad: una sonrisa en la cara y, como siempre, dos largas trenzas que recogían su pelo negro.

—Me gusta tu collar.

Helen tragó saliva.

—Gracias —respondió, mirándolo a los ojos.

De repente, la burbuja de aire que les rodeaba explotó y a ambos les azotó en la cara una corriente de aire frío.

—Perdona —se disculpó ella, intentando volver a recuperar la concentración.

—Da igual, no te preocupes. Yo me vuelvo para dentro. De hecho, me voy ya a mi habitación.

—¿Ya? ¿Tan pronto? —Helen no necesitaba mirar su móvil para saber que ni siquiera era la hora de cenar.

—Sí, quiero descansar para mañana. Va a ser un día largo.

—Lo sé —respondió Helen.

James se despidió con un gesto con la mano y dejó a Helen sola en la antorcha. Ella esperó un par de minutos, sin saber muy bien qué hacer. Pensó en quedarse un rato más allí, pero tenía que volver a la biblioteca para repasar.

En silencio, se teletransportó a la zona de acceso y de ahí fue a la biblioteca. Cornelia levantó la cabeza al verla llegar, pero no dijo nada. Helen se sentó en su sitio y no se levantó hasta varias horas más tarde. Su cabeza parecía que iba a explotar y ya no tenía más ganas de seguir estudiando.

—Me marcho a la habitación —le susurró a Cornelia.

La biblioteca no estaba tan llena como antes. Sin embargo, las chicas de Electricidad seguían allí.

—Genial. Te veo mañana en el examen.

—Hablamos —se despidió Helen, levantando el móvil.

Había intentado pasar todo el día sin utilizar apenas Mercury, pero sabía que en cuanto llegara a la habitación estaría un ratito conectada antes de irse a dormir. Por lo menos, ese era su plan hasta que se encontró con Ariana dormida en su cuarto nada más entrar. Helen entró en silencio, se dio una ducha rápida y se puso el pijama intentando no revolver muchas cosas. Tumbada de lado, pasó casi una hora con el móvil, hablando con su familia y con Cornelia. James no dio señales de vida, así que supuso que estaría ya durmiendo. Sobre las doce y media de la noche, Helen decidió hacer lo mismo.

A la mañana siguiente, el despertar no fue tan tranquilo como lo era normalmente. Félix entró habitación por habitación, llamando primero, para asegurarse de que ningún alumno se quedaba dormido antes de la Cuarta Prueba. Al parecer, una chica de Oscuridad se había dormido la mañana de la Tercera, por lo que habían instaurado que los jefes de cada elemento se harían responsables de que no volviera a suceder.

—¿Cómo llevas el examen de Historia Mágica? —le preguntó Helen.

—Bueno..., podría ir mejor.

Helen estuvo a punto de contarle lo que le había dicho James sobre el profesor de esa asignatura, aunque prefirió callárselo. De hecho, lo primero que hizo nada más bajar a la Sala de Aire fue buscarlo, pero no estaba en ninguna parte. Preguntó a un par de personas, que tampoco lo habían visto.

—Estará en el examen, ya lo conoces.

Helen asintió y se marchó a la clase donde tenían el examen los alumnos de Aire. Había tanta gente que le costó unos segundos recorrerlo todo con la mirada, aunque enseguida se dio cuenta de que James no estaba ahí. Escogió un sitio y se sentó hasta que llegara la hora del examen. Ya aparecería. Por lo menos, pensó, no se quedaría dormido.

Un minuto antes de que cerraran las puertas, James apareció en el aula. Estaba jadeando, como si hubiera venido corriendo desde la Sala de Aire. Uno de sus amigos mencionó que había llegado por los pelos mientras él se sentaba en primera fila, sin mirar atrás, sin buscar a Helen con la mirada. Fue de los primeros en entregar el examen de Historia Mágica y, en cuanto lo dejó sobre la mesa del profesor, salió por la puerta. Y aquella vez fue la última que Helen lo vio durante el resto del día.

Los exámenes fueron pasando y James no apareció. En cuanto las puertas del segundo, Meteorología, se cerraron, Helen supo que algo iba mal. Intentó concentrarse mientras redondeaba las respuestas tipo test, pero no podía dejar de comprobar que en esa sala no estaba su amigo. ¿Dónde se habría metido? ¿Por qué no se había presentado a la asignatura? No había manera de consultarlo en Mercury, ya que los móviles se habían desconectado hasta que terminara la Cuarta Prueba para todos los alumnos. Tampoco llegó al tercero ni al cuarto ni al quinto.

Helen salió al pasillo unos instantes antes de que comenzara el siguiente para contárselo a Cornelia, pero no la vio por ninguna parte. Se estaría examinando en la planta de Agua, un lugar al que no tenía acceso.

Con la cabeza en otra parte, Helen terminó como pudo el último examen y fue corriendo a por su móvil. Los alumnos de Oscuridad y Tierra todavía no habían acabado los suyos, así que sabía que Mercury no funcionaría hasta entonces. Pero, por lo menos, podía intentar ir a la cafetería para ver si se encontraba con Cornelia. En su lugar, se cruzó con la persona que más podría haberle ayudado en aquel momento: Alexa. No entendía cómo no se le había pasado antes por la cabeza.

—¡Alexa! ¡Alexa! —la llamó Helen, esquivando a varios grupos de alumnos.

—¿Todo bien? —Alexa la miró con cara de susto, posiblemente como un acto reflejo por la expresión que tenía la chica en la cara.

—James ha venido al primer examen y después ha desaparecido, sin presentarse a ninguno más. ¿Sabes qué le ha pasado? No puedo mirar todavía en Mercury.

La cara de Alexa pareció relajarse.

—Ah, sí, él está bien, no pasa nada. Se ha tenido que ausentar a mitad de la mañana porque su abuelo se ha puesto muy enfermo. Estará ahora en casa, con su padre y su abuelo. No sé cuándo volverá, la verdad.

Helen respiró aliviada. No sabía qué le podría haber pasado, pero desde que no lo había visto entrar en los exámenes se le habían pasado miles de cosas por la cabeza.

—Está con su padre entonces —repitió Helen.

—Sí. Me ha dicho que os escribiría hoy por la noche.

—Vale. Gracias, Alexa.

—¿Qué tal han ido los exámenes, por cierto? —le preguntó.

—Bien, bien —respondió Helen, sin saber qué más decir. La verdad era que no sabía cómo le habían ido. Con todo el lío de James, no había tenido tiempo de pararse un segundo a meditar sobre ellos.

—Te dejo, que me necesitan en la Sala de la Corona —se excusó Alexa.

Antes de que Helen pudiera decir algo, Alexa le sonrió. Sus gafas se elevaron por el movimiento de sus mofletes y se le movió el *septum*. Acto seguido, desapareció.

29

Sin noticias de James

Pasaron cinco días sin noticias de James. Ni siquiera su padre estuvo allí para dar las notas a sus alumnos cuando se publicaron los resultados de la Cuarta Prueba. En su lugar, tuvo que hacerlo Alexa.

Helen se sintió más sola que nunca en clase. Se sentó como siempre con sus compañeros, pero sintió que le faltaba algo. Nadie hacía bromas ni se reía como él. Los días pasaban más despacio y estaba convencida de que no era solo porque se acercaba cada vez más el invierno. La cafetería no era la misma sin su voz destacando sobre todas las demás.

En el fondo, Helen estaba enfadada. James se había ido sin avisarla ni dejarle un solo mensaje en Mercury, tal y como les había prometido Alexa. El chat que tenían los tres estaba vacío desde hacía días, a excepción de los mensajes de Cornelia preguntando si estaba ahí. Helen le había escrito por privado con el mismo resultado. No quería molestarle, sobre todo si estaban pasando por un mal momento familiar, pero las chicas estaban cada vez más preocupadas. Hasta Ariana le preguntó dónde estaba James después de una semana sin tener noticias de él. Hablar sobre este tema le provocaba una punzada en el corazón, porque se sentía abandonada. ¿Por qué se había marchado sin decir nada? Sobre todo si les había dicho que esa misma noche hablarían por Mercury...

Helen pasó todo el día sin salir de su habitación. Era sábado, pero no tenía ganas de nada. Ni siquiera pensar en que había aprobado todo y con buena nota la animaba. Escribió a Cornelia para ver si quería hacer algo, pero esta tenía planes con unos amigos de su elemento, así que decidió salir a dar una vuelta por los pasillos y el *hall*. Lo malo de Elmoon era que no había mucho más que hacer. En el gimnasio se aburría, y el resto de actividades, estando sola, no le apetecían tanto. Helen cogió su móvil y los cascos, bajó a la sala de acceso y dio una vuelta alrededor de la fuente. Había dejado que la función de aleatorio le sorprendiera, por eso en esos momentos sonaba una balada con un piano de fondo que nunca antes había escuchado. Perdida entre las notas, no se dio cuenta de que estaba justo en la zona de entrada a Elmoon, donde se aparecían cuando llegaban desde fuera. De pronto, una persona surgió de la nada y Helen no pudo evitar chocarse con ella.

—¡Ay! —se quejó el hombre, dándose la vuelta al mismo tiempo que Helen se disculpaba mil veces.

El corazón de la chica, que se había disparado durante el incidente pensando que se trataría de James, se paró un segundo.

—¡Vaya, Parker! ¿Qué haces por aquí? —le preguntó Benjamin.

—Pues... nada, dar una vuelta. Oye, ¿cómo estáis? Ya sabéis...

El Jefe de Fuego la miró, esperando a que dijera algo más.

—Quiero decir, James y tú, después de lo que ha pasado.

Benjamin parecía más perdido que Helen.

—Perdona, no sé a qué te refieres. ¿Qué es lo que ha pasado? He estado unos días fuera y no me he enterado.

Helen miró a su alrededor, pensando que aquello era algún tipo de broma.

—¿No has estado con James estos días?

El profesor negó con la cabeza.

—No. ¿Dónde iba a estar si no es en clase?

A la chica se le aceleró el corazón.

—Benjamin... James lleva una semana sin aparecer por clase.

—Qué raro. Se habrá puesto malo o algo, ¿no?

Helen no podía creer lo que estaba oyendo.

—Alexa me dijo que había salido para estar contigo y con su abuelo porque había enfermado...

—¿¡Qué!?

Su grito resonó por todo el *hall*, rebotando contra el cilindro donde se encontraba la gran bola de luz blanca.

—¿Dónde está mi hijo? ¿Dónde narices se ha metido? ¡Billy! Espera, espera —le dijo a Helen, dándose la vuelta—, tú no te marches.

Helen nunca había visto así a su antiguo jefe de elemento. Ni siquiera cuando se había enfadado durante las clases. Benjamin siempre se había comportado bien con sus alumnos y era el típico profesor que caía bien a todo el mundo.

—¿Todo en orden, Ben? —preguntó Billy en cuanto el profesor entró en la conserjería sin llamar, interrumpiendo su lectura.

—No, Billy. Esta alumna me acaba de decir que mi hijo está en paradero desconocido desde hace una semana. ¿Cómo...?

Lanzó las manos al aire, intentando encontrar la forma de enunciar la frase.

—¿No estaba contigo? —El semblante de Billy cambió en tan solo un segundo—. Alexa lo dejó salir y me pidió permiso para dejarlo marchar porque me dijo que había quedado contigo.

—¿Y lo dejasteis, así, sin más? ¿Por qué nadie me avisó?

Billy también estaba a punto de perder los nervios.

—¿Por qué iba a mentirnos? —se defendió—. ¡Nos dijo que se iba a reunir contigo porque tu padre estaba enfermo!

—¡Bueno, pues yo llevo una semana recorriendo cada metro de Central Park, sin saber nada de lo que estaba pasando aquí porque estaba en una misión de La Guardia, y a mí nadie me ha consultado nada! ¡Y que yo sepa, mi padre lleva veintiocho años muerto! Y del padre de mi exmujer no sé nada, afortunadamente.

Helen sintió que se hacía cada vez más pequeñita en mitad de aquel griterío. Billy se dio cuenta de la situación.

—Vamos a mantener la calma, Ben, por favor.

Al ver que la puerta de conserjería seguía abierta, Billy la cerró.

—Quizá Helen Parker nos pueda ayudar contándonos lo que sabe.

Las miradas se dirigieron hacia ella.

—Yo... no lo sabía, pensaba que estaba con su abuelo. Ni se me ocurrió plantearme nada más en cuanto me lo dijo Alexa.

—¿Qué te contó, exactamente?

—Que había tenido que marcharse y que nos escribiría a Cornelia Brown y a mí por la noche por Mercury. Pero no hemos vuelto a saber nada de él desde entonces y en su perfil pone que se encuentra en paradero desconocido.

Benjamin gruñó.

—A saber dónde se ha metido ese niño... Joder.

—¿Cuándo fue la última vez que lo viste? —preguntó Billy, intentando acallar los insultos que Benjamin ya estaba propinando por toda la conserjería.

—El día de la Cuarta Prueba, por la mañana. Se presentó al primer examen. Llegó en el último momento, eso sí. Parecía que venía con prisas. Terminó de los primeros y salió al pasillo, como si fuera a darse una vuelta antes del siguiente examen, o a repasar un poco, no lo sé. El caso es que, desde entonces, ya no lo volví a ver. Cuando Alexa me dijo que se había marchado para estar contigo y su abuelo, ni siquiera lo pensé dos veces.

—Gracias, Helen —le respondió el padre de James, un poco más calmado—. Puedes marcharte. Ahora iré a ver a Alexa... ¿Dónde narices estará ahora?

Billy le sonrió y Helen se dio cuenta de que era el momento de marcharse de allí y de que no se iba a enterar de nada más. En cuanto cerró la puerta de la conserjería detrás de ella, supo lo que tenía que hacer a continuación: ir a contárselo todo a Cornelia. Abrió Mercury y fue a buscarla al gimnasio. La encontró en los vestuarios, lista para volver a su habitación después de haber pasado más de una hora en la cinta.

Cuando se lo contó todo, Cornelia no se lo podía creer. Volvieron a comprobar juntas que James seguía en paradero desconocido para la aplicación.

—Está claro, ¿no? —dijo Cornelia, después de meditar todo lo que Helen le había dicho.

—¿El qué? —preguntó Helen.

—Dónde está James. En realidad, es una jugada muy inteligente.

Helen no entendía nada.

—Esta es mi teoría: James oye lo del Diamante Negro y sabe que la Piedra Lunar está escondida por Central Park. Aprovecha una de las misiones largas de su padre para marcharse y buscarla por su cuenta. En realidad, es tan simple que precisamente por eso ha funcionado. ¡Madre mía! ¿Quién iba a dudar de que Benjamin le había dado permiso? James mintió a Alexa, quien lo llevó hasta Billy y lo dejaron marchar. Él sabía que tendría varios días de margen hasta que lo pillaran, pero mientras tanto puede haber estado en cualquier parte... ¡Es un plan brillante!

Helen sacudió la cabeza, abrumada por todas las ideas que había soltado su amiga en unos segundos.

—¿Y por qué no nos dijo nada? Eso es lo único que no entiendo.

A Helen le dolía que James se hubiera ido sin avisarlas. Sobre todo, después de la conversación que habían tenido en la antorcha la noche anterior a la Cuarta Prueba. Después de todo lo que habían conectado... La chica tenía la esperanza de que tras la marcha de James hubiera algún motivo por el cual se lo hubiese ocultado todo. Pero no le cuadraba.

—No lo sé —respondió Cornelia, después de pensarlo un poco.

—Tiene que haber dejado algo. Una nota en su habitación... —empezó a elucubrar Helen.

Su amiga también parecía enfadada.

—En realidad, con un mensaje en Mercury habría bastado —se quejó Cornelia—. ¿No? Tampoco costaba tanto. «Hola, estoy bien, nos vemos en unos días.» Ni siquiera hacía falta que nos explicara nada, con esa estúpida manía que tiene de que todo el día nos están espiando...

En ese instante, Helen se quedó paralizada.

—¿Qué has dicho?

Cornelia frunció el ceño al escuchar el tono que Helen había usado con ella.

—Ya sabes, James se pasa el día diciendo que los profesores se pueden meter en las conversaciones de los alumnos de Mercury, que no están cifradas. Tampoco nuestras ubicaciones. ¿Recuerdas? A no ser que lo apagues, en cuyo caso estás en paradero desconocido...

Las piezas comenzaron a encajar en la mente de Helen.

—¡Exacto! —gritó.

Sin decir nada más, abrió la aplicación bajo la atónita mirada de su amiga. Las palabras «paradero desconocido» seguían apareciendo en su perfil.

—James está obsesionado con eso, por lo que no nos ha escrito por Mercury. Nos ha dejado un mensaje escondido en alguna parte. ¡Pues claro! ¿Cómo no me he dado cuenta? Cuando Alexa me dijo que James le había prometido que nos escribiría por la noche, en realidad no estaba diciendo eso. Lo que nos estaba contando era dónde estaba en realidad su mensaje... Pero lo acabamos de comprender una semana más tarde y no hemos vuelto a saber nada de él, por lo que tenemos que dar ya con la nota. Le podría haber pasado cualquier cosa. ¡Vamos! Tenemos que buscar a Alexa.

Helen caminó hacia la sala donde normalmente se encontraba la Consejera de alumnos.

—¡Espera! Me estoy perdiendo —confesó Cornelia—. ¿Dónde narices está la nota?

Helen sonrió.

—James tenía muchas teorías. Una de ellas era que podían acceder a nuestros mensajes de Mercury en caso de emergencia. ¿Recuerdas la otra?

Cornelia negó con la cabeza, pero enseguida cayó en la cuenta de a lo que se refería su amiga.

—El profesor que no leía los exámenes.

30

El profesor que no leía los exámenes

¡Hola!

Antes que nada: este es un mensaje para Koi y Helen. Si realmente los rumores no eran ciertos y usted leía los exámenes... puede dejarlo aquí y ponerme directamente un cero. En serio. Deje de leer.

Vale, supongo que si habéis seguido se trata de vosotras. Me pregunto cuánto tiempo habéis tardado en encontrar este mensaje. Igual voy aquí de listillo, creyéndome que he hecho algo muy enrevesado, y dais con mi examen en cuestión de minutos en cuanto lo entregue. Ni idea. Lo único que sé es que tengo que aparentar que estoy haciéndolo ahora mismo, ya que si lo entrego en cinco minutos el profesor va a sospechar, por lo que esta carta igual es un poco larga. De hecho, voy a aprovechar para hacer buena letra, así puedo escribir más despacio.

Vale, ahora he hecho una pausa de cinco minutos sin hacer nada porque me aburro demasiado. Probablemente ahora tengáis ganas de matarme por enrollarme tanto. Lo siento un montón. Ya voy al grano, lo prometo.

Antes que nada: lo siento mucho por mentiros. Bueno, en realidad no os voy a mentir, va a ser Alexa la que os traslade la mentira que le he contado a ella. Pero es que necesito marcharme de aquí. Ayer por la noche mi padre vino a despedirse de mí porque se iba a una misión con La Guardia. Él no era consciente de que yo sabía lo del Diamante Negro y Central Park, así que pensó que su misión no levantaría sospechas, aunque se marchara varios días. Sin embargo, en cuanto se fue a ver a Billy para salir de Elmoon me entró el pánico. Recordé nuestra conversación en la antorcha, Helen. Sabía que tenía que hacer algo, pero no quería meteros en todo esto. Koi, si tú salías una vez más sin permiso, no podrías volver a hacerlo cuando lo necesitaras para algún casting. Helen, te conozco, y sé que te habrías saltado la Cuarta Prueba para venir conmigo. Y ya has tenido suficientes problemas con todas las que has ido haciendo, por lo menos quería que una te saliera bien. Aunque igual te pones nerviosa al ver que no aparezco en los siguientes exámenes. Mierda. No había pensado en eso.

Da igual. El caso es que quería que permanecierais aquí. Lo siento si esto suena egoísta, no es lo que pretendo. Simplemente pensé que estaríais mejor aquí, sin saber nada.

Mi padre tampoco tiene ni idea de lo que voy a hacer, así que voy a dejar mi móvil apagado todo el rato y solo lo encenderé si ha habido una emergencia. A ver, seguro que no pasa nada. Voy a ir vestido de turista a dar una vuelta por Central Park. Lo he dividido en cinco partes. Dormiré en un hostal que hay justo al lado de la esquina sureste del parque y listo, no hay ningún problema. Mi idea es investigar por mi cuenta e intentar encontrarme con La Guardia y seguir su pista, aunque sé que esto último es bastante complicado. Pero lo voy a intentar. Sea como sea, mi padre me dijo anoche que volvería a Elmoon el domingo a media mañana, por lo que, como tarde, estaré de vuelta el sábado.

Ahora os tengo que pedir un favor: no le contéis a nadie que habéis leído este «examen». Solo hay una situación para la que os doy permiso para hacerlo: si no vuelvo a Elmoon antes que mi padre. Pero eso no va a suceder, así que, por favor, no digáis nada a nadie. Ni siquiera a Alexa.

Y tampoco os enfadéis, porfa. El sábado nos vemos y os cuento todo lo que he averiguado.

¡Mucha suerte en la Cuarta Prueba!

Nos vemos en unos días,

James (Pecas)

31

Los unicornios odian Starbucks

—No me lo puedo creer.

Cornelia resopló.

—Ya lo has dicho como siete veces, Helen.

—Lo siento, pero es que no me entra en la cabeza que James hiciera algo así.

Desde la silla del profesor de Historia Mágica, Alexa negaba con la cabeza.

—Lo que yo no me puedo creer es que los rumores fueran ciertos —dijo, mirando las notas de los exámenes—. Y, sobre todo, que nos hayamos colado aquí sin consentimiento. Esto va a terminar conmigo. Me van a echar.

Cornelia estaba a punto de perder los nervios. No comprendía por qué nadie se daba cuenta de que la urgencia no era que James hubiese dejado una nota escondida en un examen, ni que hubieran entrado a escondidas en el despacho del profesor de Historia Mágica para hacer lo que acababan de hacer.

—Tenemos que actuar —insistió—. James está por ahí, solo. En la carta dice que pensaba volver antes que su padre, pero no ha aparecido por aquí en toda la semana. Lo más probable es que le haya pasado algo y, mientras tanto, aquí estamos nosotras...

—Tenemos que ir a Central Park —dijo Helen.

—No, de eso nada —se plantó Alexa—. Ahora mismo vamos a hablar con Benjamin y Billy. Y con Fiona, por supuesto.

La voz se le quebró en el último momento. Tenía que hacer lo correcto. Pero, al mismo tiempo, sabía que contar toda la verdad pasaba por confesar varios errores que le costarían su puesto de trabajo para siempre: dejar que un alumno se marchara sin comprobar la autorización expresa de su padre y colarse en un despacho, mirando la documentación privada del profesor.

—No, Alexa, por favor —rogó Helen—. Esto no puede pasar por más gente. Tenemos que hacer algo ya. Si se lo contamos a los profesores y a la directora, se van a desviar de lo que verdaderamente tienen que hacer: encontrar la Piedra Lunar antes que Los Otros. Y lo sabes, porque los conoces. En cuanto se enteren de que hay un alumno por ahí suelto no van a pensar en otra cosa.

—Tiene sentido —la apoyó Cornelia.

Sin embargo, Alexa, no paraba de machacarse mentalmente. Había entrado en un bucle. Sabía que en cuanto dijera algo la echarían y no podía marcharse de ahí, porque aquello era todo lo que tenía. Y, mientras tanto, las dos alumnas la intentaban convencer de hacer justo lo contrario.

—Piensa en lo que James querría —siguió insistiendo Helen—. Él se enfadaría si supiera que, en vez de ir a buscarlo nosotras, decidimos dejarlo en manos de La Guardia y se paralizó la búsqueda de la Piedra Lunar.

—Helen, yo soy La Guardia —le respondió Alexa—. Además, hay algo que quizá no se te ha pasado por la cabeza. Es muy divertido querer embarcarse en una misión así, sobre todo después de la adrenalina de haber encontrado la carta. Pero escucha atentamente lo que te voy a decir, aunque no te guste: hay una posibilidad de que James, ahora mismo, esté muerto.

La última palabra se quedó en el aire. Ninguna de las dos chicas supo qué responder. Cornelia se frotó las manos, nerviosa, mirando hacia la puerta. No había hecho otra cosa desde que había entrado ahí.

—¿Qué pasa? —le preguntó Helen, intentando no darle vueltas a lo que Alexa acababa de decir—. ¿Ahora te vas a echar atrás?

No se imaginaba a James muerto. Era incapaz. No podía verlo de otro modo que no fuera riéndose, llamándola por su mote, mirándola fijamente a los ojos en la antorcha...

Alexa se mordió el labio.

—Yo también tengo dudas, Helen —dijo Cornelia—. Lo siento, no es por llevar la contraria ni nada de eso. Es que creo que Alexa tiene razón, imagínate que le ha pasado algo grave o le pudiera estar pasando ahora mismo. Creo que nos arrepentiremos si no avisamos ya a Fiona Fortuna.

Helen soltó el aire que había estado manteniendo en los pulmones mientras su amiga hablaba. No se lo podía creer. Sí, James podría estar en peligro..., y precisamente por eso tenían que actuar ya.

—Pues nada, no me dejáis otra opción que hacer esto —murmuró Helen, sin creer lo que estaba a punto de decir—. Alexa, si no me dejas salir ahora mismo a buscar a James, contaré a Billy que nos chivaste lo del Diamante Negro. Y que...

—¿En serio vas a hacer eso?

El tono que utilizó no se lo había oído nunca. Se puso de pie, hecha una furia.

Helen intentó no sonreír, porque sabía que había dado en el clavo de lo que más le fastidiaba a Alexa. Mucho más que la pillasen en el despacho del profesor o que dejara marchar a James sin hablar antes con Benjamin, creyendo en su palabra a la primera. Contar secretos de La Guardia tenía consecuencias mucho más duras que simplemente ser expulsada del grupo. Si Fiona se enteraba, Alexa perdería sus poderes.

Helen intentó mantenerse firme, aunque estaba temblando de arriba abajo. Sentía el pulso de su corazón a toda velocidad en cada parte de su cuerpo.

Después de unos segundos de tensión en los que Cornelia ni siquiera sabía de parte de quién ponerse, Alexa se sentó.

—De acuerdo, tú ganas. Dime lo que quieres hacer.

Helen tuvo que carraspear antes de hablar para recuperar un poco de seguridad en sí misma.

—Nos vamos a Central Park.

* * *

Cornelia despidió a Helen y Alexa en la zona de acceso, justo al lado de la conserjería. Alguien tenía que quedarse allí por si James volvía, según ella misma propuso. Helen se imaginó que no tendría muchas ganas de ir, así que le pareció buena idea. Con tal de poder salir de Elmoon sin que Billy sospechara...

—Hey, Billy. Tenemos que salir, voy a acompañar a Helen a ver a su familia.

Por un instante, Helen notó cómo le daba un pequeño pinchazo en el pecho, a la altura del corazón. Se sentía mal por mentir a Billy. Desde que había puesto un pie en Elmoon nunca había conocido a un hombre tan puro como él. Por eso, mentirle precisamente a él le dolía el triple.

—Claro, chicas. Pero coged algo más de abrigo. Es tarde y hace mucho viento. Iré preparando el *Neptunius*, ya me diréis dónde queréis bajar.

Alexa asintió y quedó con Helen un par de minutos después en la conserjería. Ella se fue a la planta de Oscuridad mientras Helen atravesaba la Sala de Aire con prisas, rezando para que nadie la parase. Dejó su móvil en la habitación para evitar problemas con Mercury. Por si acaso, antes de salir, ya con el abrigo en la mano, echó un último vistazo por si James había vuelto, pero no fue así.

—Ya está todo listo abajo —les dijo Billy en cuanto volvieron a juntarse—. ¿Necesitáis que os acompañe?

—No, tranquilo, Billy —dijo Alexa, mientras se peleaba con la manga de su abrigo para darle la vuelta—. Volveremos enseguida.

Él asintió, diciéndoles adiós con la mano. Helen lo miró por última vez antes de que desapareciera, con la gorra en una mano y un té humeante en la otra.

El viaje en el *Neptunius* se les hizo más largo que nunca. Sobre todo, porque lo hicieron en completo silencio. Por primera vez, Helen no miró atrás hacia la estatua en cuanto llegaron al puerto. Bajaron del ferri, que había parado en un puerto en el que no había estado antes, y fueron caminando, también sin cruzar palabra, hasta Central Park. No tenían ni idea de por dónde empezar, así que Alexa eligió un punto aleatorio del parque.

—Por aquí hay una entrada principal —le indicó.

—Vale.

Helen se dejó llevar. Nunca había estado en esa zona del parque. Pero, sobre todo, nunca había estado tan de noche. Fue a mirar la hora de forma instintiva en su móvil y entonces recordó que se lo había dejado en la habitación.

—Las diez de la noche —respondió Alexa.

A la chica se le heló la sangre en las venas.

—Lo siento, lo he hecho sin querer. No te preocupes, tus recuerdos y pensamientos están a salvo. En Oscuridad, si no tenemos permiso solo podemos leer la mente de una forma muy superficial. Como, por ejemplo, cuando te preguntas qué hora es.

—¿Y no es muy molesto estar escuchando siempre voces? —preguntó Helen, alucinando.

Cruzaron de acera para llegar directamente a la zona de las verjas de la entrada.

—No, qué va. Al final te acabas acostumbrando y ni siquiera pones atención.

Ambas caminaron en silencio hasta la entrada.

—Pensaba que Central Park cerraba de noche.

—Creo que sí que cierran las puertas de madrugada —admitió Alexa mientras las atravesaban—. Pero no entiendo por qué sigue abierto a estas horas, la verdad. Lo bueno es que si alguien nos intenta robar, le llevamos ventaja.

Helen se sintió algo más tranquila al escuchar aquello. Era verdad, si alguna persona les intentaba robar, o algo peor, podían defenderse con sus poderes. Aunque aquello no solucionaba el verdadero problema, por lo menos la relajó.

—Vamos a caminar por esta parte de aquí, que es bastante turística —le indicó Alexa, señalando un mapa—. ¿Te parece bien?

—Vale.

Ninguna de las dos sabía dónde se había metido James. Podría estar en cualquier parte de Central Park, si es que seguía por ahí.

Caminaron durante diez minutos en línea recta sin cruzarse con nadie. Hacía tanto frío que Helen empezó a ponerse nerviosa. Pero no por ella, sino por James. No sabía cuántos días exactamente llevaba desaparecido. ¿Le pasó algo el mismo día que escapó de Elmoon? ¿O había sido algo reciente? En su mente apareció una imagen que deseó no haber evocado nunca.

—Espera.

Alexa frenó en seco, haciendo sonar la gravilla en sus pies. Helen miró a su alrededor, preparada para cualquier cosa.

—¿Qué sucede?

La chica levantó la mano en el cielo.

—Creo que estoy escuchando unas voces, muy bajitas, pero... Sí, definitivamente son voces. Están hablando.

—Pero, Alexa, puede ser cualquiera, ¿no? ¿O reconoces su voz?

—No, no la reconozco. No funciona así exactamente, pero sí que puedo oír lo que dicen. Y... se están contando chistes —dijo, aunque sonó más bien como una pregunta.

Helen arrugó la nariz.

—¿Chistes?

—¿A cuánta gente conoces que se ponga a contar un chiste en mitad de la noche?

A Helen se le aceleró el corazón.

—¡Por aquí! —exclamó Alexa, antes de que Helen pudiera formular la pregunta.

Ambas apretaron el paso. Helen no sabía muy bien hacia dónde estaban yendo y estuvo a punto de tropezarse cuando Alexa cambió de dirección de forma brusca para girar a la derecha.

—Ah, mierda —dijo ella en cuanto vieron cerca a dos policías junto a sus caballos.

No era muy común encontrárselos, pero todavía seguía habiendo algunas patrullas que, de vez en cuando, barrían ciertas zonas del parque para evitar incidentes. Aunque en esos momentos estaban parados. Habían atado los caballos a un banco y estaban de pie, hablando.

Helen pudo escuchar su conversación.

—¡Eh! ¿Has notado eso? —dijo una voz masculina.

—Pues claro, tío, pero que no hace falta que me lo digas cada vez —le respondió la otra.

—Ups, perdona. Es que me hace ilusión.

—Joder, es que llevamos ya varias semanas así.

—Vale, vale, perdona.

Las voces provenían de los policías, aunque no parecían ser ellos los que estaban hablando. Helen prestó atención. Los guardias se miraron, uno de ellos se estiró las mangas de la chaqueta y se alejaron de ahí, caminando en dirección contraria a Helen y Alexa.

—Vamos, ahora —indicó Alexa, saliendo de detrás del arbusto en el que estaban escondidas y dirigiéndose hacia los caballos.

Helen la imitó y se acercó sigilosamente hacia ellos. Pero, cuando levantó la cabeza, se dio cuenta de que no eran los caballos que habían visto antes. En su lugar, dos resplandecientes unicornios hablaban entre ellos. La cara de asombro de la joven era para enmarcar.

—Estoy flipando, pero mucho... —murmuró Helen.

—¡Oh! ¡Hola! —saludó uno de los unicornios alegremente.

El otro no parecía estar tan feliz.

—¿Qué queréis? ¿Eh? —Helen fue consciente de que podían verlos como realmente eran y escuchar sus voces. Seguía alucinando, pero fue consciente de que era cierto: los tenían delante y hablaban—. ¿Sois magas?

—Sí, yo soy Alexa Watson, de La Guardia, y ella es Helen Parker, alumna de Elmoon.

—Hummm... No me suena ninguna Alexa en La Guardia.

—Trabajo para Fiona Fortuna. Me incorporé a La Guardia hace unos meses, poco antes del incidente de los patos.

—¡Ah sí! —respondió el unicornio sonriente—. Me acuerdo de eso. ¡Fue un día guay! Y encima, el día de mi cumple. Fue chachi. ¡Súper chachi!

—Cállate —le espetó el otro—. No me lo creo, lo siento. Lo mejor es que os vayáis. Ya tuvimos suficiente el otro día con otra excursión de humanos magos.

Alexa abrió la boca para preguntar, pero los unicornios siguieron con su conversación.

—¡Estas parecen majas! Ya sabes, no tienen pinta de ser el típico humano que utiliza nuestro nombre y marca personal para hacer bebidas con purpurina en el Starbucks.

Helen se quedó a cuadros al escuchar eso y tuvo que hacer esfuerzos para no reírse. Tomó nota para contárselo a James en cuanto lo encontraran.

En realidad, la situación era surrealista. Del todo. Se encontraba frente a dos unicornios que no podían ser más diferentes entre ellos. Lo único que tenían en común era su apariencia. Blancos, con un pelaje que brillaba con la luz de las farolas y que parecía reflejar la de la luna... Daban ganas de tocarlos solo para saber cómo se sentiría uno al fusionarse con un pelaje así. Sus cuernos eran más grandes de lo que Helen había imaginado y visto en las películas. Y, sobre todo, daban bastante más miedo.

—Ugh, odio Starbucks.

—Yo también. Además, siempre aparecen sus vasos de plástico por cualquier rincón del parque, creo que deberían...

—Perdonad que os interrumpa —habló Alexa. A Helen hasta le dio pena que cortara aquella extraña conversación—. ¿Qué pasó el otro día? ¿A quién visteis?

El unicornio enfadado se rio, pero fue más un resoplido que una risa.

—No, nosotros no vimos nada —aclaró.

—Lo vio todo el viejo de Floppy. Ya sabes, que está un poco... mayor. O sea que muchas veces dice que ve cosas que luego... eso. —Miró alrededor y susurró—. Se las inventa porque se aburre y se monta sus propias batallitas.

—Básicamente —dijo el otro—. Floppy siempre está diciendo tonterías. Antes decía que había visto a Los Otros. Sí, sí, ¡Los Otros! Que le habían interrogado sobre la Piedra Lunar. Si es que me tengo que reír, de verdad. A ver cuándo lo jubilan.

—Yo lo quiero mucho, mucho pero mucho —respondió el unicornio—. Si lo jubilan lo echaré mucho de menos. Le compraré un trozo de su tarta favorita... en un sitio que no sea un Starbucks, claro. Quizá si voy...

—¿Dónde podemos encontrarlo?

Helen se alegró de que Alexa llevara las riendas de la conversación, porque si no se habría quedado empanada pensando que todo aquello estaba siendo un sueño.

—Vive en Strawberry Fields. Suele estar por ahí contando sus movidas y algunos de nosotros lo escuchamos y le damos conversación, la mayoría para reírse.

—Una vez reivindicó que los unicornios deberíamos dejar atrás nuestra apariencia falsa de caballos y dar una coz a los policías. Fue... súper guay. Aún diría más: fue chachi.

—Vale ya, Ricky. Deja de hablar de Floppy.

—Jo.

Helen y Alexa se miraron.

—Os dejamos aquí, chicos. Que tengáis buena noche.

32

La Confidente

Chinatown parecía sacada de una película a esas horas. Los charcos de la lluvia de aquella mañana todavía permanecían junto a los bordillos de las aceras, reflejando las luces de neón rojas. Varios restaurantes seguían abiertos. Pero The Chinese Moon no estaba entre ellos. El local había echado el cierre hacía un rato y los padres de Helen estarían limpiando las mesas y la cocina antes de irse a su habitación, en la planta de arriba.

—¿Seguro que estarán aquí? —preguntó Alexa por segunda vez desde que habían salido de Central Park.

Después de recorrer Strawberry Fields sin encontrar nada interesante, Helen había propuesto ir a hablar con sus padres. Al fin y al cabo, si estaban en contacto continuo con La Guardia, quizá ellos sabrían qué hacer a continuación.

Helen guio a Alexa por las laberínticas calles de Chinatown. Ella las conocía perfectamente, pero para una persona que nunca había estado allí era fácil perderse, sobre todo de noche.

—Es justo ahí —señaló.

Solo con ver las cristaleras y el cartel con el nombre del restaurante, el corazón de Helen se aceleró. Caminaron hacia la puerta y llamó al timbre tres veces, haciendo unas separaciones concretas que solo ellos conocían para saber quién estaba llamando. Espero unos segundos, esperando ver la cara de su madre acercándose a la puerta de cristal. ¿O sería la de su padre? Los segundos siguientes se le hicieron eternos hasta que se dio cuenta de que allí no había nadie. Llamó otra vez, sin éxito.

—Mierda —farfulló, dando un paso atrás y mirando a través de los cristales, como si eso fuera a solucionar algo.

—¿No pueden haber salido? ¿O estar ya durmiendo? —preguntó Alexa, intentando encontrar soluciones.

En el cerebro de Helen se encendió una bombilla.

—Puede ser que... sí, que se hayan ido a ver a mi abuela, pero... ¿a estas horas? Es raro... A no ser que mi abuela se haya encontrado mal, claro.

—No te preocupes —se adelantó Alexa, como si pudiera sentir el malestar de su compañera—. Vamos a casa de tu abuela y así salimos de dudas. ¿Vive muy lejos? ¿Vuelvo a pedir un taxi?

—No, no —Helen movió la cabeza muy rápido—. Vive justo aquí al lado. A dos calles.

—Vale.

Caminaron durante poco más de un minuto y Helen respiró tranquila al ver que había luz en el interior de la tienda de *souvenirs*. Estaba cerrada, sí, pero por lo menos había señales de vida dentro.

Helen volvió a llamar tres veces igual que lo había hecho antes y, en cuestión de segundos, Xia se asomó tras la puerta.

—¡Pero bueno, qué ilusión! —exclamó su abuela al ver a las dos chicas—. Y tú tienes que ser Alexa, ¿verdad? ¿Qué hacéis por aquí a estas horas? Entrad, anda.

Se hizo a un lado para que las dos pasaran y miró a ambos lados de la calle antes de volver a cerrar la puerta con llave.

—¿Sabes dónde están papá y mamá?

—Se han ido con La Guardia nada más cerrar el restaurante —les explicó—. ¿Queréis tomar algo? Justo estaba hirviendo agua para hacer té.

Helen miró a Alexa y ella asintió.

—Claro, nos quedamos un ratito.

—Genial, voy a buscar dos sillas —dijo la abuela, que desapareció hacia el fondo de la tienda.

Helen la siguió y Alexa hizo lo mismo. Dejaron atrás los cientos de figuras de criaturas que parecían seguirlas con la mirada y entraron directamente en la cocina.

—Aquí. —Xia les señaló la mesa—. ¿Qué hacéis por el barrio a estas horas? —preguntó de nuevo.

—Hemos estado en Central Park. Supongo que ya estarás al tanto de todo lo del Diamante Negro, ¿verdad, abuela?

Xia les sirvió el té en unas tacitas blancas, asintiendo.

—Pues sí. Mis días haciendo misiones para La Guardia ya terminaron, pero sigo estando por aquí para organizar las cosas cuando me necesitan.

A Helen le fastidió que Alexa supiera más de su abuela que ella misma, que era su nieta. A pesar de todos los esfuerzos que había hecho por sentirse integrada, cada vez que pasaba algo así, todo lo construido se derrumbaba.

—¿Cómo entraste en La Guardia, abuela? —le preguntó. Había tantas cosas que no sabía de ella... Se sintió como una niña pequeña escuchando por primera vez las batallitas de su abuela.

Alexa dio un sorbo a su té.

—Ufff... La verdad es que entré un poco de rebote. Mi mejor amiga me animó. Yo nunca me lo había planteado, la verdad. Mis poderes me gustan pero prefiero usarlos para cosas más simples, como cuidar plantas. Quizá por eso fue casi un alivio jubilarme, por decirlo de alguna manera. Sin intención de ofenderte, Alexa.

Le guiñó el ojo. La chica sonrió.

—Todo el mundo habla maravillas de usted en La Guardia, señora.

—¡Por favor! Me llamo Xia, nada de señora.

—¿Y por qué entraste, abuela?

Xia dio varias vueltas al té antes de dar un trago. Bebió y, después, respondió a la pregunta.

—Como te he dicho, me impulsó mi mejor amiga. Al principio a mí me era indiferente, pero luego llegó la Batalla de Niágara y mis perspectivas cambiaron. Me di cuenta de que todos, por pequeños que fueran nuestros poderes, podíamos aportar algo. Porque la magia no es solo poder, sino humanidad para saber gestionarla. ¿Entiendes lo que te quiero decir? Precisamente por falta de humanidad estalló la batalla. Aunque supongo que eso ya os lo habrán contado en clase...

—No —la cortó Helen, animándola a que prosiguiera—. ¿Por qué no me lo cuentas tú? Nunca nos han hablado de ello, más allá de decirnos que fue un enfrentamiento entre Los Otros, que querían hacer lo que les diera la gana con la Piedra Lunar, y vosotros, que preferíais mantenerlo todo en secreto.

La abuela miró a Alexa con la cara descompuesta.

—¿En serio es lo que os han contado en clase?

—Desgraciadamente, sí. No se quiere contar la historia completa porque..., ya sabes. La sospecha.

Helen se humedeció los labios y Alexa intervino.

—Se sospecha que entre los alumnos hay, como mínimo, una chica infiltrada que forma parte de Los Otros. Por eso las clases de Historia Mágica han sido tan... extrañas. Porque no sabemos hasta qué punto podemos hablar. Hay casos, como el tuyo, Parker, o como el de James, que no son problema. Vuestras familias forman parte de La Guardia y han demostrado su lealtad de maneras inimaginables... Pero no se puede decir lo mismo de todos. Sois muchos alumnos, y cualquiera podría...

La mente de Helen desconectó de la conversación y se centró en lo que acababa de escuchar. En unos segundos, comenzó a analizar a todos sus compañeros. ¿Quién sería el topo? La primera persona que se le ocurrió fue Romina, por su actitud con ella. Pero no, demasiado obvio, tenía que ser alguien que pasara desapercibido. ¿Selena? ¿Quizá por eso estaba tan rara? No, aquello era imposible. Selena se convirtió en maga en el mismo momento que Helen. Estaba justo a su lado, mucho más asustada que ella. Selena no podía ser. ¿Y Ariana...?

—No sabemos quién es, no te molestes. No te lo digo a malas —le dijo Alexa, con cierto matiz de aprensión—. Hemos estado observando a todos los alumnos, tanto en las clases como en su tiempo libre... y estamos perdidos.

—Es una pena, la verdad —añadió Xia—. Pero no os preocupéis. La piedra está a salvo.

—¿Cómo puedes estar tan segura, abuela?

Xia se recolocó en la silla.

—¿Te acuerdas de la amiga que te he mencionado antes? Pues verás... En 1998, en plena Batalla de Niágara, las cosas se empezaron a poner feas. Aquello era un campo de batalla total. Unos se enfrentaban con otros y la Piedra Lunar yacía en el centro, como si se tratara de una escena de una película de ciencia ficción. El caso es que los que formamos ahora La Guardia, por decirlo de alguna manera, porque éramos más gente, íbamos perdiendo. Tuvimos un montón de bajas... Todavía me acuerdo del hermano de Billy... En fin. La lucha continuaba y cada vez quedábamos menos. Tu madre también estaba allí, por cierto. —Helen no supo si tomárselo bien o no—. Aprovechando un momento de confusión cuando murió uno de Los Otros que era muy importante, mi amiga robó la Piedra Lunar. Nowe era muy especial... Su poder era la Oscuridad y uno de sus mejores talentos, ver el futuro. Así que, antes de robar la Piedra Lunar, me contó su plan. Parecía tan sencillo que daba miedo. Las dos huiríamos a Nueva York para esconder la piedra y que todos pudieran vivir en paz sin tener que pelearse por ella, porque nadie sabría dónde estaba... nadie excepto yo.

—¿Sabes dónde está la Piedra Lunar? —preguntó Helen, más alto de lo que pensaba.

Xia asintió.

—Por supuesto, todo el mundo nos empezó a seguir en cuanto nos marchamos a Nueva York. Tanto La Guardia como Los Otros nos persiguieron por el pueblo de Niágara. No querían que nos lleváramos la piedra porque ya sabes que si permaneces mucho tiempo alejado de ella pierdes tus poderes... Desaparecimos ahí mismo y, en un abrir y cerrar de ojos, estábamos en Nueva York.

»Aprovechamos aquellos minutos que teníamos hasta que nos localizaran para tramar el plan. Aunque, en realidad, Nowe ya lo había pensado todo. Ella escondería la piedra y yo... yo sería la Confidente. La encargada de custodiar el secreto del lugar en el que se encontraría la Piedra Lunar para siempre.

»El plan de Nowe era perfecto. Pero ninguna de las dos nos paramos a pensar con detenimiento en lo que pasaría después. Es decir, ahora. Con el corazón todavía latiendo demasiado rápido en el pecho, ella me explicó lo que había pensado. Con cuidado, introdujo su mano en el bolsillo interior de su capa negra y sacó la piedra. Me la enseñó para que la viera por última vez y me dijo dónde iba a esconderla. Y durante años la escondió tan bien que nadie la pudo encontrar.

»Pero nuestros planes cambiaron enseguida. Los Otros nos encontraron y nos persiguieron. Yo conseguí darles esquinazo, pero Nowe... Ella hizo un sacrificio por todos nosotros que jamás le podremos agradecer lo suficiente. Después de esconder la Piedra Lunar fue perseguida por las calles de Nueva York del año 1998. Los Otros estaban cada vez más cerca y sabía que la torturarían hasta sacarle la información..., por lo que decidió saltar desde uno de los edificios más famosos de la ciudad. Casi todo el planeta lo conoce. Se trata del Flatiron.

»El secreto murió con Nowe pero se quedó conmigo, y yo pasé a ser la Confidente. Así, mientras la piedra estuviera escondida nadie podría encontrarla. A día de hoy todavía sigo pensando en ella. En cómo supo que la única manera de salvar la piedra era dar a cambio su vida. Ella era... la maga más lista que he conocido. Quizá no era la más poderosa. Sin duda, esa es Fiona Fortuna. Pero sí la más inteligente...

Los ojos repentinamente llorosos de Xia se perdieron entre las tazas de té que había sobre la mesa. Helen todavía no había dado un sorbo a la suya.

—Y si sabes dónde está la piedra, ¿por qué no la proteges, abuela?

Ella negó con la cabeza, como si hubiera estado años esperando esa pregunta.

—Porque yo no puedo intervenir. Precisamente por eso me marché de La Guardia. Mi labor aquí no es atacar. Es ser la Confidente. Y eso es lo que estoy haciendo. Si ahora mismo te digo dónde está, ¿no te das cuenta de que Los Otros te seguirían hasta dar con ella? No, el secreto morirá conmigo. Si alguien lo descubre, eso ya no es asunto mío... Además, en última instancia, cuenta la leyenda que la Piedra Lunar está protegida por un dragón dorado, como el de esas figuras que tengo allí. Así que no me tengo que preocupar mucho de cuidarla, ¿no crees? —Intentó bromear para relajar el ambiente—. De todas formas, te diré lo mismo que les dije en su momento a tus padres y a otros compañeros de La Guardia sobre la Piedra Lunar... Es lo único que he dicho sobre esto, nada más. La pista... está en el nombre.

33

Noche en el museo

La mujer dio un golpe en la mesa, llamando la atención de todos los que estaban ahí presentes.

—¡Pues claro! ¡La Piedra Lunar está en el Museo de Historia Natural! —gritó Alisson. De repente, se hizo el silencio.

—¿Cómo lo sabes? —preguntó Mortimer, que también se había quedado helado.

De todos los lugares en los que podía estar la piedra, el último que se le había ocurrido era un museo. Pero cuanto más lo pensaba, más le cuadraba.

—Tiene sentido, ¿no? Ese museo lleva ahí más de cien años. Y tiene un apartado especial dedicado al cosmos, los planetas... y la Luna.

Todos miraron a Alisson y después a Mortimer, esperando una respuesta.

—¿Cómo de segura estás de esto?

—Casi al cien por cien. A ver, hemos buscado por todas partes en el parque... Está claro que allí no la vamos a encontrar. Pero si lo piensas, tiene mucho sentido que esté en el museo.

Mortimer se frotó los ojos. Merecía la pena intentarlo. Al fin y al cabo, si se equivocaban podían utilizar su error como una maniobra de distracción para La Guardia. Seguro que tendría a Fiona y a John mosqueados durante semanas con aquel movimiento.

—Pero el museo no está exactamente en Central Park, sino fuera. Hay que salir y cruzar la calle —añadió otra mujer—. El Diamante Negro dijo...

—Que estaba por la zona de Central Park —terminó Alisson—. El museo está al lado, ¿no? Justo al otro lado de la verja, en la misma calle. Tiene que ser ahí, no se me ocurre ningún otro sitio. —Hizo una pausa para mirar a su alrededor. Sus compañeros parecían escucharla con atención, pero no sabía si la estaban tomando en serio o no, por lo que siguió insistiendo—. Solo hay dos lugares en los que una piedra pasaría desapercibida. Una es en Central Park, en algún camino, en el suelo o en algún lago, aunque sería demasiado arriesgado. Los turistas se las llevan a veces como recuerdo. Entonces, ¿cómo asegurarse de que nadie mueva una piedra de su sitio? Para que aguante en el mismo lugar durante mucho tiempo, pasando desapercibida pero, al mismo tiempo, estando protegida... ¡Poniéndola detrás de un cristal y engañando a la gente durante años!

Con aquel argumento pareció ganarse a la mayoría de los presentes. Su novio intervino enseguida.

—Tiene sentido. Mucho. Joder. ¿Cómo no se nos había ocurrido antes?

Mortimer se puso de pie en cuanto el volumen de las conversaciones se elevó demasiado como para entender lo que decía cada uno. No quería manifestar su nerviosismo, pero no había gran cosa que pudiera hacer en aquel momento. Si estaban en lo cierto y el chivatazo era real, estaba a punto de hacerse con la Piedra Lunar. Después de tanto esfuerzo.

—En grupos de cinco. Nos vamos al Museo de Historia Natural, ya —ordenó—. La Guardia probablemente estará de camino, si no ha llegado ya. Si a nosotros se nos ha ocurrido, es cuestión de tiempo que ellos también lo hayan descubierto...

Todos se levantaron como un resorte. Algunos se pusieron sus capas, otros ni siquiera perdieron el tiempo con ello, y salieron disparados de la sala de reuniones en dirección al museo.

—No perdemos nada por intentarlo. Además, tiene sentido.

—Sí —susurró Mortimer, poniéndose la capa—. Enseguida lo descubriremos. Si La Guardia está por ahí, sabremos que estamos siguiendo el camino correcto.

Y, con un movimiento rápido de las manos, los cinco desaparecieron.

* * *

El Museo de Historia Natural imponía más de noche que de día. Sus enormes columnas hacían de la fachada un monumento famoso solo por cómo era por fuera, además de todo lo que albergaba dentro. Cuando brillaba el sol y estaba lleno de gente, principalmente visitas escolares, resultaba difícil imaginarse aquel lugar como si fuera el escenario de una pesadilla. Sin embargo, por la noche parecía un sitio en el que a nadie le gustaría estar vagando. Y por dentro aquella sensación se incrementaba. Solo las luces de emergencia iluminaban los pasillos, añadiendo un toque fantasmagórico a su visita nocturna. Los animales disecados, con sus ojos falsos, daban la impresión de seguirte allá donde ibas. Verlos en una reconstrucción de su hábitat natural impresionaba bastante. De noche, parecían mucho más reales.

Mortimer entró por la puerta principal. Aquella noche no quería andarse con rodeos.

—Ya están aquí —le advirtió Alisson—. Todos los guardias de seguridad están desmayados en esa esquina.

Mortimer volvió la cabeza para comprobarlo con sus propios ojos. Sí, había rastros de magia recientes en aquel lugar...

—¡Vamos! Alisson, llévanos a la sala donde exponen todo lo que tiene que ver con el universo.

—Mmm..., el Rose Center... Ya lo tengo —indicó, estirando su mano. Detrás de ellos, varios grupos de cinco llegaron para unirse al de Mortimer. Desaparecieron de aquella sala y aparecieron en otra muy distinta.

Nick sintió que lo vigilaban a cada paso que daba y maldijo para sus adentros. ¿Por qué no había podido ser en cualquier otro sitio? Notó una mezcla de agobio e indefensión al pasar junto a las cristaleras. No pudo evitar recordar una película que había visto cuando era adolescente en la que todas las criaturas del museo cobraban vida, despertando sus instintos asesinos. Intentó hacer esfuerzos para no mirarlos a los ojos, pero al toparse de frente con una manada de lobos no pudo evitarlo y un escalofrío le recorrió la espalda.

* * *

—Ya están aquí.

La frase de Mei fue como un jarro de agua helada. Helen sabía que en cualquier momento aparecerían en el museo, y el momento ya había llegado. Se mordió las uñas varias veces. La mezcla entre el miedo y la incertidumbre la estaba matando por dentro. Y lo peor era que todavía no habían conseguido dar con James. Intentó imaginar dónde se podría encontrar. ¿Lo habrían capturado? ¿O estaría escondido en algún sitio y por eso no quería dar pistas de su ubicación? ¿Habría descubierto algo que le había hecho cambiar de planes?

A pesar de todo, y con las piernas hechas un flan, Helen, por primera vez en mucho tiempo, se sintió segura. Aunque en parte estuviera rodeada de extraños, sabía que pertenecían a La Guardia y que estaban de su lado. Además, ver allí a su madre y a sus profesores le tranquilizaba.

Ninguno de los presentes sabía el lugar exacto en el que se encontraba la Piedra Lunar. Pero si no esperaban hasta que llegaran Los Otros, les estarían dando vía libre para encontrarla por su cuenta. Por eso, el plan era aguardar hasta que llegaran. Si el chivatazo que habían recibido del Diamante Negro era real, la piedra no podía estar en otro sitio que no fuera allí. O sí, pero entonces sería imposible dar con ella, y Helen sabía, por lo que le había dicho su abuela, que eso no podía ser así.

Alexa le cogió la mano al ver que no paraba de morderse las uñas.

—Deberíamos marcharnos, por lo menos tú —le dijo, aunque fue más un ruego que una sugerencia.

—No, quiero quedarme —se negó—. Quiero verles la cara a Los Otros para saber que son reales.

Alexa lo intentó un par de veces más, pero enseguida se dio por vencida y asintió. Conocía a Helen lo suficiente como para saber que no iba a poder convencerla para que se marchara de vuelta a la tienda de *souvenirs* de su abuela.

Pocos minutos después, se oyeron unos ruidos en un pasillo contiguo. Todos se quedaron en silencio, a la espera de que alguien apareciese por la puerta. Entre la oscuridad del museo, a la que los ojos de Helen ya se habían acostumbrado, apareció la figura de un chico. Al verle la cara, se dio cuenta de que no sería mucho mayor que ella. Rondaría los veintipocos años. Tenía el pelo negro, al igual que su ropa. Su piel blanca llamaba la atención. Parecía que nunca le había alcanzado un rayo de sol.

Cuando Xia le había hablado a Helen de Mortimer, esta no se lo había imaginado así para nada. No esperaba que tuviera cara de persona normal, de alguien que podría pasar desapercibido en cualquier parte. Se esperaba el típico villano de película: mayor, con cara de enfado, cicatrices y otras heridas. Pero Mortimer parecía de todo excepto una persona problemática. Quizá aquello era lo más terrorífico: que podría ser cualquier persona que te cruzaras por la calle.

—Buenas noches —saludó con una pequeña reverencia con la cabeza—. ¿Oh, es Navidad? Hacía tiempo que no nos juntábamos todos —bromeó, pero nadie se rio. Ni siquiera Los Otros.

El subdirector no se anduvo con rodeos.

—Marchaos de aquí, Mortimer —le espetó John Cullimore—. No tenéis nada que hacer y nadie tiene ganas de que se repita lo que pasó en Niágara.

Mortimer continuó caminando hacia ellos. Lo hacía con tanta tranquilidad que parecía que fuera inmortal, como si ningún hechizo pudiera acabar con su vida.

—¿En serio, John? —Negó con la cabeza—. Qué bajo has caído. Pasaste de ser una persona con criterio a convertirte en el perrito faldero de la jefaza —le espetó, mirando de reojo a Fiona Fortuna, que también estaba allí.

Helen se tuvo que morder los labios para no responderle. No quería meterse en ninguna batalla que no era la suya, pero la actitud de Mortimer no le gustaba nada.

—Déjalo ya —le pidió Fiona, cansada—. No queremos ningún enfrentamiento.

El chico se rio. Poco a poco, más integrantes de Los Otros fueron entrando en la sala, en silencio y se situaron justo detrás de él. Con solo percibir sus pasos, Helen se dio cuenta de que eran bastantes.

—¿Qué pasa? ¿Que no puedo venir a visitar el museo con

mis amigos? —dijo, señalando a toda la gente que lo seguía y que triplicaba el número de La Guardia—. Nosotros tampoco queremos ningún enfrentamiento. Solo la Piedra Lunar. Si nos la dais, nos marcharemos sin que haya un baño de sangre. Tenéis mi palabra.

John Cullimore bufó.

—Tu palabra no vale nada.

Los Jefes de Aire y Agua lo apoyaron, asintiendo con vehemencia. Él se encogió de hombros.

—Vaya, qué decepción que tengas esa imagen de mí. Pues nada, tendré que quedarme por aquí hasta que nos la deis. Aunque sea por la fuerza. —Los ojos de Mortimer se iluminaron.

Fiona Fortuna cambió el peso de una pierna a otra, preparada para luchar. Mortimer movió los brazos hacia una ventana y se escuchó una explosión en el exterior del edificio.

—Ups, ya va a venir la policía. Una pena. —Se encogió de hombros de nuevo—. Se os acaba el tiempo.

Benjamin dio un paso al frente.

—Creo que no.

Con un movimiento de manos, un fogonazo iluminó toda la sala y se oyó un ruido que para Helen ya era familiar. Benjamin había rodeado todo el edificio con un aro enorme de llamas de más de dos metros de alto. Incluso estando dentro se notaba el calor asfixiante del círculo que había creado.

Varias personas de Los Otros corrieron hacia las ventanas para intentar apagarlo. Los miembros de La Guardia cambiaron de posiciones, nerviosos. No se sentían cómodos rodeados de tanta gente. Pero, sobre todo, querían evitar a toda costa que se repitiera un baño de sangre como el de Niágara.

—Tiene que estar a punto de llegar —murmuró Mortimer.

—No creo que la policía... —empezó John.

—¡Que no, idiota! —le espetó Alisson.

Mortimer sonrió, sorprendido por la respuesta de su compañera, mientras se asomaba por la ventana. Lo que Mortimer estaba mirando no era el suelo ni la calzada que daba al parque por la que, en cualquier momento, aparecería la policía. Estaba mirando al cielo. Si la profecía se cumplía, descendiendo de las nubes que cubrían la luna, un enorme dragón vendría para proteger la piedra. Y entonces sabrían que el Diamante Negro les había dicho la verdad. Y es que, si la historia que habían escuchado durante años era cierta, un dragón dorado custodiaba la Piedra Lunar, y solo derrotándolo serían capaces de hacerse con ella. Mortimer nunca había luchado contra ningún dragón, pero tenía algo de experiencia en enfrentarse a criaturas mágicas. Domar a los *ooblos* para que lo obedecieran no había sido sencillo, pero trabajar cara a cara con esas bestias le había enseñado a enfrentarse a ellas sin miedo.

—No hay tiempo para esperar —dijo Mortimer, mirando por última vez al cielo—. Vamos a pasar a la acción.

A un gesto de su líder, Los Otros comenzaron a romper todas las vitrinas. Cientos de minerales salieron volando por los aires. Los cristales se amontonaron en el suelo y cada vez que alguien los pisaba se multiplicaban en trozos todavía más pequeñitos. Alisson fue una por una comprobando si alguna de las piedras era la Piedra Lunar. No sabía exactamente qué era lo que estaba buscando, pero algunas las podía descartar a primera vista. Supuso que tendría que sentir algo cuando la sujetara, por lo que empezó a tirar al suelo las que no la convencían, rompiéndolas en mil pedazos y formando una capa de arenilla sobre el suelo del museo.

—¡Paradlos! —gritó Fiona Fortuna—. No sabemos cuál de todas es la piedra. ¡Podría ser cualquiera! ¡No pueden romper ni llevarse nada del museo!

John dio un paso y se enfrentó a Alisson. Con un movimiento de sus manos, unas cuerdas hechas de ramas de árboles aparecieron de la nada y se lanzaron hacia sus tobillos y manos, tratando de inmovilizarla. La mujer dio un salto para esquivarlas, con una sonrisa en la boca. Levantó la cabeza, miró a John a los ojos y le mandó las cuerdas de vuelta, solo que a un lugar diferente. En cuestión de segundos, estaban rodeando el cuello de John.

El hombre comenzó a forcejear, sin darse cuenta de que cuanto más se resistiera, antes se ahogaría.

—¡Para! —gritó Limna, corriendo hacia él—. ¡Benjamin! ¡Te necesitamos!

John empezó a respirar con dificultades. La piel de alrededor de las cuerdas se estaba poniendo cada vez más blanca y el resto de la cabeza, roja.

La Jefa de Agua se volvió, buscando a su compañero, que estaba persiguiendo a un hombre que llevaba varias piedras encima y estaba a punto de escapar por la puerta por la que habían entrado.

—¡No! ¡Benjamin!

De repente, Fiona Fortuna se dio cuenta de la situación. Corrió hacia ellos para liberar a John, que ya apenas podía sostenerse y se estaba doblando por la mitad, a punto de caer el suelo. Pero mientras llegaba alguien la embistió. Una bola de humo negro la desvió, empujándola hacia el fondo de la sala. En un abrir y cerrar de ojos, Fiona chocó contra una de las paredes del museo con un ruido seco y profirió un grito. Aquel fue el detonante que hizo que todo el mundo se volviera loco.

Dos personas cubrieron a Mortimer mientras este seguía mirando por la ventana. Las llamas lo iluminaban todo excepto lo que él estaba esperando que apareciera. ¿Dónde estaría el dragón?

—¡Limna! ¡Los cristales! —gritó Helen, intentando ayudar.

La Jefa de Agua miró al suelo, entendiendo al instante lo

que Helen le quería decir. Mientras tanto, la cara de John había pasado del rojo al morado. Estaba tumbado de lado, jadeando, a punto de perder la vida. Cuantos más segundos pasaban, más frenética se volvía la situación. Un par de hombres salieron corriendo por la puerta y dos miembros de La Guardia los siguieron.

Alexa tiró de Helen para sacarla de allí, pero ella se resistió. Ya era demasiado tarde para quedarse mirando y no actuar.

—¡No! Tenemos que quedarnos con La Guardia.

Helen sabía que se necesitaba cualquier ayuda posible. Los Otros los superaban en número y, además, habían perdido a Fiona Fortuna, que se había quedado tumbada, de lado y sin moverse, al fondo de la sala. Y muy probablemente John Cullimore seguiría el mismo camino si no conseguían salvarlo de las ataduras que lo estaban estrangulando.

—De eso nada. Helen, ni tú ni yo pintamos nada aquí. ¡Vámonos!

Echando un último vistazo a la sala, Alexa sacó a Helen a rastras de aquel lugar en el preciso instante en el que se derrumbaban todas las paredes. Como si hubiera explotado una bomba, de pronto se encontraron sumidas en una lluvia de trozos de ladrillo, cristales y otros materiales que Helen no supo identificar. Se levantó una nube enorme de polvo. Tosió, recordando el momento que vivió en The Chinese Moon, cuando pasando la Primera Prueba también sintió que se quedaba sin aire.

En cuanto la situación se estabilizó, se percató de que alguien iba detrás de ellas.

La mujer rubia que había atacado a John las persiguió hasta la puerta de la sala.

—¡Se van! ¡Se van por aquí! —gritó, buscando a otra compañera y persiguiéndolas.

Alexa guio a Helen por un laberinto de pasillos y escaleras. El museo tenía las luces apagadas a excepción de las de seguridad, así que iban a tientas en la mayoría de los lugares. Helen fue consciente de que ni siquiera había sonado una alarma y que muy probablemente el fuego que rodeaba el museo era imperceptible para el resto de humanos. Allí dentro, todos estaban aislados a su suerte, porque, como había dicho Mortimer, no vendrían ni los bomberos ni la policía.

Las chicas doblaron una esquina y se colaron por una puerta que daba directamente a la parte de atrás de las vitrinas de la gran sala de mamíferos del museo. Se metieron dentro de una de las escenas que había sido reproducida minuciosamente. Helen tuvo que hacer verdaderos esfuerzos para no mirar directamente a la cara de los antílopes con los que compartían aquellos dos metros cuadrados.

Helen recordó haber estado en el museo de pequeña, con el colegio, y luego otra vez más con su familia, haría unos tres o cuatro años. Pero nunca lo había visto como entonces. Sumida en la oscuridad, con las advertencias de las salidas de emergencias como única guía, los grandes mamíferos africanos imponían mucho más. Parecía que en cualquier momento iban a cobrar vida.

Alexa y Helen se miraron.

—No te muevas —susurró la primera—. Deberíamos volvernos invisibles.

Helen asintió muy despacio. Intentó no moverse, pero todo el cuerpo le temblaba. Le dolían las piernas del esfuerzo y las rodillas de bajar las escaleras de dos en dos. Se concentró, al igual que lo había hecho en las clases de Elmoon, y tuvo la certeza de que hacer las pruebas bajo presión le había servido precisamente para no fallar en momentos de tensión como aquel. De los pies a la cabeza, las dos chicas fueron desapareciendo, junto a su ropa. Ahora, solo un ruido podría delatarlas.

—¡Mierda! —Se oyó una voz entrando en la sala de los mamíferos africanos—. Creo que las he visto entrar por aquí, pero...

Helen lanzó una mirada de pánico a Alexa, quien supuso que la podría ver gracias a sus poderes de Oscuridad. Esta le respondió tocándole la mano, dándole a entender que todo iba bien. Que mientras no hicieran ruido estaban protegidas.

—Vamos a buscar entre esos bichos —ordenó Alisson, saltándose las prohibiciones establecidas por el museo y subiéndose a la zona central de la sala, donde un conjunto de elefantes daban la bienvenida de frente a los visitantes que entraban por esa zona. Si normalmente ya imponían, con tan poca luz parecía que estuvieran malditos, a punto de revivir de un conjuro que los hubiera mantenido petrificados durante siglos.

Alisson y la otra mujer caminaron entre las patas de los elefantes, en guardia. El corazón de Helen latía tan rápido por la adrenalina que parecía que iba a ser ese ruido el que las delatara. Después, desaparecieron de su vista. Helen se relajó y, sin darse cuenta, dejó salir un suspiro. De pronto, dando un golpe contra el cristal, apareció la cara de Alisson, fuera de sí.

—¡Vaya, vaya! Veo huellas que terminan aquí... —susurró, arrastrando las sílabas—. ¿Jugamos al escondite?

Con un chasquido, el inmenso cristal que separaba a los antílopes de la sala de los mamíferos se rompió en mil pedazos. Alexa se quedó paralizada mientras Alisson tomaba un poco de tierra del montaje y lo lanzaba hacia donde estaban ellas. En cuanto chocó con las piernas de las chicas, la arenilla cambió su trayectoria, cayó hacia el suelo y reveló dónde se encontraban.

—¡Están aquí! —gritó Alisson, dando un salto hacia ellas.

Helen y Alexa se apartaron y se dieron la vuelta, intentando volver por donde habían entrado. Atravesaron de nuevo la puerta e hicieron el camino inverso.

—¿Adónde vamos? —preguntó Helen, al no poder localizar a su amiga.

Estaba aterrada. Si Alexa decía algo, estaban perdidas. Pero ella tampoco tenía muchas posibilidades de escapar. No estaba segura de recordar todo el camino que habían hecho desde la sala espacial.

Helen se detuvo un segundo en cuanto el camino se dividió en dos. El hechizo de invisibilidad ya no surtía efecto porque no podía concentrarse para mantenerlo, así que supo que tenía que actuar rápido. Miró a un lado y después al otro. Por lo menos, allí solo estaba ella. Había conseguido dar esquinazo a Alisson y a la otra mujer. Con cuidado para que sus pasos no la delataran, se acercó a un cartel que indicaba la ruta que debían escoger los visitantes en función de lo que quisieran visitar. Si quería ver las aves de la ciudad de Nueva York debía continuar a la izquierda. Si prefería los primates, a la derecha. A Helen no le sonaba haber pasado por delante de estos últimos, por lo que giró a la izquierda... y se encontró con un montón de expositores vacíos.

«Qué raro... —pensó, para no decirlo en voz alta—. Estarán de obras en esta zona, o restaurando alguna pieza...» Sin parar de mirar a su alrededor, Helen continuó avanzando hasta regresar a la sala de los mamíferos africanos. Y entonces se le cayó el alma a los pies.

El lugar central de la estancia, donde tenía que haber una manada de elefantes, estaba vacío. También todas las vitrinas que había a su alrededor, incluyendo aquella en la que se había escondido con Alexa hacía unos minutos. Con el corazón a mil, intentó buscar una explicación a todo aquello... y la encontró antes de lo que le habría gustado. A su espalda, gruñendo de una manera nada acorde con su naturaleza, había una manada de animales de todas las razas escrutándola con unos ojos extraños. Helen no necesitó mirarlos dos veces para saber a qué le recordaban. Sin saber qué hacer primero, si salir corriendo o crearse un aura de protección a su alrededor, hizo las dos cosas a la vez, saliendo disparada al frente. Detrás de ella, comenzó la persecución.

«Tiene que haber algo que pueda pararlos.» La cabeza de Helen funcionaba tan rápido como sus piernas. Un antílope se acercó a ella y chocó con el escudo protector, pero del susto hizo que se desvaneciera. Luchó por traerlo de vuelta justo cuando giraba una esquina, pensando en cómo sus profesores ahuyentaron al *ooblo* en el metro. Tenía que haber algo a lo que todos los animales temiesen por igual y que pudiera hacer que terminara con ellos...

Y entonces Helen se acordó de su anterior elemento. Durante sus primeros días en Elmoon siempre se le descontrolaba, provocando unas llamaradas que eran precisamente lo que podría salvarla en aquellos instantes. Se preparó, se volvió hacia todos los animales fuera de sí que corrían tras ella y dejó fluir sus poderes de Fuego. Como era de esperar, una enorme llamarada les dio de lleno en la cara, haciendo que retrocedieran. Aquello consiguió aturdirlos por unos segundos, pero enseguida recuperaron la conciencia y se abalanzaron hacia ella de nuevo. Lo intentó por segunda vez, gritando para sacar las llamas de sus manos con todas sus fuerzas.

Y, de repente, sintió que también le venían por detrás.

En apenas unos segundos, se vio rodeada de mamíferos alterados con magia que tenían un único propósito: acabar con ella. Helen bajó los hombros, pensando en si seguir luchando o rendirse, y entonces sacó fuerzas para intentarlo una vez más. No podría estar nunca a la altura de una persona que solo tuviera poderes de Fuego, pero podía intentar, con las últimas fuerzas que le quedaban, hacer un anillo de llamas a su alrededor como el que rodeaba el museo. Cogió aire y en cuanto se preparó para lanzarlo, con los animales a menos de tres metros, una enorme explosión hizo que todos cayeran al suelo. Después del ruido, se hizo el silencio, y Helen miró a su alrededor para ver quién la había salvado. De entre el polvo que se había levantado, apareció la cara magullada de Fiona Fortuna. Detrás de ella estaban su madre y Limna.

—¡Vuelve con todos! —le ordenó Fiona—. ¡Estarás a salvo allí, nosotras nos encargamos de los demás!

Helen no tuvo tiempo para negarse. Cruzando una mirada que lo decía todo con su madre, salió disparada en dirección a la sala del espacio, pasando por encima de todo tipo de animales. Vio un gorila, algunos anfibios e incluso un avestruz.

«Si la Piedra Lunar está en el museo, tiene que estar en esa zona —pensó la chica, a punto de llegar a la sala—. Y ha de ser una de las que están en exhibición. No puede ser muy difícil encontrarla, algo la tiene que diferenciar...» Helen corrió por el camino que la separaba de donde había visto por última vez a La Guardia. Se asomó a la puerta con cuidado y...

La escena que vio fue desoladora.

La mayoría de los miembros de La Guardia se encontraban en el suelo, derrotados. John estaba bien, por suerte, pero había sido atado de manos y pies por Los Otros. Lo mismo pasaba con Félix, Benjamin y todos los jefes de los elementos, que también habían sucumbido. Por un momento, se alegró de que su madre no estuviera allí y se hubiese marchado con Limna y Fiona.

—Es la última vez que lo voy a decir —dijo Mortimer con tono aburrido—. O llamáis al dragón dorado para que nos diga cuál de todas es la Piedra Lunar o tendremos que ir matándoos uno a uno. Así, por lo menos, aunque no la consigamos esta noche, tampoco la tendréis vosotros. Todos salimos ganando. ¿No crees?

Mortimer miró directamente a John. Este intentó propinarle un golpe con la cabeza, pero no pudo.

—No —fue la única palabra que articuló, lleno de rabia acumulada.

El líder de Los Otros chasqueó la lengua.

—Pues nada... Me lo ponéis muy fácil. Yo quería, no sé, tornados destrozando las vitrinas y lanzando a la gente por los aires, olas de dos metros que te dejan sin respiración, llamaradas, jugar un poquito con la electricidad... Pero todo esto es demasiado simple, así que tendré que pensar formas divertidas de ir acabando uno a uno con vosotros.

Se encogió de hombros, como si aquello fuese una nimiedad.

—Empezaré por los menos valiosos. ¡O no! Eso es lo que hacen en las películas y siempre sale mal... Comenzaré entonces por los más importantes. John, querido, es tu turno. No quiero que veas a todos tus compañeros morir... Quiero que mueras sabiendo que, por tu culpa, por no contarme la verdad sobre cómo invocar al dragón dorado, todos irán muriendo detrás de ti. ¿Qué tal sienta eso? ¿Te gusta? ¿Es lo suficientemente... malvado? Perdona, no estoy muy al día de las tendencias Paso demasiado tiempo sin salir de casa ni mirar Twitter.

Un par de personas se rieron de forma incómoda. La mujer que sujetaba a John hizo aparecer una silla y lo obligó a sentarse.

—Veamos. Hoy voy a estrenar uno de estos cachivaches.

Mortimer sacó de su bolsillo un objeto con forma de *walkie talkie*.

—Es una táser fabricada por humanos pero *customizada*

por nosotros. Además de recibir la corriente eléctrica, en tu cabeza verás... Bueno, mejor no te lo digo. No te quiero hacer *spoilers*.

Mortimer dio un paso al frente. Helen sintió que tenía que entrar en ese momento, aprovechando el efecto sorpresa. Se estiró, lista para dar un paso al frente, y entonces alguien la frenó. Sintió cómo la agarraban del brazo, le daban un golpe en la nuca y, mareada, la arrastraban hacia el interior de la sala donde estaban todos.

—Y esta es la última, Mortimer —exclamó, llena de orgullo, una voz femenina que Helen reconoció enseguida. No, tenía que ser un error. Esperó haberse equivocado como consecuencia del golpe que había recibido—. Estaba escuchando en la puerta a escondidas. La hija de puta se nos había escapado.

—Muy bien. Ahora ya están todos, ¿no? —dijo Alisson, apareciendo también detrás de ella.

Helen no entendió muy bien lo que estaba pasando a su alrededor. El golpe que había recibido en la nuca la había dejado demasiado confusa. Miró a Benjamin y después a Félix..., y a continuación a la persona que la había reducido.

No se trataba de Alisson, eso estaba claro.

Se trataba de Alexa.

34

El dragón dorado

Helen pensó que se lo había imaginado. Que su cerebro estaba haciendo cosas raras por el golpe que había recibido, porque aquello no podía estar pasando. Simplemente, no podía estar sucediendo así.

A su alrededor, el panorama era descorazonador. Todos los miembros de La Guardia se encontraban sometidos a la voluntad de Los Otros, que no parecía ser otra que ir terminando con ellos, uno a uno, hasta que alguien dijera la verdad. Algo que los presentes parecían saber, a excepción de ella.

Y cuando todo parecía que no podía ir a peor, Mortimer confirmó con dos palabras los temores de Helen. Hasta entonces, se había permitido dudar de lo que habían visto sus ojos. Pero Mortimer despejó sus peores sospechas.

—Buen trabajo —le dijo a Alisson y Alexa.

Las dos asintieron. En un instante, el mundo se le cayó encima a Helen. No podía creer lo que había pasado. Todos los secretos que había compartido con Alexa, toda la información que había sacado de ella y de su abuela, la Confidente, estaban ahora a disposición de Los Otros. Aquellas veces que en Elmoon se había preocupado por ella, por la excursión de James y muchas otras cosas de las que se habría enterado en la Sala de la Corona, cuando se reunía con La Guardia... Todo lo que había sucedido, los chivatazos y las carreras contrarreloj por encontrar la Piedra Lunar, habían sido culpa de Alexa. Y Helen, teniéndola delante de sus narices casi todos los días en Elmoon, no lo había sabido ver.

—El *shock* es normal, cariño —dijo Alisson.

Helen ni siquiera la miró a los ojos. No podía fijarse en nadie más que en Alexa. Por dentro, sintió que algo se le rompía. Había tenido malas experiencias en el pasado con sus amigas, pero nunca le habían roto la confianza de aquella manera. Y entonces supo que esa traición la marcaría para siempre. Había sido la propia Helen la que la había metido en casa de su abuela... y ahora no podía creer lo que estaba viendo.

La chica no era la única sorprendida con lo que acababa de suceder. Todos los jefes de los elementos miraban la escena con cara de pánico. Benjamin cerró los ojos. Helen no lo conocía demasiado, pero sabía perfectamente las sensaciones que estaban pasando por su mente: culpabilidad, impotencia y hastío.

—Nos has traicionado —musitó ella entre dientes.

A la chica le pareció ver un atisbo de tristeza en los ojos de su amiga, lo que le dolió más que si hubiera sido una sonrisa de venganza o una mueca de indiferencia.

—Sí, qué pena —dijo Mortimer—. En fin, no estamos ahora para culebrones. Vamos a... —De repente, volvió la cabeza teatralmente, mirando a Helen—. No, espera, espera. ¡Vamos a empezar con Helen! Será la primera en morir. A ver quién es el profesor que quiere ponerse en su lugar para salvarle la vida. ¿Será Benjamin, el jefe de su primer elemento? ¿O quizá Félix, que la acogió en Aire? Qué pena que no esté su madre para presenciar esto.

Se hizo un silencio en la sala. Al otro lado de la ventana, que había estallado anteriormente en mil pedazos, se podía oír el crepitar de fuego como telón de fondo de aquella escena.

—Seré yo.

A Helen se le encogió el corazón al reconocer la voz. Todos volvieron la cabeza hacia la puerta, como si estuviera a punto de entrar el mismísimo presidente de los Estados Unidos de América. En su lugar, un chico alto y grande la atravesó. Y no iba solo. Cornelia, Selena y un montón más de alumnos y otros adultos que Helen no reconoció estaban detrás de él.

Los labios de Helen se movieron.

—¡Joder! —gritó Mortimer—. Siempre tan inoportuno.

Levantó el brazo para atacar al chico, pero Helen fue más rápida y se abalanzó sobre él. Todo el mundo gritó al ver su reacción. La joven nunca se había preguntado si sería capaz de matar a una persona. Pero en ese momento no podía hacer otra cosa que intentar sacar todo el aire de sus pulmones para ir asfixiándolo poco a poco.

—¡Helen! —chilló él.

—¡James! ¡Suéltalos a todos! —gritó Helen mientras forcejeaba con Mortimer.

Pero no duró mucho. Este, que no le sacaría muchos años, estaba más fuerte de lo que aparentaba y la apartó de un empujón. Helen salió volando y cayó al suelo, a un metro de donde se encontraba Mortimer. Al ver aquella escena, Alisson y Alexa no se lo pensaron dos veces y fueron directas a por ellos. Helen se concentró y creó un campo de fuerza alrededor de los dos para que nadie más pudiera entrar ahí. Pero en cuanto el campo rechazó a ambas chicas, sintió que no aguantaría mucho más tiempo así.

A sus espaldas, James y los demás entraron en tromba en

la sala, liberando a todos los miembros de La Guardia que estaban sometidos y enfrentándose a Los Otros. Helen no tuvo tiempo de contarlos a todos, ni siquiera de echar un vistazo a su alrededor, pero supo que esta vez sí que los superaban en número.

De pronto, sintió que el campo de fuerza se empezaba a desvanecer. Alexa, desde el exterior, lo estaba contraconjurando.

—¿En serio, Helen Parker? —la despreció Mortimer, mirándole con sus negros ojos, mientras a su alrededor comenzaba la verdadera batalla—. ¿De verdad crees que una simple alumna de Aire puede derrotarme? —Se rio, aunque su cara no hizo ningún gesto—. Sí que os han enseñado mal en Elmoon...

Levantó la mano en dirección a la chica, pero ella actuó más rápido. Dio un salto hacia un lado, saliendo fuera del campo de fuerza y atrapando a Mortimer dentro. No duró mucho más tiempo activo, pero le permitió ponerse a salvo, a ella y a James.

—¡¿Cómo nos has encontrado?! —le gritó ella.

Pero esas cuatro palabras eran mucho más que eso. Eran un grito de agradecimiento, de confianza y de tranquilidad en mitad de un infierno.

—Selena ha *hackeado* Mercury. Al parecer, le enseñaron a hacer algo similar en Tecnología Mágica. Descubrimos enseguida por vuestros perfiles que estabais en el Museo de Historia Natural, así que...

Helen buscó a Selena con la mirada, pero no la encontró.

—Por cierto, de camino me he cruzado con Fiona Fortuna y otra mujer que parecía tu...

—¡Mi madre! ¿Están bien?

El chico asintió.

—Estaban neutralizando a todos los animales que habían revivido. Joder, qué puto cague... Al principio me daba pena matar a uno de ellos, pero luego pensé: «James, tanta pena no te da cuando te vas al KFC y te metes un cubo de alitas de...».

—James, no hay tiempo que perder —lo cortó Helen—. Tenemos que encontrar la Piedra Lunar antes que ellos.

A su alrededor, La Guardia intentaba controlar a Los Otros, que se defendían como podían. De golpe, una extraña sensación inundó el ambiente. Helen notó que su estómago daba un vuelco, como cuando subía a una montaña rusa... Y entonces supo lo que venía a continuación.

—Buena idea, Alexa... —murmuró Mortimer lo suficientemente alto como para que Helen lo escuchara desde la otra punta de la sala.

Como si los hubieran convocado y traído directamente desde el infierno, una manada de *ooblos* entró por la puerta. Helen revivió en un segundo las escenas del metro y de su Tercera Prueba en Elmoon. Había visto lo mortíferos que podían llegar a ser. A su lado, las criaturas que habían revivido en el museo eran unos peluches indefensos. Si había más de cinco *ooblos*, La Guardia volvía a estar en peligro, aunque los superaran en número.

—¡Vamos! Tenemos que encontrar la piedra. ¿Sabes si brilla o algo?

James pareció sorprenderse por la petición de Helen.

—¿A qué te refieres? ¡La Piedra Lunar no está en peligro! Está segura mientras la custodie el dragón dorado...

Los dos se miraron, sin comprenderse.

—¡No! —lo corrigió Helen—. ¡La piedra es alguna de todas las que se encuentran en esta sala! ¡Está aquí!

—¿Cómo? Eso no tiene sentido —se quejó James.

Helen todavía se sentía aturdida.

—Que la Piedra Lunar está aquí, James, pero no sabemos cuál de todas es.

A su alrededor, cientos de piedras y minerales, algunos ya fragmentados, inundaban el suelo de la sala.

—¡Te repito que eso no tiene sentido! —gritó James, sin quitar ojo a su padre mientras se enfrentaba a un *ooblo* y conseguía matarlo—. La piedra la protege el dragón, de eso no hay duda. Tiene que estar en otro sitio. Lejos de aquí. ¡Si no, si estuviera en peligro, el dragón ya estaría sobrevolando el museo!

—¡Que no! —insistió Helen—. ¿No te das cuenta? Este lugar cumple con todos los requisitos. Además, ¿en qué sitio esconderías una piedra para que pasara desapercibida pero, al mismo tiempo, pudiéramos encontrarla cuando fuese necesario? Pues exactamente en el lugar donde hay piedras lunares...

James se quedó a cuadros. El cuerpo de otro *ooblo* pasó volando por encima de ellos y ambos celebraron la victoria, sonriendo.

—¡Entonces aquí tendría que haber un dragón protegiéndola!

—¿Qué dragón? James, aquí no hay nadie más que nosotros, fósiles que valen millones de dólares y animales que quieren arrancarte la puta cabeza. Nada más. Hazme caso, por favor. Nadie va a venir a salvarnos.

Aquellas palabras parecieron encender una bombilla en la mente de la chica. De repente, lo vio todo claro.

—Espera... ¡ya lo tengo! —exclamó.

James estaba desconcertado, superado por todo lo que estaba ocurriendo a su alrededor. No pudo evitar sentir la impotencia de no poder hacer nada porque sus poderes no estaban a la altura de los de La Guardia. A pesar de que estaban consiguiendo neutralizar a los *ooblos*, había varios cuerpos humanos tendidos boca abajo. Como Helen no conocía a todas las personas que habían venido con James, no pudo distinguir de qué bando serían.

—Escúchame, James. Ya sé cómo encontrar la Piedra Lunar. Alguien de nosotros tiene que ponerla en peligro para que aparezca el dragón —siguió hablando Helen.

—¿Qué?

—Lo vamos a invocar.

Helen corrió por la sala, buscando una piedra cualquiera que pudiera pasar por una Piedra Lunar. La cogió con fuerza y la apretó en la mano. Después miró a James, quien asintió sin decir nada. Una llamarada de fuego le hizo cerrar los ojos durante unos instantes, tapándose la cara con el brazo. Cuando volvió a abrirlos, la zona de la puerta de la sala empezó a arder.

—¡Parad! —gritó Helen, con todas sus fuerzas—. ¡Tenemos la Piedra Lunar!

Varias cabezas se volvieron, pero muchos siguieron peleándose, lanzando hechizos por los aires. Helen levantó la mano y mostró la piedra, captando la atención de la persona a la que, sin saberlo, iban dirigidas aquellas palabras: Mortimer.

—¡Helen! ¡Lánzala por la ventana! —le gritó Félix, pero ella no hizo caso.

Todo el mundo siguió luchando, excepto Mortimer. Caminó despacio hacia Helen, como si estuviera saboreando cada segundo. Bajó la cabeza y fijó la vista en la piedra que Helen sostenía en su mano izquierda. Era más grande que su puño. Tenía un color grisáceo oscuro, con puntitos blancos. No era redonda, sino más bien irregular.

—Muéstramela.

—No.

Mortimer fue a dar un paso adelante para arrebatársela, pero Helen, por una vez, fue más rápida. El chico frunció el ceño y levantó los brazos, dispuesto a acabar con ella. Helen lo supo. Podía leer en sus ojos que no había nada que ansiara más que hacerse con la Piedra Lunar. Mortimer gritó y de sus manos salieron unos rayos morados en dirección a Helen. En una milésima de segundo, ella se preparó para lo peor... Pero algo hizo que los rayos la esquivaran.

«Ya está aquí —pensó Helen—. El dragón dorado ha caído en la trampa, igual que Mortimer.»

Todo el mundo que no peleaba los miraba, pero Helen tenía la vista clavada en los ojos de su enemigo. Levantó los brazos para lanzarle un hechizo que había aprendido en Ataque y Defensa y él le respondió mandándole al último *ooblo* con vida para que acabara con ella. En realidad, a Helen no le sorprendió esa maniobra de Mortimer. De hecho, le pegaba demasiado dejar que los demás se ensuciaran las manos mientras él miraba, tranquilo, cómo el resto moría por una causa que no creía perdida. Un campo de protección se creó a su alrededor, encerrándolos a los tres en un mismo espacio. No tenía escapatoria, porque esta vez no lo había invocado ella. Por más que intentara atravesar las paredes, solo conseguiría chocar contra ellas.

—¡Cuidado! —gritó James. Aquello distrajo a Helen, que calculó mal el salto y se llevó un rasguño en el brazo donde tenía la piedra. Esta salió disparada por el suelo, chocando contra el límite del campo de fuerza y rebotando hacia el centro. Mortimer corrió hacia ella y Helen intentó hacer lo mismo, pero el *ooblo* cargó contra la chica, empujándola lejos de donde había caído la piedra. Sus ojos destilaban ganas de matar de la forma más sangrienta posible.

Helen intentó utilizar sus poderes, pero no estaba preparada para el combate. Miró a su alrededor. ¿Por qué nadie la ayudaba? ¿Ninguna persona podía deshacer el campo? Y entonces cayó en la cuenta. Si no estaba Fiona Fortuna, nadie era más poderoso que Mortimer.

El *ooblo* volvió a cargar contra ella, lanzándola de nuevo

hacia atrás. Helen se golpeó contra el suelo y cayó boca arriba. Sintió una punzada en la espalda y se temió lo peor. Miró al techo, que estaba a punto de desprenderse sobre ellos. Se preguntó si así era como muchas de las personas que estaban ahí, sin vida, habían muerto. Sepultada bajo un manto de polvo, ladrillos y ceniza.

El *ooblo* caminó hacia ella despacio, al igual que lo había hecho Mortimer. Puso las dos patas delanteras sobre su pecho y le acercó su hocico al cuello, listo para desgarrárselo. Y justo cuando Helen se preparaba para el dolor, el *ooblo* se impulsó sobre su cuerpo dolorido y se hizo a un lado, gimiendo, como si alguien lo hubiera lastimado. Mortimer, frente a ella, la miraba con la piedra en la mano.

—No hay nada que hacer, Helen Parker. La Piedra Lunar ya es nuestra.

Mortimer sonrió. Fue una sonrisa extraña, porque lo hizo solo con los labios. Sus ojos permanecieron estables. Intranquilos.

—No me gusta dejar mártires allá donde voy, pero presiento que vas a ser una gran molestia en el futuro, así que no me va a quedar otra opción que matarte.

Se encogió de hombros, como si aquello no fuera culpa suya. Levantó una mano mientras, con la otra, sujetaba la piedra igual que Helen había hecho hacía unos segundos. Ella estaba convencida de que la piedra era falsa, pero Mortimer la podría matar igualmente aunque no supiera la verdad... Por lo menos, se quedó tranquila pensando que Los Otros se marcharían, convencidos de que habían ganado, cuando en realidad la piedra seguiría estando allí, en el museo, lista para ser encontrada por La Guardia cuando aquello terminara.

Helen sonrió, y supo que su muerte no iba a ser en vano. Mortimer estiró las manos para matarla en el momento exacto en que el techo colapsó. Una lluvia de escombros cayó sobre quienes estaban fuera del campo de protección, y este se desvaneció en cuanto el techo se derrumbó por completo sobre ellos, alcanzando y sepultando al *ooblo*.

Entonces, Helen, que seguía tumbada en el suelo, lo vio. En mitad del cielo estrellado, viajando a una velocidad de vértigo. La criatura brillaba tanto que parecía destilar magia. Nunca antes había visto nada tan grande ni tan majestuoso. Como si estuviera en un sueño, un enorme dragón de escamas doradas agitó sus alas para descender, llevándose por delante a varias personas y apoyando sus enormes garras en el suelo.

James ahogó un grito. Las escamas que cubrían todo el cuerpo de la criatura brillaban tanto que no podía mirarlas durante mucho tiempo. Cada vez que el dragón respiraba estas se hinchaban, haciéndolo todavía más grande de lo que parecía en el cielo. De su nariz salía humo y tenía los ojos dorados, ligeramente más oscuros que el color de su cuerpo. En mitad de la oscuridad de la noche, parecía un sueño hecho realidad.

De pronto, como si le hubiera dado un calambrazo, el cuerpo del dragón comenzó a vibrar. Una voz se escuchó en la mente de todos los allí presentes.

«La Piedra Lunar ha sido puesta en peligro y nadie podrá tocarla mientras yo esté aquí. Yo soy la última protectora de la piedra. Entregádmela ahora y nadie morirá. Negádmela y arderéis en mi fuego uno a uno.»

Y entonces fue cuando Helen se dio cuenta de que el dragón dorado era, en realidad, una dragona. Por el nombre que le daba la profecía, ni siquiera se lo había planteado. La miró con una mezcla de temor y agradecimiento. Tenía un tono de voz calmado y profundo que le hacía confiar en ella. Desbordaba calidez pero, al mismo tiempo, imponía tanto que nadie se atrevió a responderle. A su lado, una manada de *ooblos* no tenía nada que hacer.

—¡Nos la llevamos! —gritó Alexa, corriendo hacia Mortimer.

Este no reaccionaba. Se había quedado de piedra después de todo lo sucedido en las últimas horas. Tras descubrir que el Diamante Negro era real, ver al mismísimo dragón dorado delante de él lo había descolocado totalmente.

—¡Mortimer! —gritó ella, intentando que reaccionara.

Pero ya era demasiado tarde.

Con un movimiento grácil, la dragona se volvió hacia ella y lanzó una llamarada que hizo temblar el suelo. Helen notó una bofetada de calor en el rostro. Cuando se incorporó, pudo ver cómo lo que quedaba de Alexa se reducía a cenizas. El corazón le dio un vuelco en el pecho y tembló. Todavía no había logrado asumir la traición de su amiga y ahora ya no quedaba nada de ella.

James no estaba entendiendo nada y se lanzó hacia la dragona, dispuesto a vengarse.

—¡No! —gritó Helen—. ¡Era de Los Otros! ¡Alexa era de Los Otros!

Pero James no la oyó. La enorme criatura lo apartó de un zarpazo en cuanto intentó acercarse a ella y eso solo consiguió distraerla. Aprovechando ese desliz, Mortimer le lanzó unas cuchillas heladas que se le clavaron bajo las garras de las extremidades posteriores. La dragona gimió de dolor, retomando de nuevo el vuelo con dificultades. Sus chillidos se oyeron incluso cuando se situó por encima de ellos.

James supo que había hecho algo mal y miró a Helen, buscando una explicación. Pero ella, al igual que los demás, estaba observando el extraño comportamiento de la dragona. Dio una vuelta al museo, que se encontraba rodeado de fuego, luchando para derretir las cuchillas con el fuego que emanaba de su boca. Afortunadamente, hacer eso no le dolía, sino todo lo contrario: la sanaba. Cuando se encontró mejor, intentó aterrizar en la sala sin techo, que ya se había vuelto a convertir en un campo de batalla. Sin sitio para colocarse, ayudó desde el cielo. Con inmensas llamaradas de color rojo, naranja y azul consiguió quemar a varios de Los Otros al igual que había hecho con Alexa, pero no se atrevió a hacerlo mucho más. Un mínimo error de cálculo y podría reducir a cenizas a quien no debía.

La dragona buscó a Helen con la mirada. Necesitaba hablar con ella, mandarle un mensaje que solo la chica pudiera escuchar... Pero en ese momento notó cómo algo frío le atravesaba el pecho. Era parecido a lo que le había atacado antes, aunque mucho más doloroso. Al principio, contuvo la respiración para soportarlo mejor. En el museo se oyeron gritos de pánico.

La dragona aguardó unos segundos hasta que sacó fuerzas para bajar la cabeza y ver lo que había sucedido. Una lanza de hielo, que ya se estaba derritiendo por el calor que emanaba de su cuerpo, le había atravesado el corazón.

Poco a poco, fue sintiendo cómo perdía fuerza en las alas. Cada vez le costaba más mantenerse en el aire e intentó descender, pero no pudo. Le dolía respirar. En un último intento por no matar a nadie de La Guardia, se dejó caer sobre un montón de ladrillos y cristales, partiéndose el ala derecha con un sonido espantoso.

Helen miró horrorizada a la criatura y la sangre que salía de su pecho. Su abdomen se movía de arriba abajo de forma frenética, y la lanza seguía, en parte, atravesándola. De súbito, sus escamas doradas fueron perdiendo su color. Se fueron apagando, y su brillo se redujo a una pequeña luz que salió volando hacia arriba, despacio, entre los jadeos de la criatura, hasta perderse entre las estrellas. La dragona comenzó a encogerse, haciéndose cada vez más pequeña... y transformándose en una persona de carne y hueso.

Todos se acercaron para ver lo que había sucedido. Y entonces, Helen sintió que el mundo se le partía en dos cuando la reconoció. En medio de un charco de sangre y con un hombro dislocado, su abuela perdía la vida, mirándola fijamente a los ojos mientras las fuerzas la abandonaban.

35

La tienda de *souvenirs*

Todo a su alrededor se revolucionó en un instante. Los Otros cogieron la supuesta Piedra Lunar y se marcharon de allí en menos de quince segundos, dejando atrás a todos los integrantes que habían perdido en la batalla. La Guardia se dividió en dos. Por un lado, algunos de los profesores y todos los alumnos reconstruyeron el Museo de Historia Natural como si nada hubiera sucedido. Por otro, los demás se encargaron de encontrar el cuerpo de aquellas personas que habían perdido la vida y, en especial, de recoger el de Xia. Un grito comunicó una noticia agridulce. Edmund, el Jefe de Oscuridad, y dos profesores más, sepultados bajo los escombros de las explosiones, habían sido encontrados inconscientes pero todavía respirando. Habían perdido el conocimiento, aunque había esperanza para ellos. Helen deseó con todas sus fuerzas que a su abuela le sucediera lo mismo. O que todo hubiera sido un sueño y el dragón dorado nunca hubiera existido.

Antes de que pudiera seguir mirando su cuerpo, envuelto en un charco de sangre, Helen se dejó llevar por dos personas que la levantaron, una de cada brazo. Salió a trompicones del museo, pasando por delante de algunos alumnos que la miraron con compasión. Cada vez que cerraba los ojos y los volvía a abrir parecía que habían pasado dos minutos en vez de medio segundo. Notó cómo la montaban en un taxi, en el asiento central de la parte de atrás, y la conducían a Chinatown. Su padre la recibió en la puerta del restaurante. Oyó los sollozos de su madre de fondo mientras su padre la bajaba, en brazos, hasta su habitación. Todo a su alrededor parecía suceder demasiado rápido o demasiado lento. Sintió el calor de su cama y se dejó abrazar por el peso de la colcha. No consiguió recordar nada más de lo que había sucedido hasta que, doce horas más tarde, se despertó.

* * *

Un pitido la incordiaba en algún punto de su cabeza. Si pudiera dibujarlo, no sería una línea recta, sino una llena de picos que se movía con agresividad entre sus pensamientos. Dio un bote al incorporarse en la cama y ver que no estaba sola en la habitación. Sus padres estaban ahí, frente a ella, de pie. Sin cruzar una palabra. Aunque la cara de su madre lo decía todo.

Y, de repente, todos los recuerdos de la noche anterior le llegaron de golpe.

La traición de Alexa.

El enfrentamiento con Mortimer.

La inocencia de James.

El dragón dorado descendiendo del cielo...

... y su abuela.

Deseó cerrar los ojos y no volver a ver la imagen de Xia en el suelo, perdiendo la vida entre la sangre que se escapaba de sus heridas. Pero cuanto más lo pensaba, más volvía a ese momento.

Por primera vez, Helen se miró las manos y se sintió sucia. La inundó una rabia que ya le era familiar, pero que nunca había llevado hasta aquel extremo. Si no hubiese tenido poderes, si no le hubiera caído el Rayo Lunar, nada de aquello habría pasado. No habría conocido nunca a la mujer de los trece dedos. Habría vivido sin saber lo de los poderes de su madre y su abuela. Pero ¿qué más le daría? Las tendría con ella todos los días, algo que ahora no podía decir. Porque su abuela se había marchado para siempre y su madre ya nunca sería la misma. No habría conocido ni a James ni a Cornelia y estaría estudiando una carrera que no la llenaba, pero le daba igual. En esos momentos, si hubiera podido, se habría arrancado los poderes de las manos, como si estuvieran grabados en su piel.

Si le hubieran dado a elegir, habría preferido morir en el campo de batalla.

Sin pensarlo mucho, decidió ir al entierro de su abuela, lo cual fue un error. Decenas de ojos se paraban en los suyos cada vez que se cruzaba con alguien. Todos callaban, pero al mismo tiempo a Helen le parecía que gritaban una palabra: «culpable». La joven se mordió el labio durante toda la tarde y no pudo pensar en nada más que en volver a casa y desaparecer. Estar ahí metida durante días, como si lo que hubiera al otro lado de la puerta no existiera. Como si nada hubiese sucedido.

Hasta que montaron en el coche para volver a casa.

Cuando por fin terminó todo y Helen pudo llorar en paz, sin que nadie la juzgara, decidió bajarse pocos metros antes de llegar a The Chinese Moon. Le pidió a su madre las llaves y ella se las dio sin hacer preguntas, pensando que daría una vuelta por el barrio antes de volver a casa.

Helen bajó del coche a la entrada de Chinatown y el coche arrancó de nuevo. Sintió que las piernas le dolían de mantenerlas en tensión. Dio unos pasos torpes al frente y empezó a caminar en dirección al restaurante para despejarse... Hasta que en el último momento decidió dirigirse a ChinaCat 2000, la casa de su abuela.

Su móvil tenía siete llamadas perdidas, dos de Cornelia y cinco de James. Pero no lo desbloqueó.

En el llavero de su madre estaban las llaves de la tienda, por lo que Helen no tuvo problemas para entrar. Cerró detrás de ella para que no le molestaran, aunque nadie había pasado por allí desde que se habían marchado al Museo de Historia Natural. Todo estaba intacto. De hecho, hasta parecía más espeluznante de lo que uno podría imaginar. Si Helen olvidaba las últimas horas y se sentaba a la mesa de la cocina, parecía que nada había cambiado. Que su abuela había salido un momentito de la parte trasera del local a la tienda de *souvenirs* para atender a algún turista perdido, lista para regresar a tomar con ella el té en cuanto se marchara. La tienda de la abuela nunca había sido rentable en comparación con el resto de negocios similares, mucho más turísticos... Pero Xia la conservaba porque le gustaba. Porque las figuritas le hacían sentir segura y le daban un propósito a su vida, sobre todo después de que falleciera su marido. Helen nunca había conocido a su abuelo, pero según lo habían descrito, el hueco que dejó al marcharse fue casi imposible de salvar. Se imaginó que a ella le pasaría lo mismo con su abuela.

Helen se levantó de la mesa de la cocina y volvió a la tienda. Ahí no la veía nadie, porque había bajado la persiana nada más entrar y cerrar la puerta para tener privacidad. Ahí solo estaban ella... y las figuras. Un olor a magia hizo que sus sentidos despertaran.

Se acercó hacia una balda llena de peces koi que le recordaron a su amiga. Cogió uno con la mano y lo apretó con fuerza, pero no se rompió. ¿Realmente quería romperlo?

Ahora mismo, si pudiera, destrozaría toda la tienda. No pensaba hacer eso, aunque por uno no pasaría nada...

Con miedo, Helen abrió la mano y dejó caer el pez, que se quebró en el suelo en varios trozos. Estaba hueco por dentro. Hubo algo en el ruido que le resultó liberador. Echó un vistazo al estante de nuevo y, apoyando el brazo, arrastró todas las figuras, dejándolas caer una a una. Decenas de figuritas similares, aunque de diferentes tamaños, se comenzaron a precipitar en el suelo. Llegó un momento en el que unas comenzaron a caer sobre otras. Una vez hubo terminado con los peces, pasó a los gatos. Después, a los *pixius*. Así, fue llenando el suelo de restos de criaturas tradicionales chinas, dejando para el final los dragones.

Helen miró fijamente la vitrina que los exponía, como si no lo hubiera hecho nunca antes. En realidad, había pasado tantas veces por ahí que ya ni se fijaba. Vio dragones de todos los colores. Dio un paso, con indecisión. El resto habían sido fáciles de estrellar contra el suelo, pero los dragones... Nunca volvería a mirar un dragón igual.

—¿No vas a romperlos también?

Helen dio un grito y se dio la vuelta en un instante, con el corazón latiéndole a toda velocidad. Tuvo que parpadear dos veces para asegurarse de que no estaba teniendo un sueño. O, mejor dicho, una pesadilla.

—Adelante, te doy permiso para romperlos todos —dijo la abuela—. Pero ten cuidado con el grande. Es mi favorito, le tengo mucho cariño.

Como si fuera mitad humana mitad fantasma, Xia miraba a su nieta con una expresión de tranquilidad en el rostro.

—¿Abuela?

La anciana sonrió. Estaba vestida con la ropa que solía llevar por casa. Como si nada hubiese cambiado. Como si nada hubiera pasado.

—¿Sí?

Helen tragó saliva.

—Ya no hay vuelta atrás, ¿verdad? No puedo rehacer lo que te pasó de ninguna manera.

Ella negó. Pero no fue un gesto triste, sino sereno. Había una expresión en el rostro de su abuela que Helen no sabía descifrar.

—Lo siento mucho. De verdad. Ojalá nada de esto hubiera ocurrido.

—¿A qué te refieres?

Helen no entendía por qué su abuela no la seguía.

—Porque tú seguirías viva. Y los demás.

—Helen...

—Yo te maté —sentenció su nieta. Hubo un silencio tan grande que a Helen le costó digerirlo—. Yo te atraje a una muerte segura. No sabía que tú eras el dragón dorado. Si lo hubiera sabido, yo jamás...

—Hiciste lo que tenías que hacer, Helen. No te arrepientas.

—Pero...

—Además —la cortó la abuela—. Yo entregué mi vida llevando a cabo mi misión.

A Helen le costó digerir esa palabra, sobre todo con la voz de su abuela.

—He tenido muchos años para aceptarlo, Helen. Estoy bien y no pasa nada. Tenía que ser así, y estoy contenta de que hayas sido tú. Además..., no hay nada más humano que morir.

Su nieta no parecía terminar de comprender por qué no estaba enfadada con ella.

—Cuando Nowe se tiró desde lo alto del Flatiron para evitar que la torturaran hasta sacarle la localización de la piedra, lo hizo porque podía ver el futuro y sabía lo que pasaría si no tomaba aquella decisión. Nowe era muy poderosa... Por eso le encargaron a ella que escondiera la Piedra Lunar. Pero no solo era hábil con sus poderes, sino también con la mente. Por eso, se le ocurrió esconderla en el futuro. Escogería un momento y un lugar en el que supiera que estaría a salvo durante un tiempo. Como mínimo, hasta que se calmaran las cosas después de la Batalla de Niágara. Y así fue cómo decidió viajar a junio de 2016 para esconderla en el Museo de Historia Natural. Desde 1998 hasta este año, no cayeron Rayos Lunares porque la piedra se encontraba en una especie de limbo en el futuro, hasta que el contador se pusiera a cero y reapareciera. Y, como ya os dije, la única persona que sabía esta información era yo. La Confidente. Tenía sentido que yo también fuera el dragón dorado, porque necesitaba saber dónde estaba la Piedra Lunar para poder protegerla.

En ese instante, Helen se dio cuenta de que Nowe le había contado a Xia todo lo que iba a pasar en el futuro. Que a Helen le caería uno de esos rayos, que iría a Elmoon... y que terminaría muriendo en el mismo museo, protegiendo la piedra. Sin embargo, había un fallo en el plan que no terminaba de cuadrar en aquella historia.

—Pero, abuela..., ahora Los Otros tienen la Piedra Lunar —murmuró Helen—. Nada de esto está bien. Se ha echado todo a perder.

La mujer inclinó la cabeza, haciendo dudar a Helen.

—¿En serio? —La abuela sonrió un poquito—. Yo creo que no la tienen.

—Pues claro que sí. Tenía que estar en algún punto del museo. Eso dijo el Diamante Negro, ¿no? Y tú sabías que estaba ahí, porque tú protegías la piedra... Y no habrías aparecido en el museo si no la estuvieras protegiendo.

La abuela miró muy fijamente a los ojos de su nieta.

—¿Sabes cuál es la mejor forma de proteger un objeto?

Helen no contestó.

—Llevártelo antes de que lo encuentren.

De nuevo, se hizo el silencio. Helen no se atrevió a decir nada porque su mente estaba viajando a la velocidad de la luz.

—Sí, la Piedra Lunar estuvo expuesta en la vitrina del Museo de Historia Natural durante unos meses. Desde que Nowe la dejó ahí al viajar al futuro, nuestro presente de ahora, hasta el día siguiente del veredicto del Diamante Negro. Al ser la protectora de la piedra, enseguida supe que estaba en peligro. Supuse que a nadie se le ocurriría volver a consultarlo para comprobar que seguía donde el oráculo había dicho, que Los Otros darían por buenas sus instrucciones a la primera, así que... la cogí de ahí y me la llevé. La puse en otro sitio.

—Pero tenías que hacer creer a todo el mundo que estaba ahí. Porque así es como la estabas realmente protegiendo. Haciéndoles creer que la iban a conseguir en el museo. Porque si no aparecías... la búsqueda continuaría.

La abuela sonrió, contenta de que su nieta por fin le siguiera el ritmo.

—¿Y por qué me lo vienes a decir a mí?

Su cara cambió.

—Porque esta es mi última oportunidad de estar en la tierra... y confío en ti.

Helen miraba a su abuela con una mezcla de sorpresa y admiración, intuyendo, sin necesidad de más palabras, lo que estaba a punto de ocurrir.

Entonces se llevó la mano al cuello. Ahí estaba el collar que su abuela le había regalado el día que empezaron las clases en Elmoon.

—Esto que estoy haciendo ahora no lo puede hacer cualquiera, Helen —le dijo—. Cuando un mago muere... muere.

Y no hay segundas oportunidades ni vuelta atrás. Ni últimas despedidas. Ya te he dicho que no hay nada más humano que morir. Pero a las personas que tenemos el don de transformarnos en dragón..., sobre todo a los que somos grandes dragones: dorados, plateados..., se nos da una última oportunidad para hacer algo que no hayamos tenido tiempo de realizar durante nuestra vida. Y, en mi caso, es pasar mi legado.

»Yo, el dragón dorado, he muerto. Pero la Piedra Lunar sigue activa. Es la que mantiene viva a la comunidad mágica. Por eso, alguien que se quede aquí tiene que protegerla. Tiene que mantener el legado del dragón dorado. Y quiero que esa persona seas tú.

A Helen se le cortó la respiración. Estaba segura de que no estaba soñando, pero, al mismo tiempo, su mente estaba recibiendo más información de la que podía procesar de forma racional.

—Si lo aceptas, será tuyo.

Una luz dorada emanó del collar que su abuela llevaba colgado, a la altura de su pecho. Era la misma que había salido de su cuerpo cuando había muerto en el museo, la misma que se había perdido entre las estrellas de aquella fatídica noche de diciembre. Helen nunca se había dado cuenta de que su abuela lo había llevado todos esos años hasta ese preciso momento. ¿Por qué nunca lo había visto? Era muy parecido al que le había regalado, pero en lugar de poner «Confianza» rezaba «Secreto». La bola de luz dorada se quedó a mitad de camino entre ambas, flotando a la espera de la respuesta de Helen.

—¿Y qué se supone que tengo que hacer? Ni siquiera sé dónde está la Piedra Lunar...

La abuela asintió.

—Lo sabes, pero todavía no te has dado cuenta.

La luz se movió en círculos pequeñitos, flotando. Helen

la miró. No le daba miedo obtener los poderes que le daría aquel cargo, pero tampoco le fascinaba la idea de convertirse en dragón. Lo que realmente le aterraba era cargar con la responsabilidad que todo ello acarreaba. Sobre todo, después de lo ocurrido en los últimos días.

—No puedo aceptarlo. Lo siento muchísimo.

El semblante de su abuela no cambió. Helen esperó ver una muestra de decepción, pero no encontró ni una pizca.

—Vale. Estás en tu derecho de negarte. Lo entiendo y no pasa nada.

Las dos se quedaron en silencio. La luz siguió trazando pequeños círculos entre las dos. Helen se mordió el labio, sintiéndose culpable. Haría lo que fuera por su abuela, eso lo tenía claro. Pero no podía seguir con aquello. La fuente de todos sus problemas habían sido sus poderes, y lo último que quería era aumentarlos... Y menos así.

—Entonces tendré que borrar este momento de tu mente. Toda esta información no puede tenerla nadie más —le anunció la abuela.

—¿¡Qué!?

El grito pareció sorprenderla.

—¿Cuál es el problema, Helen? Será como si nunca hubiera pasado... No lo recordarás, así que no lo echarás de menos.

La mente de Helen volvió a activarse de nuevo. No, no podía permitir aquello. No podría vivir sin saber que su abuela había venido para despedirse de ella. Sin poder decirle adiós, pedirle perdón y decirle que la quería.

Tampoco tenía claro qué pasaría después. ¿Con quién contactaría su abuela? Pensó en Mei. O quizá Billy. Eran amigos desde hacía años... No, lo más probable era que eligiera a su madre, que ahora mismo se encontraba totalmente destrozada. Helen pensó en la carga emocional que supondría para ella. En el peligro que sería que su madre fuera el dragón dorado y que alguien lo descubriera. No podría estar tranquila en Elmoon o la universidad a la que fuera a estudiar sabiendo que podía pasarle algo a su madre en cualquier momento, sin que lo viera venir ni pudiese hacer nada.

—Bueno, supongo que esta es la despedida.

—¡Espera! —Helen levantó los brazos, como si estuviera rogando clemencia—. He cambiado de idea. Lo aceptaré. Lo acepto —se corrigió.

Su abuela sonrió un poquito, lo suficiente como para que Helen se diera cuenta.

—Déjame adivinarlo —dijo ella—. Esto también lo vio Nowe y te lo dijo, ¿verdad?

La abuela se encogió de hombros.

—Deja que me muera con algo de misterio, anda.

Helen abrió mucho los ojos al escuchar bromear así a su abuela. Entonces, la bola de luz dorada se fue acercando hacia ella en dirección a su colgante.

—El legado del dragón dorado es ahora el tuyo. Encontrarás y protegerás la Piedra Lunar con tu vida.

La bola se hizo cada vez más grande y absorbió a Helen durante unos instantes, obligándola a cerrar los ojos. De pronto, notó que algo cambiaba dentro de ella. Por fuera estaba exactamente igual, pero por dentro se sentía mucho más fuerte. Más poderosa.

La luz fue bajando de intensidad y Helen se preparó para preguntarle a su abuela dónde tenía que empezar a buscar la Piedra Lunar. Necesitaría una pista, por lo menos, para no comenzar de cero. Pero el corazón se le paró al ver que allí ya no había nadie.

—¿Abuela? —preguntó, sabiendo que nadie contestaría.

Ni siquiera se molestó en ir a la cocina, donde la luz seguía encendida, exactamente como Helen la había dejado antes de destrozar las figuritas de la tienda.

Unas lágrimas brotaron de los ojos de Helen y recorrieron sus mejillas, encontrándose con una sonrisa. Aquella sensación agridulce no le gustaba, pero sabía que podía ser mucho peor. Se dio la vuelta, mirando la estantería de los dragones. Ahora ella misma podría convertirse en uno... Pero antes tenía que encontrar la Piedra que debía proteger.

Miró los diferentes colores de los dragones en los estantes. Había verdes, blancos, azules... y, en la parte superior, el que era el favorito de su abuela: un gran dragón dorado. Su cola, llena de escamas puntiagudas, se retorcía haciendo tres bucles. Tenía la boca abierta, enseñando los colmillos y la lengua. Con una de las manos sujetaba el peso de la parte delantera de su cuerpo. Y en la otra... sujetaba una bola de dragón. Helen caminó hacia la figura, pisando restos de otras a sus pies. Notó de pronto un calor que le inundaba el cuerpo. Con mucho cuidado, la bajó y cogió la bola de dragón. No necesitó romperla para saber lo que se encontraba dentro, porque lo podía ver con sus propios ojos. En el interior de la bola, rodeada de una falsa cubierta redonda y dorada, estaba la Piedra Lunar. Tallada con la forma de un diamante de corte Asscher, emitía una luz que Helen no sabía describir. Si la miraba directamente sentía como si viera colores nuevos, que no existían. Que no tenían nombre todavía.

El corazón le latió tan rápido que tuvo que dar un paso atrás para volver a la realidad. No sabía dónde se había metido aceptando aquel encargo, ni tampoco qué le depararía el futuro, al contrario que su abuela. Lo único que tenía claro era que, estuviera donde estuviese, tenía que hacer que se sintiera orgullosa de ella.

Epílogo

Mortimer volvió a su casa con un sabor ambiguo en la boca. Había conseguido aquello que tanto anhelaba: la Piedra Lunar. Alisson la había encontrado, brillando entre los restos que sepultaban el cadáver de un miembro de La Guardia. No tenía ninguna duda de que era la misma que Helen Parker había levantado hacia el cielo minutos antes de que apareciera el dragón dorado.

Paseó con ella en el bolsillo por el centro de Nueva York, sintiéndose raro. Hacía una semana que la había conseguido, y, sin embargo, no había sacado nada de provecho. No hacía nada. Ni le daba mejores poderes ni sentía nada cuando la tenía cerca. Si no fuera porque Alisson le dijo que había brillado y la había «llamado», pensaría que era una piedra cualquiera encontrada a orillas de un río más limpio que el Hudson.

Un trueno sonó con brusquedad muy cerca de donde se encontraba. No sabía si tenía la tormenta justo encima o los culpables de que el sonido hubiera rebotado así eran los rascacielos. Fuera como fuese, decidió volver a su casa. Lo último que le apetecía era mojarse y tener que darse una ducha con la ropa empapada.

Se sentía frustrado, a pesar de haber ganado la Batalla del

Museo. No tenía ganas de estar con nadie. Ni siquiera con él mismo. Pensó en su padre y en si estaría orgulloso de él.

Unas primeras gotas comenzaron a manchar el suelo asfaltado de Manhattan, dejando un estampado de topos que enseguida se convirtió en charcos. Mortimer se tranquilizó pensando que, en cuanto aprendiera a utilizar el poder de la Piedra Lunar, no tendría que esconder sus poderes delante de todo el mundo. Si llovía, Mortimer no quería mojarse como los demás, sino demostrar que ellos eran una raza superior. Como unos súper humanos que tenían que controlarlo todo, porque así funcionaba la ley de la selva. Los más fuertes lideraban a los más débiles.

Giró a la derecha, nervioso, con ganas de llegar a su casa. Tenía el pelo casi empapado. Sonó otro trueno y apretó el paso. Después, el relámpago, y de nuevo, el trueno. Ya solo le quedaban unos doscientos metros para resguardarse en su portal, pero justo tenía que atravesar una de las zonas más turísticas de Nueva York. La gente, como si nada, seguía haciéndose fotos. Habían pagado un dineral por estar allí y no iban a dejar que una simple tormenta les estropeara el momento.

El chico caminó en línea recta, enfurecido, mirando hacia abajo. Y entonces algo ocurrió.

Con un ruido atronador, una luz impactó de lleno en el cuerpo de Mortimer y lo tiró al suelo. En sus últimos segundos de consciencia, sintió cómo un intenso dolor se apoderaba de cada parte de su cuerpo, recorriéndolo como si hubiera recibido una descarga eléctrica.

A su alrededor oyó gritos, pero él no se movió ni se quejó.

Tendido en el suelo, supo lo que había sucedido.

Le había caído un Rayo Lunar.

Y, por primera vez en años, sonrió.

FIN